人在险途

韩兆若 ◎ 著

在中国保险界，
有这么一群人，
他们，
既诚实善良、朴实无华，
也虚荣狡诈、爱耍聪明；
既慷慨豁达、乐施助人，
也精于算计、自私自利。
他们，
帮助他人，也被他人帮助；
误导他人，也被他人误导；
关爱他人，也被他人关爱；
伤害他人，也被他人伤害。
他们，
工作上，经常不被理解；
精神上，缺少应有尊重。
他们，
用自己坚实的脊梁，
扛起了行业的发展。
他们，
就是保险营销员！

当代世界出版社

图书在版编目（CIP）数据

人在险途/韩兆若著.—北京：当代世界出版社，2013.4

ISBN 978-7-5090-0884-3

Ⅰ.①人… Ⅱ.①韩… Ⅲ.①长篇小说—中国—当代 Ⅳ.①I247.5

中国版本图书馆 CIP 数据核字（2013）第 016702 号

书　　名：	人在险途
出版发行：	当代世界出版社
地　　址：	北京市复兴路4号（100860）
网　　址：	http：//www.worldpress.org.cn
编务电话：	（010）83907332
发行电话：	（010）83908409
	（010）83908455
	（010）83908377
	（010）83908423（邮购）
	（010）83908410（传真）
经　　销：	全国新华书店
印　　刷：	北京紫瑞利印刷有限公司
开　　本：	710 毫米×1000 毫米　1/16
印　　张：	21
字　　数：	310 千字
版　　次：	2013 年 4 月第 1 版
印　　次：	2013 年 4 月第 1 次
书　　号：	ISBN 978-7-5090-0884-3
定　　价：	36.00 元

如发现印装质量问题，请与承印厂联系调换。
版权所有，翻印必究；未经许可，不得转载！

在中国保险界，
有这么一群人，
他们，
既诚实善良、朴实无华，
也虚荣狡黠、爱耍聪明；
既宽怀豁达、乐施助人，
也精于算计、不让私利。
他们，
帮助他人，也被他人帮助；
误导他人，也被他人误导；
关爱他人，也被他人关爱；
伤害他人，也被他人伤害。
他们，
工作上，经常不被理解；
生活上，缺乏安全保障；
精神上，未得应有尊重。
但他们，
用自己坚实的脊梁，
扛起了行业的发展，
他们，
就是保险营销员！

目　录

第1章　朱含韵被动上访，毛亚南牵连下岗 …………………………… 1
第2章　为生计四处奔忙，偶然中营销上岗 …………………………… 22
第3章　营销培训火热进行，"不速之客"不请自入 …………………… 38
第4章　汇报演出五彩纷呈，营销业务正式启动 ……………………… 51
第5章　亲朋好友密集拜访，营销大军昼夜奔忙 ……………………… 61
第6章　马良驹晕倒搞掂客户，欧阳执著拔得头筹 …………………… 70
第7章　分业大会无奈遇"鬼"，华星团队被动抉择 ………………… 77
第8章　永泰寿险"招兵买马"，申秋受辱一战"成名" ……………… 84
第9章　申秋被迫辞职，朱含韵获意外惊喜 …………………………… 95
第10章　营销受到"不公"对待，大批营销员集体"跳槽" ………… 106
第11章　永平使出"杀手锏"，永泰寿险遭重创 …………………… 117
第12章　营销员再次"反水"，"孤儿保单"大量涌现 ……………… 131
第13章　争市场不惜血本，"泰平战争"全面升级 ………………… 143
第14章　招聘会招来麻烦，叶茂盛当选"十佳" …………………… 154
第15章　争业务冲突不断，为"转正"大打出手 …………………… 162

第16章	培训招致非议,扰民惹来民怨	176
第17章	"服务节"变成批判会,营销员成了"活靶子"	188
第18章	毛亚南英年早逝,马良驹冰雪显身手	197
第19章	姚桐"搞掂"安洪祥,永泰击败众对手	210
第20章	苏岚大闹信用社,姚桐如意嫁郎君	229
第21章	朱含韵错失牵手,叶茂盛受聘改行	242
第22章	韩冬枝病重去世,樊童临行表真情	257
第23章	营销竞争烽火连天,毛毛如愿考入"东南"	268
第24章	安洪祥锒铛入狱,姚桐含泪弃营销	283
第25章	大火无情人有情,灾难面前有大爱	298
第26章	二丫接过大勇的"枪",含韵含泪离滨城	311

第1章

朱含韵被动上访，毛亚南牵连下岗

客厅里的电话不停地响着。朱含韵很不情愿地起身下了床，懒洋洋地走向客厅里的那部红色电话机，嘴里很不耐烦地嘟囔着："别叫了！别叫了！烦死了！"

以前，朱含韵是很愿意听那"叮铃铃"的声音的，因为平时打电话来家里的，除了父母，就是单位里的兄弟姊妹们请示工作的。自两年前，朱含韵荣升为滨城市华星纺织集团四分厂的副厂长，单位出资给安装了这部电话后，朱含韵就习惯了那"叮铃铃"的声音。

朱含韵拿起电话机刚"喂"了一声，电话那头就传来了姚桐那有些娇柔的声音："啊呀，朱姐，这些日子你都去哪儿了？怎么天天打电话都不在家呀？敢情去国外度假去了？咯咯咯……"

姚桐是朱含韵在四分厂当车间主任的时候进入四分厂的，可以说是朱含韵的徒弟。在四分厂二百多名女工中，姚桐虽然长相算不上是最漂亮的，但由于皮肤白皙、身材丰满、说话磁性、喜好打扮，特别是那一对"波斯猫"式的眼睛，格外招眼，被四分厂二十多名男机械师私下里评为"综合分数第一名"，绰号"浪妹子"。

在四分厂这个"女儿国"里，男机械师绝对是"稀有物种"，不仅人数少、比重小，而且掌握着车间机械正常运转的大权，车间里的女工们是不敢轻易得罪他们的。

人在险途

　　姚桐一进四分厂，就引起了五六位未成家男机械工的注意，他们有事没事的常去姚桐看管的那几台机器旁边转一转，或假装关心地问一问，或嘻嘻哈哈地调侃一会儿，或装作不小心地在身体上蹭一下子，姚桐也只是咯咯咯地笑几声，或假装生气地骂几句，因为在机器隆隆、枯燥乏味的纺织车间里，在男女比例严重失调、阴盛阳衰的"女儿国"里，大家对这种明显带有猥亵色彩的举止都有些见怪不怪了，当事人是不会感觉难为情而翻脸的。

　　姚桐曾毫不客气地拒绝了车间内几个"不自量力"的追求者，因为她理想中的"那一半"，不应该是浑身油渍、举止粗鲁、整天钻机器底的修理工，而应该是西装革履、说话优雅、坐办公室的"有身份的人"，所以二十六七岁了也没有选中一个意中人。

　　朱含韵很无奈地笑了笑："去国外路途是不是太近了？地球上容不下我们这些人了，我想还是去月球上生活算了。"

　　朱含韵性格持重、办事稳当，平时很少讲笑话，但偶尔说出句冷笑话来，也着实让人吃惊不小。

　　"四分厂的兄弟姊妹们相约明天一起去市政府上访请愿，问一问市政府的那些官老爷们准备对咱们这些下岗职工怎么安置，总不能不管不问让全厂一千多口子人喝西北风去吧？"姚桐说。

　　朱含韵说："有用吗？上一次几百口子人去市政府门前静坐示威了半天，最终还不是让人家给打发回来了？别去浪费时间了！"

　　姚桐说："没用也得去，不去闹几次，市政府的那些官老爷们不会主动过问咱们这些下岗职工的死活的。拼死拼活地干了四五年，不能说让下岗就下岗了，怎么也得向市委市政府讨个说法。"

　　"我中专一毕业就分配到了华星纺织集团，一干就是十多年，美好青春年华都献给纺织事业了，不也是说下岗就下岗了吗？唉！"朱含韵叹息道。

　　姚桐说："那么大个企业，一千多口子人，经营了那么多年，怎么说

第1章 朱含韵被动上访，毛亚南牵连下岗

垮就垮了呢？你是厂领导，知道得多，你给我们说道说道，这到底是怎么回事？"

朱含韵愤愤地说："集团的那些官僚们利令智昏，尽干些不务正业的事。听说集团公司担保，替市内外好几家企业从银行拆借了二十多个亿，仅给东方机械厂一个企业就担保贷款了十多个亿，这些企业垮了，银行不问担保人要钱，问谁要钱去？"

姚桐气愤地说："那些挨千刀的，真该把他们一个个拉出去剐了。自己的事情都管不好，人家的事情你能管得了吗？可话又说回来了，不图三分利，谁起早五更？我听说市检察院正在对宋小年那些人进行立案调查。"

朱含韵问道："听谁说的？宋总那人除了思想僵化点，在技术创新、产品结构调整等方面有些固执外，其他方面应该不会有什么大问题吧？"

姚桐不无讽刺地说："啊呀领导，你是副厂长，毛工现在又是华星集团破产领导小组的成员，宋小年那些人的德性你们还不清楚？好端端的一个企业让他给搞垮了，很多人很快就要露宿街头了，咱们还有义务替那个浑蛋王八蛋打埋伏吗？都这个时候了，还讲什么政治？"

朱含韵有些委屈地说："咱哪儿是什么领导？副厂长说到底就是一个领着干活的小队长。你亚南大哥又是那种谨慎小心、有话从不回家说的人，灯下黑，信息真不如你们灵通。算了，不说这些了，还是说说明天的事情吧。"

姚桐说："我们准备明天上午九点钟在市政府广场集合，人估计少不了，大家都希望你能参加。都下岗了，就别再装什么淑女绅士了！"

朱含韵无奈地笑了笑，说道："饭都吃不上，病也看不起了，绅士淑女还能装得出来吗？"

"对了，亚南大哥现在身体怎么样了？没什么大碍吧？"姚桐关切地问道。

"还那样！他那种病不是一天两天就能治好的，需要时间，也需要钱。"

人在险途

　　亚南是朱含韵的丈夫，姓毛，下岗前曾是滨城华星纺织集团公司的副总工程师。朱含韵学校毕业被分配到滨城华星纺织集团公司下属的四分厂一车间做挡车工的时候，毛亚南在一车间做机械修理工。不知什么原因，一段时间，朱含韵负责的几台机器经常三天两头出毛病，车间主任每次都是安排毛亚南去帮助修理，一来二往两人就熟络了。

　　毛亚南比朱含韵早一年进的厂，是恢复高考后第一批进入滨城华星纺织集团公司的大中专毕业生。虽然毛亚南不善言谈，甚至可以说是有些木讷，不像车间里的那些小青年们能说会道、善于揣摩姑娘们的心思，但朱含韵认为毛亚南待人诚实，善于学习，技术过硬，具有典型知识分子的特点，是可托付终身之人。而毛亚南认为，朱含韵人虽然长得不算漂亮，甚至有些"土气"，但工作认真，办事扎实，乐于助人，不喜张扬，在众多修养不高、文化程度较低的"女人国"里，让人有鹤立鸡群之感。两人惺惺相惜，加之毛亚南手下的两个徒弟经常把"朱毛本是一家人"、"朱毛会师"的话题挂在嘴边上，有事没事地把两人硬往一起扯，两人想不好都难。

　　朱含韵跟毛亚南结婚的第四年，毛亚南被滨城华星纺织集团公司任命为副总工程师，协助集团当时年逾五十的副总经理兼总工程师刘光负责集团设备引进与机械师队伍管理工作，被集团公司上下视为将来集团总工程师的不二人选，前途一片光明。

　　没过两年，朱含韵因为工作出色，被提拔为一车间的车间主任，不久又被破格提拔为四分厂的副厂长。一时间，毛亚南和朱含韵被公司上下一致认为是最有"官相"的"明星夫妻"。

　　就在朱含韵跟毛亚南你追我赶、比翼双飞的时候，毛亚南被检查出患有严重的慢性肾病，一天离开药都不行，本来还算殷实的家庭一下子变得拮据起来。虽然过去的几个"死党"经常慷慨解囊、给予接济，但也总是入不敷出，经济上经常陷入困境。

　　屋漏偏遭连阴雨，就在朱含韵和毛亚南经常为医药费愁眉不展的时候，

第1章　朱含韵被动上访，毛亚南牵连下岗

滨城华星纺织集团公司生产经营突然陷入困境，进入破产程序，集团上下一千多名干部员工，除留有十多人配合滨城市法院、滨城市工业局进行善后处理外，其余的人全部下岗待业。朱含韵等二十多个"副厂级"领导也未能幸免。

新成立的滨城华星纺织集团破产及善后处理工作领导小组成员名单中有毛亚南的名字，因为破产及善后处理工作需要懂技术的人员，虽然毛亚南仅是集团的副总工程师，但总工程师刘光是一个根本不懂什么技术的"草包"，靠着自己有一个当副市长的姐夫和一张滨城劳动技术学校的文凭，借滨城市委市政府"知识分子管理企业"、"内行领导外行"的名义，摇身一变而成为华星纺织集团公司总工程师，进入集团领导班子行列，两年后又荣升为副总经理，但实际上技术层面的工作，都是由毛亚南来负责。

滨城华星纺织集团公司进入破产程序的前一个月，刘光调到了市工业局辖属的滨城市节能管理办公室担任主任，行政级别为副处级，华星纺织集团总工程师的职责实际上由副总工程师毛亚南行使。

毛亚南虽然身体不好，但市工业局领导们考虑到华星纺织集团破产过程中，更多地需要像毛亚南这样的技术型干部，毛亚南因此成为滨城华星纺织集团破产及善后处理工作领导小组的成员，暂时逃脱了与妻子朱含韵双双下岗的命运。

为了给市工业局的领导们留下一个美好的印象，以便在滨城华星纺织集团破产及善后处理工作完成后，得到一个妥善安置的机会，毛亚南在其他工作组成员特别是市工业局领导们面前尽量表现出一副身体健康、精力充沛的样子：早出晚归，工作勤恳，不到万不得已，从不敢请假。

随着工作生活压力的加大，毛亚南的病情越来越严重，身体状况也越来越差，家庭经济状况随之也不断恶化。

从华星纺织公司下岗后，朱含韵没少求人帮忙联系工作，自己也时时留心电视、报纸上的招聘广告，就连路边高压电线杆子上的小广告也不放

过，可三个月下来，也没有找到一份能够连续干上十天的工作。

"朱姐，明天市政府的请愿活动，你到底参加不参加？"姚桐急切地问道。

"如果没什么特殊情况的话，我尽量去参加。"朱含韵支支吾吾道。

"上一次的请愿活动你没有参加，有很多人在私下里对你说三道四，个别人的话还十分难听。所以，这一次我们都希望你能参加。你在，我们就感觉好像有了主心骨似的。"姚桐说。

"看看吧，没特殊情况的话，我想我会参加的。"朱含韵还是没有给姚桐一个明确的答复。

朱含韵心里明白，滨城华星纺织集团破产前，集团公司内部虽然有二三十个"副厂长级"干部，但女"副厂长级"干部只有她和一个叫刘明明的。

刘明明名义上是集团公司辖属一分厂的副厂长，但她长期歇"病假"，厂里的大部分人一年也难得见上她几次。集团公司内部有人私下里说，刘明明根本就没什么病，而是在外地做生意，前几天有人去上海出差时，还在大街上看到过她。

还有人说，刘明明既没病，也没在外地做生意，而是被一个有钱的人包养起来了，这个人不是别人，就是集团董事长宋小年。

不管怎么讲，去市政府举行上访请愿活动刘明明是不可能参加的，大家希望朱含韵参加也是可以理解的，总归滨城华星纺织集团女工占百分之八十以上，朱含韵下岗前又是集团辖属四分厂的副厂长，分量肯定比普通女工要重一些。

对是否参加第二天的上访请愿活动，朱含韵是左右为难，总感觉去也不是不去也不是。

朱含韵认为，如果自己坚持不去，大家肯定会骂她是一个"伪君子"，以前关心爱护员工的举动都是假的，都是为了她个人和毛亚南"往上爬"，说不定还可能因此衍生出许多常人难以想象的话题。

第1章　朱含韵被动上访,毛亚南牵连下岗

朱含韵心里十分清楚,纺织公司的女工们,个个不是"善茬子",嘴一个比一个损,一个比一个快。如果自己随大家参加了第二天的市政府上访请愿活动,闲言碎语可能少了,但毛亚南那里肯定会有麻烦,因为市政府和市工业局党委明确要求破产及善后处理工作领导小组的成员,要时刻站在讲政治的高度看待滨城华星纺织集团破产问题,时刻注意并防止别有用心的人煽动工人上访闹事,确保自己身边的人不传播不利于改革发展的言论,不参与破坏滨城安定团结大好局面的活动。

"咱又不是什么名人,即使去参加明天的上访请愿活动,谁能认识咱是老几呀?"朱含韵暗暗地想。

姚桐的电话挂断没多大会儿,原四分厂的财务科长白燕燕、车间主任申秋、供销科长赵家和也相继打来电话,强烈要求朱含韵务必参加第二天的集体上访活动。

朱含韵干脆把座机电话线拔了下来,拿起当天的《滨城晚报》胡乱地翻了起来,当看到五十六岁的香港富豪罗子为二十五岁的明星女友庆生,一次就花掉了三百万港币的消息时,一向好脾气的朱含韵也禁不住地骂出了声。

毛亚南开门从外面走了进来,看到朱含韵一个人呆呆地坐在沙发上,关切地问了一句:"没出去走走?"

朱含韵白了毛亚南一眼,没有说话。

毛亚南一边低头换着拖鞋,一边说道:"别整天窝在家里,没事就出去走走。"

朱含韵从沙发上站起来,问道:"今天怎么回来得这么早?晚上不开会了?"

毛亚南说:"工业局苟局长今晚上请客,犒赏工作组成员,我感觉不太舒服,就请了个假早回来了。"

"企业都黄了,还那么死吃死喝!"朱含韵不满地嘟囔了一句。

毛亚南换好拖鞋,走到沙发上坐了下来。

"明天他们又要去市政府上访了，人数可能少不了。"朱含韵像是跟毛亚南讲，又像是自言自语。

"瞎闹腾什么？能解决什么问题？"毛亚南说。

朱含韵不满地看了丈夫一眼："怎么是瞎闹腾呢？干了那么多年，说下岗就下岗了，总得讨个说法吧？"

毛亚南看了妻子一眼，苦笑了笑，没有吭声。

"今天四五个人往家里打电话了，他们都希望我明天也去参加。"朱含韵说。

毛亚南声音虽然不大，但态度十分坚决："谁愿去谁去，咱可不能跟着瞎闹腾。"

"为什么？就是为了所谓得讲政治？"

"一千多号人都下岗了，咱孬好还有个人有活干着，别跟着瞎掺和惹麻烦了。"毛亚南说着在沙发上躺了下来。

"要是每次都不去参加，那以后再怎么面对她们呢？"朱含韵嘟囔道。

"以后能不能常见面都很难说。再说了，还有什么不好面对的？"

"滨城就巴掌大个地方，怎么会见不上面呢？再怎么着也不能让人家戳着咱脊梁骨说咱是'虚伪小人'吧？"朱含韵一边说着，一边给毛亚南倒了一杯热水。

"起来先把药吃上吧。"

毛亚南一边服着药，一边自嘲道："我简直成了一个大药罐子，天天为药店打工了！"

毛亚南服完药重新在沙发上躺了下来："家里是不是又没钱了？要不这药先停一停？"

朱含韵瞪了毛亚南一眼："再没钱也不能断了药，病哪儿能治治停停？"

"唉！这上有老下有小的，都需要花钱，可我偏偏又得了这么个病，拖累了你，也拖累了这个家。"毛亚南长叹了一口气。

第1章 朱含韵被动上访,毛亚南牵连下岗

"人吃五谷杂粮,哪有不生病的?你不用担心钱的事,再没有钱也得治病。过两天我再托人帮忙打听打听,我不相信偌大个滨城市,就没有个适合我朱含韵干的工作!"

"慢慢找吧,有适合咱干的工作咱就干,没适合咱干的咱也不能强将就。"

过了一会儿,毛亚南又问道:"毛毛今晚上回来吃饭吧?别让他整天去他姥姥家吃了,十二三岁的孩子正是吃饭的年龄,整天去老人那里吃,老人也吃不消,再说冬冬也整天在他奶奶那里。"

冬冬是朱含韵的弟弟朱含礼家的孩子,比朱含韵与毛亚南的儿子毛毛小一岁。

毛毛和冬冬都是朱含韵的父母一手带大的,从小两个小家伙就形影不离,感情很好。毛亚南生病、朱含韵下岗后,朱含韵的父母知道女儿女婿家生活拮据,就主动要求毛毛一日三餐去他们那里吃,因为毛毛去学校上学,要经过朱含韵父母住的那个小区,朱含韵和毛亚南也就不再像以前那样坚持让孩子回家吃住了。

"他愿意去就让他去好了,一个羊也是赶,两个羊也是放,多花不了多少钱。"

朱含韵嘴上虽然这样讲,但心里十分明白:"要不是自己现在下岗没收入,你又成了'药罐子',还用得着让孩子天天去老人那里蹭饭吗?人都说十二三岁的小子饭量如牛,一下子加上两个半拉小伙子吃喝,就两位老人那六七百块钱的退休金,不紧巴才怪呢!"

吃过晚饭,毛亚南和朱含韵看了会儿电视,就上床休息了,没多大工夫,毛亚南就发出了鼾声。可朱含韵翻来覆去睡不着,反复思考着参加不参加第二天市政府上访请愿活动的事情,努力寻找着一个既能跟工友们解释过去,又不给毛亚南惹麻烦的办法。

七点半多钟,毛亚南简单吃了点早餐,提着他那个用了多年、皮都磨出花了的公文包准备出门。

看着丈夫佝偻着的背影，朱含韵鼻子一酸，眼泪差点掉了下来，心里暗暗骂自己："为了保住饭碗，丈夫连自己的身体都不要了，你还准备去市政府上访请愿，真是不懂事！"

朱含韵收拾完毕，换上当副厂长时经常在正式场合穿的那身蓝色毛呢翻领小西服，正准备出门去市交警局车管所找她当副所长的表哥问一问，帮自己联系工作的事情有点眉目了没有，姚桐和申秋风风火火地敲门进来了。

"啊呀我的大厂长，咱们今天去找市长请愿，又不是去找市长接见，穿这么正式干什么？"姚桐笑呵呵地说。

"是啊，上访还用得着穿得这么一本正经的吗？"申秋附和道。

"穿得这么鲜亮，市里的那些官老爷们还以为我们日子过得挺滋润的呢。快把这衣服脱了，找件旧工作服换上，越旧越好。"姚桐说着就要上前帮朱含韵脱掉那件蓝色毛呢翻领小西服。

朱含韵挡开姚桐脱衣服的手，歉意地笑了笑："实在不好意思，我今天确实有事要急着去办，请愿上访活动真的参加不了了，你们俩帮我跟大伙解释解释，行吗？"

还没等姚桐开口，申秋先嚷嚷开了："那怎么能行？你是我们四分厂二百多位兄弟姐妹的主心骨，你不去，我们怎么办？"

"是啊，你在咱们四分厂人缘好、威信高、有主见，你要是不参加，那我们不都成了无头苍蝇了？"姚桐也在一边帮腔道。

"我哪儿有那么大的本事？再说四分厂有三四个厂长，多我一个不多，缺我一个也不少。"朱含韵说。

"哼，大伙压根就没指望那三个'鸟厂长'能替大家说句话，他们压根就不是那块料。"申秋嚷嚷道。

朱含韵轻轻推了申秋一把，装出不高兴的样子问道："小申你什么意思？合着我朱含韵天生就是一块打架上访的料儿？你可别抬举我了！"

姚桐抢着解释说："申姐不是那意思。你想，其他三个厂长，牛军那

第1章 朱含韵被动上访，毛亚南牵连下岗

个老色鬼，厂长当了七八年的，贪的钱估计够他一辈子花的了，这个时候他敢抻头？马星再有半年就退休了，厂子黄不黄，他才不关心呢！吕鹏老实得三脚踢不出个屁来，当了一辈子财务科长，算了一辈子账，把厂子都算黄了。牛军之所以把吕鹏提为副厂长，就是想用官封住他的嘴，别让他到处胡说八道。你们那牛马猪（朱）驴（吕）四大金刚，就剩你朱厂长还能替大伙仗义执言了，你要是也不参加，咱们四分厂不让那几个分厂的人看扁了才怪呢！"

三个人你来我往正说着，四分厂的维修工王永亮开着一辆破三轮车来了。

"快上车，快上车，大部队已经在市政府门前集结了，咱们也不能太落后了。"王永亮催促道。

看看实在推脱不过去了，朱含韵只好换上了一件虽有些破旧但还算干净的工作服，上了王永亮的三轮车。

九点多钟，市政府办公楼前就挤满了黑压压的人群，足足有四五百人。看得出来，来之前，大家都是经过一番准备的：女的几乎都穿着中国纺织女工标志性的服装——白帽子、白围裙、白套袖；男的基本上都穿着又脏又旧的粗布工作服，几个调皮的小青年还穿上了浑身补满补丁的粗布上衣，活脱脱的一个"叫花子"。

十多名公安干警站立队伍两边，维持着现场的秩序；市政府办公大楼两侧值勤的武警战士也警惕地注视着上访人群的一举一动。

大约过了二十分钟，从市政府大楼里走出了四个人，为首的是一个大约四十五六岁、头顶上几乎看不到头发的干部模样的人，跟他一起从市政府大楼里走出来的人介绍说是市信访办公室的主任，名曰王唯利。

王唯利站在上访人群的前面，用一副虔诚的神情说道："工人师傅们，滨城华星纺织集团经营不善走入绝境，导致企业上千名干部职工下岗待业，生活遇到了很大的困难，这是大家没有想到的，也是大家所不希望看到的。对滨城华星纺织集团的不幸破产，市委市政府领导十分痛心，也十

分重视，正在积极研究对策，尽快予以解决。在市委市政府政策措施未出台之前，希望大家保持冷静，充分体谅市委市政府的难处。"

"王主任，如果你们家连饭都吃不上了的话，你还能保持冷静吗？如果你们家的孩子学费都交不起了，你还能去体谅别人吗？"人群中不知谁喊了一句，立即得到大家的热烈响应。

王唯利强装笑脸说道："刚才那位师傅说笑了，哪儿有那么严重？哪儿能连饭都吃不上了？"

"我们这些穷工人，不像你们当领导的外快多、积蓄厚，月月发工资都没钱花，三四个月不发工资我们去哪里弄钱吃饭？你看我这身衣服，都破成什么样子了？"站在人群前面、穿着一身补丁衣服、约莫二十六七岁的"破衣哥"，一边抖动着衣服，一边大声问道。

有人认出"破衣哥"叫陈苍，一分厂的修理工。

刚才介绍王主任的那位看上去约莫四十岁左右、长着一对"金鱼眼"的人一脸不悦地问道："你这位小伙子说话要有根据，当领导的怎么就外快多了？你平时不会也穿成这个样子吧？出什么风头？"

"人是衣服马是鞍，有钱无钱全看穿。有钱你以为我不知道好衣服穿着鲜亮啊？"

"破衣哥"一边说着，一边上前摸着"金鱼眼"身上穿的那身咖啡色西装："你也是靠工资吃饭的，我也是靠工资吃饭的，我怎么就买不起你身上穿的这件西服呢？你以为我们这些人都傻啊？不认识什么是皮尔卡丹？"

小伙子话音刚落，人群中立即爆发出一阵嘲弄声。

队伍中有人大喊："惩治贪官，还我工厂。"其他人都跟着喊了起来。

"金鱼眼"气得一扭头走了，人群中立即爆发出"嗷嗷嗷"的叫好声。

王唯利装出一副不温不火的样子，说道："人多嘴杂，我们没办法把大家的意见都集中起来。要不这样，你们选出几个代表，我们坐下来一起谈一谈，好不好？"

第1章 朱含韵被动上访,毛亚南牵连下岗

人群中有人喊道:"让市长出来,我们要和市长谈。"

王唯利说:"市长到外地开会去了。"

"市长去外地开会了,难道七八个副市长都到外地开会去了?为什么不敢出来见我们?是不是心中有愧心里有鬼?"人群中有人质问道。

"还真不凑巧,市政府的领导今天还真没有在家的。工人师傅们,我们这几个人虽然不是领导,但我们可以把大家的意见集中起来报告给领导。这样乱哄哄的,也不是解决问题的办法呀!"

双方僵持了两个多小时后,大家看看也没有其他更好的办法,只好选出了几个代表跟着王唯利去了市信访局办公室,朱含韵硬是被二分厂一个名叫张黑子的副厂长拽了去。

张黑子、朱含韵等上访职工代表提出的要求汇总起来主要有两点:一是请市委市政府尽快研究制定对策,妥善安置一千多名下岗职工的工作生活;二是请市委市政府成立一个专案组,调查滨城华星纺织集团公司破产的真正原因,查明集团内部存在着的"黑洞",给工厂的干部职工们一个交代,还社会一个明白。

王唯利一边在笔记本上不停地记着,一边不停地点头称是。

王唯利说:"刚才,张厂长、朱厂长及其他几位工人师傅们讲的,我都记在笔记本子上了,大家提出的要求不过分,提出的建议也很合理。对各位师傅提出的意见和建议,我们会在第一时间向市委市政府的领导们进行汇报,请市委市政府的领导们尽快做出处理意见,在市委市政府的政策措施未出台之前,请在座的各位帮助做做其他工人师傅们的说服教育工作。华星纺织集团进入破产程序后,大家已是第二次来市委市政府上访请愿了,对大家的诉求,我们已经非常清楚了,希望大家今后尽量不要将群访作为解决问题的主要手段,因为像大规模群访这种极端做法,不仅不能促使问题的解决,而且还有可能影响市委市政府的正常决策。"

王唯利从烟盒里抽出几支烟,分别递给了张黑子等人,自己也点燃了一支。

王唯利猛吸了两口烟，继续说道："受国际国内经济大环境的影响，市内好多企业生产经营陷入了困境，其中就包括华星纺织集团公司。据统计，去年以来，全市有三千多人因企业经营不善，被迫下岗待业，给全市的经济发展尤其是社会稳定带来了很大的隐患。对大家提出的尽快安置职工就业的要求，我个人认为有困难，因为市内现有的企业目前还不具备大规模接纳这么多人的能力，所以我希望大家不要等、不要靠，要广开门路，自谋出路。"

王唯利把烟蒂摁在桌子中央的一个烟灰缸里，扫了一眼在座的职工代表，最后将目光定格在张黑子和朱含韵的脸上："张厂长、朱厂长，你们都是党教育培养多年的干部，有觉悟、有能力，在工人师傅中又有威信，希望你们在自谋职业方面带个好头，做出个表率，这样既解决了个人出路问题，又帮党委政府减轻了压力，也给全市下岗职工做出了表率。"

王唯利看了一眼墙上的挂表，站起来说道："十二点多了，外面的工人师傅们还饿着肚子，我们实在是于心不忍啊！我王唯利虽然工资不高，请外面的那几百号人一起吃饭肯定是请不起，可请在座的几位吃顿便饭，那还是绰绰有余的。走，上午我请大家。"

朱含韵嘴角往上翘了一下，用狡黠的眼神看了王唯利一眼，脸上露出了不易察觉的神情。

"官场上的这些人太会作秀了，几百号人等在外面，别说你不是真心请我们，就是真心请我们，我们能去吗？我们要是吃了你这顿饭，全厂上下一千多口子人不骂我们是'叛徒内奸工贼'才怪呢！太虚情假意了！"

朱含韵、张黑子等人也站了起来，一边跟王唯利等人握着手，一边嘱咐道："王主任，麻烦你一定把我们的想法和建议如实地反映给市里的领导们，让领导们尽快想办法帮助解决，要是拖的时间长了，工人们闹出点什么动静来，我们也不好说了。"

王唯利一边把朱含韵、张黑子等人送出办公室，一边不停地应付道："那是一定的！那是一定的！你们就回去等处理结果吧！在市委市政府的

第1章 朱含韵被动上访，毛亚南牵连下岗

处理结果没出来之前，告诉工人师傅们不要再来市政府上访了，有那个闲工夫，去哪里找点活干干不好？"

看着张黑子、朱含韵等人从信访办公室出来，上访的人群呼啦啦地围了上来，一个劲地打听市政府的领导们是如何答复的。

"王主任说尽快把大家的意见反映上去，让大家先回家等着。都这个点了，大家先回家吃饭吧，饿坏了身子就没法闹革命了。"张黑子说完，自顾自地走了。

看看厂长们都走了，其他人也只好悻悻地散去了。

朱含韵回到家的时候已经是下午一点多了，看了一眼门口的鞋柜，知道毛亚南中午没有回来。其实她不用看鞋柜也知道毛亚南中午是不会回家吃饭的，因为自滨城华星纺织集团破产及善后处理工作领导小组成立的第一天起，就在办公地点对面的一个海鲜馆固定了一个包间，作为领导小组成员午餐的房间，名曰"节省领导小组成员中午回家吃饭的时间，便于及时沟通汇总情况"。有免费的午餐，毛亚南当然不会错过既省钱又能加深与领导小组成员特别是与工业局领导交流感情的机会。

朱含韵脱掉鞋子直接上床躺下了，上访的情景不停地在她脑海里闪现，她反复琢磨该不该把上午的事情告诉毛亚南。

"要是自己把上午参加上访活动的事情告诉毛亚南的话，他会不会着急生气呢？要是真上火生气了，骂自己一通事小，把身子气坏了花钱受罪不说，加重了病情那可就把事情闹大了。"

朱含韵翻过身去又想："我不告诉他，他不一定会知道我参与上访请愿的事情，也就不会生气上火了。"

"对，还是不告诉他的好。"朱含韵在心里打定了主意。

"要是有人告诉他，或者是信访办的人将今天上午的事情特别是参与对话的人员名单汇总上报市政府的话，市政府的人不会不将这份名单拿给市工业局的领导们看的，市工业局的领导们大都跟自己和毛亚南认识的，因为自己和毛亚南在工业系统内也算是'名人'了。要是他们知道我参与

上访请愿了的话，不会不找自己和自己的丈夫了解询问的，要是那样的话，那可就真把事情闹大了！"朱含韵越想越担心，越想越有些后怕。

"对这种大规模群访事件，市委市政府领导是不会坐视不管的，弄不好还会秋后算账。如果仅仅是把自己叫到市工业局批评教育一番，那倒还无所谓，到时候自己态度好一些，接受批评、承认错误或者写份检讨都可以，谁让自己意志不坚定、为了面子随波逐流的？要是因为这件事情让毛亚南受了牵连、挨了处分，或者被开除出破产领导小组，那今后的日子可就真得没法过了。"想着想着，朱含韵吓出了一身冷汗。

安静下来的朱含韵最后还是决定暂不把上午参与上访的事情告诉毛亚南，因为她觉着事已至此，告不告诉他都无所谓了。

第二天一上班，滨城市工业局副局长、滨城华星纺织集团破产及善后处理工作领导小组组长洪岩就把小组各成员集中到了四楼小会议室里。

洪岩神情严肃地说："今天召集大家开会，议题只有一个，就是通报一下华星纺织集团职工集体群访事件。昨天，华星纺织集团四百多名下岗职工，打着横幅，集体去市政府办公楼前上访示威，人数之多、规模之大、破坏性之强是滨城建市以来的首次。个别极端分子故意穿着破烂不堪的服饰，现场公开污蔑、顶撞市政府有关领导，严重扰乱了滨城市安定团结的大好局面，损害了滨城市工业局在市委市政府的形象和地位。对此次群访事件，特别是策划、鼓动、参与并领导此次事件的主要责任人，我们将一查到底，严惩不贷，决不姑息。"

看到参加会议的人员交头接耳、议论纷纷，洪岩用力敲了敲会议桌，嗓门明显提高了许多："在昨天晚上局党委临时召开的紧急工作会议上，苟东局长通报了这次群访事件的基本情况，确定了解决此次恶性群访事件的基本原则，对带头上访的两名原厂级领导和四名骨干成员要进行严肃处理。苟局长希望我们领导小组成员，不要被此次群访事件所影响，集中精力做好工作，早日完成市委市政府和局党委交给我们的光荣而艰巨的任务。"

第1章 朱含韵被动上访，毛亚南牵连下岗

散会后，毛亚南端起茶杯刚想离开会议室，洪岩朝他摆了摆手，示意他再等一下。

洪岩对重新坐回座位的毛亚南说："毛工，在昨天华星纺织集团职工群访事件中，你爱人朱含韵扮演了一个很不光彩的角色，不仅全程参与了群访活动，而且是整个事件的主要策划者和领导者。"

毛亚南一听，心里咯噔了一下，脸色都变了："局长，您的意思是说朱含韵参与了昨天的市政府群访活动？"

"岂止是参与？而是主要的组织和领导者！据市政府有关部门的领导反映，朱含韵和二分厂的张黑子不仅策划了这起事件，而且代表上访职工向政府提出了一系列的条件和要求。张黑子还公开要挟信访局的领导们说，如果近期不给一个明确说法的话，工人们一定会闹出更大的动静来。这不是公开跟党委政府叫板吗？滨城市工业局作为滨城工业系统的主管部门，对培养出这么没有政治觉悟和大局意识的干部感到脸红和惭愧！朱含韵虽然在整个上访活动中没有做出太过的举动，也没有说出一些不太负责任的话，但作为像她那样级别的干部，参与这样的群访活动，本身就具有极大的破坏性。作为丈夫和破产领导小组的重要成员，你是有责任的。我希望你回家后，好好地与你爱人谈一谈，希望她认真进行反思，深挖思想根源，做出深刻检查，争取上级党组织给予宽大处理。"

毛亚南用手帕擦了擦额头上的汗珠，声音有些颤抖地说："听到朱含韵参与了昨天的市政府群访事件，我很震惊。作为丈夫，我没有管教好自己的妻子；作为领导小组的成员，我没有尽到应尽的义务。对此，我要向组织上检讨，请求组织上给予我处分。"

洪岩说："毛工，事情已经发生了，你也不用太自责了，也没有必要过于紧张。今天有时间的话，还是主动找你爱人先谈一谈，让她及早向组织上说明情况，争取宽大处理。"

毛亚南心情沮丧地回到办公室，拿起电话不停地拨打着家中的座机，可一直没人接。

"去哪儿了？"毛亚南自言自语地说。

"朱含韵应该是那种办事有分寸的人，按道理讲，像参加群访这样的活动，她应该知道后果是怎么样的，难道当了好几年的副厂长，连这起码的政治觉悟也没有了吗？"毛亚南忽然想起前天朱含韵曾跟他说起过，四分厂的几个小青年打电话找她参与上访活动，当时他没太在意，实际上他压根儿也没想到一向持重的妻子，会跟那些好像还没长大的小青年跑到市政府去上访请愿，还当什么谈判代表。毛亚南开始后悔当初没跟妻子多唠叨几句，跟她讲明白参与这样的群访活动可能会引发的后果。

"毛亚南啊毛亚南，你真是太大意了，妻子跟你说起上访的事情，分明是跟你商量能不能参加，你为什么不严厉阻止呢？朱含韵啊朱含韵，你在参与市政府群访活动之前，就没有考虑考虑你丈夫现在的处境和身份？就没有想到华星纺织集团破产及善后处理工作完成后，组织上还有可能对我们这些人委以重任？你这么一闹腾，可能连最后的一根救命稻草也给闹腾丢了。真是太不成熟了！"

毛亚南一遍又一遍地往家里打着电话，可就是没人接，气得一向不发脾气的毛亚南也有些沉不住气了。

下午三点多钟，毛亚南跟洪岩请假说感觉自己身体不太舒服，想早点回家一会儿。

洪岩瞧了一眼毛亚南，说道："啊哟，脸色这么难看？要不要去医院看一看？不行的话，让我的司机送你去医院看看吧？"

毛亚南道谢后，骑上他那辆破永久自行车，坚持着回了家。

毛亚南躺在沙发上正睖睁着，妻子朱含韵从外面开门进来了。

"哎，今天怎么回来得这么早？单位里事情不多？"朱含韵对着躺在沙发上的毛亚南问道。

毛亚南只把眼睛睁了一下，没有吭声。

朱含韵走到毛亚南身边，伸手摸了摸丈夫的额头："啊呀！发烧了？"

朱含韵轻轻地推了推毛亚南："吃药了没有？"

第1章 朱含韵被动上访,毛亚南牵连下岗

毛亚南一骨碌翻过身去,把屁股摔给了妻子。

朱含韵拿着退烧药对毛亚南说:"起来,先把药吃了。"

毛亚南坐了起来,接过朱含韵递过来的药片,一仰脖吞了下去,眼睛始终没看朱含韵一眼。

朱含韵轻轻地笑了笑,说道:"有什么不痛快的事说出来就是了,不要藏着掖着了。"

毛亚南盯着朱含韵的眼睛看了好大一会儿,看得朱含韵心里都有些毛愣了。

"干吗这么看着我?我有那么好看吗?"朱含韵故意问道。

"你是挺好看的,我都有些不认识你了!"毛亚南气哄哄地说。

"我老朱如果哪里做错了,请毛总工程师批评就是了。"朱含韵嬉皮笑脸地说。

"含韵,你去市政府上访前,为什么不告诉我一声?这么大的一件事,你应该提前跟我商量一下。就是不提前跟我商量,事后你也应该跟我说一声,我好也有个思想准备。先斩后奏就已经不像话了,可你斩了以后连奏都免了。"毛亚南一口气把上午洪岩在领导小组成员会议上的讲话以及单独跟自己谈话的内容跟朱含韵叙述了一遍。

朱含韵神情严肃地听完丈夫的叙述,歉意地笑了笑:"亚南,对不起,我没想到结果会是这样的,更没有想到事情会搞得这么复杂。"

看着妻子满是歉意的眼神,毛亚南不忍心再说下去了。

"是啊,要是换了自己,在那种环境和情况下,可能也会做出跟妻子一样的举动。"毛亚南想。

"事情已经发生了,你说下一步我们该怎么办吧?千万不要因为这件事影响了你的工作。我已经下岗了,你可不能再下岗了!"朱含韵说。

看着妻子着急的样子,毛亚南安慰道:"去市政府上访并非你本意,是被姚桐、申秋、赵家和那帮小青年硬拽了去的,如果我们主动跟组织上解释清楚,保证以后不再犯类似的错误,我想组织上应该会宽大处理的。

坦白从宽、抗拒从严，何况我们仅仅是不经意间犯了一个不该犯的错误。"

"要是二分厂的张黑子不死拉硬拽我去信访办公室就好了，那么多人，谁认识咱是老几呀！可在那种情况下，我实在没办法不去呀！"朱含韵十分懊悔地说。

毛亚南想了想，说道："这样吧，晚饭后咱俩去趟洪局长家里，把事情的原委一五一十地跟洪局长汇报汇报，让洪局长帮着咱们出出主意、做做工作，争取组织上的宽大处理。"

吃过晚饭，毛亚南和朱含韵骑着自行车去了洪岩家，经过滨城市百货大楼时，两人顺便买了点礼品。

从洪岩家里出来，朱含韵问毛亚南洪岩那人怎么样，愿不愿意给人办事，怎么看着那人滑头滑脑的，不像是替人办事的样子。

毛亚南跟洪岩虽然很多年前就认识，但在滨城华星纺织集团未破产及善后处理工作领导小组未成立之前，两人也仅仅是路上见面打声招呼的交情。滨城市华星纺织集团破产及善后处理工作领导小组成立，工业局党委让洪岩兼任破产及善后处理工作领导小组组长后，两人接触才多了起来，但也仅仅是工作上的关系，两家从未走动过，对洪岩的为人毛亚南确实也不是太了解。

"不管怎么说，作为直接领导，这点忙我想他还是应该会帮的。不指望别的，关键时候给咱们说上句好话也行啊。"毛亚南说。

事情远非毛亚南和朱含韵想象得那么简单，对滨城华星纺织集团群访事件，滨城市委市政府成立了由公检法等部门参与的专案组，调查侦破华星纺织集团公司员工群访案件，因为在群访案件中，个别人不仅散发了污蔑市委市政府和华星纺织集团领导人的传单，对个人声誉造成了伤害，对滨城市改革开放的大局造成了影响；而且群访活动还严重损坏了市政府广场的苗木、花卉以及道路、雕塑等公共设施，触犯了法律，必须严惩。

群访事件发生的第五天，滨城市公安局以蓄意破坏公共财产、污蔑市委市政府领导、破坏滨城市改革开放大局为名，对参与群访的四十多人进行了批评教育、经济处罚，一分厂的陈苍和二分厂的刘军民以污蔑罪和破坏公共设施罪被刑事拘留。

作为群访事件的带头人，朱含韵和张黑子被市工业局纪检部门连续三天"请去"做了深刻检查，受到党内警告处分，并被处以五百元的经济处罚。

毛亚南作为滨城华星纺织集团破产和处理工作领导小组的成员，以及滨城华星纺织集团下岗职工群访事件的重要组织者和领导者朱含韵的丈夫，因在此次群访事件中对家属负有管教不严、监管不利的责任，最终在滨城市工业系统党委扩大会议上作了深刻检查。

自从省机械工业学校毕业分配到滨城华星纺织集团工作以来，毛亚南凭借忠厚老实、服从领导、工作认真、专业过硬，多次受到集团和四分厂领导的表彰和嘉奖。革命工作十六年，从没有受到过领导一次批评的毛亚南，万万没有想到，老婆的一次被动群访，使自己获得了在全系统一百多号人面前检讨"露脸"的机会。

担心、羞愧和自责的毛亚南终于病倒了。

毛亚南住院的第二天，洪岩安排领导小组的两名成员到医院里看望慰问了毛亚南，嘱咐毛亚南安心养病，不要挂记工作上的事情，并表示住院治疗期间，一切待遇不变。可就当毛亚南病情好转准备重新回破产工作领导小组上班的时候，滨城市工业局党委以"身体不适、不宜再承担繁重的工作压力"为由，一纸红头文件，把毛亚南打发回家了。

毛亚南下岗了。

第 2 章

为生计四处奔忙，偶然中营销上岗

毛亚南步履蹒跚地回到了家中，瘫坐在沙发上半天没有起来，那纸《关于免去毛亚南同志滨城市华星纺织集团公司破产及善后处理工作领导小组成员的决定》，不停地在眼前晃来晃去，如同殡仪馆门前那散落的冥币，令他胆寒，让他厌烦。

毛亚南把头紧紧地靠在沙发的后背上，感觉自己孱弱的躯体已难以支撑项上那颗有些麻木的头颅，瘦弱的躯肢好像有电流穿过，有些酸痛，又有些麻木，两行滚烫的热泪顺着脸颊不停地流着。他不知道前方的路在哪里，人生的未来在何方；他不清楚下岗后的自己能干什么，失去经济来源的家庭该如何生活；他不明白偌大的公司为何说垮就垮了，社会何故抛弃了他；他不理解人为什么那样冷漠，连一丝怜悯的眼神都不肯施舍……

毛亚南使劲地把头埋进怀里，烦躁的心久久难以平静。

他恨宋小年，恨他把一个好端端的企业搞垮了；恨工业局的领导，恨他们没有选好用好企业的负责人；他恨自己的妻子朱含韵，恨她为何给洪岩等人提供一个给自己欲加之罪的借口。

毛亚南痛苦地抽泣着，想想自己参加工作以来老老实实做人，兢兢业业干事，从没骗谁害谁记恨过谁，也从未迟到早退旷过工，可为什么老天不容他，社会不容他，不给他一个好的身体也就罢了，可连他干了十六七年的工作也丢了，他痛苦地撕扯着自己的头发。

第 2 章 为生计四处奔忙,偶然中营销上岗

哭过恨过埋怨过之后,毛亚南慢慢地恢复了平静。他知道这个时候自己一定要坦然一些,为了这个家,为了不争气的身体,为了承受着巨大压力的妻子和孩子。他知道朱含韵承受的压力已经够大的了,如果再给她施加压力,极有可能把她也压垮了。

……

听到开门的声音,毛亚南抬头望了望有些疲惫的朱含韵,终于没有控制住失控的情绪。

看着满眼彷徨的丈夫,朱含韵好像明白了什么,这一幕她曾想到过,但没有想到会来得这么快。

天终于黑下来了,毛亚南和朱含韵在黑暗中静静地坐着,好久没说一句话,只有两双哀伤的眼睛黑暗中偶尔地交织着。

过了很久,毛亚南叹了长长的一口气:"唉,下来了也挺好,不用天天装出一副身体健康没毛病的样子了!"

朱含韵听了,终于没忍住哭出了声音。

朱含韵躺在毛亚南宽大的怀里谈了半宿。三个月了,下岗三个多月来,两个人从没有那样痛快地交流过,也没有那样全身心地轻松过,更没有那样充满热情地激励过,如同两人不是下岗了,而是失业多年重新找到了理想的工作似的。

"下来就下来吧,早晚的事,晚下早下一个样,晚下来可能还不如早下来。"毛亚南装出一副满不在乎的样子。

"理虽是这么个理,但无论如何还是让人难以接受的。十五六个年头啊,十五六年的青春都献给华星了,到头来还得从头再来。"朱含韵话语中多少还是带有一点不舍与伤感。

"下岗不可怕,可怕的是我的身体。如果没那一身毛病的话,从头再来又何妨?我们不过只有三十五六岁,可我还是感觉……"话说了一半,毛亚南没有再说下去。

"我咨询过医生了,他们都说只要坚持治疗,注意一下饮食,那病也

不是什么大病，完全是可以治好的。"朱含韵安慰道。

过了一会儿，朱含韵又说："受我参与上访事件的牵连，最近这些日子，你又写检讨又挨批，加班加点搞清资，身体有些透支，难得这么清闲，就先在家里好好休养一段时间吧，别急着出去找活干。"

"你下岗三四个月了，还没找到一份能干得住的工作，我这紧接着又被炒了鱿鱼，家里没了稳定的收入，孩子马上就上初中了，一上中学花销就大了，我又整天靠药养着，你让我在家待着，我能待得住吗？"

朱含韵说："城东有一家名叫明星抽纱厂的私营企业，下午我过去看了看，跟老板见了个面。老板听说以前我在华星纺织公司干过，从事过企业管理工作，就答应我明天去他那里上班，每月固定工资七百块钱，干好了每季度还有奖励。两块加起来，工资肯定比在华星纺织公司工作的时候高。"

毛亚南看了妻子一眼，感觉有些不太可信："什么样的企业工资那么高？不会是骗人的吧？"

朱含韵说："听老板介绍，明星抽纱厂是一家外贸企业，专做外国人的生意，产品主要出口到东南亚一带。老板挺年轻，也就三十多岁的年纪，姓华，跟我们原来的那个华主席是本家。可能是人家华老板看我在大型国有企业干过，又当过企业的副厂长，所以才肯多出点钱让我过去帮着搞管理。"

毛亚南笑着说："咱家尽跟当主席的沾亲带故，我跟主席是同姓，你们本家朱老总又跟主席是亲密战友，现在你又给华主席的本家搞管理。你先过去干干看看，如果可以的话，也把我介绍过去，工资少点也行。"

朱含韵"哼哼"了两声没有说话。

毛亚南扭头一看，朱含韵躺在怀里睡着了。

一大早，朱含韵就去明星抽纱厂上班去了，毛亚南泡上一壶茉莉花茶，一边慢慢喝着，一边翻看着企业破产前单位出钱给每位"副厂级"以上领导订阅的《滨城晚报》，特别是广告版面看得尤其仔细。

第2章 为生计四处奔忙,偶然中营销上岗

毛亚南不停地翻看着电话号码簿,给感觉有能力提供帮助的同学朋友打电话,询问他们单位眼下需不需要人,如果需要的话,别忘了帮他推荐推荐,可得到的答复基本上是一致的:目前单位不缺人,但可以帮忙注意一下。

休息了一段时间的毛亚南终于在家待不住了,他从工具箱里找出了在华星纺织公司当机械师时用过的一些工具,又到市土产杂货店买齐了修补用的万能胶之类的东西,在小区的大门口旁边,挂上了一块"毛家修理"的招牌,开始了摩托车、自行车维理。

挂牌营业的当天,有两个客户上门维修自行车,忙活了半天,赚了四块钱。其中一个客户推着修好的自行车临走的时候,扔下了一句话:"态度很好,技术太糙,花得起钱,耽误不起工夫。"说得毛亚南脸上火辣辣的。

虽说毛亚南是维修工出身,但自在华星纺织集团当上副总工程师以后,就再没有修理过织布机之类的机械,维修自行车更是头一次,手脚慢点、技术糙点是肯定的。

"人家客户说得没错,确实耽误人家的时间有些长了!"毛亚南自言自语地说。

听说毛亚南在小区门口干起了维修自行车的生意,朱含韵坚决反对。

"虽说咱们家目前经济状况不好,有些困难,但无论如何也用不着维修自行车、摩托车呀!你曾是堂堂国有大型企业的副总工程师,有文化知识、有管理经验,你感觉维修自行车的工作适合你吗?就算你不怕别人笑话,要是让全厂一千多名职工知道了,不替你难过才怪呢!"朱含韵数落道。

毛亚南憨厚地笑着:"我以前不就是干维修工的吗?咱俩刚谈对象的那会儿你都没嫌弃我,怎么一起生活了大半辈子后倒瞧不上我了呢?"

"修自行车、摩托车能跟修织布机一样吗?虽说最近咱们家里日子紧巴点,但无论如何也用不着去修理自行车啊!你说你辛辛苦苦干一天,能

挣几个铜板？"

"挣一个是一个吧，总归在家里闲着闷着无所事事好！"

"后天我在明星抽纱厂就干满一个月了，上工之前老板华山就跟我讲好了，工资一个月一兑现，决不拖欠。前两天，我也问过在抽纱厂干了很长时间的工友们，她们都说华山那人别看年轻，但为人还是挺诚信的，很少出现拖欠工人工资的现象。"

看着毛亚南呆坐着不说话，朱含韵轻轻地推了推他："过两天我问问华山，看看厂子里需不需要机械师，如果需要的话，你去干那个工作还是比较合适的，总归都是纺织行业，业务熟。明天千万不要再把你那个'毛家修理'的牌子挂出去了，有时间的话，还是去找找有没有其他更适合你干的工作吧！"

"我寻思修理自行车那活不需要投资，又没什么风险，碰巧了一天还能挣个十元八块的。既然当家的不让干，那不干就是了。"

毛亚南虽然嘴上这样讲，心里却想："你以为我愿意干那活？要不是孩子上学、自己治病都需要钱，我才拉不下那个脸来呢！"

毛亚南把工具一件件地用沾满了油渍的破布包好，重新放回了工具箱。

一个月过去三天了，华山不仅没有按时发放工人工资，而且一连两天连面都没露一下。听明星抽纱厂财务科的人讲，两天前华山曾往财务科打过一个电话，问公司账户上还有多少钱，够不够发放工人一个月的工资。财务科的人说，连续几个月货款回笼不及时，上个月从银行贷的一百万元全部购买了原材料，公司的账户上只有不到五万块钱了。华山听完后，只说了一句他这几天外出办些事情，等他出差回来后再商量工人工资发放的事情。

五六天过去了，华山终于从外地出差回来了，一进办公室，就半天没有出来。

过了好大一会儿，华山把朱含韵和财务科的几个人叫进了他的办公室。

"跟我们做生意的那家公司破产了，前两个月的货款一分钱也没有收回来，以后可能也很难收回来了，所以这个月大家的工资我是没有能力及时全额发放了，在银行贷款未下来之前，我只能把账户上仅有的四万多块钱先平均分给大家，如果大家信得过我华山的话，就容我些日子，我想办法尽快解决剩余的工资；如果大家信不过我华山的话，我可以先给大家写个欠条，贷款一下来，我立即补发给大家。"

一听这话，朱含韵心立即凉了半截：不是她不信任华山，也不是怕她一个月的工资拿不到手，主要是现在家里太需要钱了，如果再没有钱拿回家的话，家里就要断炊断水断药了。

朱含韵几次鼓足勇气想问一问能不能给她多发一点，可话到嘴边终于又咽回去了，悻悻的从会计手里接过人人均摊的三百块钱。

又过了两个多月，明星抽纱厂因无力按时偿还银行贷款，厂房被房东收回重新租给了别人，设备被银行抵押了去。

再次下岗的朱含韵很快又在一家旅游用品商店找到了一份售货员的工作，毛亚南也把封存了两个多月的"毛家修理"的牌子重新挂了出去，可没过多久，朱含韵就主动辞了职，因为她实在受不了商店老板那一对不怀好意的贼溜溜的鼠眼和经常"不经意"间触碰她敏感部位的那双脏乎乎的大手，朱含韵感觉商店老板的每次触碰都是故意的，绝对不是不经意的。

朱含韵漫无边际地在大街上走着，感觉自己的思绪像一团乱麻，折不断，理还乱。

一辆旅游大客车从朱含韵的身边呼啸而过，扬起一阵风沙，把朱含韵吹了个趔趄。

朱含韵怒视着远去的大客车，嘴里忍不住骂道："抢命去？"

一位大嫂快步上前扶住差点摔倒的朱含韵，批评道："你这位妹子，怎么这么不注意？车来了怎么不知道躲避呀？多危险呀！"

朱含韵仔细打量着面前那位个头不高、脸庞黝黑、头戴遮阳帽、腰围花布围裙的大嫂，羞涩地笑了笑，低声说道："刚才有点走神了，谢谢您了，大姐！"

人在险途

　　"围裙大姐"一边熟练地制作着煎饼果子，一边数落道："现在是滨城的旅游旺季，外地车辆、游客特别多，路上行走时一定要注意安全。前几天，有一位老人不小心让外地的一辆旅游大巴车蹭倒了，骨折了，听说现在还在人民医院里躺着。以后可不能不小心呀！"

　　等"围裙大姐"忙过一阵子后，朱含韵凑上前去，小声地问道："大姐，你在这里一天能卖多少卷煎饼果子？"

　　"没仔细算过，遇上卖得好的一天，一二百个也说不定。""围裙大姐"一边忙活着，一边说道。

　　朱含韵花两块五毛钱买了一个，一边吃着，一边看着"围裙大姐"舀上一小勺面糊倒在鏊子中央，拿着一块梳子模样的木板很熟练地将面糊糊均匀地摊在鏊子上，左手抓起一个鸡蛋住鏊子边上一磕，将鸡蛋用木板在烙好的煎饼上摊开，待鸡蛋熟后，将煎饼叠好，用小刷子刷上一层甜面酱，放进一根油条和一片生菜，卷起，一个煎饼果子就做好了。

　　朱含韵静静地看了足足有一个多小时，她确信自己学会了以后，才跟那位"围裙大姐"摆手道别。

　　朱含韵径直去市土产杂货店买了一口鏊子，按照从"围裙大姐"那里学来的制作方法，在家认真地练习了一天后，就正式在景区一隅撑起了一把太阳伞，打出了"香喷喷煎饼果子"的招牌。

　　开市大吉，"香喷喷煎饼果子"开卖第一天，朱含韵就卖出了六十多卷，除去成本，净赚四十多块钱，高兴得朱含韵一夜没有睡好。

　　第二天一大早，天空中飘起了小雨，且一飘就是两天两夜，急得朱含韵嘴上都起了两个大血泡。

　　雨一停，朱含韵就迫不及待地急着去了滨城市最著名的滨海旅游景区——"好望角"，那是游客最集中的地方，也是小吃卖得最好的地方。

　　毛亚南一边帮朱含韵往三轮车上收拾东西，一边劝说妻子不用那么着急出摊，才早晨六点多钟，景点不会有人的。

　　朱含韵没理会毛亚南，还是自顾自地往车子上收拾着东西。她知道这

第2章 为生计四处奔忙，偶然中营销上岗

个季节是滨城市旅游最旺的季节，游客多、钱好赚，一旦过了旅游旺季，外地游客少了，就没什么生意可做了。

朱含韵一边制作着煎饼果子，一边跟几个外地游客东一句西一句地聊着，当城管大队的执法车辆停在她摊位车旁边的时候，朱含韵才发现周围的几个生意摊位车辆早已跑得无影无踪了。

"你不知道这里不让摆摊叫卖吗？"一个个头挺高、看样子是个干部的人呵斥道。

朱含韵有些惊恐地回答说："师傅，我初次干，确实不知道上级还有这么个规定。"

"初次干？初次干胆子能有这么大吗？我们哥几个来了，你连躲都懒得躲，是不是不把我们哥几个当回事？"一个个头不高、长得有点像"牛鼻子老怪"的人气呼呼地质问道。

听了这话，朱含韵一脸的无辜，心里唠叨道："要是知道不让在这里摆摊叫卖，看到你们来了，不躲开那才叫缺心眼呢！"

"你看你这位大兄弟说的，要是知道上级有这么个规定，我怎么敢违反呢？我这就走，这就走。"朱含韵一边说着，一边麻利地收拾着工具，准备推车离开。

"牛鼻子老怪"拽着朱含韵的三轮车，命令道："交罚款，五十元。"

朱含韵回头望着三个城管人员，哀求道："几位师傅，我今天一共才卖了四五卷煎饼果子，加起来也不过十块钱，五十块钱的罚款我去哪里讨弄啊？不让在这里卖，我走就是了。"

围观的人都说，人家一个女同志，干这么点小生意不容易，别为难人家了。

双方你来我往争执不下之际，一位骑着摩托车、也穿着城管服装的人从人群外面挤了进来。

"吵吵什么？你们就不怕在外地游客面前影响咱们滨城模范旅游城市的形象？"

人在险途

朱含韵抬头一看说话的那个人，惊叫了起来："赵家和，你什么时候去了城管了？"

赵家和看到面前的朱含韵，也着实吃了一惊："朱厂长，你怎么会在这里卖这玩意？"

没等朱含韵回答，赵家和回头对围观的人群说："都散去吧，散去吧。没事了，没事了。"

人群散去后，赵家和对方才吆五喝六地三个城管人员说："这是我原来单位的厂长，也是我的一位好大姐，以前没少帮助我，以后你们要是遇见了，一定替我多关照一下，要是谁敢对我原来的老领导不尊重，我可轻饶不了他。"

三个城管人员连声说是地离开后，赵家和问朱含韵刚才那三个小伙子为难没为难她。朱含韵说没事，人家也是为了工作。

朱含韵问赵家和什么时候去城管部门上班的。赵家和说上个月刚调过去，刚才那三个临时工都是他的手下。赵家和告诉朱含韵以后有什么事情直接传呼他就行，说着从上衣口袋里掏出印有"滨城市城管大队一中队中队长"头衔和传呼号码的名片，递给了朱含韵。

城管大队的执法人员一走，先前躲起来的几个小摊贩陆陆续续地推着车回来了，其中一个五十岁左右的中年妇女嘟囔道："那群黑狗子一个多星期没露面了，今天怎么突然又来了？"

另一位中年妇女走到朱含韵的摊位前不无羡慕地说："怪不得你不怕他们呢！原来你跟他们都认识呀？"

朱含韵不自然地笑了笑，心想："要是都认识的话，还用得着被他们像审犯人似的审了半天？你还好意思说，都在一起做生意，遇到这样的事情，连喊一声都不喊一声。"

晚上回到家，朱含韵把白天遇上赵家和的事情跟毛亚南一说，毛亚南不无感慨地说："赵家和那小子确实是个人精，华星公司没破产的时候，在供销科当了三四年的科长，赚了个盆满钵尖，单位不行了，他又摇身一变,成了城管部门的干部。真是有钱能使鬼推磨呀!"

朱含韵赞许地点了点头,又很无奈地摇了摇头。

有赵家和那位过去的老部下罩着,朱含韵心安理得地细心经营着她那个"香喷喷煎饼果子"摊位,遇到城管人员突击检查时,她也会十分配合地象征性地躲一躲,从未再发生过上次那样被训斥或被要求交纳罚款、没收工具的事情。

九月初,滨城市发生了一起严重的食物中毒事件,二十多位外地游客集体投诉到市政府,市政府分管市长立即作出了"严厉查处、严格整顿、严防发生"的批示,并成立了由市卫生局牵头,公安、城建等部门参与的滨城市食品安全整治工作领导小组,对全市宾馆、饭店、小摊点进行清理整顿,未经卫生部门审核通过并发放食品安全证书或经营许可证的,一律予以取缔,违者将严肃追究法律责任。

面对严厉的清理整治,朱含韵被迫关闭了经营仅两个半月的"香喷喷煎饼果子"摊点。

失去了每月一千多元经济来源的朱含韵和毛亚南一家再次陷入了苦恼之中。

"煎饼摊子不干就不干了,风吹雨淋、担惊受怕不说,旅游旺季一过,谁还吃你那个'香喷喷'?即使滨城市旅游没有淡旺季之分,咱也不可能把它作为一个永久的事业。"毛亚南安慰道。

朱含韵长长地叹了一口气,眼泪禁不住吧嗒吧嗒地往下掉。

毛亚南扶着朱含韵的肩头,劝道:"别难过了,人这一辈子,总会有高潮有低潮的时候,小平同志那样的伟人一生都得经历三起三落,何况我们这些平民老百姓了。"

"你说我们现在怎么这么倒霉呀?因为我的一次不情愿上访,你丢了工作;去明星抽纱厂干了三个多月,明星抽纱厂就黄了;摆个小摊点又发生了这样的事情。我这个人是不是就是人们常说的'扫帚星',见谁克谁呀?"朱含韵哭诉着,悲凉中透着无奈。

人在险途

"别胡说八道了。滨城市像咱们这样的家庭多得是,难道大家都是'扫帚星'不成?"毛亚南哭笑着对朱含韵说。

待朱含韵情绪稳定下来,毛亚南说:"前几天车管所你表哥石强说他们所里要找一个杂工,一个月四百块钱,你打个电话问问,他们找到了没有,如果还没找好的话,先去他那里干两天吧。我知道你这人天生是个干活的命,闲下来就容易出毛病。"

第二天,朱含韵直接去了市车管所,跟她表哥石强简单地了解了杂工的主要职责以后,就直接上岗了。

石强在车管所给朱含韵找的工作很简单,就是给到期年审的车辆拓拓车架号之类的工作,工资虽然不高,但工作也不累。

朱含韵在交警车管所干了几天后就发现,所里的许多干警因各种原因来不及在家吃早餐,只好饿着肚子干一上午工作,许多人胃都饿出了毛病。

第一天,朱含韵试探性地带了两个煎饼果子到了车管所,大受欢迎之后,就每天在家里做好几个带到所里去,给那些来不及吃早餐的干警们吃,后来干脆把鏊子等工具带到车管所,现场为他们制作。很快朱含韵就与所里的几十号人混得很熟。

转眼到了年底,石强的一个名叫南军、在滨城市永泰公司当经理的熟人来车管所找石强谈保险合作的事情,石强顺便问起了公司招不招人的问题。

南军说永泰公司在滨城设立机构只有几个月的时间,人员编制省公司控制得很严,想成为公司的正式员工恐怕很难,但去公司当营销员相对容易些,因为营销员不受编制、学历、年龄等诸多因素的限制,有保费就有收入,如果保费达到一定规模的话,收入肯定比公司的正式员工高。

一下班,石强就把朱含韵叫进了自己的办公室。

"今天永泰保险公司的南总来车管所找我谈保险合作的事情,我顺便跟他聊了聊他们公司的一些情况,感觉他们公司还不错。后天,也就是星期六，他们公司在华都大酒店举办一个营销员招聘说明会，你如果有时间的话，不妨去听一听。你目前干的这份工作，临时干干还可以，但干一辈子肯定不合适，当做一生的事业更是不可能的。"石强说。

"对我来说干什么不重要，重要的是能有一份能干得住的工作，能有一个比较稳定的收入。我家的情况表哥你也清楚，上有老，下有小，老毛身体又不好，需要花钱的地方很多。"朱含韵说。

"你别灰心，你才三十五六岁，有知识、有文化，只要能找到一份适合你的工作，凭你的能力和为人，一定能干成一份事业的。保险公司招聘的事，我看你还是去试一试，说不定对你来说是一次很好的机会。"

朱含韵心存疑虑地问道："不知营销员是干什么的？我听说保险公司不错，待遇高、福利好。咱没学过保险，人家能要咱吗？"

"听南总讲，营销员就是专门从事公司产品销售的，我估计跟过去的推销员差不多，只要把保险产品卖出去了，就有工资，还不用坐班。我觉着那工作对你比较适合，有时间照顾老人和家庭，还能有比较稳定的收入。"石强分析道。

"下岗后，找了好几份工作了，哪份工作干得都不顺利，我都有些心有余悸了，但愿这次例外。"朱含韵不自然地笑了笑。

星期六吃过早饭，朱含韵找出一身可体的衣服穿上，跟丈夫一起来到了华都大酒店。

一进华都大酒店一楼大厅，站在大门两侧、穿着大红旗袍、披着写有永泰保险公司字样的六个迎宾小姐，一起弯腰鞠躬、齐声喊道："欢迎光临华都大酒店，欢迎参加永泰保险公司营销员招聘说明会。"

站在左侧一排的一个迎宾小姐快步向前问朱含韵和毛亚南是不是来参加营销员招聘说明会的，当得到肯定答复后，那位迎宾小姐立即把朱含韵和毛亚南两人引领到了能容纳三百多人的四楼大会议室。

朱含韵和毛亚南一踏进会议室，就听到有人喊道："毛工、朱厂长。"

朱含韵和毛亚南顺着喊声望去，姚桐、申秋、朱大勇等一大群人一边招着手，一边朝她俩拥了过来。

招聘说明会的现场人很多，许多人虽然看着面熟叫不上名字来，但毛亚南和朱含韵知道，她们都是原来滨城华星纺织集团公司的下岗职工。

朱含韵笑着问："这次说明会是不是专门为咱们华星纺织集团公司举办的？我怎么瞅着这里面的大部分人都是咱们原来华星纺织集团公司的人？"

"也不全是，其他单位的人也不少。这几天，我们几个人往你们家里打了好几次电话，可就是打不通，去你们家里，一直是'铁将军'把门，我们还以为两位领导失踪了呢！"姚桐咯咯咯地笑着。

"是啊，大家都说两位领导最近神出鬼没的，想必一定有好事把我们这些穷姊妹们忘记了！"申秋也开玩笑道。

朱含韵勉强地笑了笑，说道："前些日子我把我们家里的电话停了，这事忘记告诉大家了。饭都快没得吃了，谁还有闲钱伺候那东西？你们知道营销员是干什么的吧？"

朱大勇说："听我一个同学讲，营销员就是专门为保险公司卖保险的，相当于过去的推销员。听保险公司的人讲，只要营销员把保险公司让卖的产品推销出去，就能挣到业务提成。听说提成还挺高的呢！"

"保险公司的人没说他们让卖的产品好推销吗？"朱含韵问道。

朱大勇说："应该不会太好推销！如果好推销的话，他们不可能给你那么高的提成，但听说有人推销得很好。"

看到大批大批的人陆续走进会议室，姚桐拉着朱含韵的胳膊提醒道："咱们别光顾着说话了，快到前面找个座位坐下吧，这么多人，一会儿很可能没地儿坐了。"

朱含韵等一行人找好座位坐好没多大会儿，招聘说明会就开始了。

主讲老师首先把永泰公司的基本情况特别是公司实力、企业文化等方面的情况作了一个详细的介绍，又用了一个多小时的时间着重介绍了自己是如何走上营销道路，又如何在短短三年时间内实现"脱贫致富"、"奔向

第2章 为生计四处奔忙,偶然中营销上岗

小康"的,直讲得参加说明会的人员面面相觑、惊愕不已。

招聘说明会一结束,人们纷纷拥向表格领取处领取表格。

看到朱含韵领到表格费力地从人群中挤出来,毛亚南轻轻地摇了摇头,小声问道:"你还真想试试?我看营销员这份钱不好赚!"

朱含韵没理会毛亚南,拿着表格看了一会儿,就认真地填写了起来。

朱含韵很快就把表格填写完了,因为类似的表格以前不知填写过多少次了,填写的内容无非是姓名、性别、年龄、学历、工作经历、主要社会关系、联系方式、通讯地址等。表格下方的备注栏中特别注明:工作经历和家庭主要社会关系要详细填写。

朱含韵将填写好的表格交到工作人员手中的时候,顺便问了一句什么时候可以去公司上班。

工作人员扫了朱含韵一眼,说道:"能不能审核通过还不一定呢!如果有幸审核通过了的话,公司会想方设法通知你们的。"

大约过了七八天,姚桐和申秋骑着自行车急匆匆地来到了朱含韵的家里,一进门就问道:"朱姐,你收没收到保险公司的营销员录用通知书?"

朱含韵说没有。

"今天朱大勇打电话告诉我说,他收到保险公司的营销员录用通知书了,让他下周就去公司参加培训。"姚桐有些疑惑地说。

"是不是咱们条件不够,人家没看上?"朱含韵问道。

申秋装出一副无所谓的样子说道:"没看上拉倒,我看营销员那份工作也不是什么好干的工作,要是好干的话,保险公司还用得着那么大张旗鼓地招聘吗?还没看上咱们?就是他们现在看上咱们了,让咱们过去,咱们还不一定去了呢!"

姚桐笑着调侃道:"啊哟,我的大小姐,真是吃不到葡萄说葡萄酸啊!你就别再装了!"

申秋咯咯咯地笑着说:"人家保险公司不录用咱们,咱们还能去找人家又哭又闹?还是跟阿Q他老人家学学吧!"

人在险途

朱含韵表面上表现得很平静，但心里一直在犯嘀咕："按道理讲，个人学历、资历等各方面条件都不比朱大勇差，为什么朱大勇能被录用，自己没被录用呢？难道是自己年龄大了？对，肯定是他们嫌弃自己年龄大了。"

朱含韵转念又想："保险公司招聘的是营销员，又不是选美，年龄大点也没什么呀？难道保险公司的人认为自己不适合做营销工作？或者是自己去市政府上访的事情保险公司也知道了？要是保险公司的人知道自己曾带头去市政府上访闹事的话，他们肯定不会录用自己的，谁愿意把曾经有过'前科'、今后可能是不安定因素的人留在身边呢？对！肯定是有人把自己去市政府参与群访的事情报告给保险公司的人了。"

"去市政府群访，朱大勇也参加了，他为什么没事而自己却因此受到影响了呢？难道是他们确实认为自己就是带头闹事的人？"

朱含韵越想越烦躁，禁不住地小声嘀咕了一句："一时糊涂，后悔终生啊！"

朱含韵从市车管所下班回家，经过小区门口的时候，门卫李大爷把一封信递给了朱含韵，说这封信已经寄来好几天了，前两天别人取报纸的时候一不小心把信一起取回家了，今天刚送回来。

朱含韵急忙打开信封一看，是滨城永泰保险公司寄来的，内容只有寥寥几行字：

朱含韵同志：

经审核，你符合我司营销员条件。恭喜你被永泰滨城保险公司聘请为保险营销员！请你收到信函后，于九月一日（星期三）下午三点到滨城市林荫大道三十八号物资大厦四楼报到并办理相关手续，过期不候。

"天呐！今天不就是十五号吗？"朱含韵禁不住喊了起来。

朱含韵把自行车往传达室的墙上一靠，快速跑到小区对面的杂货店，

第 2 章　为生计四处奔忙，偶然中营销上岗

用杂货店里的公用电话把情况跟表哥石强叙述了一遍，并央求石强一定跟保险公司的他那位朋友解释一下，请他们务必再给自己一次机会。

石强让朱含韵别着急，说他马上跟保险公司的南经理联系，让他跟保险公司负责营销员招聘的领导打声招呼。

电话很快回过来了，石强说南军答应让朱含韵明天一早就去单位找他，并说既然是石所长的表妹，别说是耽误一天了，就是耽误一周也没什么关系。

朱含韵说明天一上班她就去保险公司找南总报到，并请石强帮助把车管所的工作辞了，过两天她再抽时间去车管所跟交警们道别辞行。

石强让朱含韵安心去保险公司上班，车管所那边的事情他会帮她处理好的。

朱含韵又叮嘱了几句，方把电话挂了。

第3章
营销培训火热进行,"不速之客"不请自入

第二天,朱含韵吃过早饭,急匆匆地去了滨城永泰保险公司。

滨城永泰保险公司办公地点位于滨城市林荫大道三十八号,原是滨城市物资局后改名为滨城市物资总公司的办公经营场所。

在物资十分短缺的计划经济年代,滨城市林荫大道三十八号在滨城市那可是家喻户晓、路人皆知。那个时候的林荫大道三十八号,在滨城市许多老百姓眼中,那可是财富和权利的象征,因为那时在三十八号工作的人,不仅可以买到钢材、木材等许多紧缺物资,而且可能还能买到滨城市大多数普通老百姓想都不敢想的东西。有朝一日成为林荫大道三十八号的工作人员,那可是许多人梦寐以求的愿望。随着社会主义市场经济的发展和物质财富的日益丰富,滨城物资系统逐渐失去了竞争优势,最终沦落到解散停业的境地,单位的大部分干部员工或下岗,或自谋职业。

滨城市物资总公司关门停业后,原有的一座四层小楼、九间平房和一个面积足有两个足球场大的院子白白地闲置了几年。夏天,院子里的杂草高过人头,成为鼠蛇虫蚊的"大本营";冬天,草木枯萎、老鼠、黄鼠狼盛行。

永泰公司在滨城设立分支机构时,机构筹建工作领导小组经过严格考察、反复论证并多次商谈,最终以年租金二十五万元的价格,将市物资总公司的办公大楼连同整个院落整体租赁了下来。

第3章 营销培训火热进行,"不速之客"不请自入

朱含韵在永泰公司一楼大厅的木头连椅上等待了二十多钟后,终于把南军等来了。

"关于你的情况,石所长已经跟我介绍过了,像你这样有管理经验、有社会资源的人,是很适合做营销工作的,也是我们永泰公司所欢迎的。上周公司举办的营销员招聘会,去的人很多,报名的也有三百多人。我们大体统计了一下,仅华星纺织集团公司就有一百多人报名参与了招聘活动。从三百多个报名人员当中,公司经过层层筛选,最终确定了七十多人来公司从事营销工作。之所以第一批公司只选中了七十多人,主要是考虑到一次性招聘人员太多,公司的管理、培训都跟不上。你知道,滨城永泰保险公司成立不久,省公司给滨城市公司只审批了二十个正式编制,这二十个人中大部分都是核保、核赔、财务、办公室、信息技术方面的专才,如果营销员队伍过大,公司很难腾出更多的人力、精力去管理。你是石所长的表妹,我跟石所长又是朋友,所以你也就是我的朋友。你是老中专毕业生,又在华星纺织集团公司从事过多年管理工作,认识的人多,又有像石所长这样的社会资源,所以你从事营销工作很适合,也是公司所需要的人才。"

朱含韵有些不明白,自己从来没有从事过保险工作,甚至保险营销员是干什么的都没弄清楚,无论如何也称不上人才的。朱含韵认为,南总之所以那样讲,完全是看在表哥的面子上,给自己一点鼓励罢了。

朱含韵不好意思地摆了摆手,说道:"南总过奖了,我可不是什么人才,压根也不懂什么保险,所以来公司后,还请您多指点呀!"

南军说:"虽说纺织与保险是完全不同的两个行业,工作性质也可以说是有天壤之别,但在许多方面有共同之处,在管理上也是相通的。比方说,在人员构成方面,都是以女工居多;在行业特点方面,都是劳动密集型产业。你以前在华星纺织公司当过厂领导,管理女工有经验,我希望你来公司后,能够充分发挥你在管理方面的特长,为公司的营销业务发展出把力。"

朱含韵谦虚地笑笑:"我没从事过营销工作,对保险又一窍不通,管理团队肯定不行,但如果公司需要,我可以力所能及地帮助做点工作。"

南军笑着说:"这次招聘的七十多个营销员当中,有不少人是原华星纺织集团公司的下岗职工,对这些人的特点、品行和工作能力你比较了解,管理她们你有优势。"

"从明天开始,公司要对新招聘的营销人员进行为期五天的培训活动,公司希望通过这次培训,使每个人尽快了解营销的基本特点和展业技巧,力争短期内就把营销业务做起来。"

南军一边说着,一边摸起办公桌上的电话,把行政人事部经理田庄叫了进来,让他帮助朱含韵把聘任手续补办一下,把营销员培训的事情跟朱含韵再具体交代一下。

第二天九点,滨城永泰保险公司营销员培训活动在公司院内最西边的三间平房会议室内开始了。

正式培训开始前,公司召开了动员大会,会议由永泰滨城中心支公司总经理助理吴思远主持。

"同志们,今天是永泰滨城中心支公司开业三个月纪念日,也是永泰滨城中心支公司营销员培训班开课之日。大家都知道,永泰保险公司在滨城正式开门营业只有短短三个月的时间,在编制严、人员少、规模小的情况下,如果我们不大力发展营销业务,做好借力发展的文章,我们就很难在短期内扩大影响、膨胀规模、加快发展。因此,大力发展营销业务,是上级所求、形势所迫、公司所需、社会所要,是快速扩大永泰保险公司在滨城品牌影响力和竞争优势的重要途径,也是公司实行多种形式发展、多条腿走路的重要体现。我相信,有永泰公司党委、总经理室的正确领导,有在座各位的不懈努力,滨城永泰保险公司的营销业务一定会取得成功,在不远的将来,创造出辉煌灿烂的业绩。为了使大家全面了解营销知识,切实掌握营销技巧,尽快把滨城公司的营销业务开展起来,公司专门邀请了几位专家来咱们滨城公司为大家授课。在来公司授课的专家中,有的以

第3章 营销培训火热进行,"不速之客"不请自入

讲企业文化著称,有的以讲营销策略闻名,有的以讲营销实战过硬。希望大家充分利用好难得的机遇,认真听讲,做好笔记,融会贯通。下面,让我们以热烈的掌声,请南总讲话。"

掌声过后,南军代表公司党委、总经理室进行了培训前动员,并对如何做好培训工作提出了三点建议、宣布了三大纪律。负责牵头组织此次培训工作的行政人事部经理田庄做了表态发言后,为期五天的营销技巧培训活动就正式开始了。

第一天的培训课程是企业文化。培训讲师是一位戴着一副厚厚眼镜、年龄大约五十岁左右、操着一口京腔、神情较为严肃的男子。

"大家好,我叫万成,是永泰总公司宣传部品牌建设处的处长。受总公司品牌建设部的委派、滨城市公司的邀请,今天我来到滨城市公司,跟大家讲一讲什么是企业文化,什么是保险企业文化,永泰保险公司企业文化的特点和精髓是什么。"

……

万成利用了一天的时间,把企业文化在企业发展中的作用、保险企业文化的特点以及永泰公司的发展愿景、服务理念、企业宗旨、公司精神等主要企业文化要素进行了讲解,只讲得台下坐着的七十多号人头昏脑涨、哈欠连天。

万成夹着备课本离开会议室后,田庄笑着走上了讲台:"同志们,今天的企业文化课虽然枯燥,但很重要,这对我们以后开展营销工作很有益处。在座的各位可能以前对企业文化课接触得不多,对今天万处长讲的课程不太明白,这没关系,只要大家课后再品味消化一下,实际营销工作中再细细琢磨琢磨,很多东西可能就豁然开朗了。明天的课程是本次培训活动的重点,它不仅关系到你能不能营销,会不会营销,而且关系到你在营销这条道路上能走多远。希望大家明天务必要做好记录,不要迟到。明天的培训时间还是上午八点半开始。"

吃过晚饭,朱含韵和毛亚南坐在电视机前正看着电视,姚桐和申秋敲

门进来了。

四个人聊着聊着，就聊到了永泰保险公司招聘营销员的事情上。

姚桐和申秋问朱含韵去永泰保险公司当营销员都需要些什么条件。朱含韵说她也不太清楚，不过她听"猪大油"讲，永泰保险公司招聘营销员的第一个条件就是家庭背景和社会关系如何，学历、年龄、性别等要素，公司不太关注。

"猪大油"原名朱大勇，原是华星纺织集团公司辖属四分厂办公室行政管理员，此人年纪不大，但有三个明显特点：喜欢玩乐，好凑热闹，善讲荤话，在漂亮女职工面前更是嘴上抹油、黄段连篇。因此，纺织四分厂的女工们私下里给他起了一个外号叫"猪大油"，意思是好荤太腻。"猪大油"虽然嘴不饶人，但为人义气，极易相处。

"'猪大油'那家伙适合干营销。你别说，人家保险公司的人还真识货！"申秋十分佩服地说。

"朱姐，听说你们今天开始组织营销员培训了，都培训了些什么内容？"申秋接着问道。

"培训了一天企业文化，是永泰公司总部一个叫万成的处长讲的。本来企业文化课程就比较枯燥，那位姓万的先生讲课又像是老和尚念经似的，把人讲得都快睡过去了。'猪大油'那家伙当场就编出了一串顺口溜：万成来滨城，讲授文化经，一句没听懂，纯粹瞎哄哄！"

毛亚南往姚桐和申秋的杯子里一边倒着茶水，一边说："看来这家公司还比较正规，抓企业文化应该是对的。滨城纺织集团公司之所以垮了，很大程度上就是不重视企业文化建设。"

姚桐哈哈笑着说："哎呀，还是毛大哥有见识，不愧是做总工程师的。毛大哥近来身体怎么样？"

毛亚南支吾了半天，没说好也没说不好。

四个人聊着聊着，又聊到了华星纺织集团公司。

"听说宋小年进去后，什么都交代了。听说牛军也贪了四五十万元。"

第3章 营销培训火热进行，"不速之客"不请自入

申秋有些幸灾乐祸地说。

朱含韵说："那几个人出事，大家一点都不感到奇怪，吕鹏出事，还真有点出乎大家的意料！平时看着他老实得话都说不出来，谁能想到他胆子还那么大！"

"牛军拼命地往家里捞钱，他吕鹏要是不捞，牛军能安心？就算牛军安心，他自己也不会甘心。当厂长的，瞒得了老婆，瞒得了单位的职工，能瞒得过财务科长？"姚桐说。

"跟咱们的宋董事长相比较，牛、驴（吕）二人已经很廉洁了！听说宋小年贪污受贿一百多万元呢！可话又说回来了，他宋小年不贪点收点占点，拿什么养活刘明明？咱们这些人天天累死累活还赚不了几个钱，她刘明明凭什么不上班还能月月拿五六百块钱的工资？清福也该享到头了！不抓进去，天理难容啊！"申秋咬着牙说。

临走时，姚桐请朱含韵帮忙打听打听保险公司还招不招聘营销员，如果还招聘的话，她跟申秋也想再去试一试。姚桐说不找份正儿八经的工作，她老是感觉心里不踏实。

朱含韵说她去永泰公司报到的那天，保险公司的南总是说过有事尽管找他，但总归以前跟人家不熟悉，人家说的也可能仅仅是客套话。朱含韵跟姚桐和申秋承诺她可以侧面帮助打听打听，如果有可能的话，一定会求石强替她俩再找南军说说。

姚桐和申秋都说，不管营销员那活干得了干不了，心里还是希望跟着朱含韵这位过去的老领导干。

朱含韵知道她俩说的不过是客气话，自己能不能干得住都很难说，哪里还有能力去领导别人。

第二天八点十分多一点，朱含韵就到达了公司，一进培训室，就明显感觉到了与前一天的不同：课桌由课堂式摆放变成了分组式摆放，共分成六个组；培训室正面的墙壁上悬挂着"我最棒，我能行！"、"今天我是营销员，明天我就是大款！"等标语，讲台上面的横幅上写着"优秀保险营

销员必须清楚的潜规则！"。

学员们陆陆续续地走进了培训室，按照分组名单坐了下来，每组十二个人，朱含韵被分到了第六组。

不一会儿，田庄陪着一位女士边说边笑地走进了培训教室。那位女士长得十分标致，高高的个头、突出的曲线、白里透红的脸庞透着几分妖冶，垂肩的褐色波浪式长发，更增添了几分妩媚……

两人前脚一踏进培训教室门口，田庄就带头有节奏地、起劲地鼓起掌来，不知谁还吹出了一声响亮的口哨。

田庄举起双手，做出了一个示意大家停止鼓掌的动作。

"各位同学，今天我们有幸邀请到了南方著名的培训师杨花花老师来咱们公司授课。花花老师不但人长得漂亮，而且课讲得非常棒，在深圳乃至整个南国赫赫有名，可以说是名师。花花老师不仅有丰富的营销知识，而且有丰富的团队管理经验，相信大家听了杨老师的授课后，一定会顿开茅塞、受益匪浅。下面，让我们再次以热烈的掌声，欢迎杨花花老师授课。"

杨花花笑眯眯地走上讲台，尽情地享受着台下学员们热烈的掌声。

待掌声完全停止后，杨花花说："先自我介绍一下，我叫杨花花，是南方飞扬培训公司的专职讲师、深圳大千咨询公司的顾问、深海公司的独立董事……在我的八年市场营销经历中，我学到了许多人可能没有学到的知识，悟到了许多人可能没有悟到的东西。今天借这个机会，我愿意把我的所学、所想、所做，跟在座的每一位学员分享。"

杨花花环视了台下一周，继续讲道："在我授课之前，我给大家十分钟的时间，请六个团队的学员，在你们所在的团队中选举出一名队长，给你的团队起一个响亮的名字，然后把你们的团队名字写在桌签上。"

十分钟后，六个小组分别选举出了队长，起好了团队的名字：有名为巨龙队的，有名为东北虎队的，有起名为大鲨鱼队的，朱含韵所在的第六小组起名为飓风队，队员们一致推选朱含韵为队长，因为第六小组的队员

第3章 营销培训火热进行,"不速之客"不请自入

大部分是华星纺织集团公司的下岗职工。一向不甘寂寞的"猪大油",立即给朱含韵起了一个"雅号"——"风婆"。

本来飓风队跟其他五个小组一样,都是十二名学员,不知何故,第二天培训的时候,有两名学员没来参加培训,朱含韵发现其他五个小组中,也不同程度地存在着学员未到场参加培训的现象。

待六个小组起好名字、选举出队长后,杨花花解释她为什么这样做的原因:一是为了树立大家的团队意识;二是为了便于互动;三是便于让每个人在最短的时间内尽快熟悉和了解其他学员。

杨花花讲的第一个标题是"摆脱自卑,提升信心"。

杨花花说,生活中,营销随处可见。每个人都在不停地营销着自己:老师营销自己为学生传教,传教士营销自己为信徒布道,政客营销自己为赢得职位,企业家营销自己为企业发展……每个人的一生都可视为一次长期的、不间断的营销。会营销的,取得了成功,很多人当了老板、成了领导;不会营销的,或成绩平平,或遭遇了失败,碌碌一生。如何在长期、不间断的营销人生中取得成功、实现人生的价值呢?首要的一条就是摆脱自卑,提升信心。

杨花花说自卑是一种性格上的缺陷,通常表现为对自己的能力、品质评价过低,同时还伴有一些特殊的情绪体现,如忧郁、害羞、不安、焦躁、失望等。德国哲学家黑格尔曾说过:"自卑往往伴随着懈怠。因此,自卑将会使人一事无成。作为一名优秀的营销人员,首要的一条就是要树立必胜的信心,信心比黄金更珍贵。因为只有自信,才能克服害羞、不安、焦躁等性格上的缺陷,勇敢地走到客户中间;因为只有自信,才能积极地面对挫折和失败,坚定地朝着自己既定的目标前行……"

杨花花通过列举正反两个不同的事例,说明自信的重要。

她说,有一对年近知天命年龄的夫妇同时从一家国有企业食堂下岗了,下岗的第一天晚上,丈夫愁得一晚上没睡着,不停地叹息自己命运不济,埋怨自己没本事、没能力,哀叹以后的日子怎么过。第二天天亮的时候,

妻子发现丈夫的头发白了一半。妻子安慰丈夫说："你干了二十多年的国有企业食堂，有手艺，懂厨艺，再怎么样，也不至于饿死吧？"在妻子的鼓励下，夫妇两人在一个相对偏僻、房租便宜的地方，开了一家名叫"下岗职工水饺店"，夫妻俩起早贪黑、精心照顾着生意。由于小店水饺做工好、品质优、价格适宜，很快赢得了客户的青睐，生意越做越红火。起初的一个二十多平方米的小水饺店，现在已经发展成为一个拥有十多家连锁店、年营业额近五千万元的大型餐饮集团。如果当初妻子跟丈夫一样缺少自信、消沉下去的话，那么中国就少了一个著名的水饺品牌。因此，自信是成功的基石、是攻坚克难的基础。如果没有自信，越王勾践就不能砍断吴王的金戈；如果没有自信，成吉思汗的铁骑就不会踏上多瑙河边的土地；如果没有自信……

"老师讲的这个事例跟现实版的自己是多么的相似啊！刚下岗的时候，自己不也是心灰意冷、茫然失措，一连在家昏昏欲睡了三四天，甚至一度连大门都不愿意踏出吗？当初，是一个人下岗，要是两个人同时下岗的话，说不定连生活的勇气都没有了。"朱含韵不敢再想下去了。

杨花花在第一节课结束时，充满激情地说："营销人员要学会欣赏自己、表扬自己，把自己的优点、长处统统找出来，反复刺激和暗示自己：'我可以、我优秀、我能行！'"

"请大家一起跟我大喊：'我可以、我优秀、我能行！'"

全班六十多名学员一起大声喊了起来，喊声震耳欲聋，传得很远很远。

下课休息的时候，朱含韵找到田庄，说她们飓风队有两个人今天没来上课，空着两个座位，能否让自己过去的两个同事也过来听一听，因为她们两个人也有志于从事营销事业。

田庄支支吾吾了半天，勉强同意了。

姚桐、申秋风风火火地跑进了培训教室，刚一落座，"朱大油"就要开贫嘴了："两位美女，你们两个人又不是我们永泰保险公司的营销员，跑到这里凑什么热闹？是不是想我朱大勇了？想我的话，说一声，我去看你们呀！还用得着亲自跑过来了？太不矜持了！"

姚桐瞪了朱大勇一眼，奚落道："像你这种油嘴滑舌、不务正业的人，保险公司怎么也能瞧得上眼呢？'大油'啊，以后要注意素质呀，不注意素质，丢华星纺织集团公司的人无所谓了，反正企业已经垮了，丢人家永泰保险公司的人，人家保险公司可不会轻饶你呀！"

申秋也在一边帮腔道："是啊，华星纺织集团公司就是有像你'猪大油'这样的人太多了，才垮掉了，你可不能跑到人家永泰保险公司再当'丧门神'了。"

朱大勇假装生气地说："我现在发现你申秋嘴越来越损了，我要是有那个本事，还用得着跑到保险公司当营销员拉保险了？我要是有'丧门神'的本事，早把宋小年那些真正的'丧门神'丧门死了，说不定现在正躺在家里享清福了呢！"

"是啊，跟宋小年一样，在拘留所里不用干活，还天天有香喷喷的窝窝头吃，多享福啊！"申秋笑道。

"你们几个人凑在一起就不能说点正经的？也不怕人家其他两位师傅笑话！"朱含韵不好意见地朝飓风队内两个不是原华星纺织集团公司的人笑笑。

几个人正侃着，田庄陪着杨花花重新回到了培训教室。

朱含韵用手捅了捅旁边的姚桐和申秋，示意她俩不要再说话了。

"上一堂课我们讲了一名优秀营销员必须拥有的品质，那就是自信。但一个人仅有自信是不够的，要想成为一名优秀的营销员，还必须懂得展业技巧。俗话说，处事有规律、凡事有门道，只有摸清了规律、掌握了门道，找到了规则，你才能走上财富自由之路。在所有的规则里面，有的规则是明显的，是每个人都知道的，而有些规则是隐藏在现象背后的。人与人之间的差距不在于那些大家都知道的明规则，而是那些隐藏在背后、不易被发现的潜规则。如果你不知道销售中的潜规则，失败就在所难免。这一单元，我们重点探讨营销中的潜规则或者说是营销中的技巧，这是我们初做营销员必须掌握也应该掌握的基本技能。"

杨花花用了一天半的时间,给大家重点讲了营销八招式:一是广泛社交,盯住熟人不放松;二是强化意志,永远不怕"闭门羹";三是锲而不舍,不达目的不罢休;四是献出真心,我用真情换来感动;五是锁定对象,从最薄弱的环节下手;六是拉近距离,让客户永远无法拒绝你;七是充分准备,给自己创造更多的机会;八是热情周到,让顾客当你的义务宣传员。

第五天的培训课程,主要是形体语言方面的培训,例如如何用微笑融化你与客户之间的障碍,与客户交谈应该注意什么,着装的十大细节有哪些,什么样的步伐、眼神能充分体现出你的自信,等等。针对这些问题,杨花花请六个团队的队员现场演示。

为了给现场观摩的南军、吴思远等公司领导留下一个深刻的印象,六个团队的队员都争相表现,气氛十分活跃。一直赖着听完后四天课程的姚桐、申秋也着实在南军、吴思远等公司领导和六十多名学员面前露了一把。

申秋现场演唱的那首《黄土高坡》,虽然语音基本不在调上,但老师也给予了较高的评价:十分自信,敢于表现;谁的门都敢敲,比较适合做营销;建议语言再"雌性"一些。

看到申秋得到了老师的好评,姚桐也不甘示弱。

姚桐自我介绍说,她虽然没有申秋那高亢的歌喉,但有很强的亲和力,具备刚才老师讲的、被誉为具有"价值百万美元笑容"的日本保险推销家原田一郎的潜质。在朱大勇等人的起哄唆使下,姚桐现场演示了自以为"很迷人、很灿烂"的微笑,并甩着她那肥硕的大屁股,在培训教室里走了一圈,惹得在座的领导、老师及学员们哄堂大笑。

掌声、呐喊声、击打桌子的声音夹杂着口哨声响成一片。

授课老师也忍俊不禁,连声说道:"太意外了!太意外了!"

南军把嘴巴贴近田庄的耳朵,问道:"刚才那两个活跃分子叫什么

第3章 营销培训火热进行,"不速之客"不请自入

名字?"

田庄神情有些紧张地说他也不知道,是那个叫朱含韵的人领来的,不是公司招聘来的营销员。

南军虽然当场没说什么,但田庄明显感觉到领导的不悦。

培训活动一结束,南军就把朱含韵叫到了自己的办公室,简单地询问了她对五天以来培训课的看法、收获后,重点了解了姚桐和申秋的情况。

朱含韵说那个唱歌的人叫申秋,比较滑稽的那人叫姚桐,都是华星纺织集团公司的下岗职工。

朱含韵介绍说姚桐和申秋两人关系不错,性格都比较外向。那个叫申秋的,说话干练,办事泼辣,有"小辣椒"之称;那个叫姚桐的,外表漂亮,内心善良,性格大方,唯一不足的就是二十六七岁了还没成个家。她两个人都参加了上次公司组织的招聘会活动,不知什么原因都没有被选中。

朱含韵跟南军说姚桐和申秋都有来永泰保险公司做营销员的强烈愿望,希望南军给她俩一次表现的机会。

南军笑着说:"你朱厂长看上的人应该没问题。再说那两个人的性格也适合做营销工作,你就通知她俩下周一来公司试试吧。"

两个人正说着,田庄胆怯地敲门进来了,还没等开口,南军就明白什么意思了,连忙摆了摆手说:"不用检讨了,你可是不小心办了件好事,给公司挖来了两块宝。如果她俩来公司后业务做得好的话,总经理室还得奖励你。"说得田庄心里美滋滋的。

看到朱含韵一脸的困惑,南军就把刚才两人说话的前因后果简单地跟朱含韵解释了一遍,朱含韵十分歉意地朝田庄点头笑了笑。

朱含韵从南军办公室走出去后,南军立即组织召开了总经理办公扩大会议,专题研究营销员管理工作和营销政策问题,并在综合考虑营销员个人履历、社会资源以及培训期间个人表现等方面情况的基础上,确定了四个比较适合做团队长的人选。

人在险途

会议结束时，南军布置了当前的工作："为期五天的第一期营销员培训班，经过大家的共同努力，终于圆满结束了。为了更好地展示培训成果，迅速在全司范围内启动营销业务，经总经理室研究，决定近期组织召开营销员培训班结业暨营销业务启动动员大会，通过这次会议的召开，营造营销业务与直销业务竞争的态势，形成营销、直销并驾齐驱的格局。为此，总经理室决定会议时间初步确定在周六下午进行，以便承保理赔等所有管理岗位的人员都能参加。会议的筹备安排工作，由吴总牵头，行政人事部田庄经理具体负责。启动动员大会虽然只有三天多的筹备时间，需要做的工作很多，好在培训班开始的时候，我们就把这项工作布置下去了，各部门都提前做了准备。这次大会是继开业庆典后，公司组织召开的规模最大的一次会议，希望各部门高度重视，回去后把本部门的人员再进行一次动员，在不影响拓展业务的前提下，全力支持会议的组织筹备工作，确保把营销业务启动大会开成一个誓师的大会、鼓劲的大会、竞争的大会。"

第4章

汇报演出五彩纷呈，营销业务正式启动

总经理办公扩大会议一结束，田庄跟着吴思远直接进了总经理助理办公室，两人对周六即将召开的营销业务启动大会的活动日程和细节进行了一番认真讨论，确定了翔实的会议活动方案，并对下一步如何组织管理六十八名营销员制定了基本原则。

本来永泰公司第一批招聘的营销员是七十二名，可培训班没结束，就有六人或感觉营销工作太难不好做，或认为自己缺少资源不适合做营销工作，有的打了声招呼就走了，有的连声招呼没打就不辞而别了。姚桐、申秋两人本来不是公司正式招聘的营销员，可两人在最后一天培训课上的"出色表现"，给南军等公司领导留下了深刻的印象，也为自己赢得了一个递补的机会。班训班结束的时候，营销人员数量实际上是六十八个。

田庄按照跟吴思远商量的意见，很快把营销员团队管理方案确定了下来，并在第一时间跟吴思远进行了汇报。

"按照您和南总的要求，我把六十八名营销员进行了归类，编入了四个团队。对营销员编队的基本原则有两个：一是熟识程度；二是男女比例。由于六十八名营销员中女同志占比超过了百分之七十，阴盛阳衰问题比例突出，所以分组主要还是按照以前是否熟识进行的，这样管理起来可能更容易些。"田庄说着，把营销员团队编排方案递给了吴思远。

吴思远接过田庄递过来的营销员团队编排方案认真地看了看，认为比

较合理，就叫上田庄一起来到了南军的办公室。

吴思远和田庄把营销业务启动大会方案和营销员的团队分配管理方案跟南军详细地进行了汇报和说明。四个团队中，人员最多的一个团队二十六个人，其成员都是原华星纺织集团的下岗职工；人员数量排名第二的团队一共十七人，其成员都是原滨城精工机械厂的下岗职工；其他两个团队的成员虽然来自全市各行各业，但成员基本上也是以下岗职工为主，农村户口的人员为副。

对吴思远和田庄两人拟定的营销业务启动大会方案，南军原则上同意，但对六十八名营销员的团队编排分配方案，南军提出了一些个人的意见和看法。

南军认为，短期来看，熟识的人员编列入一个团队有利于沟通和管理，也有利于形成业务发展的整体合力。但不利之处在于，熟悉的人编列在一起，容易造成资源的重叠，因为同一个客户，团队内的多名成员可能同时认识，不利于相互之间展开竞争和业务市场的拓宽，但在营销队伍组建初期，按熟识程度分组还是利大于弊的。第二个问题是各组的人员数量。除了华星纺织团队和精工机械团队以外，剩余的二十五名成员分编成两个团队，人员数量相对少了一些，不利于四个团队间的平衡和竞争。

南军瞅了吴思远和田庄一眼后，继续说道："征求一下人员较多的两个团队的意见，如果有人愿意调整到人员比较少的团队的话，我们还是欢迎和鼓励的。另外，周六的启动大会，虽然公司全体人员都参加，但主力还是营销员，因为公司管理人员加上业务直销人员也不过二十人。因此，周六的启动大会能不能开好，是否能开出气氛和效果来，关键还要看六十八名营销员现场表现如何，尤其是那几个活跃分子。"

吴思远说明天他准备跟田庄一起先召集四个团队长开个会，让每个团队利用剩余的时间好好准备准备，一定要把会议气氛营造出来，切实把营销启动大会开成团结的大会、鼓劲的大会，朝气蓬勃的大会，一个能充分调动大家工作热情和工作积极性的大会。

第4章 汇报演出五彩纷呈，营销业务正式启动

"你们两个人这两天再辛苦辛苦吧，会议成功与否，就看你们两位总导演的了。"南军笑着说。

第二天一上班，吴思远和田庄就把朱含韵、欧阳兰花、尚品和马良驹叫到了三楼小会议室，田庄把四个营销团队编排方案和公司的营销政策发放到了四个人的手上，并现场对公司的营销业务政策和团队人员分配原则进行了解释和说明。

"目前，尚经理和马经理的两个营销团队人数相对少了些，但这是暂时的，营销业务开展起来后，四个团队可以随时增员，有业务来源、有开拓能力的人，公司张开双臂表示欢迎。"吴思远说。

"关于营销业务提成问题，目前滨城市另一家保险公司执行的是财产险业务百分之十、人寿险业务百分之十八的政策，而我们确定的业务提成比例是财产险业务百分之十一、人寿险业务百分之十九的政策，具有一定的竞争优势。只要大家把业务做进来了，收入肯定大大的。"吴思远笑着说。

四个团队长你一言我一语，就公司的业务政策、团队建设和增员问题提出了自己的一些看法和要求，吴思远和田庄现场一一进行了解答。

最后，吴思远代表总经理室就周六会议的组织和筹备工作对四个团队长提出了明确要求，希望四个团队长高度重视，认真组织准备，切实把会议的各项筹备工作做好。

散会后，四个团队长立即召集各自团队成员开会，商量团队名称、节目编排、会场布置和当年营销业务目标确定等问题。尚品和马良驹率领的两个团队，除各自留下一两名队员配合其他两个团队的人员负责会场布置外，其余的人全部玩起了"失踪"。

朱含韵把总经理室领导召集营销团队长开会的内容跟团队成员认真进行了传达，要求团队中的每一位成员一定要对周六的启动大会高度重视，抓紧做好会议的各项准备工作，无论如何不能输给其他三个团队。

申秋说："咱们团队人员最多，又是从一个单位里出来的，相互之间

比较了解和默契，再怎么着，也不可能比那三个团队差。"

"是啊，如果咱们是支正规军的话，那三个团队充其量是杂牌军，甚至可以说是乌合之众。你看我们华星团队，有帅哥，有靓女，还有才华横溢的'野兽派'歌后、杨贵妃版的'企鹅派'舞后，那三个团队怎么能跟我们华星团队比呢？对不对，小申同志？"朱大勇一脸坏笑地瞅着申秋和姚桐。

姚桐一脸不屑地反驳道："不管跳得怎么样，最起码咱有勇气上去表演表演，可不像有些人，自诩为'华星纺织集团公司第一大才子'，可只能像只老鼠一样躲在潮湿阴暗的角落里瞎唧唧！"

"是啊，有本事周六也上台表演一个不是'野兽派'的节目让大家见识见识，或者不是'企鹅派'的舞蹈让大伙学习学习。实在不行的话，表演一段'驴打滚'让大家欣赏欣赏也行呀。大家说对不对？"

众人一齐起哄道："'朱大油'来一段，'朱大油'来一段，驴打滚。"

朱大勇也不生气，不紧不慢地说："不是我不会唱，我怕我一唱，大家都不好意思再唱了。舞蹈那更没问题了，我担心我上台跟姚桐小姐合跳一舞的话，有些人会醋意大发，说不定还会上台抽我大嘴巴子。对不对，小申同志？"

看到大家七嘴八舌越说越离谱，朱含韵马上制止了众人。

经过大家一番热烈讨论，最后确定团队重点排练两个节目：

一个是曾代表华星纺织集团公司在滨城市工业系统春节文艺汇演中获得一等奖的集体舞蹈《木棉花开千万朵》，因为曾经参与节目表演的十三个人中，有八个人就在朱含韵当团队长的团队里，姚桐本人就是这段舞蹈的领舞人。对原来未参与演出的其余五名营销员，朱含韵安排了五名队员一对一进行指导演练，并亲自将《木棉花开千万朵》节目的编导——市实验中学的音乐老师蒯乐请来，现场进行指导。

第二个节目，朱含韵将团队的四名男同胞组织起来，临时编排了一个"三句半"——《我们是快乐的营销员》。

第4章 汇报演出五彩纷呈,营销业务正式启动

没有演出任务的其他队员中,朱含韵集中精力准备会议发言;三名队员外出洽谈项目,以期在周六会议召开之前团队实现营销业务零的突破,以优异成绩向营销业务启动大会献礼;其他队员全部参与会议室的布置工作。

舞蹈《木棉花开千万朵》排练工作进展顺利,第三天上午着装排练了几遍之后,队员们周六上午就放假休息了,可"三句半"《我们是快乐的营销员》边排练边改台词,一直排练到周六上午很晚才结束。

周六下午一点半多一点,四个团队的人员就集中到了布置一新的培训室。写有"永泰滨城中心支公司营销员培训班结业暨文艺汇报演出大会"、"大力发展营销业务,促进永泰事业腾飞"、"当年保费过千万,三年整体翻两番!"的横幅挂满了四壁;会议室门正对着的墙中央是"目标就在前方栏",栏内是四个团队当年和今后三年的增员和保费收入目标;另一侧墙壁是"培训体会栏",六十八名学员五天来的学习培训体会、感言贴满了整个墙壁;后面的墙壁是"擂台观察哨",已有十多名队员业务实现了零的突破。

四个团队的人相互取笑着、恭维着、打闹着:

"欧阳经理,听说你们团队有一个美女,歌唱得像宋祖英似的,不会是吹牛吧?"

"尚经理,听说你们团队没有一个有艺术细胞的,可别请'雇佣军'来滥竽充数!"

"马经理,你们那个群口相声搞得怎么样了?听说有春晚的水平?"

"朱厂长,你们那个团队人员多、美女多,人才自然就多了,我们团队的人都是'艺盲'、'色盲',如果你们节目多得排不上号的话,我们可以发扬发扬风格,帮助你们消化几个。"

……

大家闹得正欢的时候,田庄风风火火地跑了进来:"领导们一会儿就到了,领导们进来后,大家配合一下,按事先说好的欢迎欢迎。"

没多大工夫，南军、吴思远以及几个部门的负责人嘻嘻哈哈地走进了培训室。

南军等人的前脚刚一迈进培训室，六十八名营销员"唰"的一声站了起来，齐声喊道："领导好，领导们辛苦了！"接着双手有节奏地拍打出了"啪啪啪，啪啪啪，啪、啪、啪"的声音。

南军、吴思远等人也情不自禁地随着大家的节拍拍起手来。

掌声过后，吴思远主持道："今天，我们隆重集会，举行永泰保险滨城中心支公司营销员培训班结业暨营销业务正式启动大会，这不仅是我们永泰保险公司发展史上的一件大事，也是我们滨城保险行业发展史上的一件大事。下面，让我们以热烈的掌声，欢迎南总讲话！"

南军站起来，深深地鞠了一躬，情绪有些激动地说："一踏进这间房子，我就被这里的一切感动了，这种感动是自去年始受东南省永泰保险公司党委的委托，担任永泰滨城保险公司筹备领导小组负责人以来所未曾有过的，更是在我担任永泰保险滨城中心支公司党委副书记、副总经理主持滨城公司全面工作以来所未遇到过的。大家的满腔热情、乐观向上的态度和积极健康的精神风貌更坚定了我发展营销事业的信心和决心。大家都知道，自一九九二年美国友邦保险公司将营销这种销售模式引入上海以来，在短短的几年当中，营销这种业务发展模式迅速被许多行业尤其是保险行业所承认，并收到了意想不到的效果。据报道，一九九四年，上海市寿险新签保单七十七万份，其中友邦公司就占了七十万份，占比达到了惊人的百分之九十点八。这说明什么？这说明营销适合于在中国这块土地上生长，适合于在保险业这块肥沃的土壤中壮大。我坚信，有公司党委、总经理室的坚强领导，有在座各位的团结努力，滨城永泰保险公司的营销业务一定会蓬勃发展；在座的各位也将随着营销业务的发展而成为明日之星……"

南军充满激情地讲了二十多分钟，激动之处，握紧的两拳不停地晃动着，两次还从椅子上站了起来。

第4章 汇报演出五彩纷呈，营销业务正式启动

南军讲完后，四个营销团队的负责人轮流进行了表态发言。朱含韵第一个进行了发言。

"大家好，我叫朱含韵，是原滨城市最大的纺织企业——华星纺织集团公司的下岗职工，我所在团队的所有团员全部来自华星纺织集团公司，因此，我们团队的名字就叫做华星团队，目的就是要提醒团队中的每一个人，华星公司垮了，但华星人不服输的精神没垮。我们决心用我们的爱心，织成绵延不断的金线，把千家万户连接起来，给千家万户送去真诚和爱心。"

"大家好，我是尚品，是高尚品质的意思，不是用来交换的商品。"会场一阵哈哈大笑，尚品也有些不好意思地笑了。

"培训的时候，我听老师讲过，保险是一种契约式商品，跟其他商品不同，是先交钱后消费；有些情况下是只交钱不消费。因此，要干好保险这份工作，要成为一名出色的保险营销员，除了具备勤奋、敬业、锲而不舍的精神以外，还必须具有对客户忠厚、对公司忠心、对事业忠诚的高尚品质。因此，我们团队的名字就叫做尚品团队。团队虽然目前只有十二人，是四个团队中人员数量最少的一个，但我们有决心跟其他团队展开竞赛，并最终取得竞赛的胜利。比一比，看一看，营销路上谁好汉！尚品的队友们，有没有信心？"

尚品团队的十二名队员齐声喊道："有！"

第三个发言的是一个年龄大约三十四五岁左右、浓眉大眼、英俊潇洒的男子："我叫马良驹，生长在内蒙古大草原。我从小就熟识两样东西：一是草原；二是骏马。草原人常说，草原是骏马的家，骏马是草原的主人。如果我们把保险比喻成是一片辽阔的草原的话，那么我们每一位营销员都应该是生长在草原上的马，是纵横驰骋，还是为难发愁？是成为呵护草原的良驹，还是只知索取、不知回报的劣马？我们骏马团队的口号是？"

骏马团队的其他十二名队员齐刷刷地站起来，大声喊道："当纵横驰骋的良驹，不做半途而废的劣马！"

"我们的目标是?"马良驹大声问道。

"当年保费二百万,三年总体翻两番。"十三个人齐声答道。

掌声过后,一个身体长得有些瘦弱、但目光坚毅的女子从座位上站了起来,接过马良驹传递过来的话筒,停顿了一会儿,才慢慢地朗诵了起来:

我从山中来,带着兰花草,种在小园中,希望花开早。一日看三回,看得花时过,兰花却依然,苞也无一个。转眼秋天到,移兰入暖房,朝朝频顾惜,夜夜不相忘。期待春花开,能将夙愿偿,满庭花簇簇,添得许多香。

"胡适先生的这首原取名为《希望》的诗歌,相信在座的许多人都耳熟能详。先生虽对兰花草朝朝顾惜、夜夜相望,却无法实现满庭花簇、平添幽香。我欧阳虽名亦为兰花,出身于干部家庭,毕业于正规学院,但决无先生诗歌中兰花之娇气,亦无一日看三回之需求,只要给我们龙凤呈祥队一个平台,我们定能添得许多香,让人不失望。"

欧阳兰花诗情画意般的演讲,博得了掌声一片、满堂喝彩。

吴思远把头歪向南军:"真看不出,这位欧阳兰花貌不惊人,还是位才女呢!"

南军说:"不错,一个比一个精彩!看来新招聘来的这批营销员里还真有人才呀!"

四个团队长"就职演说"完成后,田庄与姚桐款款上场。男女主持人的出场,立即引来了"哇"声一片,掌声雷动。

总经理室关于搞一场汇报演出之事确定后,关于谁担任汇报演出女主持人的问题,田庄着实费了不少脑筋。田庄清楚,在对每个营销人员的水平和专业能力不了解,尤其是在排练时间十分有限的情况下,汇报演出能否顺利进行,一定程度上要看主持人的应变能力和临场指挥能力。

在调入滨城永泰公司担任办公室主任之前,田庄曾在滨城市歌舞团干

第4章 汇报演出五彩纷呈,营销业务正式启动

过接近两年,虽不是主持人出身,但在公司近一百号人面前也算是见多识广了,担任一场非专业的小型文艺演出的主持人,田庄自信自己还是绰绰有余的。但田庄担心的是近一百号人的队伍中有没有能够上得了台面、跟他配合起来的女主持人,假如女主持人根本上不了台面,或者说主持水平太低,整个汇演的效果就会大打折扣。因此,由谁来担任汇报演出活动的女主持人,田庄着实动了不少脑筋。

正当田庄在为寻找女主持人苦思冥想的时候,姚桐"无意"中透露出她曾在华星纺织集团公司组织的"艺术节"中担任过主持人,反响还不错的信息,求证朱含韵时,朱含韵也说姚桐能胜任。

田庄根据各团队上报的节目,与姚桐加班加点完成了主持词的修改与串联,周六上午,两人穿上从滨城市最大的"千里姻缘影楼"租借的服装,从头到尾排练了两次,自我感觉比较满意。

当身着白色燕尾服的田庄和身着大红拖地裙的姚桐一前一后上场的时候,全场人都惊呆了:

如果白色的晚礼服彰显着男主持人的英俊与潇洒的话,那么紧裹在身的红裙,更映衬出女主持人的风韵与妩媚:紧绷的臀部、凸出的胸部、有些扭捏的走姿……让人感觉那是一团火在跳动、在燃烧,让人兴奋不已,又让人想入非非……

"各位领导,各位同仁:下午好!"

随着主持人的一声问候,永泰保险滨城中心支公司营销业务启动大会暨第一届文艺汇演正式拉开了帷幕。一时间,掌声、笑声、锣鼓声以及各类物件敲打声交织在一起,把整个会场的气氛烘托得轰轰烈烈、热闹非凡。

你方唱罢我登场。四个营销团队、管理部室和直销业务部门组成的混合团队表演的十四个节目,经过大家的投票评选,最终选出华星团队的集体舞蹈《木棉花开千万朵》和骏马团队表演的二胡独奏《万马奔腾》,为"最有艺术内涵节目";尚品团队表演的单口相声《相聚在这里》和龙凤呈

人在险途

祥团队表演的诗朗诵《我们是快乐的营销员》，获得"最有创意节目"；朱大勇等四人表演的《三句半》等三个节目，获得"最有笑意的节目"。而整台晚会关注度最高、收获羡慕和嫉妒眼神最多的当属姚桐。这位下岗前被华星纺织集团公司辖属四分厂二十多名男同胞共同评为"综合分数第一名"的，在本次文艺会演中，以其凹凸有致的曲线和别有韵味的主持，赢得了公司领导的一致好评。

文艺汇演结束后，南军发表了热情洋溢的讲话，脸庞因激动而涨得绯红。

"本来在文艺汇演结束后不打算再讲点什么了，因为汇演开始前该讲的都已经讲完了。可看了大家的精彩表演后，我忍不住还想讲几句，感觉不讲不足以表达我心中的喜悦和感受。对今天的活动，我有两个没有想到：一是没有想到我们滨城永泰保险公司有如此多的人才；二是没有想到在时间如此紧张的情况下，大家能排练出如此精彩的节目。永泰保险公司有如此多的精英在，营销业务何愁不发展？永泰保险公司有如此敬业的员工在，什么样的对手何所惧？我坚信，只要团结一心、密切合作，我们一定会演奏出更加气势磅礴的乐章。我提议，让我们再次以热烈的掌声，对在本次活动中付出劳动和努力的各团队表示衷心的感谢！对在本次活动期间营销业务实现零的突破的华星团队、龙凤呈祥团队表示热烈的祝贺！让我们携起手来，朝着总经理室确定的营销业务'当年突破一千万，确保三年翻两番'的目标，前进！"

在场的第一个人，都学着南军的模样，举起右手，掌心向前，不停地比划着："前进，前进！"

第 5 章

亲朋好友密集拜访，营销大军昼夜奔忙

周一一上班，朱含韵等四个团队长就把团队的队员们召集到了各营销团队办公室。

按照公司的安排，院内的九间平房被分成了四个办公室，自西向东四个办公室的门口上方，分别挂上了营销一部、营销二部、营销三部和营销四部的门牌。朱含韵所在的团队由于人数最多，被安排在曾作为培训室的西边三间办公室里，她们所在的团队就自然而然地成为永泰保险滨城中心支公司的营销业务一部，朱含韵自然就是营销业务一部的经理。营销业务二部、三部和四部，分别是龙凤呈祥团队、尚品团队和骏马团队，欧阳兰花、尚品和马良驹分别是公司营销业务二部至四部的经理。

文艺汇演后的第一周上午，四个营销业务部经理分别组织各自部门队员，召开了营销部正式成立以来的第一次真正意义上的会议。

在营销业务一部的会议上，朱含韵说："上周六，公司举办的文艺汇演，我们华星团队收获最大，表演的两个节目获得了大家的一致好评，分别获得了'最有艺术内涵节目'和'最有笑意的节目'；姚桐在汇演中的出色主持，也为我们华星团队赚足了人气。更为重要的是，在滨城公司实现的一万两千元的保费收入中，我们华星团队的叶茂盛大哥一个人就做了八千九百多元；梅花雪大姐也有保费入账。今天，我们请两位大哥大姐给大家介绍介绍，他们俩是如何实现零的突破的。"

叶茂盛和梅花雪两人各自介绍了自己做第一笔营销业务的体会和感受，归纳起来主要有两点：一是业务首先要从熟人做起；二是一旦盯住一个客户，就不要轻易放弃。因为对熟人的家庭背景、经济状况比较熟悉，碍于情面，他们不可能一下子拒绝，多跟他们介绍几次，业务可能就做成了。做好熟人的买卖，不仅可以增加自己的业绩，而且能够积累展业的经验。

朱含韵一边听着，一边频频点头："是啊！如果一个客户连最基本的生活能力都不具备的话，让他去购买看不见、摸不着、未来才可能消费的保险，岂不是瞎子点灯——白费蜡？只有了解客户的家庭收入、经济状况、生活习惯，尤其是消费需求、购买能力，有针对性地进行营销，才有可能把产品卖出去，收到事半功倍的效果。"此时，朱含韵想到的第一个客户，就是她表哥石强。

当天晚上，朱含韵跟丈夫毛亚南带上下午刚从商场里买回来的一篮子新鲜水果，直接去了石强家。

石强跟妻子巩薇坐在沙发上，一边嗑着瓜子，一边说笑着。看到朱含韵跟毛亚南进来，两人赶紧起身让座。

"很长时间没有看到亚南了。怎么样？身体还好吗？"石强笑着问道。

"还行，慢慢吃药治吧。"毛亚南一边礼貌地跟正在倒茶水的巩薇示意着，一边答道。

"那病虽不是什么要命的病，但也不能不在乎。病就怕耽误，一旦耽误了，治疗起来难度就大了。"巩薇一边倒着茶水，一边说道。

"听说你最近去娃娃乐玩具厂上班了？怎么样？工资能按时发放下来吗？"石强问道。

毛亚南说："工资发放基本上还算正常，但不高。玩具企业跟纺织企业的性质差不多，都是跟棉线、纱布这类东西打交道，也算是重新干老本行了。"

"这几年玩具行业受国外市场行情的影响比较大，生产经营有起伏。亚洲金融危机发生后，听说市内的大部分玩具企业都倒闭了，娃娃乐能撑下来，已经很不错了！"石强说。

四个人聊着聊着，就聊到了朱含韵所在的永泰保险公司。

朱含韵把到永泰保险公司后了解到的基本情况和营销员的工作性质跟石强和巩薇简单地叙述了一遍，说做营销员对有能力、有社会关系的人来说是一份不错的工作，不用坐班，不用在单位靠时间，只要有业务，就有工资收入。唯一不好的地方，就是任务压力太大，做客户的工作太难。

毛亚南说当营销员除了能说会道，脸皮还得厚，像朱含韵那样拙嘴笨腮的人，他感觉不太适合干营销工作。

石强问朱含韵保险公司都有哪些产品，哪些产品比较适合家庭购买，哪些产品是专门为企业设计的。

朱含韵说公司的产品倒很多，好像有二三百个险种，但目前卖得比较好的产品也就七八个。接着朱含韵就把前两天刚培训的几款常用产品简要地给石强和巩薇做了一下介绍，尤其是对公司新推出的针对青少年群体设计的"安享一生"产品进行了重点推介。

巩薇问朱含韵像石尚这个年龄段的孩子购买哪款保险产品比较合适。

朱含韵忙不迭地回答说，刚才介绍的那款"安享一生"保险产品就比较适合。

石尚是石强和巩薇的女儿，正在读小学四年级。

石强虽然比朱含韵大两岁，结婚也比朱含韵和毛亚南早一年，但石强和巩薇结婚五六年巩薇才为石强生下了石尚，所以石尚比朱含韵和毛亚南的儿子毛毛年龄小。

朱含韵说："'安享一生'这款产品一出生就买最划算，给像石尚这个年龄段的孩子购买，费率相对高一些，但早买总比晚买合算。前两天，我们单位的一位同事花了四千多块钱，一下子给他儿子买了十份。我最近也想凑点钱，给我们家毛毛也买两份。"

石强看着巩薇，商量道："要不咱也给尚尚买几份？"

朱含韵说："听单位里的人介绍说，这款产品现在是在亏本销售，说不定哪天公司就不让销售了，要买的话还是趁早比较划算。"

巩薇不自然地笑了笑，看那神态有些不相信："过两天你给我带份说明书我先看看，合适的话，就给尚尚买几份。"

朱含韵和毛亚南走后，巩薇问石强："你还真想给尚尚买那款叫什么一生的保险呀？我听说保险公司都是骗人的，可别让他们给骗了！"

石强瞪了妻子一眼，非常不高兴地说："含韵是我亲表妹，她还能骗咱们不成？再说了，就她那股实在劲，她会骗人？"

巩薇说："她刚去保险公司上班，可能什么都还没弄明白，她不可能成心骗咱们，但不能保证公司不会骗她们那些刚从事营销工作、什么还没弄明白的营销员。还是打听打听再说吧。"

石强说："保险公司是靠业绩说话的，没有保费人家公司不会老是让她当部门经理的。再说亚南身体不好，毛毛眼看着就长大了，以后需要钱的地方多了去了，咱们要是能帮他们一把的话，还是尽量想办法帮帮他们俩。"

巩薇说："要是他们真遇上过不去的坎了，咱们给钱给物都可以，没有必要非得买那玩意儿。"

石强觉着巩薇说得也不是一点道理没有，就不自然地笑了笑，没再说什么。

第二天一上班，朱含韵借去车管所给石强送产品说明书的机会，到所内各科室转了一圈。

看到朱含韵来了，原来熟悉的干警们都围过来争相跟她打着招呼。

朱含韵一边跟干警们嘘寒问暖，一边迫切地希望有人主动提起保险的事情，她感觉人家不主动问，自己实在不好意思主动跟人家说。朱含韵知道，一上来就跟人家滔滔不绝地介绍保险，非把人家吓跑了不可。

好不容易有人问起保险公司和保险产品的事情，朱含韵逮住机会就给大家说了一通。临走的时候，还从包里拿出了几款产品说明书和印有"永泰保险公司滨城中心支公司营销一部经理"的名片，羞答答地发放给在场的每一位干警。

中午回家后,朱含韵把上午去车管所的经过跟丈夫叙述了一遍。朱含韵问毛亚南自己在车管所里讲得是不是有些多了。

毛亚南憨厚地笑了笑,说道:"是有些多了!人都那样,给他们说得越多,他们可能越以为你在骗他们,就越不敢买,即使他们可能需要那样东西。前两天,有一位小姑娘上咱们家推销洗衣粉,价格比商场的洗衣粉一袋便宜两块多钱,咱们家里当时也确实需要洗衣粉,可人家送货上门了,你不也是怕上当受骗没敢买吗?有的时候,上赶着的买卖可能成不了买卖。"

朱含韵说:"保险那东西看不见摸不着,你不主动给人家介绍,人家怎么会明白呢?大家不明白的话,怎么可能主动掏钱购买呢?说还是要主动说的。上次深圳来的那位杨老师说的一句话我记得非常清楚。她说做销售就得主动,你不主动营销,就勾不起客户的购买欲望,客户就不会购买你的产品。如果你坐等客户自己找上门来,那是不可能的。你需要做的就是用积极的情绪去感染客户。理虽然是这么个理,可我总感觉很难做到。每次在去见一个熟人之前,我都不停地给自己打气,尽量使自己信心足一些,可一见到人家,信心好像一下子就没了,鼓足了勇气有时候就是开不了口。"

毛亚南说:"刚开始可能都那样。别着急!实在不适应营销员那份工作的话,咱再想办法找别的活干,别太难为自己。"

朱含韵说:"既然入了这一行,怎么也得尽力干干试试,现在哪还有什么容易干的工作?再说当营销员拉来业务就有收入,还不用坐班。哪像我在明星抽纱厂工作的三个月那样,黑天白夜地干,到头来也只拿回家三百块钱。"

朱含韵像一个不知疲倦的陀螺,每天不停地在亲朋好友、过去的同事熟人周围旋转着。每每见到一个熟人,朱含韵都会面带笑容地告诉人家,自己现在在永泰保险公司做营销员,然后把印有"营销业务一部经理"头衔的名片递过去，还不忘嘱咐一句：有需要的话，一定给她打电话。

一星期下来后，朱含韵虽没签下一份保单，但她还是感觉自己有一定收获的，因为很多人已经知道她现在在干什么了。更重要的是，一周下来，朱含韵感觉自己不像刚开始当营销员时那么拘束和难为情了。

周六上午，各团队长再次组织各自团队人员召开会议，汇总情况，总结一周来的收获。

朱含韵简单地开了头，大家就开始轮流讲述各自一周来的体会、经验和收效。

申秋说："我先谈谈我的体会，算是抛砖引玉吧。这一周我骑着我那辆'凤凰'，围着滨城市跑了十多圈，统算起来，没有四百公里，也得有个三百多公里，一盒名片也发光了，可业务一笔也没做上来，主要原因还是咱们对保险产品的条款解释不清楚。虽然上岗前公司培训了五六天，但基本上都是心理素质方面的培训，真正险种方面的培训太少。假如不懂业务，即使脸皮练得再厚，也没有什么用处。因此，今后公司应该加强业务险种方面的培训。"

梅花雪说："申秋说得很对。虽然这一周我又做了两单业务，一单人身险业务，一单车险业务，连同启动大会召开前做的那单业务加起来，有四五千元的保费收入，但也有一两单业务应该做下来而没有做下来，主要原因就是刚才申秋说的那个原因。本来客户就不想买，只是碍于情面勉强同意听咱唠叨，可咱连最基本的东西都没跟人家解释清楚，人家当然有理由拒绝咱们。"

"这一周我也去拜访了十五六个客户，名片也留了，说明书也发了，可就是没人搭理咱，业绩栏里还是个'大鸭蛋'！唉！"姚桐一边说着，一边抬头望了一眼办公室墙壁上的"擂台观察哨"栏目。

朱大勇一脸坏笑地说："我说姚大美人，凭咱还能得个'大鸭蛋'？你请请我，我可以收你当徒弟。"

姚桐一脸不屑地说："你'猪大油'比我强不到哪里去，跟你当徒弟，好人也变成二百五了！"

"我教你一招，别找女的卖保险，卖保险你得找男的，保证一卖一个准。哈哈哈……"朱大勇不怀好意地笑道。

"别胡闹了，说点正经事吧。"朱含韵制止道。

"我昨天签了个大单。"看到大家都伸长了脖子等着听他说下一句，朱大勇故意端起茶杯装着喝水。

"你'猪大油'卖什么关子？有话快说，有屁快放！"申秋装出一副生气的样子骂道。

其他人都跟着起哄道："快放！快放！"

朱大勇笑嘻嘻地说："忙活了一周，签了一份二百块钱的单子，保单还不会填。操！"

四个营销业务部会议结束后，吴思远代表公司总经理室召集朱含韵、欧阳兰花、尚品和马良驹四个部门经理继续开会。

吴思远指了指身边一名年龄大约三十多岁的女同志介绍道："这位是刘星月同志，是公司从另一家同业公司聘请过来的人才。在来我们公司之前，星月同志就从事营销业务管理工作，具有较强的市场营销能力和丰富的营销管理经验。星月同志来我们公司后，主要负责营销政策的制定、营销队伍的培训和营销团队的管理。以后大家有什么问题，尽管跟星月同志请示，星月同志解决不了的，可以上报总经理室研究解决。"

吴思远把四个营销业务部的经理，一一介绍给了刘星月。

吴思远把一周来营销业务发展情况和四个营销团队会议中提出来的问题，递给了刘星月。

刘星月笑着说："六十八个人，三十一个人有保费收入，三十七个人没有实现零的突破。营销业务刚启动，业绩也还说得过去。"

刘星月跟四个营销团队的负责人进行了热烈交流后，提出了自己的一些看法。

刘星月认为，大多数营销员之所以迟迟没有实现零的突破，主要原因应该是专业技巧还没有完全掌握。她判断，大部分营销员一周来只是去跟自己的亲朋好友、过去的一些同事熟人打了声招呼，告诉他们自己去保险公司当营销员了，留个联系方式就OK了，既没有跟客户讲明白为什么要买保险，应该买哪种保险，也没有对已经拜访过的客户进行回访，勾不起客户的购买欲望。

刘星月认为，要真正让客户认识保险、购买保险，必须让客户了解保险、信任保险，做到这一点，唯一的办法就是要采取"地毯式轰炸法"。

"刘总，什么是'地毯式轰炸法'？你能不能给大家讲一讲？"欧阳兰花问道。

没等刘星月开口，吴思远接过话茬道："现在已经过了饭点，我估计刘经理一时半会儿也讲不明白。这样吧，下周一一上班，各部门把各自的队员召集在一起，让刘经理跟大家详细地讲一讲，地点还是上次培训的那个教室，也就是现在营销业务一部的办公室。大家都忙活一周了，下午回去好好休息休息，美美地睡个午觉吧！"

周一一上班，其他三个部门的营销员带着各自的凳子汇集到了营销业务一部的办公室，听新来的营销部"大经理"讲话。

刘星月大步流星地走到会议室的前面，大声问候道："各位同仁，你们好吗？"

下面坐着的人有气无力地应道："好！"

刘星月做了一个调皮的动作，批评道："上周六，我听你们的经理们讲，上岗培训时，老师专门培训过信心课，信心比黄金更可贵。从刚才大家有气无力的回应中，我感到大家还没有真正树立起信心，这怎么能行呢？"

刘星月用力拍了拍自己的手，说道："咱们再来一次。各位同仁，你们好吗？"

台下的六十多号人齐声喊道："好！"

"比刚才好多了。再来一次。各位同仁，你们好吗？"

第5章 亲朋好友密集拜访，营销大军昼夜奔忙

台下的人扯开嗓子大声喊道："好！"

"对，当营销员靠的就是一股精神劲，一股不服输的精神。"接着刘星月给大家讲了一个故事：

日本有一个叫原一平的保险营销员，刚开始推销保险的时候，因为手头没有一个客户，他只好采用"地毯式轰炸法"进行推销。所谓"地毯式轰炸法"就是选定一个区域后，进行挨家挨户的推销，每天访问十五个客户后回公司。第一天访问一至十五户；第二天从第十六户开始，访问到第三十户；第三天从第三十一户开始，访问到第四十五户；第四天重复第一天的回访。他的真诚终于打动了一些客户，也赢得了一些保单。

"我敢断言，上周在座的每一位队员访问的客户都不会超过三十位，更不可能重复回访客户。如果认为我判断得不对的话，请举手。"

看到没有人举手，刘星月更加自信起来："原一平访问了四十五个客户，并且在回访到第二十五个客户的时候，才赢得了一个客户。在座的很多人第一次访问的时候，就跟客户签订了保单。这说明什么？这说明访问是有效的！只要我们保持足够的耐心，持续不断地访问，像苍蝇一样，盯住一个客户就是不放松，我敢肯定，赢得无数的客户是轻而易举的事情。"

会议一结束，六十八名营销员背上装有各类保险单和印有"客户经理"名片的包，急匆匆地出了公司。

第 6 章
马良驹晕倒搞掂客户，欧阳执著拔得头筹

连续两周朱含韵都有保费入账，但她始终高兴不起来，因为她所做的两单业务，一单是父母买的，一单是表哥石强买的，两单业务买的都是"安享一生"这款产品。

得知女儿重新找到了工作，且听别人讲女儿新去的保险公司是一个很好的单位以后，朱含韵的父母就高兴得合不拢嘴，好像一块石头结结实实地落了地。

自从女儿下岗以后，朱含韵的父母就愁眉不展，吃饭饭不香，睡觉觉不宁，逢人便讲："我们家含韵是个正儿八经的中专生，有文化，肯吃苦，如果你们有机会的话，一定帮我们家妮子说道说道，我们全家人不会忘记你们的。"当得知毛亚南也下岗了以后，老两口简直就要疯了，特别是朱含韵的母亲，早晨一睁开眼睛，就唠叨朱含韵的父亲起来没完没了：

"你个死老头子，干了一辈子也没混上个芝麻粒子大小的官，要是退休之前跟你那个叫张疯子的同学那样当上镇长的话，你女儿女婿还用得着像今天这样吗？两个人都没工作了，亚南身体又不好，这以后的日子该怎么过呀？"

朱含韵的父亲为人老实，脾气好，干了三十五六年的工作，没跟同事打过架、红过脸，这一点朱含韵像她父亲。在家里，朱含韵的母亲怎么唠叨，她父亲一般不会轻易发火的，可女儿女婿相继下岗后，一向不发脾气

第6章 马良驹晕倒搞掂客户，欧阳执著拔得头筹

的朱含韵的父亲，也跟老伴急了几次眼：

"我没有本事，你有本事不也行呀？你要是能当上镇长的话，全家人不也能跟着你借个光吗？"

朱含韵的母亲眼珠子瞪得老大："男主外女主内，家务活基本上都是我一个人的，你什么时候干过？家里的事你不管，外面的事你又管不了，你个死老东西，你还能干什么？"

朱含韵的父亲十分委屈地说："含韵、亚南下岗，我不着急呀？你是她亲妈，我也不是她后爹呀！共产党队伍里出了腐败分子，把企业搞垮了，我有什么办法？"

老两口争着争着，就开始骂人了，骂宋小年、骂市工业局的局长、骂滨城市的市长。

因为自己下了岗，惹得两位老人整天心情不好，拌嘴斗气，还得为儿子毛毛操心费力，一想到这些，朱含韵和毛亚南心里难受极了。

朱含韵被永泰保险公司招聘为营销员、毛亚南去了一家玩具厂上班以后，老两口甭提多高兴了，逢人便说："我们家含韵和亚南又找到工作了，含韵去了市保险公司上班，一去公司领导就安排她当经理，手下管了二三十号人。"

听说在保险公司上班有保费任务指标，老两口见人就说："买保险别去别的公司了，去我们家含韵那家保险公司买就行了，那家保险公司可是家大公司，国有公司，有实力。东西还是买国有公司的放心。"

为了支持女儿的工作，老两口商量着给孙子和外孙子一人买了一份"安享一生"保险。

朱含韵替父母给两个孩子购买保险的当天，正好石强去朱含韵父母家里看望两位老人，一见面，朱含韵的母亲就又跟石强唠叨起来了。

"含韵刚去一个新单位，你得好好帮衬帮衬她，怎么也不能让她再丢了这份工作了。"

第二天一上班，石强就打电话给朱含韵，让朱含韵帮忙给女儿石尚买

两份上次她推荐的那款保险产品。石强还告诉朱含韵说，他已经跟近期准备购买车辆的两位熟人说好了，新车一买回来，挂好牌就找朱含韵先把保险买上。

朱含韵拿着刚投保的两份车险保单正准备给石强的两位朋友送过去，迎面遇上了刚从外面回来的马良驹。

"马经理，这几天整天看你火烧火燎的，是不是拉到什么大业务了？"心情好，朱含韵的话自然就比平时多。

"别提了，前两天朋友给我介绍了一个客户，是搞水产加工的，我已经去他们公司十二三趟了，可每次去，要么人家不在家，要么人家不见咱，好不容易见上了，可每次人家都说：等等看看，再研究研究。今天中午我又去了人家那里一趟，这不刚回来。"

"客户同意投保了？"

"等了一个多小时也没有见上人家那位黄总，他们办公室的人说黄总去会客户去了，下午才能回公司。"

"是笔什么样的业务？"

"是个小企财险方面的业务。我让业管部的崔经理初步给测算了一下，这单业务如果能做下来的话，可以收三四万元的保费。"

"这可是笔大业务，好不容易跟人家联系上了，可不能轻易放弃了！"朱含韵鼓励道。

"谁知道这单业务能不能做下来！要是知道早晚能做下来的话，别说是跑十二三趟了，就是跑一百二三十趟也值得！反正咱们这些人的工夫又不值钱！"

看到朱含韵手里拿着的保单，马良驹问道："今天又做了笔什么业务？"

朱含韵说："两个客户在咱们公司购买了车险，保费不多，四五千块钱。这不，我正想给他们把保单送过去。"

"不错了，四五千块钱的保费，就相当于赚了四五百块钱的工资，一

第6章 马良驹晕倒搞掂客户，欧阳执著拔得头筹

周拉这么两单业务就行了。"

朱含韵笑了笑，没有回答，心想："这四五百块钱还能都自己装进腰包里？怎么也得给人家买点东西意思意思，最后口袋里能落下二三百块钱就不错了。"

"这一周你保单不少，厚积薄发，有什么诀窍？说出来让我分享分享？"马良驹笑道。

"哪有什么诀窍？碰巧了弄了两单业务罢了，要是你能把刚才说的那单业务做下来，一单业务就超过我拉一二十辆车！"

朱含韵抬起手腕看了看她那块戴了十多年的上海手表，说道："时间不早了，我得赶紧把保单给人家送过去。"

马良驹一直望着朱含韵的自行车拐出了公司大门。

在马良驹为一笔业务着急上火的时候，欧阳兰花也正为培训时就开始跟踪的一单业务发愁。

欧阳兰花一去永泰公司，他爸爸在滨城市工商局当副局长时的一位名叫何山的部下就跟欧阳兰花承诺说，他有一个同学叫孙奇，搞了一个铸造厂，雇用了二百多名工人，方便的时候他打电话跟孙奇说说，让孙奇把他雇用的二百多名工人全在永泰公司上保险，并让欧阳兰花抽时间去找孙奇。

欧阳兰花一连好几天去铸造厂找孙奇商量保险的事，可每次去孙奇都装出一副可怜兮兮的样子："目前企业资金紧张，等资金稍微宽裕些，我一定买你们永泰公司的保险。何主任已经给我打过好几次电话了，买保险的话，我会打电话找你的，你就不用一再往我这里跑了。"

欧阳兰花说："孙总，您的企业是咱们滨城市比较大的铸造企业，一年一两千万的产值，哪能几万块钱的保险费都拿不出来呢？是不是对我们保险公司信不着？"

孙奇搪塞道："不是信不着，主要还是资金紧张。"

欧阳兰花说："铸造行业是一个高风险行业，一旦有风险，可能就不

是小事，还是给工人师傅们买上保险比较安心。"

听了这话，孙奇的妻子不高兴了："我们这铸造厂干了五六年了，从来就没买过什么保险，工人们除了平时有过磕磕碰碰外，从未生过什么大事。保险那东西，我看买不买的没什么大的必要。"

"嫂子不能那样讲，买保险就是买个安心、买个万一，不能为了节省对你们来说微不足道的小钱，而留下将来可能要花几倍甚至几十倍资金的风险。再说了，给工人师傅们每人买份保险，对工人师傅们来说也是一种激励，有利于稳定工人队伍。"欧阳兰花用一些典型事例，说明购买保险的重要性，同时又让何山给孙奇打电话帮着做工作，经过十多次反复后，孙奇终于答应给铸造厂的每位工人都购买一份人身保险。

月底结算前，欧阳兰花把从孙奇那里拿回来的四万多块钱的支票入了账，个人业绩一下子从三十多名，上升到了第一名，部门的保费收入也在四个营销部门中拔得头筹。

看到欧阳兰花不到一个月就做了五万多块钱的保费，其他三个团队的业绩也领先于自己所带的那个团队，并且骏马团队内部还有三位团队成员业绩超过了自己，这对于一向不服输的马良驹来说，多少有些心有不甘。

马良驹带上从商场购买的两盒绿茶，骑上不久前新买的摩托车，顶着炎炎烈日，又去了那家名曰"大海水产品食品有限公司"，这是他第十五次登门拜访了。

大海水产食品的经理黄利睡完午觉刚起床，泡上一壶绿茶正美滋滋地喝着，看着马良驹摇摇晃晃地走进来，身子也没欠一下。

"怎么又来了？"黄利有些不高兴地问道。

"嗯！"马良驹应道。

"我真得给你在我这里安排间办公室了！你这天天来回折腾，不累啊？"

没听到马良驹吭声，黄利抬头一看，顿时吓了一跳：只见马良驹脸色蜡黄，嘴唇青紫，目光呆滞，豆大的汗珠顺着脸颊直往下流，衣领都湿

第6章 马良驹晕倒搞掂客户,欧阳执著拔得头筹

透了。

"怎么了?你是不是有心脏病?"黄利一边说着,一边紧张地用手摸自己的心脏部位。

马良驹紧闭双唇,坚持着摇了摇头。

"小王、小王。"黄利朝着门外大声喊道。

"什么事,黄总?"被称为小王的人和一位女孩从隔壁办公室里跑了过来。

"你们快看看保险公司的马经理怎么了?不会是犯了心脏病吧?"黄利一边抹着脸上的汗水,一边问道。

被黄利称为小王的小伙子和那个女孩看了看,说道:"是不是中暑了?快把电风扇搬过来。"

大约过了二十多分钟,马良驹终于缓过气来了,脸色也慢慢变得有血色了。

"可能是中暑了!真是不好意思!"马良驹有气无力地道歉道。

看到马良驹开口讲话了,黄利终于松了一口气。

"你还是干保险的,怎么一点保险意识都没有?这么热的天你又跑来干什么?"黄利有些不满地嘟囔道。

"你天天跑我这里推销保险,你自己购买保险了吗?"黄利一脸严肃地问道。

马良驹不自然地笑了笑,没有说话。他心里清楚,虽然自己天天跑到客户那里宣传保险的重要性、必要性,但自己至今还一份保险没有买过,他相信,公司里的大多数营销员包括那些正式员工在内,也没有为自己或家人购买过保险。

"怎么可能呢?"马良驹苦笑着说。

"是啊,你们保险公司的人买保险不用花钱,不管有用没用,怎么也得给自己多少保上点。靠山吃山,靠水吃水嘛!"

"你也不用再往我这里跑了,再往我这里跑,下次还不知再搞出点什

么动静来。我心脏不好，经不起呀！"黄利说。

马良驹一听，立马来了精神："心脏不好，更得为自己买份保险了。你不为自己想想，总得为嫂子和孩子负责吧？"

"你经常给我介绍的那款保险，到底能提供什么保障？像心脏不好，住院治疗之类的费用，你们公司报不报销？"黄利问道。

"产品说明书我不是给您过好几回了吗？您就没看看？"马良驹笑着问道。

"看了，可你们保险公司的保险条款跟天书似的，看了好几次也没看明白是怎么回事。"黄利有些无可奈何地摇着头。

"我给您推荐的那款产品保障比较全，只要您购买那款产品再附加住院医疗，心脏不好住院治疗花销的费用，公司都能报销。别再考虑了，快买上吧。像您这样有身份、不缺钱的大老板，不购买几份保险怎么能放心呢？"马良驹滔滔不绝地说了半天。

"你们保险公司的人真难缠。好吧，你帮我算算，像我这个年龄段的人，购买你刚才推荐的那款产品需要花多少钱。"黄利说着，点燃一支烟慢慢地抽了起来。

"你还能只给自己购买？那不让嫂子和孩子们说你老兄自私吗？我们公司有'家庭保险套餐'，既省钱，保额又大，很划算，最近卖得很火。"马良驹得寸进尺。

黄利很无奈地摇了摇头，又不情愿地点了点头。

第7章

分业大会无奈遇"鬼",华星团队被动抉择

十一月中旬,永泰东南省公司下发了《关于切实做好财寿险业务分业经营的通知》,要求全省十二家地市公司务必于年底前全面完成财寿险业务分业经营工作。

省公司通知下发的当天,南军主持召开了公司中层以上干部参加的内部通气会,朱含韵、欧阳兰花、尚品和马良驹四个营销部经理,都参加了会议。

南军把省公司的分业经营通知全文进行了传达,并成立了由南军亲自挂帅的"永泰保险滨城中心支公司财寿险业务分业经营工作领导小组",要求参加会议人员务必将省公司的会议精神传达到每一位员工,让每一位员工提前确定好各自的选择去向,做好分业前的各项准备工作。

会议一结束,马良驹就找到朱含韵,问她准备去财险公司当营销员还是去寿险公司当营销员。朱含韵说还没考虑,回家以后跟毛亚南商量商量再说,反正还有十多天时间。

马良驹说他准备报名去财险公司,一是感觉财险公司主要跟单位打交道,客户素质高一些,单笔业务量也大,规模膨胀也相对快一些;二是来永泰公司近半年时间里,财险业务做了十多万元,而寿险业务只做了三四万元的保费,如果选择去寿险公司做营销员,好不容易积累起来的十多万元的财产险客户,可能就得让给别人,感觉有些可惜。

朱含韵说她去哪儿都无所谓，因为做的不到十万元的保费业务中，寿险业务跟财险业务保费收入差不多，都是四五万元，但寿险业务提成高，基本上是财险业务的两倍。

朱含韵回到家里，征求丈夫毛亚南的意见。毛亚南说他对保险了解得不深，只是通过朱含韵知道了点皮毛，去财产险公司好还是去人寿险公司好，他也说不清楚。

朱含韵说在财险公司展业可能相对容易一些，但业务提成低，她个人倾向于去寿险公司当营销员。

毛亚南知道朱含韵之所以准备去寿险公司当营销员，完全是因为寿险业务提成高，在寿险公司当营销员可能赚钱多点。毛亚南心里清楚，下半年以来，药量虽然不断增加，但感觉自己的病情一点也没有好转，甚至可能还有所恶化，每次朱含韵问他，他都说感觉比以前好多了，因为他实在不愿意给妻子再增加更多的精神负担。

"她已经够难的了，无论如何我也不能再给她增加额外的压力了！"毛亚南常常这样想。

自从在永泰公司从事营销工作以来，朱含韵几乎每天都是起早贪黑，早出晚归。有时候为了跟一个客户见上一面，一等就是几个小时，晚上十点以后回家是常有的事。一方面，朱含韵本来就是一个干事认真的人，无论干什么事情，都想干得比别人好，何况在竞争十分激烈的保险行业，如果不付出比别人更多的心血和努力，要想取得一个令人比较满意的业绩，很难。即使朱含韵起早贪黑地拜访客户，拓展业务，保费收入在四个营销团队负责人当中，只比尚品好一点；另一方面，随着企业改制步伐的加快，滨城市下岗职工每年都在增加，就业竞争十分激烈，大家都很珍惜目前的工作岗位，生怕像励志口号说的那样：今天工作不努力，明天努力找工作。更为重要的是，朱含韵认为，自己家庭特殊，上有老，下有小，中间还有一个身体不好的，特殊的家庭背景，容不得她不付出比别人更多的努力。

第 7 章　分业大会无奈遇"鬼"，华星团队被动抉择

朱含韵全身心地投入到业务发展上，自然对丈夫的病情注意得少了一些。当丈夫安慰她说身体感觉越来越好的时候，她坚信医生说的话是对的：只要坚持治疗，别断了药物，丈夫的身体是完全能够痊愈的。

十二月初，省公司组织部一位姓闫的部长来滨城宣布了滨城财寿险公司党政领导班子人员组成名单：

南军任永泰滨城财产保险公司党委书记、总经理；王唯利任公司党委副书记、副总经理；崔树林任总经理助理。

永泰滨城人寿保险公司党委书记、总经理是从省公司调来滨城的樊童；副总经理、总经理助理分别是吴思远和田庄。

闫部长说："从今天开始，咱们永泰保险公司在滨城有两家机构了，一家是财产保险公司，一家是人寿险保险公司。两家保险公司虽然在经营上是独立核算的，但在集团层面上咱们还是一家人，从三级机构这个层面来讲，是一个爷爷的兄弟，在市场拓展、经营管理方面两家公司应该互取所长，共同发展。对两个公司的班子成员，在座的各位有的熟悉，有的可能是初次见面。南军、吴思远两位老总我就不用介绍了，分业前就是咱们滨城公司的班子成员。田庄、崔树林两位同志，大家也十分了解，分业前，一个是咱们滨城公司行政人事部经理，一个是滨城公司业务管理部经理。樊童同志和王唯利同志，在座的大部分同志可能不太了解。樊童同志是中央财大毕业的高材生，来咱们滨城工作前，在省公司担任人寿险部的副总经理，是一个专业能力很强的干部。王唯利同志在加入我们永泰公司之前，是咱们滨城市委、市政府信访办公室的办公室主任，从政多年，人脉很广，经验丰富，是滨城市委市政府领导专门为我们永泰公司挑选派来的优秀人才。相信两位同志来公司后，一定会给永泰公司带来新的生机，注入新的活力。"

一听"王唯利"这三个字，台下坐着的朱含韵、朱大勇、姚桐、申秋等人都不禁打了个寒噤。

"刚才我就瞅着那个'秃子'有些眼熟，好像在哪里见过，没想到还

真是信访办的那个王八犊子！"申秋把嘴巴贴到朱含韵的耳朵旁，小声嘀咕道。

"真是冤家路窄呀！难道前世他跟咱们这些人有仇？"朱含韵神情黯然地说。

"王唯利那个王八犊子不在信访办当办公室主任，跑到咱们保险公司干什么来了？"申秋十分不解地问道。

"过会儿再说吧。"朱含韵发现主席台上坐着的几位领导眼睛直往她们几个人坐的那个方向上瞅，小声提醒申秋等人道。

见面会一结束，华星团队的二十七名队员呼啦啦地集中到了营销一部办公室。

"真是大白天撞见鬼了！这不是纯粹来跟咱们过不去吗？"一进办公室，朱大勇就嚷嚷开了。

"朱姐，是不是那个'秃子'知道咱们这些人在保险公司当营销员，所以专门来保险公司折腾咱们的？否则的话怎么会这么巧呢？"姚桐不无担心地问。

"你还别说，还真有那种可能。不是他主动要求来的，就是有人派他来的。"申秋附和道。

"上次去市政府上访的时候，我就瞅着王唯利那小子不是什么好鸟。你看他那对小眼睛，跟老鼠似的，看着就瘆人。才四十多岁，头上的毛毛就掉光了，不是琢磨人累的，就是近女色累的。"朱大勇一脸坏笑地说着，眼睛不停地瞟着姚桐和申秋。

"我说两位美女，你们俩以后可要注意了，千万别跟那个'秃子'走得太近了，否则的话，后悔可就晚了！要是以后真的出了什么事的话，可别怪我老朱没提醒你们。"

申秋一听，拿起手中的一本书，冷不防地朝朱大勇头上砸去，嘴里还骂道："你个死'猪大油'，真是狗嘴里吐不出象牙来！"

姚桐也端起桌子上一个盛着开水的杯子，装出往朱大勇身上泼水的样

第7章 分业大会无奈遇"鬼",华星团队被动抉择

子。朱大勇笑嘻嘻地跑开了。

二十七个人你一言我一语,把王唯利损得人不是人,鬼不是鬼。

大家都问朱含韵怎么办。

朱含韵说,还能怎么办,只能去寿险公司当营销员了。

虽然一开始朱含韵就决定去寿险公司当营销员,可当南军找她谈过一次话之后,朱含韵就改变主意决定留在财险公司当营销员。

南军认为,随着个人财富的增加,私家车肯定会成为普通老百姓家庭生活的必需品,财产险业务一定会比人寿险业务增长得快。更为重要的是,朱含韵的表哥石强虽然现在还是车管所的副所长,但所长已经五十多岁了,很快面临着退居二线的问题,老所长隐退后,最有可能接替所长位置的,非石强莫属。有这么好的财产险业务资源,去干没有多大优势的人寿险业务,南军认为朱含韵的选择不太明智。

南军认为,朱含韵未下岗前,在华星纺织集团公司从事过几年管理工作,对企业的运作模式和管理流程比较熟悉,跟财产险业务占主导的团体客户打交道有一定的优势,虽然来永泰保险公司后,财产险业务做得不够理想,主要原因还在于朱含韵对永泰公司的保险条款不够熟悉,思想观念还没有完全转变过来。

南军透露,省公司的领导已经私下里跟他打过招呼了,财寿险公司分业经营后,他本人十有八九要担任财产险公司的主要负责人,担任人寿险公司主要负责人的人选,肯定不会从滨城公司现有的人员中产生,因为目前的二十多名正式干部员工中,还没有一个人具备当地市保险公司主要负责人的资历和能力。假如来滨城寿险公司担任总经理的人品行、能力都不行的话,公司业务发展和经营管理肯定不会好到哪里去。

南军信誓旦旦地表示,财产险公司与人寿险公司运作模式不一样,在财产险公司当营销员,以后转为公司正式员工的机会要比在人寿险公司当营销员转为正式员工的机会多,只有转为公司的正式员工了,才能保证工作稳定、老有所养。

经过南军这么一点拨，朱含韵决定报名去财产险公司当营销员。

听说朱含韵准备报名去财产险公司当营销员，华星团队的二十七名队员有二十三名队员初步决定跟着朱含韵一起去财险公司，只有梅花雪等四名队员决定报名去人寿险公司，因为梅花雪等四名队员每个人手中都有一两个比较大的人寿险业务客户，并且她们都认为自己比较适合从事人寿险业务方面的拓展工作。

几天后，当朱含韵把华星团队二十七名队员集体去寿险公司当营销员的消息告诉南军的时候，南军感觉出乎意料，又有些大惑不解。

"不是谈妥了来财险公司当营销员吗？怎么说变就变了呢？能给我一个合理的解释吗？"南军问道。

朱含韵不好意思地笑了笑："南总，以后我会给您解释清楚的，但现在不能！"

根据工作需要和员工报名情况，二十九名管理人员和直销人员中，最终分配到财险公司的有十六人，其他十三人去了寿险公司；六十八名营销员，除一人感觉无法适应营销员工作而中途退出外，其余六十七名营销员中，只有二十九人报名去了寿险公司，其余三十八人全部留在了财险公司。二十九名去寿险公司的营销员中，除了华星团队二十七人，另有一人来自龙凤呈祥团队，一人来自尚品团队，欧阳兰花、尚品和马良驹三个营销团队的经理，没有一个主动要求去寿险公司的。

"看来南总私下里早把大家的思想工作做通了，或者去财险公司有机会转为正式员工的承诺发挥了作用。"朱含韵暗暗地想。

按照永泰省公司批准的财寿险分业经营方案，永泰寿险公司继续租用林荫大道三十八号作为办公场所，滨城财险公司在市农业银行大厦租赁了九百多平方米的四楼，作为公司的办公场所。

财险公司从物资公司大院搬出去的前一天晚上，马良驹召集欧阳兰花、尚品和朱含韵一起在一家名曰"千里姻缘"的酒店吃了一顿散伙饭，也算是给朱含韵送了个行。

第7章 分业大会无奈遇"鬼",华星团队被动抉择

永泰公司营销团队成立半年来,四个营销团队的经理虽然每天都忙着跑市场、见客户,真正在一起的时间不多,但两周一次的培训、一月一次的评比活动以及经常列席公司的中层干部会议,使四个营销团队的经理建立起了比较深厚的个人感情。

那天晚上,四个人一边交流着从事营销工作半年来的体会和收获,一边不停地频频举杯祝福,但每个人实际上并没喝多少酒。

不知何故,在草原上长大、生性豪爽、一向酒量很好的马良驹,那天晚上,仅喝了他正常酒量的一半,竟然喝得酩酊大醉。

第 8 章
永泰寿险"招兵买马",申秋受辱一战"成名"

财险公司搬迁到市农业银行大厦办公以后,一向热热闹闹的三十八号大院一下子沉寂了下来,搬迁出三十八号大院的财险公司干部员工,一下子缺少了喊声、笑声、歌唱声,一时还真有点不太习惯。

财险公司上上下下忙活着搬家的时候,寿险公司的领导们也没闲着,也在忙活着开会研究组织架构、费用政策、人事安排、人员招聘以及县区机构搭建等工作。

财险公司搬出三十八号大院的第二天,樊童组织召开了总经理办公扩大会议,宣布了两天来总经理室研究的十大事项:

一是组织架构问题。公司除保留原有的行政人事部、计划财务部、客户服务部、营销业务部以外,将分业前原有的人寿险业务部一分为三:分别成立团险业务部、个险业务部和培训部三个部门。同时,决定年内在滨城市辖属的城区、滨东两个还没有设立机构的县区成立经营机构,要求已经成立机构的天王、滨西两个营销服务部,要在最短的时间内扩充人员,扩大规模。

二是人事安排问题。扩大会议对各部门的负责人进行了明确:吴思远副总经理兼团险业务部经理,田庄总经理助理兼行政人事部经理,计划财务部和客户服务部经理分别由分业前两个部门的副经理滕谣、苗绘担任,个险部经理由吴思远刚从滨城另一家同业公司"挖角"来的李刚担任,刘

第 8 章 永泰寿险"招兵买马",申秋受辱一战"成名"

星月担任培训部经理。天王和滨西两个营销服务部的经理分别由张八斤、孙冠五担任。会议同时还任命朱含韵为公司营销服务部的经理。

三是队伍建设问题。分业后,人员不足问题比较突出,县区和市公司部门多的三四个人,少的只有一个人。分业经营时,永泰人寿东南分公司给滨城公司核批了二十个正式员工编制,并且要求优先解决管理岗位、重要部门人员。会议认为,在公司直销人员极少的情况下,滨城永泰寿险公司要把业务规模迅速膨胀起来,只有走营销业务发展的路子,全力拓展营销业务。为此,会议决定加快营销员队伍建设,力争在最短的时间内把营销员队伍规模膨胀起来。

四是业务及费用政策问题。为了调动公司广大干部员工的展业积极性,公司实行全民动员、全员展业政策,要求所有的管理岗位人员都承担一定的保费指标,名曰"千斤重担众人挑,人人肩上有指标"。公司规定,所有管理岗位上的人员,每年必须最低完成二十万元的保费任务,完不成最低任务指标的,按比例扣罚岗位工资,实现的保费收入,平均按不低于百分之十八的比例计提业务提成。同时,总经理办公扩大会议还确定,当年公司的营销业务收入指标是确保完成一千五百万元,力争实现两千万元。营销业务按照不同的险种,提取不同的业务提成,提取比例最高的险种是百分之三十五,最低的也超过了百分之二十。

五是员工教育培训问题。分业经营后,面对新员工多、新险种多的实际,公司提出了加大投入、加强培训工作的要求,规定每月的第一、三周的周日要全天进行培训,不仅要培训产品,还要培训理念,培训展业技巧等。

……

会议一结束,吴思远就把朱含韵叫进了自己的办公室。

吴思远开门见山地说:"在行业内部有这么个说法,财产险业务靠直销,人寿险业务靠营销,可财寿险公司分业时,四个营销团队,三个去了财险公司,只有你带的华星团队留在了我们寿险公司,对此,公司总经理室对你十分感激，也十分器重。前两天总经理室开会的时候，樊总还专门问起过你，很详细地了解了你的情况。你现在是公司的营销部经理，我是分管营销业务的副总经理，咱们两个人是一条绳子上的蚂蚱，谁也跑不了。对下一步的营销业务发展，你是怎么考虑的？有什么具体打算吗？"

朱含韵说："很感谢组织对我的信任，把这么大的一个营销员队伍交给我管理，感觉肩膀上的担子很重，心理压力挺大。财产险公司以团体客户为主，一单业务少则几千元，多则上万元，甚至上百万元，规模膨胀要比寿险公司相对容易些。而寿险公司就不同了，寿险公司面对的市场和主体是一家一户，客户分散、单笔业务保费量小。因此，要把寿险业务发展起来，没有人不行，人少了还不行。目前营销部人员数量虽然占了公司的三分之二，但也不过二十八九个人，假如一个营销员一天拓展一个客户，每个客户保费收入一千元，一年下来也不过三四十万元。第二年、第三年也按这个速度增长，三年下来每个人的保费收入也就百多万元，这一百多万元的保费收入是在客户不流失、续收有保证的情况下实现的，仅是个理论上的数据。当然了，个别营销员也有可能一年就达到百万元的保费收入，但大部分营销员是很难达到的。"

吴思远默默听着，不时地点头表示赞同。

"当前的紧迫任务就是大张旗鼓地在全社会进行营销员招聘，人员数量越多越好。营销员招聘来并进行必要的培训以后，要尽快让他们上岗展业，即使营销员做不来业务，公司也没有多大损失，因为营销员是靠提成吃饭的，有业务才有提成，没有保费收入入账，公司也就不需要支付手续费，公司支付了业务手续费，说明有保费进来了。营销员不像直销业务员和管理岗位上的人员那样，不管有没有保费入账，公司都必须支付基本工资和养老保险。"

"寿险公司靠的就是人海战术，没有人，想把业务发展起来，确实很难。主席他老人家早就说过：在生产力诸要素中，人是第一位的，只要有了人，什么样的人间奇迹都能创造出来！"

第8章 永泰寿险"招兵买马",申秋受辱一战"成名"

吴思远笑笑,接着说道:"招聘营销员的事情,行政人事部正在起草招聘方案,明后天就准备在《滨城日报》、《滨城晚报》上刊登营销员招聘广告,近期就准备组织一次招聘大会。招聘大会召开的时候,你带上几个营销员到现场,帮助行政人事部把把关、面面试。"

朱含韵说,她想把现有的二十九名营销员分成几个团队,每个团队选举一至两名负责团队日常管理的团队长,这样既可以给那些有能力的营销员一个展示自我的平台,也有利于各团队之间展开竞争。

吴思远问朱含韵如何使用和管理团队长,怎样才能充分调动各团队长的工作积极性。

朱含韵建议公司每月给各团队长发放一定数额的管理津贴,管理津贴的高低,与团队的增员数量、保费收入、任务完成情况等要素紧密挂钩。只有充分体现出团队长与普通营销员的不同,才有可能调动起团队长们的管理热情和工作积极性。

吴思远说团队长管理津贴的问题他可以跟樊总商量后给予明确答复,没特殊情况的话,应该不会有什么问题。

滨城永泰寿险公司营销员招聘广告在《滨城日报》、《滨城晚报》等媒体刊登的第二天和第三天,永泰财险公司和滨城市的另外两家保险公司也相继在当地报刊、电视台刊登了大量招聘营销员的广告,且要求一家比一家低,条件一家比一家优惠。

为了在营销员招聘工作中占得先机,永泰寿险公司不断降低准入门槛,招聘来的一百二十多名营销员中,年龄最大的六十五岁了,年龄最小的只有十六岁;一百二十多名营销员中,文化程度最高的是中专学历,大部分营销员只有小学文化程度,还有六七个人连小学都没上完。在一百二十多名新招聘的营销员当中,一人一只眼睛有严重的残疾,另一只眼睛一天到晚眯着;另一人是个小儿麻痹后遗症患者,走起路来摇摇晃晃,所以两个人在整个营销员队伍中十分扎眼。

看了一百二十多名营销员的基本情况后,樊童直摇头,但他心里明白,

人在险途

　　市内所有的财寿险保险公司扎堆招聘营销员，能把人招聘来就不错了。新招聘来的营销员，不管他能不能做业务，一年能做多少业务，但至少能增加公司的"人气"，向外人展现出一派欣欣向荣的景象。

　　营销员招聘工作一结束，公司立即组织开展了营销团队长竞聘上岗活动，姚桐、申秋、朱大勇、叶茂盛、梅花雪、韩冬枝以及新招聘入司的伊凡等七人，分别当选为七个团队的团队长，加上朱含韵兼任的那个团队，滨城永泰寿险公司一下子形成了八个团队相互竞争的格局，号称"八路军"。

　　按照公司确定的当年营销业务保费收入"确保一千五百万元，力争两千万元"的目标，公司确定了营销团队成立的基本条件：人员不低于二十人、保费收入不低于二百五十万元，达到基本条件的，团队长每月享受三百元钱的职务补贴，团队成员平均每月可以在公司报销三十块钱的电话费；达不到基本条件的，团队要解散，团队成员通过自由组合的形式，并入其他团队。

　　"八路军"一成立，本来十分冷清的三十八号大院，一下子又恢复了往日热闹的气氛：每天上门出单、咨询、索赔的客户进进出出，应聘的人员也络绎不绝。没过多久，八个营销团队营销员人数就膨胀到了二百多人，最多的是朱大勇带的那个团队，营销员人数达到了四十多人；最小的申秋团队营销人员数量也接近二十人。

　　一连几天，申秋都高兴不起来：一则团队业务收入连续两个月排名最后；二则增员效果不够理想，存在着增员困难或者增员不增效的问题。更让她难以忍受的是，她一向认为油嘴滑舌、无所事事的"朱大油"，不仅增员有方，而且近来业务发展很快，大有赶超保费收入一直位居前三位的朱含韵、叶茂盛和梅花雪率领的团队之势，就连财寿险公司分业后才入司、人称"大忽悠"伊凡担任团队长的团队，保费收入也超过了自己带领的团队。

　　看到申秋低着头走过来，朱大勇嬉皮笑脸地迎了上去："申大小姐，

第8章 永泰寿险"招兵买马",申秋受辱一战"成名"

想什么呢?不会又在想我吧?"

申秋抬头瞪了朱大勇一眼,怒斥道:"滚一边去,没心情跟你胡咧咧!"

看到申秋怒气冲冲的样子,朱大勇更来劲了:"谁吃了熊心豹子胆敢欺负我们申大小姐?你告诉我,我非去修理修理他不可。真是土地爷爷头上动土,大了胆了,敢欺负我'朱大油'的人!"

没等朱大勇的话讲完,申秋一只脚狠狠地踢到了朱大勇的屁股上,痛得朱大勇两手捂着屁股蹲在地上好大一会儿没站起身来,而申秋连看一眼都没有,嘟嘟哝哝地走了。

望着申秋远去的背影,朱大勇恨得牙根直痒痒:"你个死小娘们,下脚怎么那么狠?总有一天非狠狠地收拾你一顿不可!"

一大早,申秋就带上团队的一名营销员直奔滨城市政公司,为市政公司这单业务,申秋自己也记不清登门拜访多少次了。

滨城市政公司是滨城市建委下属的一个二级事业单位,干部职工近三百人。春节期间,申秋通过一个在法院工作的远房亲戚了解到,该公司去年有一大笔费用没有花完,准备给每位员工搞份福利,最好是那种既实惠、又引不起其他单位注意的福利。得到这一信息后,申秋就通过她那位在法院工作的亲戚找到了市政公司的经理黄河清。

一开始黄河清还饶有兴致,说春节前单位里事情太多,没时间考虑员工保险的事情,等过了春节,单位里事情少些后,就安排专人研究保险的事情,让申秋过了春节以后再去单位找他。

为了加深与黄河清的感情,春节期间,申秋特意购买了些烟酒送到了黄河清的家里。可春节过后,申秋再去找他时,黄河清却说公司里其他领导不同意,员工们也有意见,都说保险公司是骗人的,只收钱不办事。再后来,黄河清就干脆躲着不见申秋了。

有一天,申秋跟朱含韵聊起此事时,顺便问朱含韵:"朱姐,你在四分厂当副厂长的时候,也没看见你天天开会,你说市政公司的那位黄经理怎么天天开会呢？天天开会，哪还有时间考虑经营的事情？"

朱含韵说："市政公司是自收自支的事业单位，吃国家'政策饭'的，跟咱们纺织公司这样的纯企业不同，会可能会多一些。"

"再多也不可能天天开会啊！最近我连续去市政公司七八次了，每次去，市政公司的门卫都说黄经理开会，我感觉门卫没说实话。"申秋说。

"偶尔一两次遇上他们开会很正常，但每次去都说开会，肯定不正常。会不会那位黄经理有意识躲着不想见你？要知道，社会上有很多人对咱们营销员是不信任的。"朱含韵分析道。

"我也是这么想的。为了这单业务，我前后跑了不知多少趟了，估计没有五十趟，也得有四十趟了，工夫也搭上了，钱也花上了，行与不行，怎么也得给我个说法吧？不行，明天我还得去单位里找他，不管行不行，他都得给我个痛快话。"申秋说。

第二天一大早，申秋就在市政公司大门对面找了个不太显眼的地方停了下来，两眼死死地盯着进出市政公司的每一部车辆。

半个多小时后，一辆黑色奥迪轿车驶进了市政公司大门，一个个头不高、肚子和屁股长得都很夸张的人，笨拙地从车子里走了下来。申秋一眼就认出那人正是黄河清。

申秋看了一眼手腕上的电子表，还不到七点四十，距上班时间还有二十多分钟的时间。

"怪不得我每次上班以后来都没看见过他，原来他有早来上班的习惯呀！"申秋一边想着，一边快步往市政公司的大门跑去。

申秋前脚刚迈进市政公司的大门，一位二十多岁的小保安把头从窗户里面伸到窗户外面："喂，找谁呀？"

"最近这些日子，我几乎天天来你们市政公司，你难道不认识我？装他妈的什么蒜？"申秋虽然心里这样想，但嘴上却笑嘻嘻地说："小兄弟，你不认识我了？前两天我来你们单位的时候，还跟你站在这里聊了很长时间的天呢，这么快就忘了？"

第8章 永泰寿险"招兵买马",申秋受辱一战"成名"

小保安面无表情地从房间里走出来,神情严肃地再次问道:"我问你找谁,没问你跟我聊没聊过天!套什么近乎?"

申秋脸上的笑容立刻凝滞了,她虽然看不见自己的表情,但一定能想象出自己当时的样子,她知道自己是一个心里藏不住事的人。

"我找你们黄经理来了!"申秋脸扭到一边,没好气地说。

"跟你说过多少次了,我们黄经理不在,你怎么就是不听?"小保安呵斥道。

"是不是又去市里开会了?你年纪轻轻的,能不能说句实话?"申秋讽刺道。

"我怎么不说实话了?我说黄经理不在就不在!"小保安毫不示弱。

"我刚才亲眼看见黄总上楼了,怎么能说他不在呢?"申秋一边生气地说着,一边往办公楼里走着。

"谁批准你进去了?你没看见牌子上写着什么吗?"小保安说着,把旁边的一个铝制牌子拎起来,"咣"的一声放到了申秋的面前。

申秋瞅了一眼,立即怒火中烧:"你给我解释清楚,这是什么意思?"

听到吵闹声,楼上下来的几个人和陆陆续续从大门外面进来的员工围了上来。

当着公司七八个员工的面,小保安更来精神了:"你没上过学是怎么的?什么意思你自己不会看?小偷、乞丐和保险营销人员不得入内!"

没等小保安读完,申秋"叭"的一个耳刮子甩到了小保安的脸上,打得小保安两眼直冒金星,两手捂着腮,站在原地不知所措,刚才的那股洋洋得意劲,一下子跑到了九霄云外。

"你这个小保安会不会说话?对待保险公司的同志怎么能这么没有礼貌?"不知何时黄河清来到了申秋的面前。

申秋用鄙视的眼神瞅着黄河清,一字一顿地说:"黄总经理,你是这里的主要负责人,请你给我解释一下,你们这是什么意思?我们保险营销员怎么就成了小偷了?我们都偷了你们什么了?"

"小申同志，我们这位小保安刚来公司不久，没见过什么世面，不懂事，请你不要生气，我代表他向你道歉，并请你原谅他。"

黄河清回头对一直捂着脸的小保安呵斥道："谁让你弄这么块破牌子放在这里的？还不赶快搬走？"

申秋冷笑道："黄经理，我们当营销员的可能在你们这些高贵人的眼中一文不值，但我们是靠自己的力气吃饭的，不是乞丐，更不是小偷。这种侮辱人格的行为，决不应该出现在像你们这样一个拥有几百号人、号称滨城建委系统最大二级单位的市政工程公司。对这种侮辱人格的行为，我们肯定不会就此罢休的！"

黄河清满脸堆笑地说："别再生气了。小保安不懂事理，你打也打了，骂也骂了，这件事就算过去了。关于员工保险的事情，市政公司总经理办公会议已经研究过了，基本同意你们提出的保险建议，等分管财务的杨总从外地出发一回来，就跟你们公司商谈合作协议的事情。"

"虽然在你们的眼里我们是乞丐，但我可以代表永泰寿险公司二百名营销员明明白白地告诉你们，我们就是饿死街头，也不会跟你们这样一个不知道尊重别人劳动和人格的公司合作的！"申秋说完，头也不回地走出了市政公司大门。

申秋红着眼睛走进办公室，一看到朱含韵、朱大勇、姚桐等人，眼泪就像断了绳子的珠子，哗哗地流了下来。

哭过之后，申秋把刚才发生的事情一五一十地跟大家叙述了一遍。大家默默地听着，没人说一句话，办公室像死一般的沉寂。

过了好大一会儿，朱大勇率先打破了沉寂："市政公司那群王八蛋，真他妈的没有教养！这件事不能就这样过去了，一定得找他们讨个说法。"

"对，到法院告他们去，告他们侮辱人格罪！"叶茂盛附和道。

"找机会狠狠地揍那个小保安一顿，让他学学怎么做人。"朱大勇拳头"砰砰"地敲打着办公桌。

"那个小保安其实就是一条狗，他黄河清不吩咐，那个小保安敢自己

第8章 永泰寿险"招兵买马",申秋受辱一战"成名"

去做个牌子摆在那里?借他个胆他也不敢!"姚桐说。

朱含韵说:"姚桐说得对,这主意肯定是那个黄河清出的。论级别,市政公司也是个副处级单位,他黄河清好歹也是个副处级干部,怎么水平那么低呢?"

韩冬枝说:"申秋虽然自己受了委屈,但说的那几句话还是挺长我们营销员志气的。"

"是啊,黄河清那些狗娘养的们现在也应该知道了,我们营销员是有人格有志气的,不是他们任意宰割的羔羊,想怎么着就怎么着。申秋,别哭了,跟那群缺教少养的人生气,不值得!"朱大勇劝道。

申秋怒打小保安、训斥黄河清的事情,当天就在永泰寿险公司传开了,而且很快传到了永泰财险等其他三家同业公司,继而又传到了社会上的其他行业,并且越传越神乎。

有人说,申秋把小保安打得鼻口蹿血,当场晕倒;

有人说,申秋当着市政公司全体干部员工的面,把黄河清痛骂了一顿,骂得黄河清第二天就住进了医院;

有人说,申秋是个"暴力女",在家里经常大打出手,在单位里没有人敢惹她;

有人说,市政公司本来不想入根本没什么作用的保险,可保险公司的营销员一天跑七八趟市政公司,搞得市政公司的领导们都不敢在单位里上班了;

还有人说,申秋准备以侮辱人格罪把小保安和市政公司告上法庭,并准备提出巨额的精神赔偿要求;

更有人说,申秋之所以敢臭骂黄河清、暴打小保安,是因为滨城市委书记章程是她的亲舅舅;

……

一时间,流言四起。不经意间,申秋成为了行业中的"勇士",滨城市的"名人"。

认识申秋的人见了申秋直喊"痛快"、"过瘾";不认识申秋的人,争相一睹申秋的"风采",打听谁是申秋的老公。

申秋"出名了"。

滨城永泰人寿保险公司也随着申秋的"一打成名"而成为街头巷尾议论的话题。

"成名"后的申秋,承受着从未承受过的巨大心理压力。

第9章

申秋被迫辞职，朱含韵获意外惊喜

"成名"后的申秋病倒了，一连好几天没去公司上班，也没有外出展业。

听说申秋病了，朱含韵、朱大勇、姚桐、叶茂盛、伊凡、韩冬枝等六个团队长相约一起去申秋的家里看望了她。梅花雪称自己家里临时有点急事，没有一同前去看望。

申秋感激地看着朱含韵等人，眼泪不停地往下流着。

大家都说，事情该让它过去就让它过去吧，别再考虑那么多了，谁还没有个闹心的时候？再说，那件事本来就是黄河清和那个小保安不对，没把那家伙打残了就算便宜他了。

申秋哭笑着说："人不知什么时候就出名了，可没人像我这样'出名'的！像我这样的'名人'，以后谁还敢跟我谈业务？"

朱含韵说："平时觉着你申秋是一个拾得起、放得下的人，怎么一遇到事情就想不开了？事情既然已经发生了，就不要再过多地考虑了，揪住已经过去的事情不放，那不是自己跟自己过不去吗？"

"是啊，以前我觉着你申姐跟我'大油'一样大大咧咧、没心没肺的，原来也很脆弱呀！你看我'大油'，遇上天大的事情，是不耽误吃不耽误喝，不耽误晚上想大姐。"说得众人哈哈大笑。

"你不去上班，大家见不着你感觉心里空落落的，'大油'也少了一个捣闹耍贫嘴的。快去上班吧，整天窝在家里有什么意思？"姚桐两手扶着申秋的肩头，一边摇晃着，一边劝道。

"是啊，咱二百多号营销员当中，就你和姚桐两个美女，一下子少了一个，感觉少了一大些人似的。"叶茂盛也开玩笑道。

申秋笑笑说："叶大哥别说笑了，人老珠黄为人妇了，哪还称得上什么美女？咱营销员队伍里，就姚桐一个是美女了。"

说着说着，大家又把话题转移到了姚桐身上。

这个说，别再挑三拣四了，再挑拣下去可就真耽误了。

那个说，人的一辈子就那么回事，跟谁过还不是一辈子？

姚桐装出一副满不在乎的样子，说道："没人要自己过就是了。"

朱含韵说："话虽这样讲，但谈何容易？不说别的，仅世俗观念就能把你压倒。"

申秋说："朱大姐说得对。在中国，结婚不仅仅是为了找个关心疼爱自己的人，更重要的是为了让父母省心，让亲朋好友安心。一定程度上来说，结婚是既为自己，也为别人，否则的话，怎么过都是一辈子。"

伊凡开玩笑道："你们可不能有这些稀奇古怪的想法，如果天下的女人都不想结婚的话，我们男同胞怎么办？难道都让我们男人打光棍不成？怎么当了营销员以后，都变成单身主义者了？"

"你们可别这么自私啊！我都二十五六岁了，还是个童男子，女人是什么味道尝都没尝过，要是女人都不想结婚的话，那我'大油'不白来到人世间一趟？还不如跳楼上吊算了！"朱大勇说着，做出一幅跳楼上吊的样子。

伊凡装出一副吃惊的样子上前劝道："你可不能想不开，你要是这么不明不白地走了，城西那位七十多岁的周寡妇怎么办？"

朱大勇不气也不恼，装出一副可怜兮兮的样子对姚桐说："要不咱俩凑合凑合？"

姚桐怒目圆睁，大声骂道："去死吧！"

第9章 申秋被迫辞职,朱含韵获意外惊喜

叶茂盛哈哈笑着说:"你不是说已经找到女朋友了吗?怎么吃着碗里的,还看着锅里的?"

伊凡头摇得像个拨浪鼓:"听他吹呗。年前他就说把他那位长得像巩俐的女朋友带出来给大家展示一下,这都过去三四个月了,怎么还没带出来?不会是想媳妇想疯了吧?"

申秋说:"你个死'猪大油',什么时候学得正经些?再不学好,结婚后不让你媳妇把嘴撕烂了才怪呢!"

姚桐也笑着说:"最好找块蜡给他封死,只要闪点缝他就不会闲着。"

朱含韵说:"你看我们大家在一起有说有笑的多开心啊!别整天窝在家里了,快到公司上班吧。"

申秋说:"窝在家里确实没什么意思,整天昏昏沉沉的,可一想到黄河清那帮人刻薄的嘴脸,心里还真有些怕见客户的感觉。"

韩冬枝说:"是啊,营销员这活真不是人干的活,整天求爷爷告奶奶不说,遇上个知道尊重人的客户还好,要是遇到像黄河清那样的客户,还真是很难办。"

姚桐说:"谁说不是呢!前两天,我们团队里有一个叫李根的小伙子,去一个客户家里拉保险,让人家给从家里赶出来了。"

叶茂盛有些不太相信地问道:"是吗?世上还有这样的人?这我还没有遇到过。"

姚桐说:"林子大了什么样的鸟没有?哪儿像你叶大哥,人缘好,业务做得也好。"

叶茂盛说:"绝大多数客户还算是通情达理的,只要跟人家解释清楚,真正跟人家交朋友,大部分客户对咱们保险营销员还是能够尊重的。是不是咱们有些营销员推销业务的时候不太注意方式方法?不能为了把保险产品推销出去,不管人家忙闲,方便不方便,心情好不好,逮住一个说起来就没完没了,客户不反感才怪呢!"

朱含韵说:"叶经理说得对。大家下一次再开会的时候,一定跟营销

员们讲一讲，营销业务的时候一定要注意方式方法，不能为了把产品推销出去，就什么都不顾了。前两天，我听一个熟人讲，有一天我的那位熟人正在家午休，咱们一个营销员"咚咚咚"地去敲人家的门，弄得人家午觉都没睡成。在那种情况下，人家不骂咱们就算客气了，怎么可能还购买咱们的产品呢？"

"午休时间去敲人家的门是有些不太合适，可不在人家下班的时候去家里拜访，什么时候去拜访呢？总不能上班时间跑到车间里去跟客户宣传保险产品吧？"伊凡反驳道。

五六个人你一言我一语争论了好大一阵子后，各自散去展业去了。

第二天，申秋先到单位里转了一圈，跟自己团队的营销员们打了声招呼，就直接去法院她那个远房亲戚那里去了，不管怎么说，自己办了在滨城那么"有名气"的一件事情，无论如何也得跟介绍人见面解释一下。

看到申秋敲门进来，申秋的那位远房亲戚劈头盖脸地批上了："你们当营销员的是不是都让钱想疯了？难道钱比脸面还重要？总不能为了把保险推销出去，连脸都不要了吧？你们不要脸也就罢了，不能把帮你们介绍客户的人都搭进去呀！太没素质了……"

申秋神情恍惚地走出了她那个远房亲戚的办公室，强忍着的泪水终于流了下来，她真想找个地缝钻进去。

"公平交易，买卖自由。你们营销员以后要注意加强修养啊！不能像集市上欺行霸市的小痞子似的，强买强卖，那是侵犯人权，是违法的……"远房亲戚的呵斥声一直在耳边回荡。

申秋心情沮丧地走进了公司大门，远远就听见个险部经理李刚隔着窗子喊道："申经理，申经理，这里有你的一份信件。"

申秋拿起李刚递过来的信件一看，是滨城市港湾区人民法院寄来的。

"除了那个远房亲戚，法院里再没有其他什么熟人了，信是谁寄来的呢？"申秋把信函拆开一看，不禁大惊失色。

那是一封传票，起诉人是滨城市市政工程公司。大体内容如下：

第9章 申秋被迫辞职,朱含韵获意外惊喜

被告人申秋,以营销保险为由,多次潜入滨城市市政公司,强行要求公司办理人身及车辆等有关保险,在公司明确告知暂无办理保险计划的时候,恼羞成怒,在众目睽睽之下,将履行安保职责的公司安保人员张小五打伤,并对公司总经理黄河清等有关人员进行人身攻击,损坏了当事人的声誉,严重扰乱了公司正常的办公秩序,在社会上造成了极其恶劣的影响。同时,被告人申秋,为达到营销保险的目的,借春节走访之名,公开向公司有关人员大行贿赂之事,贿赂物品,折合人民币数千元……

为此,原告滨城市市政公司要求被告人申秋赔偿张小伍治疗费、精神补偿费合计人民币八千元;赔偿公司总经理黄河清精神补偿费人民币叁仟元,并在《滨城日报》登报公开向张小伍、黄河清等人赔礼道歉……

滨城市港湾区人民法院决定于三月二十八日上午九点,在滨城市公正路六十五号港湾区人民法院民事庭开庭审理此案,原告申秋及其所属公司——永泰人寿保险有限公司滨城中心支公司应在规定时间内到庭应诉,不到庭应诉的,法院将缺席判决。

惊慌失措的申秋跌跌撞撞地走进了吴思远的办公室,一句话还没说,眼泪就哗哗地流了下来。

吴思远接过申秋递过来的信函,默默地看了一遍,然后摸起办公桌上的内线电话把田庄和朱含韵叫了进来。

吴思远说:"恶人先告状!你们俩看看这事应该怎么办?"

"纯他妈的放狗臭屁!市政公司是保密局啊?我们是小偷呀?说什么多次潜入市政公司……"田庄一只手弹打着信函"啪啪"作响,气愤地骂道。

朱含韵说:"首先是市政公司和那个小保安侮辱申秋在先,他们把我们营销员比喻成小偷、乞丐,申秋气不过才失手打了那个小保安的,我们没告他们侮辱人格罪就已经够宽容的了,他们倒来劲了!"

人在险途

"我们不能这样不明不白地受这个窝囊气，我们要反诉！"田庄说着掏出手机拨通了他一个当律师的同学的电话。

滨城永泰寿险公司的反诉状很快也递到了港湾区人民法院，要求市政公司以污辱人格罪给予当事人申秋精神补偿费五万元，并在《滨城日报》上向全市保险营销员公开道歉。

申秋将反诉滨城市市政公司和黄河清污辱人格罪的诉状送达法院的同时，朱大勇、伊凡等人发动永泰寿险公司的营销员将这一消息传播到了全市保险营销员的耳朵里，动员全市的营销员通过各种途径表达对滨城市政公司轻视污辱保险营销人员的不满，强烈要求市政公司和黄河清本人向全市两千名营销员赔礼道歉。

港湾区人民法院经过调查取证后，认为双方当事人在此次冲突过程中，都存在着行为过激和言行不当之处，建议双方当事人庭外和解。

起初田庄跟朱含韵、朱大勇、叶茂盛、伊凡等人意见一致，不同意庭外调解，坚决要求市政公司和黄河清、张小伍等人赔礼道歉并给予精神补偿，但没过几天，田庄又主动要求朱含韵等人帮助说服申秋本人，接受法院庭外和解的建议。

田庄说："虽然黄河清那帮鸟人嘴脸可憎，但既然他们服软了，要求庭外调解，我看咱们就别坚持了，总归打官司耗时费力，又不是件光荣的事情，况且在这件事情的处理上，申秋也有过错。市政公司是市建委辖属的一个重要二级单位，如果咱们把市政公司彻底得罪了，等于把整个市建委系统都得罪了，而市建委系统又是滨城市部委办局中分量最重的一个系统，咱们保险公司跟人家市政公司不是一个等量级的，得罪不起。昨天，我跟个险部的李刚经理一起去了一趟市政公司，市政公司负责处理这件事情的领导已经公开承诺开除保安张小伍。市政公司这么有实力、有背景的单位都决定接受法院的调解，我们没有理由不借机找个台阶下下。经过研究和慎重考虑，公司总经理室决定接受法院的调解建议。虽然市政公司也要求我们解除与申秋的营销代理关系，但总经理室没有答应。你们回去

第9章　申秋被迫辞职，朱含韵获意外惊喜

后，一定要加强对营销员的管理，切实提高营销员队伍的整体素质，以此为戒，决不能让此类事件再次发生。"

田庄跟其他几个团队长谈话的内容，当天就传到了申秋的耳朵里，气得申秋大骂出口。

被市政公司起诉事件对申秋打击很大，一向性格开朗、敢说敢干的申秋，一时间变得郁郁寡欢，十分怕见客户，业务直线下降。为此，申秋主动提出辞去营销团队负责人的职务，心甘情愿地做一名普通营销员。

没过多久，公司里又有人传出来话说，因为发生了申秋大闹市政公司的事件，滨城市建委在全系统科长及以上干部参加的会议上，公开要求全系统各单位，一律禁止与永泰公司尤其是永泰寿险公司发生业务关系，违者一律进行行政处分。公司内部有些直销人员和管理人员甚至领导干部，强烈要求总经理室解除与申秋的营销代理关系，主动缓和与市建委的矛盾，降低此次事件对公司业务的影响。

在强大的舆论压力下，性格倔强的申秋跟朱含韵和其他几位营销团队长打了声招呼，伤心地离开了公司。

申秋离去后，营销员队伍中很多人为她鸣不平：

有人骂黄河清不要脸，收了人家的礼品，污蔑了人家的人格，还把人告上了法庭；

有人骂公司领导没有志气，自己的员工受了欺辱，还主动约请黄河清那些混蛋王八蛋喝酒赔礼；

还有人骂总经理室的某些领导不是人，没有原则，没有正义感，纯属是小人得志……

营销员队伍中的过激言论很快传到了樊童等人的耳朵里，樊童立即安排吴思远和田庄找营销部经理朱含韵和姚桐、朱大勇、叶茂盛、梅花雪、韩冬枝、伊凡等七个团队长开会，要求各团队长加强对营销员的管理，杜绝一切不负责任甚至捕风捉影言论的传播，否则的话，将追究有关人员的责任。

会议一结束，大家都低着头走出了会议室。

朱大勇一边往楼下走着，一边嘟囔道："人都逼走了，连句公道话都不让说。"

"只把一个申秋赶走了，没株连九族就不错了，知足吧！"伊凡添油加醋地说。

"株连九族就是了，大不了老子不干了！到哪里还混不了口饭吃？非得在永泰公司这棵树上吊死？"朱大勇愤愤地说。

"不干怎么能行呢？营销员这工作既省力又赚钱，还容易出名。多好啊！"伊凡不阴不阳地说。

"你们俩少别说两句吧！烦死了！"姚桐非常不耐烦地打断了朱大勇和伊凡。

"是啊，都别再说了。也不能只怪人家领导发脾气，在市政公司这件事情的处理上，申秋做得确实不对。要不是因为她跟市政公司打了一架，前些日子我在市建委公关的那个项目可能就成了。七八万块钱的保费，手续费就接近两万块钱。这下可好了，她跟人家那么一闹，把我们也牵连进去了，我那两三万块钱的损失去哪里要去？"梅花雪好像很生气地说。

"人家把我们营销员都当成小偷乞丐了，难道我们就不该反抗一下？"姚桐瞪了梅花雪一眼，嘟嘟囔囔着走了。

"是啊，人格都丢尽了，要钱还有他妈的什么用？"朱大勇对梅花雪刚才的话也十分不满。

"怎么没用？死了带到阎王爷那里去，说不定还能买个'鬼头'干干！"伊凡气愤不过，也自顾自地走了。

梅花雪怔怔地看着三个人远去的背影，似有满肚子的委屈。

朱含韵回到自己的办公室正在生着闷气，一个男人敲门进来了。

朱含韵觉着进来的人很面熟，但一时又想不起来。

那位男子微笑着说："朱姐，这么快就把我忘记了？我是华山呀！"

"啊呀，华经理，最近怎么这么瘦？你是怎么知道我在这里的？"朱含

第9章 申秋被迫辞职，朱含韵获意外惊喜

韵连忙站起来，热情地跟华山打着招呼。

"我打听了很多人，才打听到你在保险公司当经理了，听说还干得还不错！"

"不错什么呀！混口饭吃罢了！你现在在干什么？还干纺织进出口业务？"

"干了那么多年纺织行业，好不容易积累起来了一些客户，怎么能舍得丢呢？"

"你的那个客户破产后，欠明星公司的货款没追回部分来？"话一出口，朱含韵感觉有些不妥，她担心华山误会自己追问欠自己的工资，连忙红着脸解释说："你可别想多了，我可没那个意思啊！"

华山哈哈笑着问道："我想多什么了？朱姐您直接说就是了。"

朱含韵不自然地笑了笑："我只是问问你最后损失得多不多，总归我曾经是明星抽纱厂的一名员工。"

华山说："跟明星合作的那家公司虽然破产了，但老板的儿子经营的公司效益不错，现在也跟我进行业务往来，货款也替他父亲基本付清了。"

朱含韵高兴地说："真的？那得祝贺你！"

华山从提包里取出了一个信封，放到了朱含韵的面前："这是上次我欠你的工资，我按银行利率计算了利息。你清点一下。"

"那么点工资你还记着？我都忘记了。心意我领了，但这钱无论如何我是不能再要了。"朱含韵说着，又把那个信封推到了华山的面前。

华山说："我虽然年轻，但我知道做人要诚信，做生意要讲信誉。在我困难的时候，你们信任我，鼓励我，让我增加了重整旗鼓的信心。现在公司正常经营了，我不能不兑现诺言。这钱你无论如何一定要收下，你要是不收下，就是嫌弃利息太少了。"

朱含韵十分感慨地说："任何人成功都不是偶然的，你年纪轻轻就有了自己的事业，是与你做人做事分不开的。有你这样的老板、朋友，真是我朱含韵前世修来的福分。"

华山说:"我也是一个农家孩子,通过读书才脱离了祖祖辈辈耕种的那片黄土地,逃脱了父辈们面朝黄土背朝天的生活。像我这样的农村孩子,一没家庭背景,二没社会资源,要想干点事业,只能交朋友,讲诚信,否则的话,肯定一事无成。"

稍微停顿了一会儿,华山有些难为情地说:"听说你在这里干得挺好的,收入也不错,否则的话,我真想再把你聘过去当厂长。不过不要紧,等哪天不愿意当营销员了,重新选择职业的话,你可要首先选择去我明星公司,我明星公司的大门是永远朝你朱姐开着的。"

朱含韵说:"营销员这工作不太好干,受到委屈或挫折的时候,真想撂挑子不干了,可想想现在社会上下岗职工那么多,找份工作不容易,也就只好咬紧牙关坚持着干下去了!如果有一天真的干不下去了,去你那里讨口饭吃,你可不能不要我呀!"

华山说:"朱姐说笑了。像你这样的专家型人才我求之不得,哪会有不要的道理。我这次来,一是看看大姐你,二是想给厂子里的工人师傅们每人买份保险。企业有赢利,大家都应该共享企业的经营成果。你给我设计个方案,按照十万元以内的保费设计。"

朱含韵一听,喜出望外,连连说道:"太好了!太好了!我马上给你设计保险方案,方案一设计好,我就赶紧给你送过去。"

朱含韵嘴上说着,心里一直在盘算着:"如果华山真的为明星公司的工人师傅们每人上一份保险的话,那自己这个月的业绩一定会超过十万元,名次位列全公司前三位就有保证。按照公司的规定,当月保费收入超过十万元的,提成之外公司额外奖励三千元;名次位列前三位的,至少还可以多获得一千元的奖励。如此一来,即使业务提成自己一分钱不留,全部返还给华山,自己至少还可以获得四千元的奖励。更为重要的是,作为营销部经理,如果业绩一直处于比较靠后的位置,无论如何脸面上都是过不去的。"

想着想着,朱含韵自己都有些激动起来。

第9章 申秋被迫辞职，朱含韵获意外惊喜

晚上回家的时候，朱含韵把华山去单位找她的事情跟毛亚南一说，毛亚南连连称赞道："就凭这一点，华山定能把事业干大。抽空你帮我约约他，看看他那里需不需要我这样的人，如果需要的话，我可以去他那里找点活干，顺便也可以帮帮他。他那人那么诚实，又对你业务支持那么大，咱能给人家帮上忙的话，也算是对人家一个报答。现在的这个社会，像华山这样诚实守信的年轻人已经不多见了！"

朱含韵说："要是你身体好的话，我今天可能就告诉他让你过去帮帮他了，可我又担心你的身体。千万别给人家帮不了什么忙，还净给人家添麻烦。"

毛亚南听了，没有吭声，但心里直犯嘀咕："现在干的这份工作，不能再干下去了，工作时间长、劳动强度大不说，最重要的是娃娃乐玩具厂的那个女老板太抠、对工人太苛刻，承诺的事情从不兑现。当初招聘自己去娃娃乐玩具厂的时候，女老板承诺自己帮助她搞搞管理、保养保养机器就可以了，不用跟普通工人那样，早上八点上班，下午六点下班，可自己去了以后，从未享受过这样的待遇。更让人难以忍受的是，前几天因为身体不适，请假去医院看了两个小时的医生，月底发放工资的时候，女老板硬是按不满勤扣罚工资。绩效奖励就更不用说了。当初招聘自己入厂的时候，说好了每月的绩效奖励按普通工人的百分之一百三发放，可去了以后，大多数月份没发放一分钱的绩效工资，即使有两个月发放了绩效工资，自己也是按普通工人的标准发放的。去明星抽纱厂干，除了可以给华山帮上点忙以外，更重要的是跟着这样的老板干，即使工资少点，但心里痛快。如果有一天感觉自己身体不行、不能坚持上班了，找个理由辞职不干就是了，那样也不会给人家造成什么麻烦和负担。"

"对，就这么干。"毛亚南自言自语地说道。

第 10 章

营销受到"不公"对待,大批营销员集体"跳槽"

转眼春节又临近了,这是滨城永泰公司财寿险分业经营后即将迎来的第二个春节。

腊月二十三,在中国传统节日中被称为"小年"。据说小年这天是玉皇大帝派到人间管理生活的灶王爷上天述职汇报工作的日子,汇报一年来凡界粮食收成情况和人间百姓的生活状况,请示第二年的工作。所以"小年"这天,滨城家家户户都要在自己家中的灶台旁边摆上一个香炉,点上三炷香,写上一幅"上天言好事,回宫降吉祥"的对联,欢送灶王爷把民间的疾苦和期盼带到天上去。

按照中国传统的习惯,从"小年"这天开始,各地就进入了春节阶段,大家都忙活着置办年货、走亲访友。所以"小年"这天以后,各单位基本上就开始实行"弹性办公"了。对于营销员这个本来就不用坐班的群体来讲,从"小年"开始就更加自由了,没业务、不出单的话,连单位都不用去了。

"小年"的前一天,滨城永泰寿险公司组织召开了全年工作会议,参加会议的人员包括公司总经理室成员、公司的正式员工、营销团队的负责人和当年业绩较好、获得年度先进集体、先进个人的十六个优秀营销员代表。

会上,总经理樊童代表总经理室对公司全年的工作进行了总结,对一

第10章 营销受到"不公"对待，大批营销员集体"跳槽"

年来的营销工作进行了高度评价，对公司一年来取得的成绩、获得表彰的先进单位、先进集体和先进个人进行了表彰，并亲自将先进单位和先进集体的牌匾发放到获奖单位或部门负责人的手中。

樊童说："去年以来，全司营销人员继续发扬一不怕苦、二不怕累的精神，狠抓增员，加大拜访，突出新单，强化续收，全年营销业务有了突飞猛进的发展。在业务发展方面，全年营销业务突破两千万元，占公司全部业务总量的百分之七十五，新增客户近一万个，营销人员由分业初期的不足三十人增加到现在的近三百人，为公司的业务发展、规模膨胀、品牌建设做出了巨大贡献。为表彰营销业务一年来取得的突出成绩，公司党委、总经理室决定授予营销服务部为本年度先进集体；授予朱含韵、叶茂盛、伊凡等三人为优秀营销管理人员；授予孙农业等十六人为优秀营销员……"

会议结束后，公司总经理室在召开会议的滨海蓝天大酒店安排了五桌，宴请参加会议的全体代表。

宴会结束时，田庄代表公司总经理室宣布了一条好消息：鉴于去年经营业绩超过预期，经公司党委、总经理室研究，决定自今年春节开始，公司要统一为员工发放春节福利，发放的标准根据每年的经营状况确定，原则上要逐年提高。今年春节的福利发放标准是正式员工每人发放五百元钱的实物，营销人员按正式员工的一半发放。田庄要求参加会议的人员在宴会结束后，立即通知各自部门的人员到公司领取年货。

宴会没结束，朱含韵及其他六个团队长一起找到了田庄。

朱含韵笑着说："去年公司经营状况不错，樊总在大会上还对去年的营销业务给予了高度评价，营销部还被公司授予'先进集体'称号，春节福利营销员是不是就别减半了？去年公司整体经营得那么好，公司就别在乎那点钱了。况且二百五也不是个什么好数字，大家都很忌讳。大过年的，同志们都想图个吉利。"

田庄一怔，马上解释说："春节福利发放标准是公司总经理室集体研究决定的,我没权力随意改变。况且二百五也不是个什么不吉利的数字,纯粹是那些没事干的人瞎琢磨出来的。前些日子,我听说南方某城市的一个房地产大老板,新买了一辆价值二百多万元的名车,专门挑选了五个四的车牌号码。按照咱们滨城人的说法,四和死同音,是一个十分不吉利的数字,五个四就更不吉利了。可为了那五个四的车牌号码,人家那位大老板花费了五六万块钱才搞定的。"

伊凡说:"我们这些人,公司又不给交纳养老保险、医疗保险,仅这些该交而未交的保险,公司每年就节省了不少钱,春节福利搞成两个样子,让人感觉营销员不被重视,后娘养的。"

田庄说:"公司虽然不给营销员交纳养老、医疗等方面的保险,但公司这部分钱也没有省下,而是通过手续费的形式又补给大家了。大家想过没有?同样是保费收入,为什么营销业务的手续费会比直销业务的手续费高五六个百分点?"

叶茂盛说:"道理虽然是这么个道理,但公司别为了节省那区区六七万块钱,让营销员感觉直销、营销不一样,营销员像公司的二等公民似的。"

田庄说:"直销和营销就是不一样,不一样之处就在于营销业务公司付出的资金多,直销业务公司付出的资金少。这件事,大家就不要再计较了,公司正式员工与非正式员工,也就是我们常说的临时工就应该有区别,如果没有区别的话,公司的管理人员和直销人员心理能平衡吗?"

伊凡嘟囔道:"谁感觉当营销员好,就来当营销员好了,我们也愿意成为公司的正式员工,拓展的业务哪怕手续费再低一些也行,可你们领导能同意吗?他们有什么不平衡的?"

姚桐也插话道:"是啊!让他们也来当当营销员试试,不试试他们还以为当营销员有多么舒服呢!"

一直躲在一边生闷气的朱大勇终于开口了:"姚小姐怎么那么幼稚?那些人都是公司的宝贝,珍贵着呢!你让公司的宝贝们风里来雨里去,时不时地还得挨客户臭骂,那不是作践人吗?亏你想得出来。是吧,田总?"

六个团队长话越说越难听,说着说着,有些人脏话都出来了。

田庄十分不耐烦地打断了朱大勇、伊凡等人:"大家注意一点素质好不好?二百多块钱至于吗?尤其是你伊经理,说话要注意点分寸。公司怎么就把你们营销员当成二等公民了?刚在主席台上领了奖,怎么一下台就好像变成另外一个人似的?"

一听这话,伊凡情绪也激动起来:"请领导把话说明白一点,我这个人天生愚钝、不明事理。怎么?我刚才说的不是实话?难道你们领导没把我们营销员当二等公民?刚才我是上台领了个奖,如果田总觉着我领的这个奖受之有愧的话,请公司收回去就是了,不要因为我伊凡素质差、标准低,而玷污了公司发放的这一伟大而光荣的奖牌!"

朱大勇有些幸灾乐祸地说:"我这个人素质高,老伊手里的那块奖牌应该授予我才对。田总,抓紧把那块奖牌收回去,重新举行个仪式把奖牌授予我老朱算了。"

朱含韵看了朱大勇一眼,示意他不要再火上浇油了。

看到大家情绪有些失控,田庄连忙强装笑脸解释道:"大家的心情我能理解,希望大家也能理解总经理室的难处。三百多个营销员,如果公司都按同一标准发放,资金确实有些困难。如果各团队营销人员思想不通或对公司总经理室的决定不理解的话,也请同志们帮助做做工作。"

田庄说完,急匆匆地走了。

田庄一走,一句话不说的梅雪花来劲了:"以前觉着田庄这人挺好的,怎么一当上领导,就变得一点人情味都没有了呢?我看营销员春节福利发放一半这件事,十有八九就是他出的馊主意。"

朱大勇斜愣了梅花雪一眼,心想:"刚才田庄在的时候,你装聋作哑不吭声,他一离开,你倒来精神了。"

朱大勇脸上掠过一丝不易察觉的轻蔑,一语双关地说:"人都是自私的,要不怎么会当面一套,背后一套?量小非君子,无毒不丈夫!忍了吧!"

伊凡说:"我说公司把营销员当成二等公民他还不承认。说是二等公民还真有些高抬咱们自己了。咱们这些人,档案不在公司,养老、医疗保险公司又不管,这跟没有户口的人有什么区别?"

"对,老伊说得对。没有户口的人是什么?是'黑人'。'黑人'在哪儿不受歧视?美国自诩是世界上最公平公正最讲人权的社会了,在那样的国家里,黑种人有户口,只是因为皮肤黑受歧视,何况营销员在公司里连户口都没有,只是公司花钱雇来的'打手'、雇佣军,受歧视那不是理所应当的?挺好!挺好!"朱含勇不阴不阳地说。

看到大家越说越恼火,越说越离谱,叶茂盛马上劝阻道:"算了吧,不就是二百多块钱吗?大家千万不要为了那二百多块钱影响了心情。快过年了,大家还是高兴一点吧。"

大家都说不是为了那二百多块钱的事,多二百五也富不了,少二百五也穷不了,主要是公司办事不公正,太不把营销员当回事了。

春节上班的第三天,东南省永平公司在滨城举行了盛大的滨城中心支公司开业庆典,同时组织开展了为期三天的营销人员招聘大会。除朱含韵以外,叶茂盛、朱大勇、姚桐、伊凡、梅花雪及韩冬枝等六名营销团队长都去参加了永平公司的营销员应聘活动。

叶茂盛、朱大勇、姚桐等人去参加永平公司营销员应聘活动一事,不知怎么让永泰寿险公司财务部经理滕谣看到了,当天晚上,她就把这一重要情况汇报给了总经理樊童。

樊童一听,顿时感到事情的严重性,立即让田庄打电话通知吴思远、朱含韵等人连夜到公司召开紧急会议。

不到二十分钟,樊童、吴思远就到达了办公室。看到田庄没有赶到,樊童有些不耐烦了:

"是助理领导总经理还是总经理领导助理?我们都到了,他住得比我们俩都近,到现在还不见个人影!"

第10章 营销受到"不公"对待,大批营销员集体"跳槽"

樊童和吴思远又等二十多分钟,才见田庄满头大汗、气喘吁吁地跑进了樊童的办公室。樊童非常不满地瞅了田庄一眼。

田庄喘过气来后汇报道:"朱含韵家里的电话打不通,我只好亲自去她家里跑了一趟,可她家里大门紧锁。我去朱含韵的父母家,朱含韵的父母说朱含韵晚上压根就没去他们家,我怀疑是不是发生什么事了。"

樊童说:"确实出事了,而且还相当严重。据滕谣讲,她今天经过永平公司营销员招聘现场时,无意中发现叶茂盛、姚桐、朱大勇、伊凡、梅花雪、韩冬枝六个人都在永平公司的营销员招聘现场,说明这六个人都有离开永泰寿险公司前往永平公司的想法。朱含韵是什么情况,现在还很难判断,我估计她也有'跳槽'的可能。大家都知道,去年公司之所以业务实现了跨越式发展,是与公司的营销业务快速发展是分不开的。如果这七个人都'跳槽'了,这对滨城永泰寿险公司来讲不仅仅是一次地震,而且可能是一次毁灭性打击。如果这件事情果真发生了,我们这些人都将成为滨城永泰公司的罪人。大家好好反思一下,为什么会出现这种被动局面呢?是我们工作中有失误,还是永平公司有什么特别吸引人的政策?"

吴思远说:"营销团队组建以来,公司的营销业务保持着健康向上的发展态势。按道理讲,永平公司刚在滨城设立机构,其人脉关系、公司品牌、社会影响都不可能与永泰公司相提并论,之所以有可能发生集体'跳槽'的问题,唯一的可能就是我们的一些政策还不够到位,或者说营销员对我们的一些决定不够满意。"

田庄接话道:"吴总说得很有道理。我刚才反思了一下,是不是因为营销员春节福利与公司正式员工不一样的原因?全年工作会议结束时,朱含韵等人专门找过我,个别人的情绪还有些激动。不过当时我就跟他们解释清楚了,他们也都表态说服从公司的决定。"

吴思远说:"去年过春节的时候,公司什么福利都没发放,大家都很理解,没有说三道四的。今年给大家发福利了,大家应该高兴才是,不应该出现这种情况呀!"

樊童脸涨得通红，半天才说："当时他们就提出了意见，为什么不在第一时间通报我们一声啊？怎么一点政治敏锐性都没有呢？"

"去年春节公司没发福利，大家都没意见，因为他们知道公司刚分业，底子薄、费用紧张。可发放标准不一样，标准低的人肯定会认为自己在公司不受重视，有意见就在所难免了。这事怪我，当初没有把事情考虑周到。"樊童自责道。

看到吴思远和田庄默不做声，樊童稍微缓和了一下语气："问题已经出了，你们看应该怎么补救？"

吴思远说："我个人意见，尽快找朱含韵谈谈：一是她是营销部经理，对每个团队负责人的性格、想法了解得比咱们多、比咱们透；二是六个团队长中，有五个是她过去的同事，财寿险分业前同在'华星团队'，有感情、有群众基础。只要把朱含韵稳定住了，我想其他几个团队长的工作就好做一些。"

樊童说："我也是这么想的。田总，散会后，你再去朱含韵家里跑一趟，无论如何也要找到她，摸清她的真实想法。找到她以后，马上通知我，我亲自跟她谈谈。亡羊补牢，为时不晚。"

总经理碰头会一结束，田庄直接去了朱含韵家，等了两三个小时，也没有看到朱含韵和毛亚南回家。

"难道去外地了？明天又不是星期天，虽说营销员不实行坐班制度，但营销部经理是需要每天到公司报到的，况且朱含韵是一个循规蹈矩、办事认真的人，她应该不会不跟总经理室打声招呼就外出了的。既然没外出，那为什么这么晚了还不回家睡觉呢？她两口子到底干什么去了？"想着想着，田庄坐在车里就迷糊上了，当他一觉醒来的时候，已经凌晨一点多了。

第二天一上班，朱含韵就打电话跟吴思远请假说，毛亚南有病住院了，当天的碰头会她参加不了了，需要请几天假在医院里照顾一下丈夫。

吴思远把毛亚南住院、朱含韵请假的事情跟樊童一汇报，樊童立即安

第10章 营销受到"不公"对待,大批营销员集体"跳槽"

排吴思远、田庄带上五百块钱的慰问金、购买了部分营养品代表总经理室去医院看望毛亚南。

吴思远和田庄在病房里站了一会儿,跟毛亚南和朱含韵说了一些安慰的话后,就起身告辞了。临走的时候,吴思远笑着跟也去医院看望毛亚南的姚桐、朱大勇说:"毛工住院,有劳你们多往医院里跑一跑了,我跟田总帮不了朱经理什么忙。当然了,业务也不要耽误哟!"

走出病房后,吴思远跟送他和田庄出来的朱含韵说:"最近这几天,公司的营销业务收入不太理想,樊总十分着急,为此昨天晚上还专门召集我俩召开了会议。会议一结束,樊总就委托田总连夜到你家找你,他想亲自跟你谈一谈,了解了解情况,分析分析原因,可田总在你家门口等了半宿也没有等到你们俩,谁想到原来是毛工住院了。"

田庄笑笑说:"我在你们家门口站了半晚上岗,也没有看到你们两口子的影子,分析了很多原因,就是没往毛工生病住院这上面想。"

朱含韵很歉意地朝田庄点了点头,笑着问道:"有什么急事有劳领导连夜召见?"

"永平公司成立大会那天,有人看见老叶、老伊那些人都去参加了永平公司的营销员应聘,加上近日业务量锐减,领导着急,就安排我找你聊聊,也想来一出'萧何月下追韩信'。"田庄故作轻松地说。

吴思远问:"你是营销部经理,平时跟那几个营销团队长们接触得多、走得近,你觉着他们最近有什么新动向?"

发现自己用词有些不妥后,吴思远马上纠正道:"不能说是新动向。我的意思是说你发没发现伊凡、叶茂盛包括姚桐、朱大勇那些人最近有没有活思想?或者说思想行动有与以前不一样的地方?"

朱含韵说:"活思想肯定有。申秋辞职、春节福利发放,对大家都有一定的影响,认为公司对待营销人员和对待业务直销人员标准差距太大,对营销人员公司关心关注得不够。滨城永平公司成立后,打出的营销员招聘广告很有吸引力,大家有活思想也属正常。"

"你认为谁最有可能跳槽？你是怎么想的？"田庄直截了当地问道。

朱含韵说："这事我不好说。前段时间大家都忙活着过春节，碰面的机会不多，更没有在一起讨论过这个问题，对大家的想法我确实把握不准。老毛这一住院，还不知道住多长时间，目前我是没有心思考虑那些事情了，领导们如果有时间的话，我觉着还是挨个找他们谈一谈。"

吴思远和田庄临走时又嘱咐朱含韵说，如果她经济上有什么困难的话，尽管跟公司里提出来，公司会尽量想办法帮助解决。

朱含韵说不到万不得已还是尽量不麻烦公司，公司有公司的规定，有些规章制度领导也不好带头违犯。

吴思远和田庄回到公司没多久，伊凡和梅花雪两人一前一后来到吴思远的办公室，提出了辞职的请求，吴思远虽千般劝说、万般慰留，两人也没有收回辞职决定的意思。吴思远明白，营销员不是公司的正式员工，人事关系、个人档案都不在公司，人家不想干了，随时都可以走人，公司一点辙都没有，即使不辞职，不给公司代理业务了，你也没有什么可约束人家的。

没过两天，韩冬枝、朱大勇和姚桐也跟公司打招呼说，他们也准备跟公司中止业务代理关系，并且已经开始给永平公司代理业务了。

七个营销团队长，五个提出了中止业务代理关系的要求，其他两个团队长是什么态度还不得而知。更为严重的是，为公司代理业务的近三百个营销员，据说大部分已经或准备与永平公司签订业务代理协议。

情急之下，樊童亲自找已经提出中止业务代理关系的五个营销团队长谈话，承诺永平公司给予他们什么条件，永泰寿险公司也给予同样的条件，可大家都说刚跟永平公司签订了代理协议，不好马上跟人家反悔。

樊童把吴思远和田庄叫进自己的办公室，问他俩最近跟没跟朱含韵联系，她什么时候能够上班。

吴思远说什么时候上班不好说。吴思远说姚桐来公司递交辞职报告的时候，他顺便问了姚桐几句，姚桐说毛亚南这两天腹痛加重，高烧还伴有

第10章 营销受到"不公"对待,大批营销员集体"跳槽"

惊厥、抽搐症状,据说现在已经演变成尿毒症了。

"真是尿毒症的话,治疗费用肯定少不了。明天上午吴总你跟我再去趟医院,看望看望毛亚南,顺便给朱含韵送点现金过去。这个时候不仅要把朱含韵稳定住,更重要的是要让她帮助我们做做营销员的工作,在营销员队伍中,朱含韵说话比咱们这些人都有分量。"樊童吩咐道。

第二天一早,吴思远跟樊童一起去了市人民医院,给朱含韵送去了三千块钱,并跟朱含韵谈了一个多小时。樊童承诺总经理室近期准备上报省公司,请省公司特批几个人员编制,待省公司的人员编制批复下来后,首先给朱含韵和叶茂盛等营销团队长解决身份问题。

朱含韵十分感激地说,给自己解决不解决身份问题并不重要,重要的是怎么想办法多拉点业务,毛亚南这病一时半会儿好不了了,以后花钱的地方很多。现在别说是公司暂时没有编制,就是有编制,她近期也不打算由营销员转为直销人员,虽然直销人员有养老保险、医疗保险,但业务提成低。公司有编制的话,可以先考虑解决其他营销员的身份问题。

朱含韵说伊凡等人之所以辞职,表面上看有两个方面的原因:一是申秋被起诉后,公司没有站在营销员的立场上妥善处理申秋被辱问题,营销员们普遍认为关键时刻,公司不为营销员撑腰说话,胳膊肘往外拐;二是春节福利发放公司未能一视同仁,大家普遍感觉自己在公司受歧视,不被重视。但朱含韵认为,上述两个因素只是导火索,深层次原因还是因为公司平时对营销员关心鼓励得不够。

樊童说公司对营销员的管理确实存在着一些问题,责任在总经理室,总经理室每位班子成员一定在适当的时机做出检讨和自我批评的,但当务之急是劝说那些离开永泰寿险公司或准备离开永泰寿险公司的营销员回到永泰公司里来。永平公司刚刚成立,社会资源、品牌影响力暂时还不能与永泰公司相提并论,大家去永平公司做营销员,对公司、对营销员个人都是一种损失。

朱含韵说她尽量帮助做做伊凡、朱大勇等人的工作,但有没有效果,她也不敢保证。

趁大家去医院看望毛亚南的机会，朱含韵反复劝说已经跟公司打招呼准备去永平公司的五个团队长及部分营销员。

朱含韵说，当营销员在哪家公司当都一样，换了一个新环境还得需要很长时间适应，不管怎么说在永泰公司已经干了一两年了，大家相互之间尤其是跟承保、理赔部门的人员已经熟悉了，在业务合作和沟通方面相对容易些，换一个新公司还得从头开始，况且永平公司做出的承诺未必能够兑现。都是保险公司，都从事营销业务，政策和管理方面的差距应该不会太大，能在一个相对熟悉的公司干，就不要去那些人生地不熟的单位了，不容易。

朱含韵谈过之后，姚桐和朱大勇答应暂不去永平公司。

叶茂盛一开始就没打算去永平公司。这样，七个营销团队长，三个人去了永平公司，四个人留在了永泰寿险公司；三百名营销员中，有一百五十多名选择去了永平公司。

滨城永泰寿险公司营销业务遭受到了财寿险分业经营以来的第一次沉重打击。

第 11 章

永平使出"杀手锏",永泰寿险遭重创

永平滨城中心支公司一成立,就高调提出了两年内保费收入赶超永泰寿险公司的目标,并推出一系列极有吸引力的政策措施,滨城保险市场的竞争态势骤然升级。

伊凡、梅花雪及韩冬枝带领大批营销员"反水"的当天,樊童就召集公司总经理室成员及部门负责人召开会议,专题研究永平公司成立后的市场竞争形势及对公司的影响。会议一直开到深夜才结束。

樊童说:"据可靠消息,滨城永平公司成立时,永平省公司只给滨城中支公司核批了不到二十个人员编制,比我们永泰公司现有的正式员工数量还少。在公司成立晚、人员编制少、品牌影响力小等诸多不利因素同时并存的情况下,他们之所以敢于提出两年内赶超滨城永泰寿险公司的目标,就是因为我们公司大批营销人员集体'跳槽'去了永平公司,这不仅削弱了我们公司的市场拓展能力,而且把本属于公司的一批客户带到了永平公司。此消彼长,这就是永平公司敢于狂妄的底气所在。今天召集大家召开会议,就是想听一听大家的真实想法和看法。"

吴思远说:"去年公司保费收入增速较快,直销、营销业务发展形势都不错,尤其是营销业务对公司规模的快速提升起到了至关重要的作用。永平公司在滨城一成立机构,首当其冲地就对我们的营销员队伍造成了重创。虽然目前我们的正式员工数量比永平公司相对多一些,但这些人基本

上都集中在管理岗位，业务直销人员并不多，要加快业务发展，提高公司的市场竞争能力，仅靠现有的直销人员是远远不够的，必须依靠营销业务，重整营销队伍。"

樊童接口道："吴总说得很对。永泰寿险公司当前面临的最大困难就是营销人员大量流失、营销业务大幅下滑问题。营销业务如何发展，营销员队伍如何稳定，是我们当前重点关注和研究的问题。朱经理，你是营销部经理，你对这个问题是怎么理解的？"

朱含韵不好意思地笑了笑，说道："当前首要的任务是稳定住现有的营销人员，尤其是业务量相对较大的营销人员。其次，近期我们应该大张旗鼓地进行营销业务人员招聘活动，越多越好。只要有了营销人员，才有可能把更多的保单卖出去，把更多的客户开发出来。没有人，要快速膨胀营销业务规模，稳定住公司目前的市场份额，很难！"

"你认为应该怎样才能稳定住现有的营销人员呢？"樊童笑着问道。

朱含韵犹豫再三，还是说出了自己的想法。她认为，要稳定住现有的营销人员，保住营销业务市场份额，起码应注意三个方面的问题：一是手续费提成比例不能低于其他寿险公司，起码维持与其他公司同等水平，否则的话，营销业务很难保持竞争能力。二是要制定完善的营销员安抚政策，努力创造公平公正的生活和工作环境。如在节假日福利待遇发放等方面，应该一视同仁。她认为，直销人员和营销人员都是业务人员，都是为永泰寿险公司销售产品，在一些非原则性问题上，没有必要分得那么清楚。三是各部门尤其是公司总经理室领导，要在工作上支持营销人员，生活上关心营销人员，使他们有机会参与公司的一些重大活动，如全年工作会议等，让广大营销人员有一种归属感和亲切感。只有公司重视他们，他们才有可能忠诚于公司。

一直低头在笔记本上写来划去没有讲话的田庄终于开口道："朱经理刚才讲的三点意见和建议，有的我认同，但对第二条我有不同的看法。直销人员是公司的正式员工，是跟公司签订正式劳动用工合同的，不管公司

第11章 永平使出"杀手锏",永泰寿险遭重创

的经营状况怎么样、收入水平是高还是低,他们都不能随便离开公司,除非公司开除他们或者批准同意他们离开公司。营销人员就不同了,他们不跟公司签订正式劳动合同,跟公司仅仅是一种业务代理关系,公司对营销人员的约束力较小,或者说根本就没什么约束力。公司经营好的时候,或者说公司能够为他们提供比较高的业务提成的时候,他们可能给公司代理业务;当公司经营状况不好,或者说公司提供的业务提成低于其他同业公司的时候,他们肯定会把业务卖到能够提供更高手续费的公司里去。因此,对营销人员和直销人员区别对待是必要的,也是必需的,否则的话,像我们这样成立没几年、费用捉襟见肘的公司,哪有那么大的财力和物力养活数量比较庞大的营销员队伍?"

在场的其他部门负责人都说田总说得有道理,正式工和临时工就应该有区别,营销业务跟直销业务提成不就不一样吗?话虽然听起来让人感觉不舒服,但朱含韵想想人家说得一点也没有错。

"是啊。如果正式员工和临时用工各方面都一样的话,那谁还愿意当正式员工呢?来去不自由,做业务手续费提成还少。"朱含韵暗暗地想。

樊童说:"营销业务做得好不好,直接关系到公司的经营业绩和在系统内的地位,无论是过去、现在还是将来,我们都不能放松营销业务的发展,都要重视营销业务的发展。要保持营销业务在公司总体业务中的支柱地位,没有人不行。所以,下一步我们还要把营销员队伍建设作为一项重点工作甚至是主要工作常抓不懈。永平公司来滨城设立机构没多久,就把我们辛辛苦苦组建起来的营销员队伍搞了个七零八乱,挖走了我们三个营销团队长和一半数量的营销员。既然永平公司挑起了这场战争,那我们就只有应对的份了。他们不仁,我们也没必要太义!营销员队伍的膨胀要两条腿走路,一是不间断地从社会上招聘;二是全力以赴从同业公司挖人,尤其是永平公司的营销员,因为从别的公司里挖来的人,业务熟、有客户、上手快,马上就能用。"

会议用了整整四个多小时的时间研究营销业务政策和营销团队建设,

并通过了一系列政策和措施：

在营销员增员计划方面：一是公司再举办一至两期大型招聘活动，只要有社会关系、能拉来业务，不管学历高低、有无从业经历，一律招入。二是鼓励从同业公司尤其是永平公司招聘营销员，每招聘来一名营销员，不管其业务量多少，公司都一次性给予招聘者三百元的补贴；如果一个人能招聘来十名营销员，除享受招聘补贴外，公司可以让招聘者当营销团队长；如果能招聘来三十名营销员，公司可以让招聘者担任营销主任，享受部门副经理待遇……

在营销业务手续费支付方面，公司按永远高于永平公司一个点的政策支付。为了让新入司的营销人员尽快上岗，公司决定从业务费用中列支六十万元，专门用于营销员培训，并准备高薪从同业公司挖一至两名培训讲师专职从事培训工作。同时，公司加大费用投入，自上而下建立起一支专业素质高、从业经验丰富的营销讲师队伍。

第二天一上班，朱含韵立即召集叶茂盛、朱大勇、姚桐等人开会，传达总经理办公扩大会议精神，研究营销员招聘和营销业务发展的落实措施。

听了朱含韵传达的总经理办公扩大会议精神，叶茂盛等人都十分兴奋。他们说，只要领导们保证承诺能够兑现，我们就有信心把营销业务规模做大，怕就怕政策变来变去，或者有政策无兑现。

朱含韵说政策是领导们在扩大会议上讨论通过的，那么多人在场，不可能说变就变，也不可能做出的承诺不兑现，大家放心干就是了。其他三位团队长都点头称是。

叶茂盛、朱大勇和姚桐走后，朱含韵摸起办公桌上的电话，打通了梅花雪家的座机，她估计梅花雪现在应该在家，因为昨天朱含韵在市百货大楼遇见梅花雪老公的时候，闲聊中得知梅雪花感冒了，三四天没外出拓展业务了。

打电话跟梅花雪说好了一会儿，朱含韵又从手提包里翻出电话号码本，

第11章 永平使出"杀手锏",永泰寿险遭重创

找出了伊凡前几天刚抄给自己的手机号码。

三天前,朱含韵去一个客户家里拜访,正好遇上也去拜访同一个客户的伊凡,伊凡一边玩弄着他朋友刚从南方给他带回来的新手机,一边开玩笑说:"有了这玩意联系客户确实方便,但就是手机费太贵。朱经理,以后想请哥儿们聚聚或者业务多得做不过来想找我合作的话,直接打手机就OK了,我可是有叫必到、有求必应。怎么样?让我的那位朋友也帮你带一部回来?"

"我家里上有老下有小,中间还有一个'花钱佬',哪有闲钱伺候这玩意?"朱含韵说着,掏出电话号码本记下了伊凡的手机号码。

朱含韵打电话问伊凡什么时候有时间,方便的时候想见他一面。

伊凡开玩笑说有什么事情在电话里讲就行了,没必要非得见面才能讲,神神秘秘的,像地下党接头似的。

朱含韵嘴上说很长时间没见面了,有些生分了,大家还是见面聊一聊,心里却想:"哼!我还不知道你'大忽悠'那张嘴?我如果不当面把事情说清楚,说不定我这边电话还没挂断,永平公司那边就已经谣言四起、议论纷纷了。"

伊凡说上午他约了客户,下午没什么事。两人就约好下午三点在好人缘茶馆见面。

跟伊凡约好见面时间、地点后,朱含韵叫上姚桐,去市百货大楼购买了些礼品,一起来到了梅花雪家。

朱含韵和姚桐把公司下一步关于营销业务发展的政策跟梅花雪一说,梅花雪立即答应再考虑考虑,三四天以后给朱含韵和姚桐回话。

下午三点,朱含韵和伊凡一前一后到达了好人缘茶馆。

一见面,伊凡就开玩笑道:"有什么重要的事情非得举行双边会谈?是朱经理提拔升官了还是揽了大业务需要找合作伙伴?"

朱含韵笑着说:"几天不见,伊经理的忽悠水平又长进了不少呀!现在就咱们两个人,你就别忽悠了,要是忽悠,我可是无法配合你呀!"

伊凡哈哈大笑："干保险的哪个不会忽悠？不忽悠怎么能干得了营销这工作？不忽悠，客户会乖乖地把钱掏出来买保险？"

朱含韵说："虽然现在人们的保险意识还比较弱，亏本也愿意把钱存到银行里去，但只要咱们宣传到位、真诚相待，我相信，还是有很多客户愿意购买保险产品的，靠忽悠是长久不了的。"

伊凡说："就目前老百姓的风险规避意识，要说服他们，很难！关键时候还得靠忽悠！对了，老领导今天着急上火地召见我，一定有什么好事要告诉我。"

朱含韵就把上午跟梅花雪说的那些话又跟伊凡重复了一遍，问伊凡有没有重回永泰寿险公司的意向。

伊凡说营销员是靠拿提成吃饭的，哪家公司的政策好、给的手续费高，就给哪家公司代理业务，谈不上意向不意向的问题。

两人聊着聊着，就自然而然地形成了一个口头协议：朱含韵帮助做好滨城永泰寿险公司总经理室领导的工作，让重新回永泰寿险公司的伊凡等人继续担任营销团队长，但前提是伊凡要从永平公司至少带回部分营销员回永泰寿险公司，越多越好。朱含韵承诺，公司给予的一切奖励，她分文不取，全部归伊凡所有。

朱含韵和伊凡正聊着，伊凡的手机"吱吱吱"地响了起来。

伊凡拿起手机一看，是永平公司分管营销业务的副总经理汪江河打来的，他问伊凡现在在哪里，能不能半个小时之内赶回公司，说半个小时后总经理室要召集部分人员召开一个非常重要的会议。

伊凡说他正在滨城新城区拜访一个重要客户，双方会谈下一步业务合作的事宜，他争取按时赶回公司参加会议。

伊凡看了一眼手机上的时间显示，正好五点整，距下班时间还有一个小时。

"都这个点了还开什么鸟会？"伊凡嘟囔道。

朱含韵问伊凡，平时永平公司开会，营销团队长参加不参加。

第11章 永平使出"杀手锏",永泰寿险遭重创

"有时候让参加,有时候也不让参加。"伊凡一边说着,一边跟朱含韵握了握手,骑上他那辆崭新的摩托车,一溜烟跑了。

伊凡到达永平公司会议室的时候,副总经理汪江河、行政人事部经理曹山、营销部经理叶水仙以及梅花雪、韩冬枝和其他两个营销团队长都已经到齐了。

伊凡刚一落座,汪江河就宣布开会。

"据可靠消息,昨天永泰寿险公司开了一晚上会议,专题研究营销业务发展问题。会上,他们出台了一个政策,这个政策,很大程度上是冲着我们永平公司来的。"汪江河说。

汪江河扫了对面坐着的几个团队长一眼,继续讲道:"永泰寿险公司出台的这项政策,可以说对我们永平公司很不友好,用滨城老百姓的话说,就是很不厚道。既然永泰寿险公司带头破坏行业和谐,那就别怪我们永平公司不仗义了。来而不往非礼也!从现在开始,凡是从永泰寿险公司拉来的营销员,公司按翻番政策给予奖励。什么是翻番政策呢?就是从永泰寿险公司拉来的第一位营销员,公司给予介绍人五十元钱的奖励;拉来的第二位营销员,按一百元钱的奖励发放;第三个营销员,按二百元钱的奖励发放。以此类推。"

"假如你从永泰寿险公司拉来十个营销员,且十个营销员当月都有保费入账,那么第十个营销员一个人公司就奖励你两万五千六百元。"叶水仙插话道。

"多少?两万五千六百元?那么前九个人还有没有奖励发放?"梅花雪问了一句。

"前九个人的奖励该怎么发还怎么发,不冲突。"叶水仙笑着答道。

"也就是说,如果有人真的从永泰寿险公司拉来了十个营销员,那么公司就要奖励这个人四五万块钱。是这样的吗?"梅花雪有些不相信地问道。

"梅经理数学学得不错啊!这么快就算出来了?"叶水仙竖起右大拇

· 123 ·

指，在眼前晃来晃去。

"有那么多吗？"汪江河侧过身子小声问坐在一边的曹山。

曹山附在汪江河的耳朵上，声音低低地说："理论上是这样，但一个人不可能从永泰寿险公司拉来那么多营销员的，我们几个人私下里已经推演了很多遍了，不会有问题的。"

听了曹山的话，汪江河心里有底了，大胆承诺道："这还有假？只要你把他们拉来我们永平公司，我们一定会及时足额地兑现奖励的，决不食言。但前提是必须是永泰寿险公司的营销员，且当月必须有保费入账，从其他公司招聘来的营销人员，不适应这项政策。"

"如果我从永泰寿险公司拉来二十个甚至更多的营销员来我们永平公司的话，汪总刚才承诺的奖励是不是也能够兑现？"伊凡有些不放心地又问了一遍。

"单个人最高奖励就是两万五千六百元了，这已经够高的了！"曹山抢先答道。

"也就是说第十一个人往后，每个人都按两万五千六百元奖励。我理解得对不对呀？曹主任？"伊凡问道。

"可以这么理解。"曹山一边答道，一边想："永泰寿险公司不会轻易让你们把他们的人拉出来的。一个人从永泰寿险公司里拉来几个人是可能的，但一下子拉来十几二十几个人，那绝对是不可能的。你以为永泰寿险公司的营销员都听你'大忽悠'的？太自恋了吧？"

除了策反永泰寿险公司的人员有奖励外，永平公司还承诺，手续费永泰寿险公司给多少，永平公司也给多少。

永平公司的会议一结束，伊凡立即打电话约朱含韵、叶茂盛、朱大勇、姚桐等人见面，说他最近发了一笔小财，晚上想请哥几个撮一顿。

朱含韵请假说她参加不了晚上伊凡组织的活动，因为晚上毛亚南需要有人照顾。

叶茂盛已经吃过晚饭，本来也不想参加，但经不住伊凡一遍又一遍地

第11章 永平使出"杀手锏",永泰寿险遭重创

忽悠,只好也赶了过去。

听了伊凡充满激情的"演讲",叶茂盛、朱大勇和姚桐三个人都动了心思,但还是有些半信半疑。

"大忽悠,你说的这事是真的还是假的?不会忽悠我们几个人吧?"姚桐首先表示了怀疑。

"八九个人都在场,汪江河、曹山等人亲口说的,这还能有假?"伊凡语气坚定地说。

"永平公司刚成立没多久,保费没多少,从哪里弄钱兑现奖励?可别让他们忽悠了!"叶茂盛也表示怀疑。

"再怎么说永平公司也是上级主管部门批准的正儿八经的公司,当着那么多人的面,他们还能说话不算话?大忽悠从来都是忽悠别人,还从来没有被别人忽悠过。对吧,大忽悠?"朱大勇调侃道。

"关键时刻还是大勇有主见。哥几个放心好了,我打包票,这事百分之百是真的。"伊凡胸脯拍得"啪啪"响。

最后几个人商量集体"捆绑"跳槽去永平公司,所得奖励按人头平均分配。谁说服营销员去永平公司得多,谁奖励就多拿一些。为稳妥起见,四个人约定暂且保密,不马上行动,待伊凡进一步落实后再集体行动。

第二天,姚桐把四个人头天晚上商量的意见告诉了朱含韵,问朱含韵有没有意愿跟他们四个人一起"捆绑"跳槽去永平公司。

对姚桐的话,朱含韵当时没太在意,以为那只不过是四个人喝酒时随便说的玩笑话,因为昨天下午伊凡已信誓旦旦地告诉自己,他把手头上的几件事情处理完毕后,就带着手下的几个弟兄"改旗易帜",重新回到永泰寿险公司,不可能睡了一个晚上,承诺马上就变了。

过了四五天,伊凡又把朱大勇等三人叫到一起,说"捆绑"跳槽去永平公司的时机已经成熟了,因为政策出台后,四五天过去了,永泰寿险公司只有三个人跳槽去了永平公司,这三个人都是永平公司部门负责人的亲朋好友或者同学,其他营销员由于朱大勇、叶茂盛、姚桐等人私下里做了

工作,所以暂时未跳槽去永平公司,这更坚定了曹山等人当初的分析和判断是正解的。

"伊经理,当初你不是信心满满地说能策反一批永泰寿险公司的营销员来永平公司吗?这都五六天了,怎么一个人也没有招呼来?兄弟,光有嘴上的工夫不行呀,得有点实际行动啊!"曹山半开玩笑半认真地说。

伊凡装出一副十分为难的样子:"永泰寿险公司也不知用了什么迷魂药,把那些营销员给灌迷糊了,我嘴皮子都磨破了,可人家就是不相信,说永平公司忽悠,没正事。曹主任,公司的政策是真的吗?我怎么觉着领导们像是在开玩笑?"

曹山信誓旦旦地说:"那天开会你又不是没在现场,那么重要的场合,总经理室能开那样的玩笑?君子尚且无戏言,何况是一个公司了。伊经理,没那两下子就别找客观原因了,你要是真能把永泰寿险公司的营销员都策反来永平公司,我保证公司做出的承诺一定兑现,决不失言。"

伊凡装出一副深思的样子,说道:"我再去做做那些营销员的工作,看看他们还有没有回心转意的可能。"

望着曹山迈着四方步,踱出办公室的背影,伊凡心中一阵窃喜:"谁说我伊凡只会忽悠?要是在古代,像我伊凡这样有韬略的人,说不定能成为一名出色的说客或者是一名伟大的战略家呢!"

"生不逢时,生不逢时呀!"伊凡摇头晃脑地也走出了办公室,去找朱大勇等人去了。

又过了两天,当伊凡把一百五十多人的永泰寿险公司营销员名单放到汪江河和曹山面前的时候,汪江河和曹山两人顿时傻了,汗水顺着脸颊不停地往下流着。

汪江河定了定神,故作镇静地说:"伊经理,你开玩笑吧?光弄份人员名单不能算数,你得把人领来,还得给公司带来保费收入。"

"对对对,人来公司上班才算数,一份名单代表不了什么。"曹山装出一副恍然大悟的样子,附和道。

第11章 永平使出"杀手锏",永泰寿险遭重创

伊凡说："明天这一百五十多人就来公司上班了,曹主任,你可要给安排好办公场所啊。可别人来了没地方坐呀!"

伊凡一走,汪江河立即把这一情况报告给了总经理杨松林,杨松林感觉事态严重,立即召集有关人员召开会议,商量应对措施。

经过紧急磋商,会议最终确定了几项原则:一是此事蹊跷,别说公司拿不出那么多钱兑现奖励,就是能拿出来,这钱也不能拿,不能不明不白地当冤大头;二是使用拖延战术,既不能说不兑付,也不能说马上兑付,只要把这一百五十多名营销员稳定在永平公司半年甚至更长时间,给永泰寿险公司造成重创或者造成毁灭性打击后,再重新评估这几百万元奖励兑付与否;三是暗中追查此次集体跳槽事件是否是永泰寿险公司暗中操作,如果存在永泰寿险公司暗中操作的嫌疑,就千方百计通过"钩鱼"策略,把永泰寿险公司的这一百五十多名营销员牢牢地控制在永平公司的手中,让永泰寿险公司"搬起石头砸自己的脚";四是通过采取小恩小惠、各个击破的策略,把那些有一定业务量的营销员紧紧抓在手里的同时,查明事情的缘由,给此次事件的始作俑者必要的惩罚,最好让他们无法继续在保险圈子里混下去。政策确定以后,三个班子成员和行政人事部经理曹山、营销部经理叶水仙分头去做从永泰寿险公司跳槽来永平公司营销人员的安抚和调查了解工作。

一百五十多人集体跳槽,在永泰寿险公司引起了一场"大地震",正在省公司参加会议的樊童,冒雨连夜赶回了滨城。

樊童下车后直奔公司三楼会议室,跟早已等候在会议室的吴思远、田庄等人招呼也没顾上打,就直奔主题而去。

"一百五十多人集体跳槽,事先你们就没有得到一点信息?"樊童扫了一眼会场,才发现朱含韵没有参加当晚的紧急会议。

"朱含韵哪里去了?你们没通知她参加今晚的会议?"樊童眼睛盯着田庄问道。

田庄说朱含韵晚上来公司等了一个多小时后就先请假回家了。据朱含

韵讲，一百五十多人集体跳槽去永平公司，事先也不是一点征兆也没有。

据田庄介绍，事情发生后，朱含韵忽然想起七八天前，姚桐曾跟她提起过营销员准备一起跳槽去永平公司的事情，但朱含韵当时认为姚桐、伊凡等人酒后开的玩笑，因为伊凡、朱大勇那些人平时说话就不太靠谱，谁也摸不清他们说的哪句话是真的，哪句话是假的，所以她就没往心里去。

"这么严重的问题怎么不汇报一声？还是副厂长出身，政治敏锐性太差了！你去问一问她晚上还能不能来参加会议。"樊童眉头紧锁，一副愁眉不展的样子。

田庄出去没多大会儿就回来说朱含韵陪孩子去医院打点滴了，实在脱不开身来参加晚上的会议。

还没等吴思远和田庄把了解到的情况跟樊童和参加会议的人员介绍完，会场上就立即嚷嚷开了。

个险部经理李刚说，在事前得到信息的情况下，不汇报、不劝阻，在这件事情的处理上，朱含韵负有不可推卸的责任，应当立即免去她营销部经理的职务。

财务部经理滕谣立即表示了赞同。她说一百五十多人集体跳槽去永平公司，朱含韵绝对不可能不了解，也不可能像她描述的那么简单，说不定她还是这件事情的幕后推手，仅仅免掉她营销部经理的处罚未免太轻了，还应当给她一定的经济处罚。

田庄说他同意李刚和滕谣两位经理的意见，必须给朱含韵一个处分，否则的话，难以服众，因为这么多人跳槽，不仅严重影响了公司的正常经营活动，而且对永泰公司的品牌形象也是一个沉重的打击。

在对朱含韵个人问题的处理上，客户服务部经理苗绘表达了不同的看法。

苗绘认为，虽然朱含韵在一百五十多名营销员集体跳槽去永平公司问题的处理上负有责任，但不至于到了撤职和处罚的地步。一是这么多人跳槽而她没有随波逐流，是她不缺钱吗？显然不是。跳槽去永平公司的一百

第11章　永平使出"杀手锏",永泰寿险遭重创

五十多人中,哪一个人都比朱含韵的家庭条件好。朱含韵之所以没随那一百五十多名营销员跳槽去永平公司,只有两种可能:一种可能是朱含韵对这件事情的前因后果确实不十分了解,或者说压根就没参与;第二种可能是,她知情,但不愿意随大流,说明她为人正派、对公司忠诚。二是朱含韵在永泰寿险公司工作期间,工作勤恳、办事认真,对客户真诚,深得客户的欢迎和信赖,有很多客户对她的热情和服务大加赞赏,这样的人,在功利当头的今天,实在少见。因此,对朱含韵个人问题的处理,苗绘的意见是,慎重考虑,决不能把朱含韵也逼到竞争对手那里去。

"出了这么大一件事,她当经理的难道一点责任都没有?"滕谣有些不服气地辩驳道。

"对,怎么也应该给她点处分,否则的话,以后这队伍还怎么管理?"李刚附和道。

"营销员本来就跟公司若即若离,不好管理,有错不纠、有责不罚的话,实在说不过去。"田庄脸涨得通红,语气明显带着情绪。

"都别说了!她朱含韵有问题,我们在座的就没问题了?团队长都跑了,我们总不能把她朱含韵也逼到永平公司去吧?当务之急不是处理谁不处理谁的问题,而是如何把剩余的营销员牢牢地稳定住,尤其是朱含韵。把她逼急了,她也撂挑子不干了,在座的哪位还能干?"樊童端起茶杯,又狠狠地放到了桌子上,杯子里的水洒了一桌子。

"我把话撂在这里,就目前的人力状况,要完成省公司下达的全年任务指标,肯定是不可能的,到那时,咱们这些人一起下台!"樊童气呼呼地说。

"营销队伍出了这么大的一件事,作为分管营销工作的副总经理,我是有责任的,要摘乌纱帽,首先摘我吴思远的。"一直未说话的吴思远终于开口了。

"对一百五十多人集体跳槽这件事情,我跟在座的各位有不同的看法。"吴思远说。

人在险途

"叶茂盛、朱大勇等人集体跳槽,对我们永泰寿险公司来说是件坏事,但对他杨松林来说,也未必是件好事情。就凭永平公司现在的业务规模,能付得起那么高额的奖励吗?假如他付得起,他还有多少费用支撑市场竞争?假如永平公司不按时兑付那笔高额的奖励,那一百五十多人还能在永平公司继续待下去吗?营销员可是很实际的呀!"

"那笔高额奖励,永平滨城公司肯定是付不起的,但东南永平公司肯定能付得起。假如东南永平公司全力支持滨城永平公司,那我们永泰寿险公司辛辛苦苦组建起来的营销队伍可就彻底垮了。"樊童不无焦虑地说。

樊童从旁边烟盒里抽出一支香烟,点燃后用力地吸了一口,继续说道:"朱含韵要全力安抚,确保不出问题。对去永平公司的那一百五十多名营销员尤其是团队长,要继续进行说服动员工作,能争取回来多少就争取回来多少,死马要当活马医。"接着,樊童对下一步的工作进行了安排和部署。

受大批营销员集体跳槽的影响,一连两个月,滨城永泰寿险公司业务出现了大面积下滑,业务收入同比降幅达到了百分之六十。为此,滨城公司班子成员被"请"到省公司进行了集体诫勉谈话,樊童和吴思远还受到了全辖通报批评。

一筹莫展的樊童病倒了。

又气又急、被省公司领导严厉批评的吴思远终于住进了医院。

第 12 章

营销员再次"反水","孤儿保单"大量涌现

三个月已经过去了,原先承诺的奖励一分未予兑现,伊凡、叶茂盛等人再次集体找到了杨松林。

"这件事情总经理办公会议已集体研究过了,已委托汪江河副总经理和曹山经理代表总经理室全权处理了,你们去找他们两位商量商量,看看他们近期有没有办法把奖励兑现下去。"杨松林很巧妙地把球踢给了汪江河和曹山二人。

看到伊凡等人一脸怒气地闯进来,汪江河满面笑容地一边让着座,一边摸起办公桌上的内线电话,把曹山和财务部经理甘甜叫了进来。

面对众人的质问,汪江河装出一副十分为难的样子:"方案早就制订出来了,可目前公司费用十分紧张,实在拿不出那三四百万元的资金来,请诸位再等一等,看看近期财务状况能不能有所好转,一旦财务状况好转了,我们会在第一时间把奖励兑现下去。"

伊凡等人都说,如果费用实在紧张,公司一次性兑付不了的话,可以先兑付一半,另一半等公司有了钱再兑付也可以。

汪江河朝甘甜看了一眼,甘甜立即会意地解释说,公司近期确实十分困难,别说是一二百万元了,就是一二十万元也很难挤出来,请各位经理再耐心地等一等。

"四月拖五月,五月拖六月,这都七月了,拖到何时是尽头?总不能

老画个饼让我们看着吧？"姚桐不满地质问道。

"费用再紧张，百八十万的钱总该有吧？连这么点钱都拿不出来的话，这公司还能开下去吗？"梅花雪嘟嘟囔囔道。

"暂时拿不出钱来，公司给个明确的时间表也行啊，总不能连个明确的说法也没有吧？"韩冬枝也说道。

"今天领导们无论如何也得给我们个明确说法，总不能老把我们这些人当傻子耍吧？"朱大勇情绪有些激动地说。

"都说我伊凡忽悠，我看领导们个个比我能忽悠。自叹不如，自叹不如呀！"

大家你一言我一语，情绪越来越激动，话越说越难听。

曹山终于听不下去了："各位不要把话说得那么难听好不好？谁把你们当傻子耍了？领导们又是怎么忽悠你们了？都说得理不饶人，可大家没理怎么也说起来没完没了了？总不能为了你们少数几个人的利益而影响公司正常业务发展吧？"

"曹经理，话不能那么讲，翻番政策是公司制订的，你当着那么多人的面宣布的，会后你又多次拍着胸脯说公司制定的政策一定会兑现，决不食言。可事到如今一直不给大家一个明确的说法，难道我们问问都不行了吗？"伊凡虽然心里非常窝火，但还是极力压抑着不让自己的情绪爆发出来。

"理本来就在我们这一边，不占理我们敢找领导们胡搅蛮缠吗？怎么能说我们无理争三分呢？"叶茂盛反驳道。

"老叶、姚桐、大勇等人本来在永泰寿险公司干得好好的，就是因为听我说永平公司政策好、信誉好，来永平公司能够充分发挥个人的潜能，才集体来永平公司当营销员的。这倒好，人我给你们动员来了，永泰寿险公司他们也无脸再回去了，可公司该兑现的奖励一分钱也不兑现，这事放到谁身上，谁都有被耍弄的感觉。"伊凡说。

"各位经理，公司目前确实遇到了困难，希望大家能够理解总经理室

第12章 营销员再次"反水","孤儿保单"大量涌现

的难处,个人利益一定要服从集体的利益,总不能因为奖励兑现了,公司正常的经营活动无法进行下去吧?"汪江河说。

"这笔奖励公司总经理室也没说不兑现,只是说暂时先缓一缓,大家再稍微等一等,等费用不紧张了,公司再想办法兑现给大家。"甘甜也劝导说。

看到大家都低着头不说话,汪江河进一步把语气缓和了一下:"请各位放心,该奖励的,公司一定会想办法奖励给大家;不该奖励的,公司肯定也会给大家一个合理的解释。"

"我们也不是要求公司非得今天把奖励兑现给大家不可,我们只是问问公司什么时候能给大家一个明确的答复。"姚桐等人也不想把事情闹僵,因为他们也明白,事情如果闹到无法挽回的地步的话,最终受损失的,还是那些一起跳槽来永平公司的一百五十多名营销员。

"跟你们说过多少遍了,公司现在费用紧张,等费用宽松后就按规定给大家兑现,可你们就是不听!"曹山脸涨得通红、态度仍然十分生硬。

"我看公司的费用什么时候也不会宽松。按照领导的意思,如果费用永远不宽松的话,这笔奖励是不是永远也不需要兑现了?当初领导们不是说只要人一来公司上班,奖励马上就兑现吗?这才过了几个月,难道那么快就忘记了?"看到曹山一副不依不饶的样子,伊凡等人的火气腾地又上来了。

"老伊,你怎么那么不识抬举?领导们不是说过了,费用一宽裕就给大家兑现,你怎么还没听明白?十年不行,二十年总该行吧?如果二十年也不行的话,五十年总该行吧?五十年后你还不到九十岁,还有可能花到那部分钱。回去慢慢等着吧,可别早去阎王爷那里报到啊!"朱大勇奚落道。

"大家说话不要连讽带刺好不好?汪总已经说得再清楚不过了,该奖励的,公司一定想办法尽快奖励,不该奖励的,公司也会尽快给大家一个说法。"曹山把汪江河刚才说的话又重复了一遍。

"曹经理,哪些是该奖励的,哪些是不该奖励的,您能给大伙解释解释吗?"叶茂盛反问道。

"哪些该奖励的,哪些不该奖励的,你们自己心里没有数吗?"曹山这天不知怎么了,火气特别大。

曹山的话音刚落,五六个人又嚷嚷开了,非得要求曹山给大家说清楚不可。

汪江河瞅了曹山一眼,示意他不要再说下去了,可曹山不知是故意的还是没有发现领导的示意,脱口而说道:"我看一分钱的奖励也不应该兑现。"

此话一出,无疑是一颗重磅炸弹落了地,一下子把伊凡、朱大勇等人炸懵了。

看到大家一时语塞,曹山更来劲了。

"你们不就是想钻公司政策考虑不周的空子吗?我就不相信,一百五十多人,怎么就那么巧想到一起了,一招呼就都跑来了,这事不经过周密策划的话,你们觉着有可能发生吗?"

看到曹山把话挑明了,汪江河和甘甜也只好顺着曹山的话说开了。

这个说:"事实明摆着,不经过事先周密策划,怎么可能一百五十多人说来就来了呢?肯定是事先串联好了的。"

那个说:"人不能太贪心了,见好就收吧。"

这个说:"人心不足蛇吞象,吞不好会把自己噎死的。"

那个说:"公司制定政策时确实欠考虑,但你们无论如何也不能这样钻空子呀!"

……

话已说到那个份上了,伊凡、朱大勇、叶茂盛、姚桐等人也就感觉没有再给汪江河、曹山等人留情面的必要了。

这个说:"谁让你们政策考虑不周的?难道考虑不周就应该成为不兑现承诺的理由吗?"

第12章 营销员再次"反水","孤儿保单"大量涌现

那个说:"永平公司对自己的营销员都这么说话不算话,那对客户的承诺是不是也是白放空炮?这样不守信用的公司,谁还敢来投保?"

这个说:"我们不管你们当初是怎么考虑的,既然承诺了,就得按承诺办事,不兑现承诺就不行。"

那个说:"就算是我们事先商量好了的,那也不违法,既然没有违法,不兑现承诺,就到法院告公司。"

这个说:"奖励不兑现,今后所有的营销员不会再给永平公司代理一分钱的业务。"

那个说:"不仅不给永平公司代理业务,还要说服已在永平公司投保的客户尽快退保。

……"

看到大家撕破脸皮了,汪江河赶紧又把语气缓和了下来:"这件事情你们再容总经理室研究研究,形成意见后,一定会给大家一个明确的答复。"

伊凡、朱大勇等人骂骂咧咧地走出了会议室。

杨松林、汪江河、曹山、甘甜和李刚等人立即聚在一起召开紧急会议,研究处置意见,并最终形成了三条原则:

一是采取各个击破战略,分化瓦解攻守同盟。对普通营销员尤其是业务骨干要千方百计做好安抚工作,必要的时候,偷偷给予他们一定的物质奖励,以防止部分业务骨干受伊凡、朱大勇等人的蛊惑。

二是尽量采取冷处理的办法,防止事态进一步扩大,千方百计把从永泰寿险公司跳槽来的一百五十多名营销员紧紧拖住,拖得时间越久,一百五十多名营销员的锐气就会越小,重回永泰寿险公司的可能性就会越小。

三是继续跟起带头作用的伊凡、朱大勇等人协商,争取在奖励最低限度内解决问题。奖励的上限是五十万元。

在杨松林等人紧急召开会议研究对策的同时,伊凡、朱大勇、叶茂盛、姚桐及部分业务骨干也聚在一起召开会议,商量应对策略,最终也形成出

了三条反制措施：

一是参加会议的人员分头找一起跳槽来永平公司的营销员沟通，统一口径和立场，不能让曹山等人使了离间计。

二是奖励额度不到万不得已谁也不能松口说减少，需要通融的时候，大家一定要集体协商，奖金数额的底线不能低于公司承诺兑付的百分之六十。

三是要加大压力，逼迫汪江河、曹山等人做出奖金兑现的保证，兑现的时间最好在三十天之内，如果协商不成，可以再降低奖金比例百分之十，但时间不能再延长，以防夜长梦多。

会议一结束，伊凡、朱大勇、叶茂盛、姚桐等人立即通过会面或电话沟通的形式与其他营销员进行联络，传达了会议制定的原则。

第二天下午，伊凡、朱大勇等人按照公司办公室的电话通知，按时参加了双方协商会。会议开始没多大会儿，双方就谈崩了，因为双方都认为距自己制定的原则和底线差距太大。

会议刚开始了一会儿，伊凡走出会议室接了一个电话，回来后趴在朱大勇等人的耳朵上耳语了好大一阵子。

双方舌枪唇战了两个多小时，最后达成给予六十万元奖励的口头协议，但在兑现时间问题上，双方又出现了分歧。

伊凡、朱大勇、姚桐等人坚持奖励要一次性付清，而且要在三天之内兑付到位。理由是一百五十多名营销员因为更换公司，在永泰寿险公司当营销员时拓展的客户续收业绩无法记入自己业绩中，个人收入受到很大影响，部分营销员家庭生活出现了困难，急需要用钱。

汪江河、曹山等人坚持奖励分五期兑付，年底前兑现完毕，理由是公司目前费用紧张。兑付比例为第一期二十万元，后四期每期十万元。

双方又经过讨价还价之后，最终将兑付期次缩短为四期，第一期兑付比例为百分之五十，以后三期每期兑付十万元。

第一期三十万元兑付到位的当天，伊凡、朱大勇、姚桐、叶茂盛及近

第12章 营销员再次"反水","孤儿保单"大量涌现

百名营销员又集体回到了永泰寿险公司,临走时,伊凡代表近百名营销员给杨松林写了一封措辞激烈的谴责信,大致内容如下:

杨总、汪总及曹大主管:

我等一百五十多名营销人员满怀豪情地从永泰寿险公司来到永平公司,想通过我们的智慧和辛勤的劳动,实现个人尽快富起来,用实际行动落实中央提出的让少数人首先富裕起来号召的同时,为滨城永平公司业务发展和市场地位的确立贡献我们的智慧和力量,可永平公司的所作所为实在让我等寒心,永平公司的不诚信、不厚道为我等所不齿。为此,自今日起,我等百余名营销员停止与永平公司的一切业务代理关系,并发誓今生今世不再为永平公司代理一分钱的业务。

我等百余名营销人员虽然因永平公司的蒙骗而在经济上受到了很大的损失,但我们也因此认识了永平公司是一个什么样的公司,滨城永平公司的领导是一群什么样素质的人;我等百余名营销员虽然离开了永平公司,但我们将把你们的"丰功伟绩"告诉我们所认识的每一个人,让他们认清滨城永平公司是一个什么样的公司,滨城永平公司有一群什么素质的领导。

四百多万元的奖励硬生生地压缩到了六十万元,而六十万元的奖励我们最终也只领到了三十万元,那三十万本该属于我们的奖励,我们发扬风格就不再领取了,留给公司作为发展基金吧,因为滨城永平公司太困难了,我们担心这三十万元奖励兑现出去后,公司会因此而倒闭,我们实在不忍心一个大家还没有完全认识的公司就那么快地倒闭了,那样的话,社会上就没有更多的人认识你们,"热爱"你们,"歌颂"你们。

再见了,我们曾经充满信心的滨城永平公司!再见了,我们曾经认为颇具战略眼光、发展意识的领导!

一群无比愤怒的人

人在险途

伊凡、朱大勇、叶茂盛、姚桐等人离开永泰寿险公司去了滨城永平公司之后，樊童、吴思远等人在极力稳定住朱含韵的同时，又通过各种途径跟伊凡等人保持联系，努力说服他们回心转意，并承诺了一些条件，让他们反戈一击，重新为永泰寿险公司代理业务。

在最后一次与杨松林、汪江河、曹山等人举行的关于奖金兑现数额和比例的会议期间，伊凡中途出来接的一个手机，就是樊童亲自打过来的，电话中，樊童说只要伊凡等人能说服去永平公司的大多数营销员重新回到永泰寿险公司代理业务，他保证以前做出的代理手续费比永平等其他同业公司高出一至两个点的承诺不变，并按各团队回归永泰寿险公司队员的数量，给予团队长一定比例的奖励，但前提是要对各自团队的队员保守秘密。

对于樊童、吴思远等永泰寿险公司的总经理室成员来讲，过去的老营销员回归，可以带回已经离开或即将离开永泰公司的客户，提升公司的业绩，因为滨城公司已在全省十二家支公司中，业绩连续几个月位列倒数第一，虽然招入部分新的营销员后，业绩有止滑回升的迹象，但要完成省公司下达的全年任务目标，仅靠现有的营销人员显然远远不够。

更为重要的是，伊凡、朱大勇等营销员重新回归永泰寿险公司后，在对永平公司以沉重打击、给予公司现有人员以示范作用的同时，因集体跳槽后留下的无人管理和服务的、被称为"孤儿保单"的客户，终于有人跟踪和服务了，因为营销员把保单签订、把第一期手续费支付走后，后期服务如果跟不上的话，客户极有可能出现脱保和合同纠纷问题，如此一来，对公司的品牌、客户的维护和业务的拓展都会带来一定的负面影响，虽然第二年、第三年公司也给予营销员一定比例的业务提成，但跟业务承保的第一年相比，业务提成比例较低。在业务提成比例低、后续服务任务重的情况下，公司说服其他营销员接手非自己客户的后续服务工作存在着很大难度。而大批营销员回归，正好解决了他们自己遗留下来的、无人愿意接管的"孤儿保单"客户的后续服务问题。

第12章 营销员再次"反水","孤儿保单"大量涌现

虽然伊凡、朱大勇、叶茂盛和姚桐及近百名营销员脱离永平公司重新为永泰寿险公司代理业务,给永平公司的品牌造成了一定的负面影响,公司为此还支付了第一期三十万元的奖励,但杨松林、汪江河和曹山等人还是感觉永平公司在这场激烈的斗争中取得了胜利,在博弈中成为了赢家:一是近五十名营销员留在了永平公司,没有随伊凡等人回到永泰寿险公司。三十万元买来五十名经过业务培训、有一定专业能力的"熟手",值得!二是一百五十多名营销人员来永平公司代理业务的这段时间里,共为永平公司拓展了近三千个客户,直接保费收入四百多万元,这些客户他们是很难同时带回永泰公司的,只要把这批新拓展的客户服务好了,让这批客户中的大多数成为永平公司的长期客户,公司就可以通过这批客户至少还能赢得一至两倍数量的新客户。

正当永平公司暗暗庆幸自己做了一笔十分划算的买卖的时候,公司连续几天出现了到公司退保的问题,最多的一天曾出现七例退保现象。当柜面人员告知来公司要求退保的客户当年退保,只能返还当初交纳的保险费的百分之二十的时候,客户情绪都非常激动,当场就有两个客户破口大骂起来。

"你们保险公司是强盗公司啊?我们把钱交给你们,又没有消费,又不长利息,为什么一千块钱只能返还二百块钱?"一个个头挺高、脸膛黝黑的人十分生气地质问道。

旁边的一个皮肤挺白、个头不高、脸长得挺清秀的人帮腔道:"当初我们不想保险,可你们保险公司的营销员死皮赖脸地缠磨,说保险多么多么的好,说什么保险后万一急着用钱,随时可以退保,有百利而无一害,我们真的需要钱要求退保了,为什么只能退我们百分之二十的费用?谁给你们这么大的权力?"

柜台里面一位站着的小姑娘小声嘟囔道:"一千块钱的保费,仅业务员就拿走了百分之三十多的手续费,这部分钱不从你们保费里扣,从哪里扣?"

另一位小姑娘用手戳了一下同伴，话刚说了一半的小姑娘立即把话打住了。

"当初你们的营销员忽悠我们购买你们公司保险的时候，可没说当年退保只能退还百分之二十的保费，他们告诉我们说保险自愿，退保自由，你们宣扬的自由是你们随意克扣客户钱财的自由吧？"高个子黑汉越说声音越大。

"让你们的领导出来！不给我们一个合理的解释，你们今天就别想再营业了。"旁边有人喊道。

听到吵闹声，汪江河和客户服务部经理司号声快速从办公室里跑了过来，连拉带劝，才把两个客户劝进了汪江河的办公室。

汪江河和司号声反复给两个客户解释，劝说他俩不要中途退保了，因为中途退保违反了保险协议，违反保险协议是要交纳违约金的，这是保险条款明文规定的，谁也没有办法随意修改。

两个客户说他们本来也没想退保，可给他俩办理保险业务的营销员说永平公司不讲信誉，忽悠客户，让他俩尽快来永平公司退了保后，去一家叫什么泰的公司重新投保，说那家公司的产品好、信誉也好，保费还便宜，所以两个人就结伴来公司退保了。

两个客户走后，汪江河立即把曹山、叶水仙等人叫了进来，要求各部门密切关注客户退保现象，教育员工尽量不要跟客户发生正面冲突。同时，汪江河要求曹山在周日组织全体员工培训时，要把如何做好客户的说服教育工作特别是退保客户、有特殊要求的客户的说服沟通工作作为一项重要内容进行培训，全面提升员工的沟通艺术，避免因沟通不到位而引起群体退保现象发生。

大批营销员离开永平公司后，虽然没有发生群体退保现象，但保费续收不及时、售后服务跟不上的问题很快就突出出来了。

一天，一位小伙子扶着一个挂着拐杖的老年人来到了公司。老年人说他购买的保险上周就应该交第二期保费了，可等了好几天也没有人登门收

第12章 营销员再次"反水","孤儿保单"大量涌现

取,他怕耽误了,就让在附近单位上班的邻居开车把他拉来公司了。

那位小伙子很不客气地说:"这位老人没投保之前,你们保险公司的业务员一天跑他家八趟还不一定天黑,可钱一到手后,好几个月就见不到你们那位营销员的影子了。你们知道社会上是怎么形容你们保险公司的营销员的吗?他们都说:'保险营销员,一切向钱看,金钱一到手,鬼也找不见!'"

柜面上的几位工作人员都不自然地笑着,一个劲地解释说,给这位老人办理保险业务的营销员,调到其他公司工作去了,因为走得急,没顾得上跟公司交接,所以就出现了保费续收不及时的问题,以后这种情况不会再出现了。

大量脱保、续收不及时问题,不仅影响了公司的业务收入,而且引起了许多不必要的纠纷和争吵,严重影响了永平公司在客户心目中的形象和口碑。

有人说永平公司没有实力,信誉又不好;有人说永平公司人员素质差,管理跟不上;还有人说永平公司对员工很苛刻,没有凝聚力……

面对不断出现的"孤儿保单",永平公司总经理室连续召开了两次会议,专题研究如何从根本上消除离开公司营销员的客户保费无人收、出险无人问、服务不到位的问题。会议最终决定成立一个专门负责期交客户保费收取、趸交客户保费续收的部门,专门负责已承保客户的保费收取和管理工作,部门名称叫做保费续收部,任命原客户服务部副经理张扬为保费续收部的经理。

伊凡、朱大勇、叶茂盛和姚桐等百余名营销员回归永泰寿险公司后,永泰寿险公司上下特别是总经理室成员在欢欣鼓舞、大力进行正面宣传的同时,还不忘嘲弄永平公司一番:

有人说:"永平永平,永远不平。"

有人说:"永平公司是多行不义必自毙,搬起石头砸了自己的脚。"

有人说:"永平公司通过不正当手段抢了人家的东西,到头来是竹篮

打水一场空。"

有人说:"一群没有素质的人,办了一件不靠谱的事,这种事,只有永平公司才能办得出来。"

还有人说:"永平公司向来不讲诚信,所以公司的营销人员一夜之间全部跳槽了。"

各种传闻愈传范围愈大、知道的人越来越多,等传到滨城永平公司总经理室人员的耳朵里的时候,已完全变了味,气得杨松林、汪江河等人牙咬得嘎嘣嘎嘣响,发誓要与永泰寿险公司誓不两立。

第 13 章

争市场不惜血本,"泰平战争"全面升级

百余名营销员得而复失,本来就对永平公司的品牌造成了很大的影响,而永泰寿险公司的冷嘲热讽和部分营销员不负责任的负面宣传,把滨城永平公司推向了风口浪尖,这对于刚落户滨城不久的永平公司来说,无疑是一场空前未有的挑战。

在员工队伍不稳、业务持续下滑、诚信受到质疑、负面传闻不断的强大压力下,滨城永平公司总经理室做出了不惜血本、要与滨城永泰寿险公司争个鱼死网破的决定。

滨城永平公司做出的第一个决定就是持续"挖人"。虽然永平公司在与永泰寿险公司的营销员争夺大战中未占上风,但杨松林、汪江河等人仍然坚定地认为,拿来主义是推进营销业务发展、加快业务规模膨胀、打压竞争对手的最有效方式,因为营销员受过专门训练,有展业技巧、有相对固定的客户群、有维护客户的经验。从永泰寿险公司策反来的一百五十多名营销员虽然最终只留下了不到五十人,且一百多人重回永平公司后留下了许多遗留问题,但那不是"战略"出现了问题,而是"战术"存在着瑕疵。

"堡垒往往是从敌人内部攻破的!"杨松林不止一次地这样讲过。

为了打压滨城永泰寿险公司的发展,杨松林安排人员专门针对永平公司制定出台了"挖人"的奖励政策,持续不断地对滨城永泰寿险公司实施

人在险途

"釜底抽薪"。

永平公司采取的第二个举动是"挖角"。因营销员之争,永平公司在社会上尤其是在行业内部落下了个不讲信誉、没有素质、破坏和谐的"恶名"。杨松林、汪江河等人认为,这些"恶名"是永泰寿险公司强加给永平公司的,目的是破坏永平公司在滨城老百姓心目中的地位和形象,阻碍永平公司正常的经营活动。既然永泰寿险公司"败坏"永平公司的声誉在前,永平公司予以反击自然就在情理之中,任何针对永泰寿险公司的政策措施,都应属于"正当防卫"的范畴。为此,杨松林等人决定借永平公司"安乐一生"新产品的推出和永泰寿险公司一名营销员酒后失德、辱骂殴打客户、在社会上引起极坏影响的时机,大肆组织开展正反两个方面的宣传,以报被永泰寿险公司嘲弄、妖化之仇,动摇永泰寿险公司在滨城进一步发展壮大的根基。

滨城永平公司采取的第三项措施是"挖业务"。永平公司决定,凡是滨城永泰寿险公司参与的团体客户公关项目,永平公司都要想方设法参与,制造永泰寿险公司获取业务的难度;凡是永泰寿险公司正在公关的较大客户,只要得到信息,永平公司都要千方百计地介入,并专门设立了"虎口夺食"奖、"成功搅黄"奖、"制造麻烦"奖。

对公司拟将采取的三项针对性措施,杨松林要求参加会议的部门负责人只可意会、不可言传。

会议结束的当天下午,叶水仙就向总经理室报告,说她手下一个名叫孙大学的营销员获悉,永泰寿险公司正在与滨城区农村信用社接洽,协商办理贷款人意外伤害保险业务事宜。据初步估计,仅此一个险种,滨城区农村信用社全年就可为永泰寿险公司代理保费收入八百万到一千万元。

杨松林问叶水仙她手下的那位名叫孙大学的营销员是如何得到这个信息的。

叶水仙说孙大学的一个亲戚在滨城区农村信用社当办公室主任,昨天樊童和吴思远去区农村信用社拜访的时候,就是孙大学那个当办公室主任

第13章 争市场不惜血本,"泰平战争"全面升级

的亲戚首先出面接待的。

杨松林当即让叶水仙把孙大学叫进了总经理办公室,详细询问了事情的来龙去脉,并让孙大学想方设法弄清楚永泰寿险公司通过何人接触到滨城区信用社主要负责人的,跟滨城区农村信用社提出了什么样的合作条件。杨松林承诺,只要孙大学的那位亲戚帮忙把这笔业务做到永平公司,投入的费用全部由公司来承担,业绩全部记入孙大学个人身上。

第二天,孙大学跟杨松林、汪江河汇报说,永泰寿险公司牵头负责滨城区农村信用社业务合作的总经理室成员是吴思远,具体承办的服务部门是营销业务三部,经理是一个名叫姚桐的"大龄独身女人"。

又过了两天,孙大学再次报告说,给滨城永泰寿险公司和滨城区农村信用社牵头的是姚桐一个在市委办公室当秘书的中学同学,她那位同学目前是分管金融副市长的专职秘书。

得到确切信息后,滨城永平公司立即成立了由杨松林、汪江河任正、副组长,叶水仙、司号声、孙大学和团险部经理刘情为成员的滨城区农村信用社业务公关工作领导小组,全力靠上做工作。

公关工作领导小组成立的当天晚上,孙大学就把他在滨城区农村信用社当办公室主任的亲戚宋青山约请了出来,酒过三巡后,汪江河把一个大大的装满现金的信封塞到了宋青山的手里。

宋青山半推半就地客气了一番,然后美滋滋地把信封装进了自己随身携带的公文包里。

"宋主任,一点小意思,不成敬意,事成之后,必有重赏!"汪江河提醒道。

"不用客气!有你汪总这么爽快的朋友,又有我这位在你手下当营销员的兄弟,我不帮你们永平公司还能帮他们永泰公司?"

宋青山把滨城区信用社主任安洪祥的家庭背景、性格特点、风格喜好一股脑地告诉了汪江河和孙大学,并拍着胸脯子说,他会在安主任面前替永平公司做工作的,并尽快安排永平公司的领导跟安洪祥见面。

人在险途

第三天上午十点多钟，宋青山分别打电话给汪江河和孙大学说，上午吴思远、姚桐等人又来区农村信用社找安主任了，并带来了业务合作方案，他已让信贷科科长帮忙打听打听，看看永泰寿险公司的业务合作方案的具体条款内容是什么。宋青山还告诉汪江河和孙大学，今天下午他将陪同安洪祥一起去省城办事，路上他可以跟安主任把永平公司的情况详细地汇报一下。

"安洪祥跟宋青山去省城，这正是一个千载难逢的好机会。汪总，你赶快收拾一下，带上孙大学今天下午也赶到省城去，无论如何也要跟安洪祥接上头。"杨松林吩咐道。

汪江河让曹山把前两天花六万块钱从省画协主席苍茫那里买回来的两幅书画从保险柜里取出来，小心翼翼地包装好，装进了一个印有滨城永平公司标志的纸袋里。

汪江河拍了拍装有两幅字画的纸袋，笑着对杨松林说："今晚上有没有效果，就看这一对'老鼠'能不能发挥作用了。"

汪江河所说的一对"老鼠"，是苍茫的两幅画作。在书画界，苍茫的"老鼠"最有名，不仅神态各异，而且栩栩如生。靠着画"老鼠"当选为省画协主席后，苍茫的"老鼠"作品也随着职位的升迁而水涨船高，市场价格一路飙升到一平尺两万块钱的高位。汪江河手里提着的两幅"老鼠"，还是杨松林托熟人优惠价格买回来的，否则的话，六万块钱是买不到的。

"这两幅纸'老鼠'堪比黄金呀！真没看出来他画的老鼠有什么特别之处！"汪江河叹道。

车子一上路，孙大学就发短信告诉宋青山，他跟汪江河已在去省城的路上了，问他们晚上住在省城什么地方，能不能安排晚上跟安主任一起吃顿饭。

宋青山说晚上一起吃饭肯定不行了，因为晚上早有安排，但晚宴结束后，他可以想办法安排大家一起去喝喝茶、唱唱歌之类的活动。

车子快到省城的时候，汪江河和孙大学又接到了宋青山的短信，说他

第13章　争市场不惜血本，"泰平战争"全面升级

们住在省城黄海大酒店，并且帮他们预定好了一个单人间和一个标准间。

晚上八点多钟，汪江河、孙大学就在黄海大酒店一楼大厅里每人要了一杯茶，一边喝着，一边聊着天，两眼死死地盯着进出大门的每一位客人。

虽然宋青山告诉汪江河和孙大学晚宴结束后，他会发短信通知他俩，让他俩不用着急，但汪江河和孙大学还是担心宋青山万一晚上把控不住，酒喝高了忘记了发短信，那他俩与安洪祥"偶遇"的大戏就无法唱下去了。

接近十点钟左右，汪江河和孙大学远远望见安洪祥和宋青山摇摇晃晃地从外面走进了酒店的一楼大厅，看样子两人酒喝得不少。

汪江河和孙大学装出漫不经心的样子，迎着安洪祥和宋青山走了过去，好像不经意间看到了走进一楼大厅的安洪祥和宋青山。

"啊呀，宋主任，你们怎么也在省城？什么时候来的？"汪江河故作惊讶地问道。

宋青山也装腔作势地问道："哎，汪总、表弟，你们怎么也来省城了？"

汪江河和孙大学就把早已排练好的说辞演示了一遍，并热情地邀请安洪祥和宋青山一起出去喝杯啤酒。

安洪祥因为与汪江河、宋青山两人不熟悉，就推脱说坐了一下午车，感觉有些累了，想早点回房间休息。

宋青山也装出不情愿的样子说："领导不去，我也不能去，我去了，谁来照顾领导？"

汪江河笑着说："久旱逢甘霖，他乡遇故知。热邀不如偶遇，既然碰巧遇上了，安主任和宋主任总得赏脸给个面子吧？"

安洪祥想想回房间也没有什么事情可干，就半推半就地跟着汪江河等人上了酒店四楼的KTV。

啤酒、果盘、小吃之类的东西还没上来，一群浓妆艳抹、穿着十分暴露的小姐，"一"字形的排在了四个人的面前。

安洪祥假装矜持了一会儿，还是首先选中了一个个头较高、皮肤白皙、装扮妖冶、长得十分丰满的女子。

　　四个小姐陪着四个眼睛闪着贪婪之光的男人放开嗓子吼着。汪江河和孙大学争着为安洪祥点歌、敬酒，安洪祥也当仁不让地边唱边频频与三个人碰杯。应当承认，安洪祥的歌唱得确实不错。

　　两首歌唱罢，安洪祥喘着粗气重新回到沙发上坐下来，一只手不自觉地把旁边坐着的小姐搂住了。

　　宋青山、汪江河和孙大学你唱罢了我登场，好像全然不顾安洪祥的样子。

　　安洪祥十分满意大家把他"忘记了"，两只大手不停地在那位小姐身上游来游去：头发、手臂、胸部、大腿、臀部……

　　那位小姐干脆躺在安洪祥的大腿上，"很享受"地接受安洪祥的抚摸，嘴里还不时发出哼哼哈哈的声音。

　　过了一会儿，宋青山跟汪江河咬了一下耳朵，两人好像有事要商量的样子一起走出了KTV包间，孙大学从口袋里掏出手机，装着到外面接电话的样子，跟着宋青山和汪江河也走出了房间。

　　三个人一离开，安洪祥就彻底放开了手脚，十分熟练地把躺在自己大腿上的那位小姐的上衣纽扣解开了，两只大手不停地在那位小姐的胸部揉来搓去，其他三位小姐也呼啦啦地朝着安洪祥围坐了过来：抱头的，搂腰的，摸脸的，捶背的，还有一位小姐很放肆地把手伸进了安洪祥的裤子里，搞得安洪祥心神荡漾，恨不得把面前的四位美女全部吞进肚子里。

　　凌晨一点多钟，四个人终于唱累了。

　　孙大学付了房间费、酒水费和每位小姐三百块钱的"劳务费"，共计三千八百元。

　　四个小姐走出房间时，安洪祥把晚上一直陪在他身边的那位小姐叫住了，从孙大学的手中又抽出了一百元钱，塞到了小姐的胸衣里，并顺势在那位小姐的胸部又摸索了好大一阵子。两人又是好一阵亲吻。

第13章　争市场不惜血本，"泰平战争"全面升级

第二天，汪江河、孙大学两人陪同安洪祥和宋青山吃早饭的时候，很自然地把双方合作的事情提了出来，并把苍茫的两只"老鼠"递了过去。

安洪祥扫了一眼面前的写有"苍茫作品"的包装袋，微微地笑了笑，没有推辞，也没说感谢。

汪江河和孙大学回到滨城的第三天，宋青山打电话给汪江河，把滨城永泰寿险公司项目合作方案的主要内容告诉了汪江河。

没多大工夫，汪江河就把叶水仙等滨城区农村信用社业务合作领导小组成员叫到了副总经理办公室，专题研究针对永泰寿险公司的竞争方案。

汪江河说："据内部消息，滨城区农村信用社借贷险业务实行议标方式，目前参与议标的公司只有永平公司和永泰寿险公司，估计以后还会有其他公司参与进来。为了在竞争中占据有利地位，我们制订的业务合作方案一定要有针对性和竞争力，力争让滨城区农村信用社把永平公司作为他们的唯一合作公司。"

经过讨论和论证，永平公司最终确定了一个优于永泰寿险公司合作条件的方案：承保费率按永泰寿险公司的百分之九十报价；支付给信用社的代理手续费比例为百分之三十五，比永泰寿险公司高出五个百分点；每年拿出两个点的费用专门用于滨城区农村信用社保险代理人员的培训和外出参观学习。同时，公司还成立以杨松林亲自挂帅的"滨城区农村信用社项目服务工作领导小组"，全力靠上做好理赔和客户服务工作。

议标会一共进行了三轮，每一轮谈过之后，双方的合作条件都不同程度地进行了一定幅度的调整，手续费比例也由最初的百分之三十、三十五统一调整为百分之四十五，并将全区十六个乡镇信用社和市区十个营业网点按五五比例分别分配给永平公司和永泰寿险公司，但市区两个街道信用社和沿海四个乡镇信用社全部为永平公司代理业务。

合作协议签字仪式一结束，樊童等人立即返回公司召开会议，总结项目公关工作中存在的问题与得失，研究下一步的出单与后期服务工作。

樊童说："本来滨城区信用社把我们公司作为他们唯一的业务代理合

作公司，但由于永平公司的强力介入，我们差点连参与议标的机会都丧失了，要不是市政府闫市长和市委刘秘书的大力帮助和强力干预，我们极有可能前功尽弃。虽然我们最终参与了这个项目的合作，表面上看与滨城永平公司打了个平手，平分了秋色，但实际上我们败给了永平公司。按照三方签订的合作协议，为我们代理业务的几个乡镇，基本上都是西部农业乡镇，路途远、发展底子薄、贷款项目少，业务量小，与城区和沿海发达乡镇相比，有着天壤之别。在滨城区信用社这个项目的公关合作问题上，我们一定要认真总结经验教训，客观分析永平公司取胜的原因，切实做好后续服务的文章，一定要给滨城区农村信用社上下留下一个良好的印象，争取在下一个保险年度，扭转被动挨打的局面。业务三部作为这个项目的直接服务部门，要安排精干人员全力靠上做工作，一定要在服务方面彰显出我们永泰寿险公司的优势。下一个保险年度，我们能不能在这个项目上打一场翻身仗，就看你姚经理带领的团队服务维护得怎么样了！"

姚桐表态说，虽然感觉压力很大，但她和她率领的团队一定会尽力与滨城区农村信用社负责代理业务的部门和人员做好沟通与服务工作，不辜负领导们的期望。

樊童笑着说："要尽全力，必要的时候，在座的各位都要全力靠上，因为这是滨城目前数量不多的大项目。最近一段时间，我们连续谈了几个比较大的项目，奇怪的是，我们介入哪个项目，永平公司就随之介入了哪个项目，这不仅增加了我们与客户协商谈判的难度，而且也大大增加了我们业务拓展的成本。就拿区农村信用社这个项目来说吧，本来百分之三十的手续费客户就很满意了，可永平公司一掺和，代理手续费立即提高了十五个百分点。这说明什么？这说明永平公司在研究我们，在密切关注我们的一举一动，也说明我们永泰寿险公司工作做得还不够细致，保密工作做得还不够好。这就是我们极有希望做下来的业务，有的最终没有做下来，有的虽然做下来了，但成本增加了很多，保费缩水了不少的原因。"

吴思远愤愤地说："刚才樊总分析得很透彻。永平公司不仅通过使用

第13章 争市场不惜血本,"泰平战争"全面升级

损招、烂招撬走了本应该属于我们的许多客户,搅黄了好几个我们很有希望公关下来的项目,而且在企业宣传方面也存在着损坏永泰公司形象的问题。同时,在拉拢策反永泰寿险公司营销员方面,也是小动作不断。最近我们公司又有七八名营销员跑到永平公司那里去了。"

大家你一言我一语诉说着永平公司的种种不是,语言越来越难听,气氛越来越火爆,本来是一场项目经验教训总结会,一下子变成了一个声讨永平公司的批判会。

待大家情绪发泄得差不多了,樊童望了一眼一言未发的朱含韵,问道:"朱经理,说说你的意见?"

朱含韵苦笑了一声,说道:"既然永平公司把我们当作了他们最大的竞争对手,与我们展开了全方位竞争,回避肯定是不行了,只有想办法应对了。在业务发展方面,我们不能一味地与永平公司拼手续费,手续费都给了客户,营销员就没有积极性了。我们只有把营销员的积极性调动起来了,才能把业务搞上去。在公司品牌建设方面,我认为我们不能跟永平公司学,靠说别人的坏话来提升自己的地位,这样做不仅不能长久,而且可能会对公司造成很坏的影响,久而久之,受影响的还是永泰公司和整个行业。最近我们营销员队伍里涌现出许多业务做得好、客户服务棒的,我们可以把这些典型树立起来,让他们发挥出榜样的力量。"

"营销二部的叶茂盛,最近有不少客户反映他售后服务做得不错,给客户办了很多保险以外的好事。"吴思远插话道。

"叶经理不仅业务做得好,而且在客户维护和服务方面也做得很好,深得客户的信赖。前几天,有两位客户专程送来了感谢信,感谢叶经理热心服务,表扬叶经理拾金不昧。"朱含韵继续说道。

"田总,把叶茂盛的事迹好好地挖掘一下,从不同的视角在《滨城日报》、《滨城晚报》上报道一下。同时,要在公司内部大张旗鼓地开展学习宣传活动,一定要把叶茂盛这个正面典型树立起来,努力把他打造成营销员的一面旗帜。"樊童说完,示意朱含韵继续讲下去。

人在险途

"营销员队伍能否稳定，手续费高低虽然是一个重要因素，但不是决定因素，因为目前市内的三家寿险公司，手续费提成比例差别不大，要真正稳定住队伍，加强对营销员进行业务知识培训，尤其是加强企业文化建设方面的培训显得十分重要。目前公司在这方面做得不够，资金投入不足，讲师队伍欠缺，培训水平不高。"

"含韵经理讲的以上三点意见很重要，我认为讲到点子上了。关于培训问题，前两天总经理室已经研究决定了，准备从外地高薪聘请几名讲师，对营销员特别是新入司的营销员进行全方位培训，一定要把永泰公司的企业文化尤其是营销文化方面的培训搞起来，把营销员的营销热情和营销潜能挖掘出来。"樊童说。

"除了密集对营销员展开全方位培训外，组织开好晨会也是必需的。由于营销员数量较多，组织难度较大，目前营销员实行周晨会制度，这显然不够。听说那两家寿险公司周一至周五每天都组织召开晨会，市内的四家财险公司基本上也是每天召开晨会，下一步我们是不是也实行天天晨会制度？"田庄征求意见道。

"天天召开晨会，二三百名营销员统一组织起来难度大些，但也不是组织不起来，关键是公司没有那么大的场地。"刘星月面露难色地说。

"晨会咱们可以先安排在院子里召开，每次晨会最多也就是十五到二十分钟，怎么还能坚持不下来？你们回去再商量商量，评估一下天天召开晨会有没有必要性，如果感觉市内那几家保险公司的办法可取，近期就准备组织开展起来，公司所有的人员包括总经理室成员都要参加。"樊童指示道。

"除了每天组织召开晨会，我们还准备每个月对营销员开展一至两次大规模的培训活动，除了培训营销员的保险专业知识以外，重点是培训营销员的展业激情、竞业精神以及展业技巧和访谈话术。"刘星月补充道。

"礼仪也很重要，我们应该全员培训一下礼仪这门课程。"苗绘插话道。

第13章 争市场不惜血本,"泰平战争"全面升级

会议一直持续到下午两点多才结束,初步形成了六大决议:一是制定出台积极的营销竞争策略;二是组织对营销员开展全方位正面宣传活动;三是加强对营销员进行全方位培训;四是持续开展营销人员招聘工作;五是建立大项目奖惩机制;六是逐步建立优秀营销人员转入正式员工制度,等等。

会议结束时,樊童充满激情地说:"滨城永泰寿险公司虽然业务发展遇到了一定的困难,但只要我们持续保持进攻态势,不断扩大营销员队伍,全力做好营销宣传,我们就一定能够把滨城永泰寿险公司的营销业务发展起来。虽然目前我们在业务发展方面还不具备赶超市内'老大哥'的条件和实力,但打败滨城永平公司,让他们在滨城永远做'小三',我个人感觉还是很有信心的,不知大家有没有信心?"

参加会议的人员齐声喊道:"有!"

第 14 章
招聘会招来麻烦，叶茂盛当选"十佳"

滨城永泰寿险公司的经验教训总结会，或者说是声讨批判会议一结束，吴思远、田庄就分别牵头有关部门，围绕会议确定的六大决议，分头制定翔实的贯彻落实方案。

在营销业务发展方面，滨城永泰寿险公司推出了"全员决战一百天，抱个金娃过新年"的业务劳动竞赛活动。竞赛活动方案规定，竞赛活动期间，凡营销业务达到十万元的，除享受正常的百分之二十五的手续费提成以外，公司还将额外奖励完成任务的营销人员六个点的销售费用；竞赛期间，凡完成保费收入十五万元以上的，除享受公司规定的一切奖励政策以外，获奖人员还可参加公司组织的新马泰八日游。

虽然营销业务手续费提成高于直销业务手续费，但由于营销员与公司仅仅是一个代理关系，营销员普遍认为自己在公司是一个无地位、无保障、无归属感的"三无人员"。因为大部分营销人员，或是下岗职工，或是从农村来的农民，大部分人无单位为其个人交纳的养老、医疗等方面的保险，因此，有朝一日成为企业的正式员工，解除后顾之忧、保证老有所养，成为大部分营销员梦寐以求的愿望。针对这种情况，永泰寿险公司制定了营销员转正方案：规定凡是当年保费收入突破八十万元的，身份可以由营销员转变为公司的正式员工，享受包括养老保险、医疗保险、失业保险等在内的公司一切福利待遇。

第14章 招聘会招来麻烦，叶茂盛当选"十佳"

中秋大闹市政公司、营销员酒后失德辱骂殴打客户、两女争风吃醋街头对骂、为争业务三人互殴、管理松懈引发火灾、夜不闭户财产被盗……诸多或发生在永泰寿险公司或发生在其他保险公司甚至其他行业的事情，一股脑儿地按到了滨城永泰寿险公司或滨城永泰寿险公司营销员的身上，加之在营销员、营销业务争夺大战中，其他两家同业公司推波助澜、故意抹黑，使滨城永泰寿险公司在当地许多老百姓心目中的威信大大下降。为改变人们对永泰寿险公司服务不好、管理不善的看法或误解，滨城永泰寿险公司精心策划了一套立体宣传方案，名曰"展示行动"：除在《滨城日报》、《滨城晚报》及滨城电视台刊登宣传广告、播放宣传片以外，公司还计划在国庆节、元旦两个节日，组织营销员上街参加义务劳动，开展保险宣传日活动，以实际行动改变滨城老百姓对永泰寿险公司和公司营销员的偏见。

同时，滨城永泰寿险公司还制订了持续在全市范围内广泛开展营销员招聘工作计划，准备在两年之内，全公司营销人员数量达到五百人以上，打一场营销业务发展的"人民战争"。

实施方案制定出台的第二天，永泰寿险公司就在滨城广场举办了一场声势浩大的"保险宣传日暨营销人员招聘活动"。为了吸引市民前来咨询、报名，公司印制了大批明白纸、宣传彩页，购买了大量带有永泰寿险公司宣传标志的纪念品，营销员身披印有"要想发财干营销，营销就属永泰好"的彩带，不停地往路人手中塞着各种各样的宣传材料。其中，一位戴着老花眼镜、头发都已经花白了的男子，拿着营销人员硬塞进他手里的宣传材料，认真地阅读了起来：

"营销是什么？营销就是把你的理念和产品艺术性地传导给别人，在满足客户消费需求的同时，实现个人的自我价值……营销是一门艺术，是一份伟大的工作，它不仅锻炼你的意志、提升你的能力、扩大你的视野、延长你的生命，而且还能够增加你的财富、实现你的价值……"

"老花镜"不知不觉地读出了声音，招来周围许多人扭头张望。

人在险途

"锣鼓咚咚敲，报名干营销，他人谋福利，财富装你包……"一阵锣鼓之后，一男一女站到了早已搭好的戏台子上，用带有浓重当地方言的"滨城普通话"表演着说相声不像相声、说话剧不像话剧的节目，引来了阵阵笑声和调侃声。

报名台前，两名穿着制服的男子走了过来，其中一人着工商制服，一人着税务制服。

"谁是你们这里的负责人？"穿税务制服的人一脸严肃地问道。

坐在写有"永泰寿险公司营销员报名处"招牌旁边的田庄和朱大勇同时站了起来。

"我是。同志，你们有什么事情吗？"田庄礼貌地问道。

"有人举报你们在进行消费误导，请你们立即结束演出。"着工商制服的人用不容置疑的口气命令道。

"消费误导？"田庄、朱大勇和旁边一干人一脸的错愕。

"你们在宣传时公开承认，你们公司的营销员一年能赚几十万块钱的手续费，几十万块钱的手续费你们都按国家规定交足税款了吗？请你们回去后尽快准备一下，明后天我们要派工作组进驻检查，偷漏税可是违犯国家法律的！"着税务服装的人说道。

"吹吹牛、娱乐娱乐，你们还当真了？要是一年真能赚几十万元的话，我相信市长也没人愿意干了，都来永泰寿险公司当营销员了！"朱大勇嬉皮笑脸地说。

穿税务制服的人用胳膊把朱大勇递过来的香烟挡了回去，用十分严肃的口吻说道："有人反映，你们公司的营销员很多是年保费收入过百万元的。听说你们公司给营销员支付的手续费提成都在百分之三十以上，有的险种甚至超过了百分之五十，年收入几十万元的人在你们公司肯定存在。"

朱大勇显出十分委屈的样子，说道："是谁在嚼烂舌头根子？其他公司营销业务手续费提成比例是多少我不清楚，但永泰寿险公司的手续费提成我最清楚不过了，哪有他们说得那么高？纯他妈的胡咧咧！"

第14章 招聘会招来麻烦，叶茂盛当选"十佳"

朱含韵、叶茂盛、姚桐等人也从人群外面挤进来，帮助朱大勇、田庄等人跟两位执法人员解释着。

"你们在戏台子上又是蹦又是跳的，口口声声说'口一开，钱就来'，怎么一眨眼工夫就不承认了？你们平时做业务就是这样言过其实、言而无信的吧？"那位税务人员非常不耐烦地质问道。

"是啊，刚才你们还有人用扩音喇叭喊道，'报名干营销，金钱少不了'。"围观的人群中不知谁说了一句。

穿工商服装的人说："赚到钱不足额交税违法，赚不到钱胡乱宣传误导客户，也属违法行为。"

穿工商和税务制服的人夹着包走了，临走时扔下了一句"明后天去你们公司现场检查，回去后认真准备一下"。

望着两人远去的背影，田庄暗暗骂道："烧香烧出鬼来了，娱乐大众也违法了？真是奇了怪了！"

听说招聘现场遇到了麻烦，吴思远急急忙忙地赶了过来。

吴思远通过电话跟回省城处理个人事务的樊童沟通了之后，就命令匆匆结束了宣传和招聘活动。

众人一回到公司，立即集中到了会议室。

吴思远说："樊总下午就从省城回来了，在他回滨城之前，我们要先商量出一个初步意见。今天是星期天，大家辛苦一下，都不要休息了。"

会议持续召开了四个多小时，连午饭都是在会议室里吃的盒饭。

会议一致认为，工商和税务部门的人员到招聘会现场进行执法，肯定是同业公司中有人成心搅局告发到工商和税务部门的，且告发之人跟工商税务部门关系不一般，否则的话，工商税务部门的人员是不会放着礼拜天不休息，去查那些没有事实根据、捕风捉影的事情的。

吴思远问滕谣，公司每月发放营销员业务提成时是否足额提取了税款，存不存在那位税务人员说的偷漏税问题。既然人家说要来公司进行现场检查，肯定不会随便说说就算了。

人在险途

滕谣说个人收入的免税额度只有一千多块钱，大部分营销员每月的业务提成都超过了免税额度，超出免税的部分，有的足额缴纳税款了，但大多数提成是通过发票报销出来的。

吴思远要求滕谣让财务科的人员抓紧把账目处理一下，营销员做业务不容易，能少缴点税就少缴点税，实在不能少缴的，该补缴的一定要尽快补缴上。对没有足额缴纳税款的营销人员，既不能罚款，更不要进行内部通报。明天一上班，我们就请市政府的有关领导分别给税务、工商部门打声招呼，通融一下，看看能不能别让他们来公司检查了。

众人都说，如果可能的话，顺便打听一下是哪个公司的人去告的黑状。

吴思远通过税务局内部的一个熟人很快了解清楚了，去税务局告永泰寿险公司营销员消费误导、偷漏税问题的是一个名叫牛胜的人。

伊凡说他认识牛胜，前两年曾来永泰公司参加过营销员招聘，但没有被选中，不过后来他去永平公司当了营销员，前些日子还因为竞争一笔业务跟永泰寿险公司的一名营销员发生了激烈的冲突。

"那个人我也认识，过去是个'小混混'，在社会上干了不少坏事，所以上次来公司应聘营销员的时候，公司没有选聘他，他可能一直怀恨在心。听说他姨父是滨城区税务局的局长。"叶茂盛说。

"怪不得税务局的人那么听他的，原来后面有当局长的姨父呀！"朱大勇讽刺道。

吴思远说："不管牛胜去工商税务部门告永泰寿险公司是出于什么目的，但他的目的已经达到了，税务部门肯定会来公司检查的。"

朱含韵说："他说的偷漏税问题，永泰公司存在，永平公司肯定也存在，说不定更严重。哑巴亏不能只让我们一个公司吃了，如果税务局真来我们公司检查的话，其他那六七家保险公司也应该去检查。"

樊童从省城一回到滨城，就把工商税务部门准备对保险行业实施大检查的情况跟杨松林进行了通报，杨松林听后大吃一惊，继而大骂牛胜不是东西。

第14章　招聘会招来麻烦，叶茂盛当选"十佳"

税务局终于进驻永泰寿险公司开始检查了，检查的结果是补缴四十万元的税款和罚款，公司和营销人员分别按百分之三十和百分之七十的比例进行分担。

为了显示公平公正、一视同仁，税务部门又用了大约十天的时间，对市内另外两家寿险公司也进行了现场检查，检查的结果是两家寿险公司同样也补缴了数额不等的税款和罚款。

牛胜的一次举报，一下子为滨城区税务部门增加了近一百四十万元的税款，在得到税务部门奖励的同时，也惹怒了三个补缴税款公司的干部员工，更惹恼了全市一千五百多名营销人员。一时间，牛胜成为众矢之的，成为千夫所指的"罪人"。

没过多久，重压之下的牛胜离开了保险营销员队伍。

辞去永平公司营销员的前一天，牛胜专门给叶茂盛打了个电话，第一句话就是："实在对不起了，老兄！"因为在所有应补缴税款的营销员当中，他认为最对不起的就数叶茂盛了。

叶茂盛在永平公司当营销部经理的时候，曾领导过牛胜，并且两人关系还不错。

虽然叶茂盛在永平公司工作时间不长，只有短短几个月的时间，但他在永平公司当营销三部经理期间，牛胜曾有两笔业务一直公关不下来，多亏叶茂盛鼎力相助才顺利承保，为此，牛胜一直对叶茂盛心存感激。叶茂盛从永平公司返回永泰寿险公司后，两人一直保持着联系，偶尔还凑在一起交流交流营销心得和客户服务体会。滨城区税务局进驻永泰寿险公司进行营销业务税务大检查时，因叶茂盛营销业务做得好，手续费提成多，补缴的税款自然就比其他营销员补缴得多，是牛胜所认识的营销员中补缴税款最多的一个。对此，牛胜很是过意不去。

叶茂盛安慰牛胜说："老牛，你也不用太内疚了，人活一世，谁也不能保证自己一辈子不犯晕。再说，那钱咱也是应该缴的，依法纳税是每一个公民应尽的义务。"

叶茂盛越是安慰他，牛胜越是感觉自己办了一件十分不光彩的事，挺丢人的。他知道，叶茂盛虽然业务做得不错，手续费提成在营销员中也是比较多的，但叶茂盛天生喜好助人的性格，在让他结交许多朋友的同时，也花掉了很大一部分辛辛苦苦赚来的钱。

有一次，牛胜在市邮政局遇见叶茂盛正往贵州一个偏远的山区小村汇款，牛胜问叶茂盛给谁寄钱，叶茂盛半开玩笑半认真地说，给一个不认识的亲戚寄的。没多久，叶茂盛寄钱的那个山区小学一个三年级的学生给他寄来了一封信，那封信还是牛胜帮叶茂盛从公司一楼传达室带到办公室的。从信中称谓看，叶茂盛跟他说的那句"一名不认识的亲戚"的话绝对不是一句玩笑话。牛胜推测，那位写信给叶茂盛的三年级学生，可能是叶茂盛资助的一名贫穷落后山区的孩子。后来的事实证明，牛胜当初的判断是正确的。

叶茂盛打电话安慰牛胜，说牛胜虽然以后不在保险行业里干了，但两年多保险营销员经历，对他以后的工作一定会有很大帮助的。

挂断叶茂盛的电话后，牛胜陷入了深思。

牛胜认为，自己虽然称不上是一个出色的保险营销员，但起码在保险这个最苦最累最难最不被重视，可能也是受委屈最多的行业里干过，学到了一些东西，也悟到了一些道理，这对以后他从事任何一项工作都会有帮助的。

两周以后，牛胜打电话告诉叶茂盛，说他在滨城市海蓝蓝房地产开发公司谋得了一份工作，他说他得感谢在保险公司当营销员的这段经历，正是因为他有了保险营销员这段经历，海蓝蓝房地产开发公司的老板才下决心聘任他为公司营销部经理的。

两个人在电话里聊了一阵子，并相约星期天在海蓝蓝房地产开发公司见面细聊。

元旦前，叶茂盛连续做了三单保费收入都在五万元以上的业务，其中海蓝蓝房地产开发公司为公司内部高管人员购买的健康保险业务，一单保

第14章 招聘会招来麻烦，叶茂盛当选"十佳"

费收入就接近二十万元，使叶茂盛当年的总保费收入一下子突破了百万元大关，在东南省保险行业协会组织的第一届保险营销员总结表彰大会上，被授予"东南省保险营销精英"和东南省"十大保险营销员"称号，成为滨城市保险行业第一个也是唯一一个获此殊荣的营销员。

不久，在永泰寿险总公司和永泰寿险省公司组织召开的全年工作会议上，叶茂盛又分别被总公司和省公司授予"全系统优秀营销员"和"东南永泰寿险公司十大营销精英"称号。

叶茂盛迎来了职业生涯的第一个高峰。

第15章

争业务冲突不断，为"转正"大打出手

　　永泰寿险总公司和永泰东南省公司的全年工作会议结束后，樊童、吴思远、田庄和叶茂盛回到了滨城。

　　"叶经理，最近这段时间，你又是参加总公司的表彰大会，又是参加省公司的全年工作会议，七八天没回家了，很辛苦，你先回家歇着吧。今天我们三个人先碰个头，商量几件事情，过几天总经理室专门设宴给你祝贺。"樊童一边从车子上下来，一边笑着跟叶茂盛说。

　　吴思远也笑道："是啊，是该祝贺祝贺了！你获得的荣誉，不仅是你个人的光荣，也是我们滨城永泰寿险公司的光荣，更是滨城一千五百多名营销员的光荣！"

　　田庄也掺和道："抱回那么多奖牌、奖杯，我都看着眼红了。这些奖牌、奖杯你先别拿回家，过两天让办公室拍几张照片，连同你参加省协会和总公司、省公司颁奖盛会时的彩照，办一个宣传专栏，让全公司的干部员工都分享一下。俗话说得好：两个人分担一份痛苦，是半份痛苦；两个人分享一份幸福，是双份幸福。"

　　三个人你一言，我一语，把叶茂盛说得都有些不好意思起来。

　　没多大工夫，吴思远和田庄都汇集到了樊童办公室。

　　樊童说："总公司和省公司的全年工作会议相继召开了，在全省的工作会议上，我们滨城公司的营销员队伍建设工作虽然得到了上级公司的充

第15章 争业务冲突不断，为"转正"大打出手

分肯定，但我跟其他兄弟公司的领导们聊起营销业务发展的时候，感觉很多方面其他兄弟公司比我们做得好，这需要我们进一步认真学习和总结。下一周公司组织召开全年工作会议的时候，我准备让叶茂盛作一个如何当一名优秀营销员的典型发言，让他介绍介绍在业务拓展和客户维护方面的经验和体会。你们觉着行不行？"

"会上也可以让他介绍一下参加省协会组织的第一届保险营销总结表彰大会和总公司全年工作会议的情况，因为这两个会议，我们都没有参加，只有他一个人参加了。"田庄征求意见道。

"总公司的会议精神，在省公司的全年工作会议上领导们已经传达了，会议材料很快也会下发，让他介绍总公司的工作会议情况我感觉不合适。不管怎么说，他仅仅是一名营销员，不能代办总经理室的职责。"樊童纠正道。

"是啊。老叶最近荣誉拿得够多的了，千万不能再捧了，捧高了，尾巴可能就翘起来了。"

吴思远看了樊童一眼，继续说道："成为滨城市第一个省级营销精英后，老叶的思想很有可能会发生微妙变化。对他这样的展业能手、销售精英，其他同业公司不可能不觊觎，极有可能以高官厚禄诱惑他，如果我们不提前把诱饵放出去，很可能会陷入被动。我个人的意见，是不是考虑把叶茂盛从营销员转为公司的正式员工，尽早断了其他保险公司的念想。"

樊童说："我也是这个意见。将优秀营销员转为公司的正式员工，本来也是我们公司的既定政策，在很多会议上我们也承诺过，不兑现肯定不行了。问题是给叶茂盛转了，其他几个表现也不错的营销员特别是营销部经理、团队长有没有想法？绝对不能因为转了一个叶茂盛而影响了其他骨干营销员的工作热情。"

田庄说："应该不会。因为目前其他营销员无论是保费收入，还是获得的荣誉，都没法跟叶茂盛相比较。"

樊童说："虽然老叶实现的保费收入、获得的荣誉别人没法比，但不

一定他做的贡献就是最大的。你比如说朱含韵,虽然她直接做的保费不及老叶的一半,但她在营销员管理和营销队伍建设方面,出的力比谁都多,做的贡献比谁都大。在别人因为利益驱使离开永泰寿险公司去其他公司的时候,朱含韵立场很坚定,表现得最忠诚。这次是不是考虑一并给她转了?"

吴思远说:"不仅要考虑朱含韵转为公司正式员工的问题,其他几个人也应该一并考虑。但问题是目前公司正式员工编制只剩一两个了,只给叶茂盛一个人转,大家的思想工作可能好做一些,叶茂盛也感觉最有面子,如果连朱含韵一起转了,其他人肯定心里不平衡。我个人的意见是先把叶茂盛转了,其他人等半年工作会议结束以后,根据每个人的业绩情况再研究确定。"

樊童想了想,觉着吴思远说得有道理,就决定半年预算结束后再研究确定其他转正人选问题。

滨城永泰寿险公司全年工作会议在农历的"小年"那天召开了。会上,叶茂盛身上披红彩带,胸别大红花,作了题为《我骄傲,我是保险营销员》的典型发言,讲到激情之处,眼泪都流下来了。

会议结束时,主持会议的吴思远进行了总结讲话:"同志们,永泰寿险滨城中心支公司全年工作会议确定的议程全部结束了。会上,樊总代表公司党委、总经理室对上一保险年度的经营工作情况进行了实事求是的总结,对今年的经营工作进行了安排和部署;田总宣布了上半年业务劳动竞赛方案;叶茂盛经理作了一场十分精彩的典型发言,希望大家对会议的精神尤其是樊总的重要讲话精神,要深刻领会,抓好落实。"

吴思远停顿了一下,继续主持道:"鉴于叶茂盛同志去年以来的突出贡献,经总经理室研究,本人同意,决定将叶茂盛同志转为公司的正式员工。由营销员转为正式员工,这不仅仅是个人身份的变化,而是对本人工作业绩的一个肯定,更是叶茂盛同志事业上的一个新起点。希望叶茂盛同志勤奋工作,勇于开拓,以更加高昂的热情、更加出色的工作、更加优异

第15章 争业务冲突不断，为"转正"大打出手

的成绩，为滨城永泰寿险公司的发展做出更大的贡献！"

"为了鼓励更多的营销员脱颖而出，公司准备把目前仅剩的两个正式员工编制也拿出来，奖励给那些业务做得好，对公司贡献大的营销员，衡量的主要标准就是保费收入。上半年，谁的保费收入最多，就优先给谁转正。"

"我插一句话。"樊童把头朝吴思远面前的话筒伸了伸，说道："刚才吴总说衡量对公司贡献大小的主要指标是保费收入，但不是唯一指标。"

吴思远忙不迭地附和道："对对对。是主要指标，不是唯一指标。"

散会后，人群中不知谁说了一句："既然当营销员骄傲，还转为正式员工干什么？这不是纯他妈的胡扯吗？"

全年工作会议一结束，吴思远就把朱含韵叫进了自己的办公室，跟她解释为什么这次没让她跟叶茂盛一起"转正"的原因。

朱含韵十分宽厚地笑了笑，并说她十分理解总经理室的难处。她说目前给她转不转为正式员工不是十分重要，营销员虽然没有养老、医疗等保险，以后的生活缺少保障，但营销人员每月不用从工资里先扣除个人应该交纳的那部分养老保险、医疗保险等费用，在保费收入相同的情况下，营销员直接拿到手的收入比业务直销人员要高一些，因为眼下孩子上学需要钱，丈夫治病也需用钱。

吴思远知道，朱含韵儿子读中学后，学杂费明显比原来多了。毛亚南由慢性肾炎转为尿毒症后，治疗费用也明显增加了，此时对朱含韵来说，当务之急是确保孩子的学杂费能按时交上，丈夫的治疗费用能有保障，至于个人目前的身份如何，以后的生活有没有保障，朱含韵暂时还没有条件考虑，也没有办法考虑。

"谁的保费收入多，谁就可以转为公司的正式员工。"这对于滨城这样一个工业不发达、下岗职工多的滨海小城来说，无疑是一个天大的诱惑。对大多数营销人员来说，成为公司的正式员工，不仅保证了老有所养，消除了后顾之忧；而且还能在亲戚朋友面前理直气壮地说："我是国有企业

正式职工，某某某在公司工作时间比我还长，目前还是一名没有任何保障的营销员。"

往年"小年"一过，大家就开始走亲访友忙活过年了，公司里除值班人员以外，大部分人都忙活自己家里的事情去了。因此，从"小年"至元宵节的二十多天的时间里，公司里基本上都是冷冷清清的。

全年工作会议结束的第二天，公司按惯例核保、出单和客户服务等部门，除安排一至两名工作人员值班以外，其他人员基本上就开始实行"弹性办公"了。

营销员平时就不实行坐班制度，只要公司不开晨会、例会，没有业务需要出单的话，营销员一般不会去公司的，有的营销员有时候可能几天都不去公司一趟。随着"小年"过后晨会、营销例会的暂停召开，春节前后，在公司里很难再见到大部分营销员的面了，大家不约而同地停止了业务拓展，因为春节前客户也忙，很难约请，况且在那个时间段去拜访客户，手里不带点礼品，总感觉进不了人家的门。

一上班，各部门的值班人员就三三两两地凑在一起，嗑着瓜子，互相嬉戏着。

十点多钟，伊凡急匆匆地出完两个保险单子，刚离开公司没多久，朱大勇、姚桐以及十多名营销员陆陆续续地回公司替客户投保、出保单，十一点左右的时候，客户服务部安排值班的人员就开始有些招架不住了。核保、出单人员分别打电话报告李刚和司号声，要求尽快再调两个人回公司上班。

司号声半信半疑，嘴里自言自语地说："比正常上班的时候还忙，可能吗？"

二十多分钟过去了，还没有人回公司帮忙，值班人员再次打电话报告李刚和司号声，说个别客户嫌等待时间太长，威胁说不在永泰寿险公司投保了。看到好不容易拉来的客户生气要走了，有的营销员也着急了，一边不停地向客户赔着不是，一边不停地向核保出单人员赔着笑脸。

第15章　争业务冲突不断，为"转正"大打出手

情况很快报告到了樊童那里，樊童刚开始也不相信，当他跑到公司出单大厅一看，顿时高兴得两只小眼睛眯成了一条缝，嘴里喃喃地说道："好！好！好！还是转正的政策有魔力！"

樊童掏出手机，亲自给各个部门的负责人打了一遍电话，要求团险部、个险部、财务部及客户服务部等所有部门人员全部按时上班，取消实行好几年的"小年"后"弹性办公"的惯例，视每天的业务进展情况决定惯例恢复的时间。

各部门人员接到通知后，迅速回到了公司，尽管大家都不情愿，也不习惯，个别人嘴里还骂骂咧咧的，但总经理室做出的决定，谁敢不服从？况且每天还有三十元的加班费，就是一分钱加班费没有，正常情况下也应该上班，因为春节正式假期应该从正月初一算起，"惯例"本身就违反国家政策和上级公司的规定。

除夕日的前三天，业务量才渐渐少了下来，公司又恢复了值班制度。

苗绘跟同样那天值班的滕谣开玩笑道："今年是咋的了？营销员个个像疯了似的，恨不得在春节前把业务全部做完！"

滕谣也笑着说："有本事正月初一也来出单呀！这离正月初一还有好几天的时间，怎么就没单出了呢？"

两个人正说笑着，门外传来一阵吵闹声。

"那个客户我盯了好长时间了，你为什么替我把单出了？"一个声音尖尖的女人质问道。

"那个客户是我同学姨家表弟的大舅哥，他愿意让我给他服务，你管得着吗？"一个嗡声嗡气的男子的声音。

"什么他愿意？你不骗他说咱们两人是一个部门的，谁给他服务都一样，他能让你出单吗？"那个尖嗓子女人争辩道。

"嘴长在我自己的脸上，我愿意咋说就咋说，你管得着吗？狗咬耗子多管闲事！"

"你臭不要脸！一个大男人像娘们似的嚼舌头根子，也不怕人家

笑话!"

"你别血口喷人!我嚼什么舌头根子了?又是跟谁嚼舌头根子了?"

听到一男一女两个人站在院子里没完没了地对骂着,苗绘跟滕谣只好走了出去。

"别吵吵了,让人家听见多不好!"苗绘说。

"是啊,都是干营销员的,别为了一点点业务伤了感情。"滕谣也劝道。

"快过年了,别为了这么点小事伤了感情,气坏了身子。不值得!"苗绘说。

"两位领导给评评理。这个客户我已经做好工作了,本来昨天说好了去那个客户家里取身份证和现金的,可昨天孩子突然发高烧住进了医院,所以没顾得上去取,谁知道今天让这个肖冰把保单给骗走了。你们也知道,为了与这个客户沟通,我前前后后跑了十五六趟不说,光吃饭就请了人家两次。"

那个叫肖冰的营销员争辩道:"为了这一万多块钱的保费,我也没少跑腿花销,再说人家客户愿意让我给他服务,我能拒绝人家吗?你苏红红口口声声地说早跟人家客户说好了,那为什么客户没把钱、身份证交到你手上?"

两个人说着说着又对骂了起来。

苏红红说:"这笔业务本来就应该是我的,你连哄带骗才骗到手的,你还算个男人吗?"

"你是怎么知道我不是男人的?你试过了?再说了,我是不是男人与你有什么关系?你是不是想男人想疯了?"

苏红红嘤嘤地哭出声来了:"那笔业务我不要了,你赚了提成过年买上一批冥币回家烧去吧!"

"你再胡说八道,我抽你!"那个叫肖冰的人扬着右手,在空中不停地比划着。

第15章　争业务冲突不断，为"转正"大打出手

"看把你狂的，你抽个给我看看？"那位叫苏红红的营销员毫不示弱，身子使劲朝肖冰倾着。

两个人你一言我一语吵起来没完没了，多亏朱含韵和朱大勇及时赶到，才把各自部门的员工劝了回去。

春节上班的第三天，姚桐部门的营销员殷慧慧跟直销业务部的杨鸣因为一笔业务的事情又打得不可开交。

殷慧慧说杨鸣仗着自己是公司的正式员工欺负营销员，三番五次地利用不正当手段抢夺她的客户和业务。

杨鸣说营销员跟妓女差不到哪里去，为了一笔业务什么事情都能做得出来。

杨鸣骂营销员是妓女的话当天就传到了很多营销员的耳朵里，伊凡、朱大勇和姚桐带领三十多名营销员直接闹到了总经理室，问总经理室这事管不管，如果总经理室不能公平合理地解决杨鸣污辱营销员这件事情的话，营销员们就自己集体解决。

在总经理室和营销员强大压力之下，杨鸣不得不以书面形式向全体营销员赔礼道歉，并将记在自己名下、已经出了单的业务重新还给了殷慧慧。

一晃半年过去了。

七月一日，滨城永泰寿险公司公布了上半年营销员业务收入排名情况，姚桐、梅花雪两个营销部经理和苏红红、肖冰、赵宝灯三个营销员保费收入都是五十二万元，五个人的保费业绩并列第一。

看到截止到六月三十日的业务统计数据，樊童等总经理室三位班子成员愁喜交加。喜的是上半年公司业务收入同比大幅增加，半年保费收入超过四十万元的营销员达到了二十多人；愁的是公司正式员工的编制名额只有两个，五个保费收入相同的人如何平衡。

姚桐、梅花雪说，她们俩不仅自己做业务，还要管理团队，付出的比普通营销员多，公司应该优先考虑她们俩的转正问题。

人在险途

　　苏红红、肖冰、赵宝灯三个营销员一致认为，部门经理有管理津贴，还有部门费用，资源比普通营销员丰厚，做业务自然要比普通营销员相对容易。而普通营销员要资源没有资源，要权力没有权力，收入同样的保费，付出的比资源相对丰厚的部门经理们要多得多，转正的问题，公司应该优先考虑普通营销员。

　　公说公有理，婆说婆有理，细想一想谁说的都有一定的道理。被逼无奈的樊童等人只好做出了抓阄定胜负的决定。

　　为了更能体现公平公正的原则，避免因抓阄顺序的原因而衍生出新的矛盾，总经理室让保费相同的五个人先抽顺序号码，然后再按号码顺序抓正式的阄。

　　抓阄结果终于出来了，苏红红和赵宝灯胜出。

　　此时的苏红红终于没有按捺住心中的喜悦，"苍天有眼、苍天有眼"地重复了很多次。

　　心情沮丧的姚桐和梅花雪看着手里的那张写有"不转"的字条，半天没有说出话来。

　　抓阄的结果，令樊童、吴思远等总经理室成员倍感意外，他们怎么也没有想到，两张写有"转正"字样的阄，会让两位普通营销员同时抓了去，而姚桐和梅花雪两个部门经理竟无一人抓到。

　　对于樊童等人来说，最好的结果是两张"转正"的票，部门经理和普通营销员各抓到一张，两张票无论是两个部门经理抓到，还是两个普通营销员抓到，都不好处理，都无法做工作。

　　抓阄前总经理室言之凿凿地承诺："谁抓到，就转谁，完全尊重抓阄结果。"言犹在耳，谁也没有勇气推翻抓阄的结果。

　　樊童让田庄把姚桐和梅花雪叫进了总经理办公室。

　　樊童装出一副十分无奈的样子说道："真是太意外了！要是知道会出现这样的结果，我们总经理室无论如何也不会采取抓阄定胜负这种方式的！"

第15章 争业务冲突不断,为"转正"大打出手

姚桐很牵强地笑了笑,没有说话。

梅花雪咬着嘴唇一言不发。

樊童等三个总经理室成员轮番劝说了半天,姚桐和梅花雪两个人好像事先约好了似的,就是不发一言,气氛十分尴尬。

"这样吧,你们两个先回去,我们总经理室三个人再商量商量,看看还有没有其他补救的办法。"樊童说。

两个人从总经理室走出去后,樊童、吴思远和田庄三个人最后研究决定,紧急向上级公司打报告,请求上级公司再给滨城公司追加两个营销员"转正"名额。

请示报告递交上去的第二周,东南省公司人力资源部很快给予了答复:全省十二家分支机构类似的情况很多,在人员编制十分紧张的情况下,很难满足各机构的编制需求,请各机构自行做好相关人员的说服教育工作。

樊童不甘心,又分别给省公司人力资源部经理黄升和分管滨城公司的副总经理战云开打电话,详细汇报了滨城公司的情况,请求省公司充分考虑到滨城公司的实际情况,网开一面,给滨城公司再增加三至五个正式员工编制,最少两个,可省公司人力资源部破天荒地只给滨城公司追加了一个营销员"转正"名额。

省公司追加"转正"名额的批复到达滨城的最初几天里,七八个营销员就通过不同的途径找到了总经理室领导,其中市政府一名副秘书长还打电话替他的一位营销员亲戚询问此事。

对"转正"抱有希望最大、活动最为积极的当数姚桐和梅花雪了。

梅花雪认为,"转正"的名额总经理室应该首先考虑自己:从工作角度来讲,自己来永泰寿险公司从事营销工作以后,工作勤奋,不仅个人保费收入年年有较大幅度的增长,而且来公司后一直担任团队长,虽然自己带的团队人数最少,保费收入在几个团队中也是最少的,但不管怎么讲,自己没有功劳也有苦劳。从关心营销员家庭生活的角度来讲,公司也应该优先考虑自己:一是老公是下岗职工,半年前又出了一次交通事故,生活

人在险途

虽能够自理，但工作受到了影响；二是双方父母年龄较大，身体又不好，孩子上中学，花销比别人大。于公于私，公司都没有不首先给自己"转正"的理由。

对姚桐来说，自己已年过三十，至今仍孤身一人。三十岁没有找到一个适合自己的对象，虽有自己高不成低不就的原因，但也与自己是一个没有保障的营销员或者说是一个与公司没有契约关系的"临时工"有很大关系。

姚桐认为，如果能够抓住这次机会转为公司的正式员工，不仅以后的工作、生活有了保障，而且对她尽快找到一个理想的爱人也会有很大的帮助。

姚桐和梅花雪你来我往，互不相让，要求总经理室无论如何都要充分考虑个人和家庭的实际情况，把唯一转正的名额给自己，这让樊童等总经理室成员十分为难，他们开始后悔当初不该费九牛二虎之力去争取那个让自己左右为难的"转正"名额。

"早知如此，何必当初啊！真是吃饱了撑的！"樊童不止一次地暗暗骂自己。

经过反复讨论，总经理室三位成员最终决定让姚桐和梅花雪两人自己去协商。

梅花雪对姚桐说："姚经理，你看我上有老，下有小，你大哥去年又出了一次交通事故，基本上变成一个废人了，你能不能发扬发扬风格把那个名额让给我？这个名额对我和我的家庭来说太重要了！"

姚桐也装出一副可怜巴巴的样子说道："梅姐，你看我都三十岁的人了，跟我差不多年龄的人，哪个孩子不都上小学了，可我到现在还是一个人，能不能转为公司的正式员工，对我来说更重要。不管怎么说，你回到家，还有个人嘘寒问暖的，可我回到家，除了父母的叹息还是父母的叹息。梅姐，你就照顾一下小妹吧！实在不行的话，你开个价，我给你点补贴也行啊！"

第15章 争业务冲突不断，为"转正"大打出手

刚开始两个人还能和和气气地谈，可谈着谈着就谈崩了，而且越谈语气越生硬，越谈话越难听。

这个说："你为什么非得跟我过不去？"

那个说："谁跟你过不去了？"

这个说："这个'转正'的名额我捞不到，你也别想捞到。"

那个说："我非捞到让你看看。不蒸馒头蒸口气。"

这个说："我累计保费比你多，这个名额必须得给我。"

那个说："你想得美。你今年保费又不比我多，凭什么这个'转正'的名额一定得给你？"

这个说："怪不得没人要你，就凭你现在的这副德性，神经不好的人才敢要你呢！"

那个说："我看你神经才有毛病。要是换了别人，这个名额我肯定不会争的，像你这种眼里只有自己没有别人、自私自利的小人，无论如何我也不会让给你的。"

这个说："我自私不自私与你有什么关系？你不自私？你不自私你把那个转正名额让出来啊！"

那个说："再自私我也自私不过你。你要不是心里只有你自己没有别人的话，为什么营销员们都不愿意跟着你干？'老巫婆'你以为指的是谁啊？"

这个说："没人愿意跟我干，是因为我不会勾魂术，我要是像某些人那样会勾魂术的话，你还敢站在这里跟我争这争那吗？"

那个说："你死去吧！那个转正的名额我不要，我也不会轻易让给你的。你以为你是太阳呀？所有的人都得围着你转呀？"

两个人吵着吵着就动起手来了，周围的人费了好大的劲才把两人拉扯开。

姚桐与梅花雪大打出手的事，很快传到了三位总经理室成员的耳朵里，三位总经理室成员立即召开碰头会议，商量如何妥善解决的办法。

173

田庄说："让谁转不让谁转这事不能再这样拖下去了，再拖下去非出大事不可。"

"那你说怎么办？"樊童有些不耐烦地问道。

田庄说："实在没有更好办法的话，让两个人再抓一次阄算了。"

吴思远立即表示了反对："事情已经闹到这个份上了，抓阄肯定解不开两人之间的疙瘩了。还是想想有没有更好的办法吧！"

樊童想了想，说道："两个人暂时都先别转了，先转谁都不妥。"

吴思远赞成道："我看只有这样了。这两天要安排人跟她俩好好谈一谈，让她俩稍微等一等，看看能不能再请示一下省公司，争取省公司无论如何再给滨城公司特批一个指标。"

"你们俩一起找她俩谈谈吧，既要给她俩吃上定心丸，也要对她俩打架斗殴的事情提出严肃批评。各打五十大板。"樊童指示道。

"现在的人觉悟怎么这么低呢？眼里只有利益没有交情了！唉！"吴思远叹了一口气，不住地摇着头。

"不能只抓业务不抓思想了，长此以往，这支队伍肯定没法带了！"樊童态度坚决地说。

"对！一定要把加强对营销员的思想道德教育，提高营销队伍的整体素质，放在一个重要位置甚至是主要位置来抓，否则的话，营销业务能否持续快速发展，还是个未知数。"吴思远赞同道。

"田总，你牵头把年初制定的培训规划再充实完善一下，充实的重点是思想道德品质、诚信文化和商务礼仪等方面内容。在费用允许的情况下，让财务部门在教育培训方面再适当追加点费用，其他方面的钱都可以节省，但培训方面的钱不能节省。"樊童吩咐道。

"对了，上次省公司人力资源部黄升经理介绍的那家深圳培训公司不知怎么样，你们跟他们联系了没有？如果还行的话，可以让他们派人来公司帮助培训几天。"樊童补充道。

"深圳那家培训公司我们已经联系过了，叫一统天教育培训有限公司，

第15章 争业务冲突不断，为"转正"大打出手

是目前长江以南最大的培训机构，据说跟公司长期签约的讲师有二百多人，没有签订长期合作协议的讲师五六百人，年营业收入过亿元。据公司的营销人员介绍，'一统天'可以为党政机关、企事业单位提供八大类、一百五十多个领域的培训服务，尤其以商务礼仪、企业文化、营销策略、团队管理、客户服务等方面的培训见长。感觉还不错，就是价格不菲。"田庄介绍道。

吴思远问田庄深圳那家培训公司一般都是怎么收费的。

田庄说，一般的讲师，一天收费一万元，半天收费六千元；名气稍微大一点的讲师，一天起码收费两万元；知名的培训师，讲一天课，可能就得要五六万块钱了。

吴思远咧了咧嘴，惊讶地问道："啊？那么贵？出场费快赶上电影明星了？"

樊童对田庄说："你们再进一步跟他们商量商量，有必要的话，可以跑一趟深圳亲身去体验一下，如果感觉跟他们介绍的一样好的话，可以请他们派人来公司给营销员也包括直销人员培训几天。名师就别请了，咱没有那么充足的培训预算，只要课程设置好了，请一般的讲师来培训，效果未必就差。你们说是不是？"樊童征求意见道。

吴思远和田庄点了点头，都说樊总讲得好、说得对。

第16章
培训招致非议，扰民惹来民怨

田庄和刘星月从深圳考察回来的第二周，一统天教育培训有限公司的四名讲师到达了滨城，围绕商务礼仪、团队建设、市场拓展、感恩的心等四个方面的内容进行了为期三天的培训，引起了很大的反响，尤其是最后一天半的关于"用一颗感恩的心去温暖社会、照亮别人"和"如何当一名优秀的营销人员"的培训，把培训活动推向了高潮。

对一统天培训公司安排的四场培训活动，说好的有之，说差的也大有人在，总体上是阴阳两极，褒贬不一。

培训活动结束后，按照樊童的指示，吴思远和田庄召集刘星月、苗绘、李刚等管理部门的负责人以及朱含韵、叶茂盛、伊凡、姚桐等营销团队的团队长和四个营销业务骨干参加了培训工作总结会议。梅花雪因故未参加会议，大家都猜测可能是因为前些日子跟姚桐为争转正的事大打出手，不愿意跟姚桐坐在一起谈论如何维护团队和谐之类的话题。

吴思远开场白之后，田庄第一个进行了发言。

田庄说，"为期三天的培训活动，虽然花费不小，但感觉物有所值，收获不小。像如此的培训活动，公司准备经常组织，使之成为常态化……"

田庄滔滔不绝地讲了大半个小时，在他看来，营销员队伍之所以私心较重、凝聚力不强，主要原因是缺乏团队精神，缺少一颗感恩的心，解决

第 16 章 培训招致非议,扰民惹来民怨

的办法就是要通过培训这种形式,提高大家的整体素养,统一大家的思想。

关于公司营销业绩提升不快的问题,田庄认为一统天培训公司的讲师讲得再明白不过了,就是客户拜访量还不够,韧劲还不够足,脸皮还不够厚,获得客户的手段还比较单一。总体上对一统天培训公司的课程安排和讲师教授水平,田庄是赞美有加,评价极高。从内心深处,田庄虽然对个别讲师的授课方式、语言表达和收费标准不敢苟同,但他只有力挺的份了。

"谁让自己去深圳考察的时候,没把持住,一不小心接受了人家赠送的'纪念品',参加了人家安排的'健康按摩'呢!虽然'健康按摩'时,自己紧张得连给自己按摩的服务小姐长成什么样子都没看清楚,不像培训公司的那位肖经理,肆无忌惮地跟服务小姐又是说,又是笑,又是搂,又是抱的,但在一个陌生的异性面前脱光衣服任人踩、任人按,传出去实在是好说不好听。"田庄不只一次地这样想,后悔自己那天晚上酒不该喝得那么多。

田庄一讲完,伊凡就迫不及待地发了言:"没听人家培训公司的老师讲课的时候,还认为自己忽悠水平可以了,不错了,可跟人家一比,那真是一个天上一个地下,不在一个等量级上。现在社会上对咱们营销员就像躲瘟疫一样躲着,很重要的一点就是营销人员的整体素质不高,拜访客户时不讲究礼仪,展业时缺少技巧。这些问题,人家培训公司的老师都给我们指出来了,对我们今后更好地开展营销工作很有帮助,但我个人对培训讲师的一些做法实在不敢苟同。你比方说,讲感恩课程的那位讲师,一上台就又下跪、又磕头的,衣食父母衣食父母地说个不停,好像只有那样才算感恩似的。什么玩意儿!"

"常怀感恩的心是对的,人只有常怀感恩之心,才能把工作干好,才能正确处理个人与公司、个人与家庭、个人与同事、个人与同学朋友之间的关系。我是一个下岗职工,下岗后,如果永泰寿险公司不接纳我来公司

人在险途

当营销员，我可能连基本的家庭生活需要都很难保证，更别说是成为一名国有企业员工了。因此，对公司我是常怀感恩之心的。客户是我们的衣食父母，如果没有客户，我们就没有保费收入，没有保费收入，就没有业务提成，我们这些营销员也就失去了工作的动力、生活的来源。因此，对公司感恩，就是多拉保费，忠诚于公司；对客户感恩，就是要为客户搞好服务，把客户当亲人，想客户之想，急客户之急……"叶茂盛深有感触地说。

"我感觉一统天培训公司的老师讲得不错，当营销员如果心理素质不过硬、脸皮不够厚的话，那业务怎么能做得来？加入营销员这个行业已经好几年了，每年的保费收入之所以一直在几十万元的水平上打转转，主要还是因为在一些较大项目上没有实现大的突破，究其原因就是韧性不够，脸皮不厚。你比方说滨城区农信社这个项目吧，我们公司虽然参与进去了，表面上看跟永平公司是五五分成，但业务份额比人家永平公司少多了。从五月份开始，滨城区农村信用社才真正开始给我们代理业务，名义上已为我们公司代理了七八十万元的保费，但保费至今一分钱未入账。论产品，永泰寿险公司的产品保障范围比永平公司的广；论服务，永泰寿险公司的服务水平一点不比永平公司的差，但为什么业务量一直比不上人家永平公司呢？主要原因还是我们的工作做得不够细致。"姚桐自我检讨说。

"那你应该加把劲，要是能在滨城区农村信用社这个项目上实现了突破的话，那个转正的指标肯定就是你的了。美女，加油啊！"朱大勇嬉皮笑脸地说。

姚桐斜愣了朱大勇一眼，嘴上虽没说，但心里却想："要是信用社代理的那七八十万元的保费上半年就入账的话，还轮得上她梅花雪跟我争那个转正名额？"

吴思远看了看参加会议的四个营销员代表，问道："你们也谈谈自己的看法吧？"

四个营销员推辞了半天，一名年龄看上去有五十多岁、说话嗓音很

第16章 培训招致非议，扰民惹来民怨

"男性化"的黄大姐说道："大家都知道，我这个人没什么文化，在没来保险公司当营销员之前，在家是养鸡的，整天就是跟鸡打交道，要不是这几年鸡瘟病多，养鸡不赚钱，又赶上保险公司招聘营销员，说不定我现在还在村里当养鸡专业户呢！老师讲的商务礼仪课，我感觉就是专门讲给像我这样的人听的，这样的课程，以前从没听说过，哪知道什么是礼仪呀？感恩的心那一课，老师讲得也挺好，很感人，我坐在下面都哭了，眼泪哗哗的。但最后那个叫肖什么侬的老师讲的那堂课，我不太愿意听，感觉那个老师不像个正常人。"

参加会议的人都哈哈大笑。

有人提醒那位黄大姐说，讲最后那堂课的培训老师叫肖艳侬。

"对，肖艳侬。一个女孩子家，那像什么话？培训你就培训吧，做那么多动作干什么？当着那么多人的面，一会儿摸摸自己这里，一会儿摸摸自己那里，讲着讲着还躺下了，干什么？太不雅观了！我坐在下面都替她脸红！这事要是传出去，人家还以为咱们保险公司是干什么的呢！"

黄大姐的话还没讲完，台下已是笑倒一片。

朱大勇幸灾乐祸地说："大姐，你太老土了！那叫肢体语言丰富，是为了让我们这些没见过世面的人开开眼的。"

台下又是一阵哄堂大笑。

那位黄大姐瞪了朱大勇一眼，十分不满地说："什么肢体语言？简直是在耍流氓！"

"大家都别扯远了，说正经的。"吴思远赶紧把话题岔开了。

看到大家都不怎么发言了，朱含韵笑着说："我说点自己的看法吧。一统天培训公司的老师这次来滨城培训，总体感觉不错，这样的培训活动，公司今后应该经常搞，这对提高大家的团队意识、敬业精神和自信心很重要。虽然几位培训教师的有些理念和做法，我不太认同，比如说练好本领首先要练厚脸皮，要敢于把自己的隐私暴露给客户，能实现保费的办法都是好办法，等等，但总体上通过这次培训，我受到了很多启发。我认

真地总结了一下,主要有以下这么几点:一是要想成为一名优秀的营销员,必须注意在客户中树立魅力形象。因此,经常不断地对营销员进行文化素养的培养和商务礼仪的培训就显得十分重要。二是要注意加强文化知识特别是销售技巧、财务、管理以及相关专业知识的学习。老师在培训的时候曾说过,在十九世纪,不识字的人是文盲;在二十世纪,不会用电脑的人是文盲;在信息技术日新月异的今天,不懂得如何学习的人,则被称为新的文盲。所以,今后,公司在力所能及的情况下,尽量多组织一些类似的培训活动。三是要注意培养团队精神。营销员之间要讲团队精神,不能因为一笔业务而争来争去,相互拆台,互相攻击;公司的直销人员、管理人员与营销人员之间也应该讲团队精神,不能因为营销员不是公司的正式员工,就瞧不起营销员,在工作上不支持甚至有意识地给营销员出难题,到头来,受损的还是公司和每一位员工。"

"对!有些管理岗位上的人员太不像话了,公司应该好好治理治理了!"有人响应道。

"同样性质的业务,直销人员做的,在核保那里就能顺利通过,营销人员做的,就横挑鼻子竖挑眼,这也不行那也不是。难道他们吃的喝的花的,不是靠我们这些营销人员拉保费挣来的?"有人在发牢骚。

"前两天,业管部的一个核保员跟一个营销员为了一个客户争执起来了,他骂营销员像'妓女',只认钱不认人;还说营销员不要脸,为了业务,连亲爹亲娘都能骗。这不纯他妈的放狗臭屁吗?"有人动了粗。

大家你一言我一语,情绪越说越激动。

朱含韵歉意地望了望吴思远和田庄,后悔自己不经意间的一句话,引出大家这么多的牢骚。

吴思远做了一个暂停的动作,示意大家先别发牢骚了,让朱含韵把话讲完。

朱含韵继续说道:"第四点就是要学会感恩。对我个人来讲,如果永泰公司不招聘我进公司当营销员,我现在生活得怎么样还真不好说。刚才

第16章 培训招致非议,扰民惹来民怨

叶经理说得对,我们每一个人都应该常怀感激之情,只有知道感恩,才能做好人,干好工作,维护好客户……"

培训工作总结会议结束后,吴思远安排办公室人员把参加会议人员的发言、体会或者是意见和建议进行了认真梳理,形成了一个报告,提交给了总经理樊童。

根据大家提出的意见和建议,结合公司发展的实际,滨城永泰寿险公司总经理室随即出台了一系列办法和措施:

一、从公司行政费用中挤出三十万元,作为营销员教育培训的专项资金;

二、立即把上次会议确定的、因各种原因一直未能实施的一日一晨会制度尽快落实到位,切实把晨会办成通报情况、鼓舞士气、增加知识、促进团结的汇报会、励志会、展示会;

三、充分利用手机利用率越来越普及和总公司新近开发的信息平台的优势,通过发送信息、座席生传呼等形式,加大营销业务的拓展力度,提高营销业务的市场占比。

……

公司虽然决定实行晨会一日一召开,且要求全体人员集中召开,但真正组织起来确实难度很大:一是人员太多。滨城永泰寿险公司营销员近三百人,清点一次人数就要花费一二十分钟的时间,往往点名耗费的时间多于真正开会的时间;二是人多嘴杂,会议效果不佳;三是轮流主持,晨会主题针对性不强……针对这些问题,滨城中支公司总经理室经过研究权衡之后,决定晨会由各营销团队自行组织,时间为每天的八点半之前,地点可在室内也可在室外,晨会内容以介绍市场拓展经验、安排部署团队工作为主,也可以安排读报、娱乐活动,总经理室成员和各管理部门的主要负责人轮流参加各团队的晨会。

人在险途

　　为了提高各团队晨会效果，参加会议的总经理室成员和管理部门的主要负责人要对各团队的晨会召开情况进行综合评议，评选出"组织最好晨会"、"效果最佳晨会"、"参与最充分晨会"等，作为年终先进集体评选的一项重要参考依据。

　　晨会管理规定下发的当天，六个营销团队长立即通过不同的途径通知了各自团队成员，几乎不约而同地要求各自团队成员第二天提前到达公司召开晨会，决不能在晨会召开的时间上落后于其他团队。

　　朱含韵七点五十到达公司的时候，叶茂盛团队的晨会已经召开完毕，队员们开始三三两两地外出展业了，其他四个团队的队员站在院子的东南西北四个方向正进行着：有的团队在传达公司的有关管理规定；有的团队正在介绍展业经验；有的团队正在总结当月团队业务发展情况；还有一个团队正在学唱当时十分流行的《风往北吹》的歌曲。总经理室成员和各部门的主要负责人正在分别参加不同团队的晨会。

　　朱含韵吐了吐舌头，远远地瞅了一眼正在伊凡团队里参加会议的樊童一眼，快步走进了营销员培训室。

　　看看团队成员都到齐了，朱含韵开始了讲话："大家都看到了，新的晨会管理办法重新修订下发后，各团队组织晨会的积极性很高，热情也很高涨。跟其他团队相比较，今天咱们团队的晨会召开的有些晚了，责任在我，明天咱们也提前半个小时召开，大家早来一会儿。"

　　跟团队成员们提完要求后，朱含韵把公司新出台的晨会管理规定给大家宣读了一遍，然后简要地安排了部门近期的一些工作。

　　各团队晨会召开的时间越来越早，花样也越来越多：唱歌的、跳舞的、耍刀的、练剑的……

　　花样百出的晨会，引来了许多围观者。

　　有人问："这家公司不是卖保险的吗？怎么改成文体局了？"

　　有人说："搞来这么一群'活宝'，这个公司肯定很热闹。"

　　有人问："天天这么闹腾，周围的住户受得了吗？"

第16章 培训招致非议，扰民惹来民怨

也有人说，这家公司企业文化搞得不错，凝聚力一定很强。"

……

大家七嘴八舌正在纷纷议论着的时候，一个头发全白了的老太太拄着拐杖，颤抖抖地走了过来。

"你们这里谁是领导啊？"老太太问道。

叶茂盛快步上前扶住了站立不稳、身体有些摇摇晃晃的老人。

"大娘，我们这里没有领导。您有什么事情吗？"叶茂盛亲切地问道。

"我是前面那个小区的住户，我想问一问，你们整天一大早又是唱又是跳的，就没想想影响不影响周围的住户？"

旁边一位三十多岁的男子呼应道："是啊，天不亮就开始闹腾，搞得周围的住户想睡个懒觉都不成。"

"我老伴心脏不好，我又有个神经衰弱的毛病，每天三四点钟醒了就不敢再睡了，害怕万一睡着了，冷不丁地你们一嗓子，吓得心脏病再犯了。"

叶茂盛红着脸说："对不起，大娘，我们以为这个季节天亮得早，大家五六点钟就该起床了，所以单位的同事们就相约来这里晨练晨练，没想到给您老人家造成了这么大的麻烦。"

"你们在一起唱歌跳舞我不反对，可别又喊又叫弄出那么大的动静。人上了年纪，经不起折腾呀！"

营销员们都停止了活动，一齐围了上来。

一个梳着"大背头"、年纪有七八十岁、神态看起来有点像干部模样的老头从人群外面挤了进来："你们不是搞传销的吗？怎么现在都练起体育运动来了？"

周围看热闹的人哈哈大笑。

叶茂盛、姚桐、伊凡等人的脸一下子红到了耳朵根子。

"大爷，我们是搞营销的，不是搞传销的。"姚桐解释说。

"前两天，有人说你们是练'法轮功'的，我说不是，人家是搞传销

的。噢，原来你们不是搞传销的？"

过了一会儿，那位"老干部"又问："营销跟传销有什么不同？不都是一家一户上门卖东西吗？"

叶茂盛、姚桐、伊凡、朱大勇等人，你看看我，我看看你，谁也不知道应该如何回答。

"大爷，传销和营销不是一回事。营销，就是经营客户，销售产品。传销、传销……"朱大勇脸憋得通红，解释了半天，自己都被自己讲糊涂了。

"我们不是听你讲课的，也不是来看你们群魔乱舞的，是来告诉你们别影响我们正常休息的！"人群中有人愤愤地说。

"对，如果再这么闹腾，我们就不客气了！"有人附和道。

那位老太太说："跟你们领导说一说，以后早晨活动稍微晚一些。前面的那个小区里住着很多老人和晚上上夜班的职工，他们睡得比较晚，早晨想多睡一会儿，不像你们保险公司的人那样，工作轻松，时间充足，身子不乏，精力旺盛。"

叶茂盛等人一边陪着不是，一边承诺尽快把情况反映给领导们，让大家以后注意点。

情况很快反映到了樊童等人那里，总经理室立即做出了"晨会照常进行，但时间一定要拖到每天早晨八点以后，尽量不要再出现喊口号、敲锣打鼓的现象。"

三季度的经营数据终于出来了，按照上次总经理室跟姚桐和梅花雪两人协调的意见，三季度谁的营销保费收入多，最后一个转正的名额就给谁。虽然在姚桐名下的保费收入有二百五六十万元，但一百八九十万元的业务是滨城区信用社的代理业务。由于代理业务公司支付了大量的手续费，不能算作正常的营销业务收入。因此，三季度剔除滨城区农村信用社代理的业务后，姚桐实现的保费收入比梅花雪少了一万五千多元，最后一个转正名额，名正言顺地给了梅花雪，气得姚桐躲在墙角哭个不停。

第16章 培训招致非议,扰民惹来民怨

朱含韵走过来,安慰道:"别哭了,下一个就该轮到你了。只要努力把业务做上去了,领导不会不考虑你转正问题的。"

姚桐听了,趴在朱含韵的肩头,哭得更伤心了。

为了拓宽客户资源,确保第四季度业务量有较大幅度提升,姚桐通过手机短信的形式,给同学、亲戚、朋友以及过去的同事介绍公司新近推出的产品,告知自己的联络方式,恳请大家买保险的时候,一定找她服务。

短信发出去以后,大部分人出于礼貌,打电话给姚桐表示感谢,并承诺以后需要买保险的话,一定找她服务;也有少部分人没过多久真的找姚桐帮忙购买了她推荐的保险产品。

姚桐通过短信联络客户、拓展业务的秘密,很快被别人知道了,不仅永泰寿险公司的营销员、直销人员纷纷效仿这一做法,而且这一做法被当作一条经验,很快在永泰寿险公司系统内部被广泛推广。虽然大多数情况下,呼出去的信息都是"泥牛入海,杳无音信",手机资讯费也随之上涨,但大家都害怕不这么做,自己的熟人或已做过很多工作的准客户,被别人短信"网络"了去。

永泰寿险公司电话呼出平台上线使用后,公司的业务量有了很大程度的提升,但由于公司掌握的客户信息量不够多,近三百个营销员和公司专门安排的三个专业呼叫人员只好隔一周把前一周已经呼叫的客户再呼叫一遍,很多客户一听是保险公司呼过来的电话,推辞正在开会或不方便接听,立即就把电话挂断了;一些态度不好的客户,要么在电话里把呼叫人员奚落一番,要么开口骂人。不到两个月,负责电话传呼的三个座席生全部辞职不干了。

十月底,滨城市委市政府发出了《关于全民动员、真抓实干,以实际行动迎接全国文明城市创建工作评审领导小组检查验收的通知》。配合检查验收工作的开展,滨城市委宣传部、滨城广播电视局牵头,在全市范围内组织开展了"不文明行为评选活动",评选出的"十大不文明行为"中,保险营销员骚民扰民问题名列第一位,随地吐痰、公开场合讲粗话脏话,

分别位列第二位和第三位。

评选结果公布的第二天，《滨城晚报》连续三天分别以《营销员，请你走开》、《夜半电话声，吓犯心脏病》、《保险营销电话扰民何时休》、《保险是保障，还是忽悠?》为标题，对保险营销人员死缠硬磨卖保险，为推销保险产品不分场合、不分时间对市民进行上门骚扰、电话骚扰进行了无情的鞭挞。

在《营销员，请你走开》一文中，作者引用了一位吕先生的亲身经历：据吕先生介绍，今年七月份的一天，滨城永泰寿险公司的一位女营销人员经一位朋友介绍，到单位找他推销保险。出于对朋友的尊重，吕先生热情地接待了那名营销人员，并告知以后买保险一定找她服务，可那位营销小姐就是赖着不走，一定让吕先生马上买保险。被逼无奈的吕先生推说身体不舒服，回家休息一会儿。当吕先生打开房门刚想进房间的时候，猛然间发现那位营销小姐也尾随而至……

文章最后用"营销员，请自重，也请你走开！"结尾。

文章在报纸上刊登出来之后，樊童立即责成田庄去报社找那位记者进行交涉，问问他新闻线索是从哪里搞来的，报道中的吕先生真实姓名是什么，公司要找他当面对质，否则将诉诸法律。

田庄从报社一回来，直接进了樊童的办公室。

"樊总，算了吧。别跟报社较真了，要是真跟他们把关系搞僵了，吃亏的还是咱们保险公司！"田庄劝道。

"你的意思是说这件事就这样算了？给永泰公司造成那么大的负面影响，报社不该给我们正正名？那位狗屁记者不该出来给我们道歉？"樊童气呼呼地质问田庄。

"报道虽有夸大其辞之嫌，但据我们了解，我们的营销员确实存在着营销方式不当的问题。樊总，您就别生那么大的气了，不值得！再说，现在的记者都很牛气，咱惹不起！"田庄叹道。

"他们这样不负责的胡说八道，还有没有点职业道德？拥护社会安定

第16章 培训招致非议，扰民惹来民怨

团结的大好局面，他们记者难道就没有责任？真不是东西！"一向文文绉绉的樊童，这次可真的生气了。

"你又不是不清楚，现在的人，正面报道不愿意看，一看到负面的东西，就像打了鸡血似的！那个记者也说了，过两天让我们报一篇正面的宣传稿给报社，他给安排在近期的报纸上刊登一下，但必须收费。"

"收费？收什么费？"樊童警惕地看着田庄。

"报纸版面费呀！"田庄回答。

"不做。他们有本事再报就是了！这不是赤裸裸的抢劫吗？不做！坚决不做！"樊童一连说了好几遍。

《滨城晚报》的数篇报道刊登出来以后，不仅对永泰寿险公司，而且对滨城整个保险行业都产生了不小的负面影响，营销员更像是犯了见不得人的大罪，再也不敢随意去拜访客户了，尤其是那些不太熟悉或者是通过朋友、熟人介绍的客户。许多业务量本来就不大的营销员，经不住亲朋好友的劝告和社会的冷嘲热讽，干脆辞去营销员，转做其他工作去了。

第 17 章

"服务节"变成批判会,营销员成了"活靶子"

媒体连篇累牍的报道,把保险公司和营销员推向了风口浪尖。一时间,规范保险行为,取消营销员的呼声甚响,滨城保险业的发展和营销员的存留面临着一次重大考验。

呼应媒体的报道,消除社会对保险的妖化和曲解,同时也为了规范营销行为,引领营销业务持续健康发展,滨城市保险行业协会牵头各保险公司在全市范围内组织开展了以"问计于民、服务社会、整顿行风、净化环境"为主题的大型系列活动。活动内容包括聘请行业监督员、邀请市人大和市政协领导视察保险行业、组织员工募捐等系列回馈社会活动。

为聘请到滨城市有分量、有影响力的社会各界人士担任保险行业行风监督员,各保险公司按照市行业协会的分工和要求,"八仙过海,各显神通",在很短的时间内就完成了邀请工作,并顺利组织召开了"滨城市保险行业行风监督员"聘任大会,市保险行业协会会长刘厚泽代表各保险公司在将一个大大的红色聘书双手交到各位监督员手中的同时,也将一个厚厚的大红包塞进了每位监督员随身携带的手提包里。

由市人大汪副主任、市政协魏副主席率领的近三十人的人大、政协视察团,浩浩荡荡地开进了市内各保险公司,在旋风式地完成了六家公司的视察活动后,下午四点钟集中到了本次视察活动的最后一站——滨城永泰寿险公司的三楼会议室。

第17章 "服务节"变成批判会,营销员成了"活靶子"

市人大汪副主任简要总结了一天来的视察情况,对滨城市保险行业在保障民生、安排就业、增加税收等方面做出的贡献给予了高度评价,对滨城市保险行业下一步的发展提出了八点要求和建议。汪副主任最后要求陪同视察的滨城电视台、《滨城日报》、《滨城晚报》的记者们要从维护滨城市经济发展、社会稳定、行业和谐的角度,多对保险行业进行正面宣传,少进行不利于行业发展的负面报道。

看到汪副主任的讲话赢得了参会人员的一片掌声,市政协魏副主席不甘示弱,在对视察过的所有保险公司一一点评的同时,对滨城市保险行业在经济发展中的作用和服务质量的不断提升进行了大加赞扬,并十分认真地询问《滨城晚报》负责金融保险栏目的牟姓记者,近期媒体上关于保险行业的一系列负面报道是否属实,有没有人为地掺加"水分"?

牟记者脸涨得通红、吞吞吐吐地说,仅是个别现象,不应该说带有普遍性。

魏副主席洋洋得意地说,既然报道中的问题不带有普遍性,类似的鞭挞式的报道以后还是尽量少报一些。现场的记者们心里虽不情愿,但表面上还是装出一副赞同的样子。

看到风头被市政协魏副主席抢了过去,人大汪副主任立即接口道:"近期媒体上关于保险公司的一些负面报道,对整个保险行业的发展造成了一定的影响,这不利于滨城保险行业良好、宽松、公平公正舆论环境和经营环境的形成,我要求在座的每一位'笔杆子',尽快从不同的角度对滨城市快速发展的保险业进行正面宣传,以挽回近期系列负面报道对保险业造成的影响。解铃还须系铃人呀!"

"刚才汪主任的提议,我很赞成,希望在座的各位秀才们,把今天的所听所看,实事求是地、客观公正地写出来,越快越好。为了给媒体的朋友们提供更多的典型素材,我提议市行业协会牵头组织一次客户见面会或者客户访谈会,让客户们把他们的所见所闻、所思所感及亲身经历告诉大家,让记者们掌握更多的第一手素材。"市政协魏副主席讲完,笑着把脸转向市保险行业协会会长刘厚泽和杨松林、樊童等人。

刘厚泽和保险公司的总经理们面面相觑,连连摆手说见面会就别搞了,保险行业的服务还有许多不尽如人意的地方,与领导们的要求、客户们的期望存在着较大差距。

"刚才魏主席的提议很好,我十分赞成,各位总经理们就不要再谦虚了。举办类似的客户见面会对行业来说是一件难得的品牌宣传和形象树立的机会,我看不仅要搞,而且要搞好、搞大,搞出花样来。如果时间允许的话,我跟魏主席都要参加。如果我们两个人实在脱不开身不能参加的话,在座的各位务必要参加,这可以作为本次人大、政协视察的一项重要成果,或者是一个重大决议进行落实。"

送走汪副主任、魏副主席率领的人大、政协视察团,刘厚泽及七家保险公司的总经理立即又回到了永泰寿险公司的三楼会议室,商量如何尽快落实领导们交办的事情。

会上,大家一致认为,事已至此,客户见面会不搞肯定是不行了,因为题目是人大汪副主任、政协魏副主席出的,当着十多个市直部门主要负责人和七八位媒体记者的面宣布的,如不抓紧组织落实,肯定会被认为是对市人大、政协的老领导们不敬,其后果难以预料。

会议最后确定由市保险行业协会牵头,组织开展一次"滨城市保险行业客户服务节活动",活动内容以产品介绍、行业发展历程宣传为主,以客户访谈、意见征询为辅。活动场面不宜过大,邀请的部门和媒体不宜过多,只要能向汪副主任、魏副主席交代过去就行。

经过一周的紧张筹备,"滨城市保险行业第一届客户服务节"在滨城市人民广场正式开幕,人大汪副主任、政府荆副市长、政协魏副主席兴致勃勃地应邀参加了当天的开幕式。

开幕式刚进行了一半日程,汪副主任和魏副主席还没有开始"重要讲话",台下忽然传来了一阵哭喊声。

"我儿子被车撞死三个多月了,你们保险公司到现在还不赔付?你们

第17章 "服务节"变成批判会,营销员成了"活靶子"

不能只收钱不办事啊!"一名衣衫褴褛、大约六十多岁的妇女哭喊着冲到了主席台前。

主席台下保险公司的服务人员呼啦啦地围了上来,好说歹说把那位老妇人劝到离主席台足有五十米远的"客户服务咨询台"前,会议才得以继续进行。

简短开幕仪式结束后,刘厚泽及七个保险公司的总经理陪着市人大、市政府、市政协的三位领导来到了"客户服务咨询台",询问那位老妇人刚才哭喊着冲到主席台前的原因。

老妇人说他儿子被一辆酒后驾驶的大货车撞死三个多月了,"百日坟"都上过了,可保险公司以驾驶员酒后违章驾驶为由,拒绝给肇事车主任何形式的赔偿,而肇事车辆被贷款银行抵押了去以后,肇事车主家里再无任何值钱的东西了,如果保险公司不赔偿的话,她死去的儿子只能是白死了。

老妇人的事情还没有处理完,一位年龄五十五六岁、嘴歪到一边的男人,一瘸一拐地挤到了汪副主任、荆副市长、魏副主席和协会刘会长等人的面前,说他买了一份永平公司的重大疾病保险,购买保险的时候,永平公司的营销员告诉他,被保险人无论生什么样的病,只要住院治疗,所有的住院治疗费用保险公司都给报销。可当他拿着住院治疗的费用找永平公司报销的时候,永平公司的人告诉他,被保险人只有患癌症、艾滋病等重大疾病住院治疗,其产生的费用保险公司才能报销,脑出血不在保单规定的重大疾病范畴。

汪副主任问那位"歪嘴男人"为什么购买保险的时候不好好阅读保单条款。

那位男子说,他寻思给他办理保险的营销员原来就认识,不可能忽悠他,所以回家以后就没认真仔细地阅读保险条款。

荆副市长说:"人家保险公司是按保险条款进行赔付的,那位营销员到底说没说刚才你说的那些话,谁也无法给你证明。买保险的时候,应该先把保险条款了解清楚了再购买。"

"歪嘴男子"十分委屈地说,保险公司的保单条款字体太小,内容又很难懂,他看了半天,也没看明白是怎么一回事。

"消费误导!消费欺诈!保险公司必须赔偿!"人群中有人义愤填膺地喊道。

汪副主任回头问身后一脸尴尬的杨松林这事应该怎么处理,杨松林支支吾吾了半天,也没有说出个一二三来。

一位脸盘很大、皮肤黝黑的妇女抢先说,他七十多岁的父亲去年底在银行存款时,被保险公司的一名驻店营销人员硬是忽悠着购买了一款号称能分红、有保障、提取自由、收益高于银行的理财产品,可回家后却发现保单上并没有注明营销员宣传的收益不低于百分之八的条款。她拿着保单去找保险公司的人询问,保险公司的人说,百分之八的收益仅是公司测算的预期收益,能不能达得到,谁也不敢保证。况且那钱根本也不像营销员当初说的那样:购买自愿,退保自由,提取方便。

另一位大约二十七八岁的年轻小伙子说,今年夏天的一个晚上,一名保险公司的女营销员去他家推销保险,他说等他跟他媳妇商量好了以后再决定是否购买,可那位女营销员就是坐在他家的沙发上赖着不走,一定要等他媳妇回来不可。当他正在发火赶那位营销员快走的时候,被晚上加班回来的媳妇遇上了,他媳妇硬说他跟那位女营销员有什么关系,否则的话,怎么会让一个根本不认识的女孩子在自己家里待到八九点钟呢?那位小伙子说,事情虽然过去两三个月了,可他媳妇到现在还不相信他。

"那个女孩子一定长得很漂亮吧?"人群中有人开玩笑道。

"肯定很漂亮,不漂亮的话,他怎么会让一个根本不认识的人进自己的房间里呢?"人群中有人大声笑道。

那位小伙子不好意思地说:"漂亮倒谈不上,穿着倒十分新潮。"

另一位四十岁左右的男子说,去年永泰寿险公司的一名营销员帮他购买了一款保险产品,已经交了三期保险费了,共两千六百多块钱。前几

第17章 "服务节"变成批判会,营销员成了"活靶子"

天,他路过永泰寿险公司的时候,顺便让公司的人帮他查了查交款记录,可保险公司的人说他们公司的系统内根本就没有他的交款记录,帮他办理保险的那名营销人员早在三个月以前就辞职不干了,到哪里去了,他们也说不清楚。

魏副主席有些吃惊地问道:"还有这种事?樊总,像刚才这位同志反映的情况,你们保险公司应该怎么处理?"

樊童十分尴尬地笑着,承诺说回去以后一定查明原因,严惩有关人员,决不能让客户受损失。

"不应该仅仅是追回损失的问题,而应该治那名营销人员的罪。那名营销人员的行为已经构成违法犯罪了。"应邀参加开幕式的保险行业行风监督员、市公安局刑侦科孙科长说。

"樊总,回去后要对公司的营销人员加强教育,严格管理,决不能让类似的违法乱纪行为再次出现,以实际行动维护保险行业良好的经营秩序。"荆副市长十分严肃地指示道。

樊童红着脸,一个劲点头称是。

人群中有人反映,经常深更半夜有人打电话向他推销保险,搞得他现在晚上手机不敢开、座机拔网线。

有人反映,有的营销员以推销保险为名,行破坏别人家庭生活之实,严重影响了一些家庭的团结与和谐。

有人反映,保险公司的有些理赔查勘员,不给好处不赔付,给了好处乱赔付。

有人反映,个别营销员跟客户串通一气,通过制造虚假赔案、水分赔案,骗取国家资产。

还有人反映,经常在商场门口看到保险公司的人向客户购买发票,用于报销手续费,逃避税款。

……

汪副主任望着笑容凝滞在脸上的刘厚泽和保险公司的总经理们,十分歉意地对上次质问过的那位《滨城晚报》的牟记者说道:"对不起了,看来上次批评你批评错了!"

"我跟汪主任、魏主席先回去了,你们在这里再好好听听客户们的意见和建议吧!"荆副市长说完,喊上汪副主任、魏副主席坐上停在旁边的小轿车,一溜烟走了,把刘厚泽和樊童、杨松林等保险公司的老总们晾在了"客户服务咨询台"前。

围观的人群中发出了"嗷嗷嗷"的呐喊声。

本来想把"客户服务节"办成一个宣传行业、树立形象的盛会,没想到却演变成一场追债务、讨说法、揭短处的声讨批斗会。市保险行业协会的刘会长和保险公司的总经理们后悔不该组织这么一场自寻烦恼、自找羞辱的"客户见面会"。

刘厚泽和樊童、杨松林等保险公司的总经理们围坐在协会的会客室里,一支又一支地抽着闷烟,平时不抽烟的樊童被烟呛得直咳嗽。

刘厚泽把烟蒂狠狠地按死在烟灰缸内,首先打破了沉默:"别都不说话啊,都谈谈自己的想法吧。"

看到还是没有人主动想说的意思,刘厚泽对坐在自己身旁的强胜保险公司和强力保险公司的总经理说:"严总、贺总,你们二位是滨城市规模最大的财寿险公司的总经理,你们说咱们这个行业下一步应该怎么发展?"

被刘厚泽称为严总的人笑笑说:"客户反映较为强烈的问题是营销员欺骗误导客户问题,我们强胜财险公司营销员较少,营销业务占公司总体业务量的五分之一,欺骗误导客户的问题在强胜公司表现得不太突出。即使问题不突出,下一步我们也准备对营销员进行严格管理,决不能因为个别营销员的行为而影响整个公司甚至整个行业的发展。"

"对,决不能因少数营销员的不法行为而影响整个滨城市保险行业的形象。如果个别公司对营销员不加强管理的话,很有可能让几颗老鼠屎坏了一锅上好的老汤。"代表永泰财险公司参加会议的王唯利响应道。

强力寿险公司总经理贺光轻蔑地瞟了一眼王唯利,意有所指地说:

第17章 "服务节"变成批判会,营销员成了"活靶子"

"应该承认,滨城市保险业尤其是寿险业之所以取得了现在的成绩,保险在滨城老百姓中有了一点影响,营销员功不可没,决不能因为少数营销员的不规范行为或者说是不法行为而全盘否定营销这种销售模式,这既不客观,也不符合实际。对营销员,我们确实存在着疏于管理的问题,但行业发展太快,营销员进入门槛太低,鱼目混珠现象严重,才是导致营销业务出现问题较多的主因。下一步,我们准备提高营销员准入门槛,坚决把初中文化程度以下的人员挡在强力保险公司的大门之外,逐步改变营销员队伍整体素质参差不齐的问题。"

刘厚泽望着樊童,笑着问道:"樊总不讲两句?"

樊童双手抱拳,笑着对参加会议的人说:"当着各位老总的面,今天我们让市领导们点了名,各位老总也跟着受了牵连,实在不好意思。在这里我代表永泰寿险公司全体员工给大家道个歉。"

樊童说:"永泰寿险公司这两年营销业务发展较快,保费收入占公司总保费收入的百分之六七十,但由于公司把主要精力放在增员增效上了,只以业绩论英雄,对营销员的管理、培训、教育没有跟上,导致营销员对行业没有认同感,缺乏责任心,做出了许多有违行业规定的事情,给滨城保险行业的社会形象造成了影响。可以说成也营销、败也营销!导致这种状况出现的原因,有体制方面的,有机制方面的,也有管理方面的。但不管怎么样,营销这种模式不能放弃,营销员队伍需要加强。"

参加会议的人员对营销这种销售模式和营销员队伍褒贬不一,褒的有之,贬的也不少。总体来讲,财险公司营销人员较少,营销业务在整体业务中的占比相对较低,因此财险公司的干部员工更多地把不利于行业发展和地位提升的责任推到寿险营销员的身上,认为由于寿险营销员素质较低、展业不规范、服务不到位,导致老百姓对保险行业印象较差,不仅影响了寿险公司的形象和地位,而且给整个保险行业都造成了很大的伤害,要求严格规范寿险营销业务、取消寿险营销员的呼声较高。而寿险公司以营销业务为主,营销业务在整体业务中的占比较高,营销员在公司中发挥着主力军的作用。因此，寿险公司的干部员工更多地认为，老百姓反映的问题未必都属实，许多本不是发生在营销员身上的事情，人为地嫁接到了营销员的身上。因此，要加快滨城保险业的发展，必须继续大力支持营销业务的发展。

经过激烈的辩论，会议最终形成了两大决议：一是尽快在全市范围内组织开展一场声势浩大的"治欺骗、防误导、惩犯罪"的营销队伍整顿活动，净化营销员队伍，切实改变保险行业在滨城老百姓心目中不诚信、不可靠的印象；二是按照市政府的指示和上级监管部门的要求，尽快在全市范围内推行营销员入职资格考试制度，改变营销员进出自由、管理松散、认同感不强、对行业不负责任的问题。

滨城市的营销业务发展和营销员管理工作开始出现了一些新的变化。

第18章

毛亚南英年早逝，马良驹冰雪显身手

转眼又到了冬季，雨夹着雪下了整整一夜。

清晨，雨雪停了，风又起了，窗外呼啸的寒风告诉人们，一年中最冷的冬天真的来了。

朱含韵一夜没睡。一个多月来，不知有多少个夜晚她就是在这样辗转反侧中度过的。

听到毛亚南发出微弱的鼾声，朱含韵披衣下床，悄悄地走进了隔壁儿子毛毛睡的那个房间。

借着窗外微弱的灯光，朱含韵看了一眼熟睡的儿子，两行滚烫的热泪顺着眼角流了下来。

自从升入高中以来，毛毛一直寄宿在学校。三天前，毛亚南从医院转回家居住治疗以后，朱含韵就让毛毛回家居住，因为她知道，老天留给毛亚南的时间已经不多了，她想在毛亚南走之前，让他与他一直认为从小给予太少父爱的儿子多相处一下。

朱含韵静静地站在阳台上，头脑中一片空白，要不是窗外呼啸着的北风和寒风中那盏发出微弱光芒的摇曳着的路灯，她还真忘记了自己不是在梦中。

路灯突然熄灭了，朱含韵不禁打了一个寒噤，一种不祥的感觉在大脑中掠过，孤独和凄凉一起涌上心头，她感到了从未有过的寒栗。

天快亮的时候，朱含韵迷迷糊糊地睡着了，是毛亚南一阵急促的咳嗽声把她从梦中吵醒了。

朱含韵一骨碌爬起来，歉意地朝毛亚南笑了笑："唉！一不小心睡着了！"

毛亚南不好意思地朝朱含韵笑笑，一副十分憨厚的样子："把你吵醒了？再睡会儿吧。我隐隐约约听见你一晚上没怎么睡。"

"昨天晚上先下雨后下雪，三四点钟的时候，又刮起了大北风，声音好吓人啊！"说这话的时候，朱含韵不禁又打了一个寒噤。

"今天路上肯定结冰了，路滑就别让咱们家毛毛上学去了。路上不好走，容易摔着孩子。"毛亚南盯着朱含韵的眼睛，像是在自言自语，又像是在征求朱含韵的意见。

朱含韵知道毛亚南想跟儿子多待一会儿，她知道丈夫肯定清楚自己目前的状况。

朱含韵红着眼圈应承道："我一会儿跟老师打电话请个假，今天肯定不让毛毛去学校了。"

"想吃点什么？我一会儿给你做去。今天正好毛毛也在家，难得咱们一家人在一起吃顿早饭。"朱含韵把脸扭向一边，她害怕毛亚南看见她伤悲的样子。

"不知怎的，今天特想吃橘子罐头。"还没等朱含韵回答，毛亚南马上又否定道，"算了，我只是说说而已。"

那天早晨，毛亚南吃了小半碗鸡蛋面条，十多天来，这是他早餐吃得最多的一次。朱含韵当时认为可能是儿子回来了，毛亚南心情格外好的缘故。

九点多钟，朱含韵跟毛亚南说她出去一趟，一会儿就回来。临出门的时候，朱含韵特别叮嘱儿子，一定要照顾好爸爸。

大约过了一个半小时，朱含韵提着一个布兜从外面回来了，布兜外面红红的一片。

第18章 毛亚南英年早逝，马良驹冰雪显身手

"妈，您的手怎么流血了？"毛毛一边说着，一边拿起朱含韵的手看。

"路上摔了一跤，没事。毛毛，你去厨房里找个螺丝刀，把罐头打开，放到暖气片上热一下，再让你爸吃。"朱含韵一边擦洗着那只带血的右手，一边吩咐儿子道。

毛亚南躺在床上，默默地看着妻子和儿子，满眼充满了悲伤。

不知怎的，那一天毛亚南精神特别好，跟妻子和儿子讲了很多话。

毛亚南一会儿说起他跟朱含韵在车间共事的一些往事；一会儿又记起毛毛小时候的一些事情；一会儿又提及毛毛应该上一所什么样的大学，学什么样的专业。说到激动之处，毛亚南还从床上坐起来，手特别有力地在胸前来回地挥舞着，脸上泛着淡淡的红光。

靠近中午的时候，马良驹提着一个保温盒来了。最近几天，马良驹几乎每天都过来看毛亚南，有时候跟姚桐、朱大勇等人一起来，有时候也独自一个人来。

"毛大哥，今天感觉怎么样？"一进房间，马良驹就关切地问道。

毛亚南欠了欠身子，朝旁边的椅子指了指，示意马良驹坐下。

朱含韵陪马良驹坐在毛亚南床前聊了一会儿，就把马良驹让到了外面客厅的沙发上。

"我的一个朋友开了一家海鲜馆，鱼做得不错，我今天路过，顺便给你们带了一份。另外，上个月你帮我介绍的四辆车险业务，手续费昨天我帮你支出来了，今天我也顺便带过来了。"马良驹说着，把一个装有两千块钱的信封从包里拿出来，放到了茶几上。

由于财险公司和寿险公司经营的险种不同，为充分利用好集团管控下的财寿险公司客户资源，按照上级公司的要求，财险公司和寿险公司营销员之间要相互代理业务，被代理业务的公司要支付给代理公司营销员一定比例的手续费。按照行业不成文的规矩，手续费的百分之七十至八十归介绍业务的营销员所有，另外百分之二十至三十归被代理公司的营销员，作为接受代理业务营销员后期的客户服务费用。但每次马良驹都坚持把朱含

韵帮他介绍的业务的手续费全部支付给朱含韵,因为他知道朱含韵比自己更需要钱。

朱含韵把信封又推给马良驹:"老马,每次你把手续费都给我,这不符合规矩。我又不是不清楚,现在的客户对后期服务要求很高,后续服务也需要成本,你不能老是自己往里面搭钱啊!要是再跟前几次那样的话,我可不敢再帮你介绍业务了!"

"这两年要不是你帮我介绍业务,我今年无论如何也不可能转为公司的正式员工。再说,你帮我介绍客户搭工夫不说,钱也少花不了,这些手续费都是你应该得的。"马良驹说着,又把装钱的信封推向了朱含韵。

虽然对朱含韵来说,眼下十分需要钱,因为毛亚南仅下半年就住了三次医院,每次住院时间都超过了二十天,最近一次住院花费的近七千元治疗费用中,有一半是表哥石强帮助垫付的。

为了给丈夫治病,一年多来,朱含韵从父母、弟弟和其他亲戚那里已经借用了三万多元了,要不是石强利用自己的人脉关系和当车管所长的便利,帮助朱含韵介绍一些车险和人寿险方面的业务,朱含韵因毛亚南治病欠下的外债肯定不只三万元。

看到朱含韵低头不语,马良驹安慰道:"人吃五谷杂粮,谁也不敢保证一辈子不生病,生了病就得治疗,没有钱怎么能行呢?我们家没什么大的花销,日子比你们家过得宽裕,这钱你还是先收着给毛大哥治病吧,等毛大哥的病治好了,家里日子宽裕了,你再帮我介绍业务,手续费一分不给你都行。"

马良驹嘴上虽然这样讲,但他心里非常清楚,毛亚南剩下的日子已经不多了,否则的话,医院也不会催着他赶快出院,因为对毛亚南来说,住院治疗已没有任何实际意义了。

朱含韵抬头望了望马良驹,眼泪禁不住地吧嗒吧嗒地往下掉。

朱含韵习惯性地回头看了看毛亚南睡的那个房间,生怕他看到自己又伤心落泪了。

第18章 毛亚南英年早逝，马良驹冰雪显身手

朱含韵和马良驹默默地坐了好大一会儿，谁也不肯讲一句话。

马良驹站起身来刚想回去，朱含韵的弟弟朱含礼推门进来了。

"姐夫今天怎么样？没事吧？"朱含礼压低声音问道。

"今天情绪不错，早晨吃了小半碗面条，还吃了不少橘子罐头。"朱含韵一边说着，一边陪着朱含礼和马良驹蹑手蹑脚地走到了毛亚南的床前。

毛亚南躺在床上睡着了，看样子神情十分坦然。

马良驹眉头皱了皱，不知何故，他心里突然产生出一种莫名其妙的恐惧。

回到家后，马良驹越想越觉着不对劲，毛亚南那张瘦弱但有些异样的脸庞一直在他眼前晃来晃去。一种不祥的预兆猛然间涌上了马良驹的心头。

马良驹拿出手机犹豫了半天，最终还是把刚才输上的电话号码又删掉了。

"怎么跟朱含韵讲呢？说自己预感毛亚南快不行了？"马良驹暗暗地想。

吃过午饭，马良驹上床眯瞪了一会儿，因为路上结了冰，出行不方便、有危险，公司办公室已通知大家这两天不用到公司上班了。

马良驹躺在床上翻来覆去怎么也睡不着，他干脆起身走到客厅的沙发上坐下来，打开电视看了没多大会儿，又马上把电视关掉了。

"不行，我还得过去看看，万一有什么事情的话，说不定还能给她娘俩帮上点忙。这样的鬼天气，万一有什么急事，她娘俩怎么能行呢？"马良驹想。

马良驹换上鸭绒服跌跌撞撞地出了门。临出门的时候，跟在家没去学校上学的女儿小红交代道："在家好好做作业，如果我晚上回来晚了的话，你自己对付着吃点吧。"

小红哼了一声，继续做她的作业。

自从妻子因交通事故去世后，马良驹一直一个人拉扯着女儿。尽管近

两年有好多热心人帮忙张罗着找对象,甚至还有人提议把姚桐介绍给他,但马良驹都婉言谢绝了。因为马良驹的妻子去世的时候,女儿小红才十岁,一方面他担心自己续弦后,孩子受到委屈;另一方面他感觉没有遇到一个很适合自己的女人。

一晃五年就过去了。都说穷人家的孩子早当家,一向乖巧的女儿看到父亲整天在外忙忙碌碌,回到家还要照顾自己,既当爹又当娘,十分辛苦,多次央求马良驹尽快给自己找一个后妈。五年来,一直帮马良驹照顾女儿的姐姐也不停地张罗着给弟弟介绍对象,但马良驹好像自己一点也不着急,每次姐姐劝马良驹尽快找一个合适的人帮忙照顾小红的时候,马良驹都会说:"不着急,再等等吧。"

快到朱含韵家的时候,马良驹正好遇上了风风火火往朱含韵家里赶的朱含礼。

"怎么样?"一进屋马良驹就问道。

"不太好!"朱含韵看着马良驹,心里充满了感激。

"跟上午的时候有什么变化吗?"马良驹又问道。

"已经昏迷了两三次了。"朱含韵眼睛里充满了忧伤。

"亚南,老马和含礼来看你了。"朱含韵附在毛亚南的耳边,小声说道。

毛亚南用力睁开双眼,面无表情地望了望朱含韵和马良驹,又看了一眼站在旁边哭泣的儿子,无力地闭上了眼睛。

"姐夫是不是不认识人了?"朱含礼说道。

"东西都准备好了吗?"马良驹问道。

看到朱含韵有些不解的样子。

马良驹接着又问道:"衣服准备了?我看大哥的情况不太好!"

马良驹曾有过送妻子"走"的经历,所以在这个问题上他比朱含韵姐弟俩都有经验。

"谁想到他会这么快呢!"朱含韵两眼含着泪花。

第18章 毛亚南英年早逝，马良驹冰雪显身手

"你们三个人在这里守着大哥，我出去看看还有开门营业的店铺没有。"马良驹一边说着，一边又重新换上了刚脱下不久的棉衣棉鞋。

"这种天气，还能有开门营业的吗？"朱含礼不停地摇着头。

"市医院门口有好几家卖那东西的，应该能开门。"马良驹应道。

"市医院到这里有六七公里，路上这么滑，你怎么去？"朱含礼不无担心地问。

"没事，慢慢走吧！"马良驹故作轻松地说。

"这事都怪我！我应该早把这些东西准备好。谁想到他会这么快呢？"朱含韵一边流着眼泪，一边自责着。

马良驹心想："你不是没想到，只是不愿意接受眼前的现实罢了。这也难怪，这事谁遇上，谁也会向好的方面想。"

马良驹去市医院路过自己家门口的时候，取出了两年前自己设计制作的一副"滑板"，飞快地向市医院方向滑去。

马良驹出生、成长在东北，从小喜欢下雪、玩雪。年轻的时候，每当冬天来临，东北降下大雪的时候，马良驹都要喊上几个要好的朋友，到离家最近的一个适合滑雪的地方练习滑雪。因为雪滑得好，加上人又长得帅气，所以那个时候的马良驹在女孩子们当中很有"气场"，有两个女孩子还因为他大打出手。他车祸去世的妻子，就是当时他的众多追求者之一。

滨城虽然是个沿海城市，但改革开放之前是一个十分贫穷落后的小城，自从八十年代中期，国家开工建设了亿吨港口码头后，全国很多地方的人才渐渐知道在中国北方地区还有一个叫滨城的小城。

八十年代末，为了吸引全国各地优秀的人才到滨城安居创业，滨城市政府分别赴东北、西北地区开展了两次人才招募活动，马良驹和他的妻子就是在那次人才招聘活动中，从东北来到滨城的。

滨城虽然也是北方城市，冬天也会下雪，但大多数年份降雪厚度不过两三厘米，有的年份可能一个雪花也见不到，所以滑雪渐渐成了马良驹的奢望。

人在险途

　　有一年冬天，滨城下了一场雪，喜出望外的马良驹连夜赶做了一副"滑板"，想第二天过一下滑雪的瘾。谁知雪下到晚上十一二点就停了，厚度也不过三四厘米，根本不具备滑雪所需要的条件。所以，自从"滑板"制作好了以后，从来没派上用场过。

　　马路上全是冰雪，偌大的滨城市内车无踪影，人也少，马良驹就像一个顽皮的孩子，沿着笔直的滨城大道起劲地滑着，且越滑速度越快，不时招来三三两两过路行人的注目。

　　"扑腾"一声，马良驹重重地摔倒在马路上，"滑板"飞出去一两百米远。不远处传来一句讥笑的声音："真是个神经病！"

　　马良驹回头望了望声音传过来的方向，尴尬地笑了笑，又一瘸一拐地上了"滑板"。

　　当马良驹大汗淋漓地再次出现在朱含韵、朱含礼面前的时候，她俩着实吃惊不小。

　　"这么快就回来了？这来回十二三公里，你是怎么来回的？"朱含礼不解地问道。

　　马良驹一边跟刚进门不久的石强打着招呼，一边把斜背在身上的包袱解了下来。

　　"有时间我教教你？"马良驹把手中的"滑板"朝朱含礼眼前扬了扬，不无自豪地说。

　　"先把衣服给亚南穿上？"很显然，石强是在征求朱含韵和朱含礼姐弟俩的意见。

　　朱含韵、朱含礼、石强和马良驹四个人你抬我扶地刚帮毛亚南把"寿衣"穿好，毛亚南就咽下了最后一口气。临走的最后一刻，毛亚南睁开大大的眼睛，看了朱含韵和马良驹两人一眼，嘴唇吃力地动了两下，似有话要对两人说，但终于没能说出来。

　　朱含韵和马良驹从毛亚南临走前的最后一瞥中，似乎也领悟到了点什么。

第18章 毛亚南英年早逝,马良驹冰雪显身手

望着父亲瘦弱的遗容,毛毛大声地哭了起来,哭声充满了不舍、无奈和凄凉。

悲痛欲绝的朱含韵紧紧搂抱着儿子,眼泪像断了线的珠子,扑啦啦地洒落了下来。

朱含礼把毛毛拉到自己身边,声音哽咽地安慰道:"毛毛,你爸爸已经走了,他在走之前,最放心不下的就是你。临走之前他让我告诉你,让你一定要好好学习,将来要考上一所好大学,做一个对国家、对社会有用的人,不要让你的妈妈为你操心。"

听了舅舅的话,毛毛哭得更伤心了。他紧紧地握着拳头,暗暗地下着决心:"我一定要好好学习,决不能让死去的爸爸失望!"

看到朱含韵逐渐缓和了下来,石强跟朱含韵商量道:"含韵,亚南的丧事,你看这样办行不行:亚南已经走了,按照咱们这里的习俗,应该通知一下咱们的亲戚朋友,让他们来见亚南最后一面,不通知他们,以后他们可能会责怪咱们。可遇上这么个鬼天气,全部通知到是不可能的。我们三个人刚才商量了一下,初步形成了一个意见:关系稍微远一点的亲戚我们就别通知了,只通知一下两边的至亲。你看怎么样?"

马良驹插话道:"即使全部通知到了,这样的天气,我看他们也未必能来得了。"

石强赞同地点点头:"老马说得对。亚南的亲戚大部分在农村,距滨城最近的路程也有三四十公里,即使全通知到了,有些肯定也来不了。明天我联系两个车,想办法把亚南的老人和兄弟姐妹接过来,其他路途远的亲戚就不通知了。你看行不行?"

朱含韵哭着说:"表哥,你们安排吧,怎么办都行。"

"这几年,因为亚南治病,家里欠了不少外债,我看告别仪式就别搞了,都是自己家里人,搞不搞的没意思。"石强说。

"大哥说得对,仪式就不要搞了,普通老百姓,不搞也没人笑话。"朱含礼赞成道。

朱含韵只是哭，不说话。

"亚南的同学和生前好友，你们两个分头去通知一下，人家能来就来，来不了咱也不勉强。殡仪馆那边的事情我去安排。"石强吩咐道。

分完工后，马良驹分别给朱大勇、伊凡、姚桐、申秋等过去华星纺织集团四分厂的工友们打了个电话，就拿上他那副"滑板"又出了门。

马良驹办完几件事后，回家跟女儿小红说，今天他朋友家里有点事，晚上就不回家睡觉了，让她把门插好早点睡。

小红问马良驹什么事，马良驹推说一个朋友病了，他晚上陪他在医院里做手术。

石强晚上回家睡了，朱含礼和马良驹陪着朱含韵、毛毛坐了整整一晚上。

毛亚南的骨灰送回老家安葬了，毛毛回到学校上学去了，孤苦伶仃的朱含韵把门一锁，也回娘家住去了。

一连几天，马良驹都在拨打朱含韵的手机，因为他知道，在那个时候，朱含韵是最需要安慰和关怀的，但朱含韵的手机一直处于关机状态。

毛亚南去世的第六天，朱含礼打电话告诉马良驹，他姐姐及全家人想请他和几个朋友到家里一起吃顿便饭，感谢大家在毛亚南去世期间给予的帮助和关怀。

马良驹问晚上还有谁一起去，朱含礼说没有别人，就是朱大勇、伊凡、姚桐、赵家和、王永亮等毛亚南和朱含韵过去在华星纺织集团工作时的一些老同事。马良驹虽然以前没在华星纺织集团公司工作过，但朱含礼说的那些人，除了个别人不太熟悉外，其他人或是过去的同事，或是现在的同行，就不客气地答应了。

马良驹从市百货大楼购买了一些适合老人吃的食品，开上他那辆刚购买不久的捷达车，去了朱含韵的父母家。

当马良驹看到迎出来的朱含韵时，着实吃了一惊：脸色蜡黄、身体消瘦、眼圈黑黑、头发凌乱，两只大而无神的眼睛还有些呆滞……

第18章 毛亚南英年早逝，马良驹冰雪显身手

眼泪在马良驹的眼窝里打了几个转，终于忍住了。

几个人一边喝着酒，一边劝说着朱含韵。

聊着聊着，大家就把话题转移到了马良驹的"滑板"上。

这个说："那么好的身手，马大哥应该去当滑冰运动员。"

那个说："这回马大哥在咱们滨城市可是出了名了，前两天还有几个人问起我你那'滑板'是从哪里买来的。"

这个说："马大哥要是披上一件白色的斗篷，那比电影《林海雪原》里的少剑波率领的小分队可帅多了！"

那个说："马大哥别当营销员了，转行当速滑教练员得了，既有面子又赚钱。"

……

马良驹知道大家表扬他的"滑板"和滑冰技术，是为了转移朱含韵的注意力，就心照不宣地极力配合着大家。

酒刚喝了一半，姚桐忽然问了一句："毛大哥去世的时候，怎么没看到公司领导来吊唁或慰问呢？"

她这么一问，大家还真没想起毛亚南去世前后，公司总经理室里有哪位领导曾经来过。

大家你看看我，我看看你，一时不知说什么好。

"人都没了，过不过来的，没什么！再说那种天气，那么远的路程，人家领导也没法过来呀！"朱含韵嘴上虽然这样讲，但心里却老不是滋味，不管怎么说，自己总归还是永泰寿险公司的一员，而且还是一名中层干部，尽管自己仅仅是公司的一名营销员，不是公司的正式员工，但对公司的贡献一点不比公司的其他中层干部甚至个别总经理室领导少。

朱大勇愤愤地说："樊童那些鸟人，根本没把我们这些营销员当人看，在他们眼里，我们仅仅是他们手中的一种工具！一种会拉保费的工具！"

姚桐说："樊童不是整天大会上说小会上讲，说营销员是公司的中坚力量，是公司赖以生存和发展的基石，这基石家里出那么大的事情，需要

组织关怀了，怎么连个鬼影都看不到了？我呸！"

朱大勇说："樊童那些丫生的，就他妈的知道玩嘴皮子。不管怎么说，朱姐好歹还是公司的部门经理，像朱姐这种人缘也好、工作也好、对公司又忠诚的人，家里出了这么大的一件事情，他们当领导的都不伸个头、露个面，将来我们这些人如果真有什么事情发生的话，就更别指望公司里有人出面帮助解决的了！"

赵家和插话道："我们市政大队里很多人都说营销员那工作不错，时间充裕，工作也不累，动动嘴就来钱。原来我还打算去你们公司当营销员的，现在看来，这个决心还不能轻易下啊！"

"兄弟，千万别犯傻，一旦犯了傻，可别怪哥没提醒你。"伊凡拍着赵家和的肩膀劝道。

叶茂盛说："大家也别太在意，毛工过逝，樊童那些人不来家里看看是有些不近人情，但我分析有这么几条原因：一是不知道毛工遗体告别的时间；二是天气太恶劣，那些当官的又怕死；三是可能出差在外，或者有不方便过来的理由。事情已经过去了，咱们也没有必要跟那些人计较了。樊童那些人不来正好，来了朱经理还得安排个人陪着。"

伊凡说："主要我们这些人不是公司的正式员工，要是公司的正式员工，天上下刀子，樊童那些人也不会不到场的。悲哀啊！当营销员悲哀啊！"

"哎，马大哥，听说你们财险公司营销员转正式员工比较容易，你帮我们打听打听，要转为公司的正式员工，一年需要完成多少保费就可以？"姚桐一本正经地问道。

"财险公司正式员工的编制控制得也比较严格，听说现在要转为公司的正式员工，一年最低要完成保费一百万元。"马良驹回答说。

"要是我们当初选择留在财险公司就好了，说不定现在也用不着当营销员受这份窝囊气了！"姚桐叹道。

"要不是因为那个'王秃子'，我们这些人还用得着这样吗？对了，那

第18章 毛亚南英年早逝,马良驹冰雪显身手

个'王秃头'在你们财险公司干得怎么样?"朱大勇问道。

"你说的是那个王唯利吧?干得一般!虽然不懂业务,但人家能说会道,加上政府里有人替他说话,现在是公司的二把手了!"马良驹说。

叶茂盛催促道:"大家抓紧喝两杯,咱们早一点撤,也好让两位老人早一点休息。都忙活一天了!"

"没事,大家好不容易凑在一起,多喝两杯。"朱含韵说着,跟朱含礼一起共同敬了大家两杯酒。

喝完朱含韵和朱含礼姐弟俩敬的酒后,叶茂盛提议大家共同敬赵家和、王永亮和马良驹等几位不是永泰寿险公司的营销员们一杯酒,代表朱含韵,也代表毛工对他们表示感谢。

赵家和、王永亮、马良驹等人端起酒杯,一扬脖,把酒全喝光了。

跟上一次聚会时一样,没喝多少酒的马良驹,那一天晚上又一次喝醉了。这是自滨城永泰公司财寿险业务分业经营以来,马良驹第二次喝醉了酒。

第 19 章

姚桐"搞掂"安洪祥,永泰击败众对手

给毛亚南上完第一个"七日坟",朱含韵回到了公司。

朱含韵回公司上班的前一天晚上,母亲一直不停地在唠叨:"亚南走前走后的这些日子,你饭吃不下,觉睡不稳,人都折腾得不成样子了!妮子,你还年轻,以后的路长着呢,不能因为家里还有点饥荒就睡不着觉了,保住自己的身子要紧。亚南这一走,家里的担子就全压在你一个人的肩膀上了,你可千万不能把自己的身子也折腾毁了!"

朱含礼也劝道:"姐,你现在身体还这么虚弱,那么着急上火地去上班干什么?在家多休养几天再说吧。"

朱含韵长叹了一口气,嘴上虽没说,心里却一直在盘算:"三四万块钱可不是个小数目,老是窝在家里,身子倒舒服了,可钱什么时候能还上?毛毛马上就要考大学了,等考上了大学,花销就更大了,不趁早把欠人家的饥荒还上,等毛毛上大学以后再去还,那可就更难了!"

父亲猛力吸着旱烟管,"咳咳咳"地半天没停下。

朱含韵母亲不满地瞪了朱含韵父亲一眼,十分不满地嘟囔道:"抽抽抽,一天到晚就知道抽!孩子遇上了这样的事,你可好,连句屁也不放一声!"

朱含韵轻轻地推了母亲一把:"妈,我父亲抽了一辈子烟了,你还能让他说不抽就不抽了?"

第19章 姚桐"搞掂"安洪祥,永泰击败众对手

朱含韵父亲用力地磕了磕旱烟管,抬头瞅了朱含韵母亲一眼,说道:"孩子愿意上班就让她上班去吧,老是窝在家里心里更不痛快,兴许上班心情还会好一些。"

"孩子虚弱成这样怎么上班?都怪你个死老东西没本事,要是有能耐把孩子安排到政府部门或事业单位里的话,孩子还用得着遭这么大的磨难?"

朱含韵的父亲知道女婿去世后,老伴一时接受不了这一沉重打击,想找个地方发泄一下,也就懒得与老伴争执。

朱含韵的父亲站起身,一边往外走,一边说:"含韵,别听你妈的,如果觉着身体能行,该上班就上班去。"

朱含韵的母亲望着老伴远去的背影,气得对着朱含韵父亲的后背指指点点。

朱含韵一回到公司,樊童就把她叫了过去。

"毛工不幸去世,我们深表惋惜!毛工去世的时候,正赶上我感冒躺在医院里,吴总又在外地出差赶不回来,加上知道毛工去世的消息又比较晚,所以没能亲自去送送他,心里一直感觉很愧疚。前两天,我让办公室的人跟你联系,可他们说一直跟你联系不上。昨天刚听姚桐说你回老人那里住去了,我正准备抽时间去看看你,不成想你就急着赶回来上班了。"

朱含韵勉强挤出一丝笑容:"谢谢领导关心!毛亚南病逝时,正赶上那个恶劣天气,交通不方便,我也就没给领导们打招呼。幸亏营销服务部的同事们帮忙,总算把毛亚南的后事顺利地料理完了。老毛病重期间,个人请假较多,耽误了公司的许多事情,在这里我也代表我们全家,感谢樊总及总经理室的领导们网开一面,给予方便。"

樊童摆着手说:"含韵,你这样讲我们就更感觉无地自容了。老毛病逝前后,公司没有给予你们足够的帮助和关怀,作为总经理,我要检讨。毛工去世后,你一个人既要带孩子,还要管理团队,困难肯定少不了,如果以后有什么困难需要公司支持的话,尽管来找我,我一定会力所能及地

给予帮助的。"

朱含韵淡淡地笑了笑,嘴角掠过一丝不易察觉的轻蔑:"真是越来越能忽悠了!自打来永泰公司当营销员的第一天起,除了感受到兄弟姐妹们的情谊外,还真没怎么体会到组织的关怀。这也难怪,自己只不过是公司的一名雇佣工,你拉保费,人家付钱,两相不欠,有什么理由要求人家额外关照你?"

朱含韵跟樊童说了几句客气话,就推说还有事,从总经理室里退了出来。

望着朱含韵走出办公室的背影,樊童突然对眼前这个一袭黑衣、身体有些孱弱的女人,有一种说不出的感觉:是爱怜?是同情?还是愧疚?樊童自己也说不清楚。但有一点樊童是清楚的,在朱含韵本人工作及家庭生活方面,公司是愧对人家的。不管怎么说,人家丈夫走了,公司怎么也应该去关心慰问一下,可这最起码的礼节,公司也没有做到,这事让谁遇上,谁也不会不感到寒心的。

"朱含韵已经够大度的了!"樊童自言自语地说。

樊童摸起办公桌上的电话,把吴思远和田庄一叫进了办公室就劈头盖脸地数落了一顿。

"在其他营销员纷纷跳槽、公司最困难的时候,人家朱含韵没随大流,一直坚守在工作岗位上,就凭这一点,咱们就应该好好地善待人家。可人家丈夫走了,咱们总经理室没有一个人到场,这事放到谁身上,谁也会心里拔凉拔凉的。你们知道营销员们私下里都说我们什么吗?说我们总经理室的人不是人,是冷血动物!"

樊童说:"在朱含韵这件事情的处理上,吴总没什么过错,总归人在外地,身不由己。我虽然生病住了五六天医院,但也没到下不了床走不了路的程度。所以我们每个人都应该好好检讨检讨,看看还有没有弥补过失的机会。"

自我检讨完了以后,三个人商量,近期去参加全省工作会议的时候,

第19章 姚桐"搞掂"安洪祥，永泰击败众对手

一定再跟省公司的领导们做做工作，看看能不能把朱含韵作为一个特例，尽快让她把劳动关系转进公司里来。三个人都认为，朱含韵是公司里资历最老的营销部经理，管理着几百人的营销员队伍，再不给人家一个说法，于情于理都说不过去。

省公司全年工作会议一结束，滨城市公司紧接着就召开了全年工作会议，会上，樊童信心满满地说，省公司领导在全年工作会议上明确表示，年内要给滨城公司再批部分增员指标，一旦省公司的增员指标批复下来，首先要解决那些业务做得好、保费贡献大、对公司忠诚的营销员。

樊童说："元旦刚过了二十天，滨城市又有两家机构挂牌营业了，加上去年下半年新批设的三家机构，滨城的寿险公司数量一下子膨胀到了八九家。一个人口只有四百万的滨城，一下子增加这么多机构，竞争可想而知了。为适应市场形势的变化，经公司党委、总经理室研究，决定年内重点要推进六项工作。一是要继续加强营销队伍建设，全力发展营销业务。二是要大力拓展团体业务客户，努力扩大品牌影响力……"

樊童夸夸其谈地讲了两个多小时，讲到激动之处，还离开讲台走到了台下。

在大力拓展团体业务客户方面，樊童着重提出了滨城港务局、滨城信用社等六大重点拓展项目。

樊童承诺，谁在公司确定的这六大项目上取得了突破，公司就将在职务晋升、销售费用、身份转变等方面优先考虑。

全年工作会议一结束，姚桐急匆匆地吃了几口饭，骑上木兰摩托车直奔滨城市农村信用社。

自从滨城区农村信用社为永泰寿险公司与永平公司代理业务以来，两家公司明里虽和平共处，表现出十分和谐的样子，但暗地里两家公司是相互诋毁、互挖墙脚。

为了维护在滨城区信用社业务代理方面的主导地位，永平公司不断给办公室主任宋青山、信贷科长于文送这送那，以期把两个人牢牢地控制在

永平公司的手里。

俗话说，吃人家的嘴短，拿人家的手软。既然从永平公司捞到了好处，宋青山和于文就不能不下气力维护永平公司的既得利益。

作为负责滨城区农村信用社项目的主管，近两年来，姚桐可谓是真诚服务，用爱负责，她的付出，不仅得到滨城区信用社财务部的认可，也得到了区信用社领导尤其是信用社主任安洪祥的赏识。

姚桐虽然经常去区信用社办理业务、处理理赔服务，但真正能见上安洪祥的机会并不多，因为宋青山经常用各种借口阻止姚桐等人随意去见安洪祥等信用社领导。

一起吃过几次饭后，安洪祥就对姚桐有些念念不忘了。

姚桐虽称不上是美人靓女，但皮肤白皙、身材丰满、性情豪爽，对男人尤其是对四五十岁的男人有极大的诱惑力。用安洪祥私下里的话说：虽谈不上十分漂亮，但身体十分诱人，该凸的地方凸了，该凹的地方凹了！

安洪祥本来就是一个不太安分的人，老婆苏岚又在滨西不在身边，虽然滨西距滨城不过五六十公里的路程，苏岚也经常以帮助收拾家务为名定期不定期地进行"突击检查"，但总不能寸步不离，安洪祥自然就有许多可以自由支配的时间和空间。

有一次，姚桐跟樊童、吴思远、苗绘等人一起请安洪祥等人吃饭，有些醉意的安洪祥曾表态说，合作协议到期后，他可以考虑给永泰寿险公司增加业务代理份额，或者有新增业务的时候，可以适当照顾一下永泰寿险公司。可由于宋青山、于文等人经常在安洪祥面前说永泰寿险公司这也不行，那也不是，而永平公司在跟区信用社业务合作的两年里，循规蹈矩，没有出现什么大的纰漏，安洪祥自然也就不好把本该属于永平公司的份额拿出来分给永泰公司，因为安洪祥也清楚，宋青山、于文等人跟永平公司的杨松林等人关系不一般，两个人又都在重要岗位上，自己的一些底细他们十分了解，加之自己早已得到内部信息，职务近期可能会发生变化，关键时刻，安洪祥肯定不会为了姚桐而得罪宋青山等人，尽管他们都是自己

第19章 姚桐"搞掂"安洪祥，永泰击败众对手

的部下。

元旦的前一天，市委组织部一纸任命，把安洪祥从滨城区农村信用社主任的位置上，提拔为滨城市农村信用社主持工作的副主任。任命文件下发的当天，杨松林、樊童等人第一时间打电话给安洪祥表示祝贺，并"挂号"排队宴请安洪祥。

十五六分钟，姚桐的摩托车就停在了滨城市农村信用社那座投入使用仅半年之久的二十三层建筑物前。

滨城虽是沿海城市，但经济总量在全省十二个地级市中排名后几位，城市建设也比省内其他三个发达的沿海城市落后十年，市内像滨城市农村信用社这样超过二十层的建筑物并不多，仅有四座，除了滨城市港务局综合办公大楼超过二十层以外，其余三座层高超过二十层的建筑物，都是金融系统的办公大楼。

姚桐停好摩托车，拾阶走进了办公大楼。

一楼大厅的门卫通过内线电话通报访客姓名后，姚桐就直接乘电梯上了安洪祥办公室所在的十七楼。

信用社办公室秘书小刘把姚桐引领进了安洪祥那个含会客、办公、休息于一体、面积足有二百平方米的办公室。

安洪祥坐在大黑皮椅子上，一边来回地转悠着，一边"哼、哼"地应付着电话那头的人。看得出来，电话那头肯定不是职务或职级比安洪祥高的人。

秘书小刘把姚桐安排在外面会客厅沙发上坐下，把一杯茶水放到了姚桐的面前："请喝水。"

姚桐禁不住抬头盯了面前的这位身高超过一米八、操着一口流利的普通话、正在低头往茶几上放杯子的男子一眼：皮肤白净、嘴唇微红、高高地鼻梁上架着一副考究的金丝眼镜……

秘书小刘虽没直接看姚桐，但他从右眼的余光中发现坐在沙发上的这位不知是应该叫大姐还是应该叫大嫂的主任的客人，正在十分认真地端详

着自己，紧张得差点把茶杯弄倒了。

安洪祥打完电话从老板椅上站起来，一边往外面的会客厅里走着，一边说道："烦死了！整天被他们烦死了！"

姚桐连忙从沙发上站起来，声音甜甜地问道："什么事让主任那么烦心？"

"还不是你们保险公司的那些人？整天嚷嚷着要见我，要请我。都是老熟人了，不给面子吧，他们说你端官架子；给面子吧，那么多公司，能给得过来吗？"

安洪祥一屁股坐在姚桐右手边的一张单人沙发上，对站在对面的秘书小刘说："刘洋，这位是市永泰寿险公司的姚经理，我的一个远房亲戚，以后有什么事情要多关照一下。"

安洪祥把脸转向有些愕然、心里一定在嘀咕"我什么时候成为你的远房亲戚"的姚桐：

"这位是刘洋，中专毕业后一直在滨城区信用社业务部门工作，我调任市信用社工作后，把他从区社借调到市社来了，目前给我做文秘工作。"

姚桐忍不住又瞥了刚从安洪祥嘴里得知名叫刘洋的小伙子一眼。

刘洋退出去后，安洪祥朝姚桐眨巴了一下眼睛，那眼神有些神秘，又有些暧昧，好像只有年轻人或关系不一般的人之间才应该有的。

"我称你为我的远房亲戚，你不会介意吧？这样以后来我这里办事可能会方便一些。"

姚桐十分感动地说："能攀上像安主任您这样的高亲，是我小女子的荣幸，只怕我姚桐高攀了！"

"市社不同于区社，情况比较复杂，我初来乍到，还是小心点好！"安洪祥说着，顺手从软包中华烟盒里抽出一支烟，姚桐迅速拿起茶几上的打火机，身子往安洪祥坐的沙发前靠了靠，给安洪祥点燃了，火苗映着安洪祥那张泛着油光、有些醉意的"关公脸"。

安洪祥用他那只粗壮的大手，很自然地拍了两下正举在自己嘴边的那

第19章　姚桐"搞掂"安洪祥,永泰击败众对手

张白嫩的小手,像是在表达感谢之意。

"主任这办公室好气派呀!估计市长的办公室也不会比您这办公室好吧?"

"我这是前人植树后人乘凉呀!我的前任建了这么大一个房子,自己还没消受几天,就去'号子里'挤大通铺去了。唉,世事难料,世事难料啊!"

姚桐明白安洪祥说的前任是指原滨城市农村信用社主任胡为,一个名字与实际作为十分相符的贪官污吏。

胡为在担任滨城市农村信用社期间,借放贷索贿不说,仅建设市农村信用社这座办公大楼,就从建设单位受贿五百多万元,二十多天前刚被市检察院正式批捕。

"人又活不了两辈子,捞那么多钱干什么?我这个人不贪钱,就是……"安洪祥说着,顺势把手放在了姚桐那条穿着黑色裙裤的大腿上,弄得姚桐把他的手挪开也不是,不挪开也不是。

姚桐十分老练地岔开话题:"主任上午跟哪位领导一起喝的酒?是不是喝得不少?"

安洪祥假装有些醉意地说:"是有些多了!是有些多了!哈哈哈……"

安洪祥说着把放在姚桐大腿的手缩了回来。

姚桐笑着说:"我们樊总安排我来,是想看看领导您晚上有没有时间,如果晚上没什么安排的话,我们樊总想请您坐坐。不知道领导肯不肯赏光?"

安洪祥显出十分为难的样子:"今天已经接到四五个人的邀请了,其中一人还是我过去的一位老同学打来的,说他们那家保险公司刚落户滨城,没根基、缺客户,请求我无论如何也要帮帮他。刚才你也听见了,永平公司的杨总今天已给我打过三次电话了,非要今天晚上请我吃饭不可,说是大酒店都已经订好了,一会儿就要来接我,我再答应你们不太好吧?"

"有什么不好的呀?我人已经来了,可比他们永平公司的杨总有诚意,

保险行业的第一顿祝贺酒无论如何也得让我们永泰寿险公司来请呀！"姚桐说着，两只大眼睛朝安洪祥眨来眨去。

"我这个人可是很讲信用的，既然答应人家杨总了，怎好再答应你小姚呢？不能一个姑娘找两个婆家吧？"安洪祥哈哈笑着说。

"啊呀，领导，您刚才已经在电话里说过一会儿再说了，可没有答应什么杨总、王总的，我可是亲耳听到了。领导，您就答应我们吧，您要是先去了永平公司，我们樊总非炒我鱿鱼不可！"

"樊童要是炒你鱿鱼了，来我信用社干就是了，像你姚桐这样能做业务的好手，我这里可是很需要的呀！"

"真的？主任可别说话不算话！"

"那不是我一句话的事？"安洪祥说着，又把姚桐的小手握进自己的手里把弄着。

"那今天晚上的事就算定了？我用您办公桌上的电话给我们樊总报告一下？"姚桐说着站起来走向安洪祥的办公桌。

姚桐之所以不用自己的手机给樊童打电话，除了借故把手从安洪祥紧握着的手中抽出来，以免硬抽惹恼面前的这位"大财神"外，更重要的是让樊童等人看看，自己不仅进了安洪祥的办公室，而且还可以在安洪祥的办公室里自由活动，随意使用安洪祥办公室的物品，因为近来樊童等人来市信用社两次，不是遇上安洪祥去市政府开会，就是遇上去外地出差，所以至今还没机会走进滨城市老百姓越传越神乎的"滨城市第一办公室"。

姚桐拨通樊童的手机没说几句话，顺势就把话筒递给了跟着走近办公桌的安洪祥。

安洪祥接过话筒客气了一番，接着就把杨松林如何一天三次电话约请他，自己又如何看着姚桐的面子拒绝了杨松林的邀请，跟樊童一五一十地叙述了一遍。

安洪祥半开玩笑半认真地说："小姚可是个不可多得的营销人才，你们永泰公司要是不重用的话，我可就夺人所爱了。"

第19章　姚桐"搞掂"安洪祥，永泰击败众对手

电话那头的樊童也一语双关地说："要是您安主任看中了，我樊童岂敢不忍痛割爱？"

扣死电话后，安洪祥两只眼睛上下打量了姚桐一遍，然后盯着姚桐的眼睛说道："因为你小姚，我可是第一次失信于人哟！你如何感谢你老哥呀？"

姚桐俏皮地做了一个鬼脸："放心吧，只要安主任多关照我们永泰寿险公司，我小姚一定会为您提供好服务的！"

姚桐一边说着晚上好运来大酒店见，一边提着包从安洪祥的办公室往门外走。临走到门口的时候，跟在身后的安洪祥很放肆地用手去抚摸姚桐紧身裙裤内包裹着的、让他心仪已久的翘臀：虽有些丰腴，但还算适中；虽有些松弛，但不失弹性。

姚桐佯装生气地回头瞪了安洪祥一眼，推门走了出来。

姚桐快步上电梯下电梯，近乎逃跑似的出了市信用社办公大楼，然后长吸了一口气。

"老色鬼！"姚桐心里暗暗骂道。

姚桐虽然不是那种十分严谨的女人，在华星纺织集团四分厂当工人的时候，经常时不时地跟车间里的女同事们讲几段"荤段子"，跟同车间的男同事们打打情骂骂俏，偶尔也动动手，在四车间众多姑娘中算得上是一个放得开，或者说是"见过世面的"人，但遇到像安洪祥这样"动真格"的，还是第一次，总归姚桐还是一个处女身，姑娘的那种应有的矜持还十分强烈，虽然她已经过了羞涩、矜持的年龄。

晚宴在滨城市最好的酒店——好运来大酒店中最具暧昧色彩的房间——"今夜我等你"中进行的，除姚桐以外，樊童、吴思远、田庄等滨城永泰寿险公司的班子成员悉数参加。市农村信用社方面，安洪祥只带了专门负责保险业务的肖一和王昆两位科长参加。

宴会开始前，樊童让驾驶员把写有个人名字的黄金制作的生肖提进了"今夜我等你"房间。

"比较仓促，没来得及准备像样的礼物，只好在市富贵金店给每位领导购买了一个生肖饰品，如果各位领导不满意的话，可以直接到店里去调换，我们是他们的老主顾了。"

樊童说着，示意田庄把肖一和王昆两位科长的黄金生肖饰品当着大家的面展示了一下，每件饰品大约有五六十克重。

肖、王两人有些愕然，心里直犯嘀咕："相互又不熟悉，他们怎么知道我们二人生肖的？难道他们有未卜先知的功能？况且下班前一个多小时，安洪祥才通知我们两人晚上一起赴宴的。"

樊童虽然看出了两人的疑惑，但只是"嘿嘿"干笑就是不说话。

大家相互寒暄客气一番后，坐在主陪位置上的樊童首先开口道："今天是个好日子，我们有幸邀请到了我们最最敬爱的安主任和市农村信用社的肖科长、王科长共进晚宴，在此，我代表滨城永泰寿险公司的全体干部员工表示感谢！今天的晚宴，七个人参加，安主任又提拔高升了，这杯酒咱们就分七口喝掉吧，七与提谐音。各位领导说怎么样？"

看到安洪祥等人没有提出太多的反对意见，樊童接着说道："这第一杯酒，祝贺安主任荣升为滨城市农村信用社主任。"

坐在主宾位置上的安洪祥有些不自然地纠正道："是副主任，主持工作的副主任。"

"安主任荣升为市农村信用社的主要负责人，充分体现了市委市政府的高瞻远瞩，合民情、顺民意、符民心。相信，在安主任的英明领导下，在在座两位科长的辅佐努力下，滨城市农村信用社一定会迎来更加辉煌灿烂的明天！我提议，这第二杯酒，祝我们敬爱的安主任身体健康，洪福齐天！"

七个高脚酒杯"当"的一声又碰到了一起。

"规定动作"进行完毕后，桌上的七个人开始了"自选动作"。樊童等永泰寿险公司的四个人，分别轮流单独跟市信用社的安洪祥等三个人喝，没多大工夫，四瓶五十三度的"飞天茅台"就底朝了天。除姚桐以外，其

第19章　姚桐"搞掂"安洪祥，永泰击败众对手

余六个人平均每人都超过了六两多酒，安洪祥喝得最多。

第五瓶酒打开还没开始喝，市农村信用社的肖一就趴在桌子上起不来了。田庄跑到洗手间吐完酒后回到酒桌上继续喝。

"肖、肖、肖科长，你、你、你的酒量太、太、太不行了，喝了多、多少，你、你就趴下了！"安洪祥说话也有些含混不清了。

"樊总，多少人请、请我，我、我都没赏光，你、你打听，打、打听杨松林，给、给我打、打、打了多少次电、电、电话了，我都没、没、没理他。"

安洪祥把手搭在姚桐的肩膀上，色迷迷地望着姚桐说："小、小姚是、是、是个人才，我、我、我们一定要支、支持她的工作。"

樊童、吴思远等三人忙不迭地应承道："安主任对我们永泰寿险公司高看一眼，厚爱有加，我们一定会铭记在心、知恩图报的。只要安主任信任我们，我们一定会全力以赴做好后勤保障和服务工作的。"

樊童虽然也有些醉了，但头脑还是十分清醒的。

看看肖一和王昆两人实在不行了，吴思远就安排田庄先把两人送回家，并嘱咐说送完两位科长后，就直接回家休息吧，不用再回酒店了。

送走两位科长，吴思远回到房间附在樊童的耳边小声请示道："安主任有些醉了，家属又不在身边，现在把他送回家不合适，不如找个地方喝点茶或做个足疗，等安主任酒醒了以后再送他回去。你说呢？"

樊童觉着吴思远说得有道理，就推了推坐在椅子上已经睡着了的安洪祥："安主任，咱们去做个足疗或喝杯茶醒醒酒？"

安洪祥嘟囔道："不喝！不喝了！"

过了一会儿，安洪祥的司机跟在姚桐的身后快步走进了房间，看了一眼烂醉如泥的安洪祥，提议道："还是找个KTV吼一吼吧，让安主任把酒吼出来兴许会好一些。"

大家都觉得有道理，就把安洪祥扶进车里，直接开到了滨城市最大的"今生有缘"KTV。

到了"今生有缘",樊童看了看手表,跟吴思远说:"十点多了,你先回去休息吧,回去太晚了,弟妹会对我有意见的。"

吴思远嘴上虽说"没事、没事",但心里巴不得转身就走。

"别犟了,早点回去休息吧。我们三个人早点晚点回家没关系,反正回去都是一个人。"

吴思远跟樊童客气了一下,就坐上车子直接回家了。

一进 KTV 歌厅,安洪祥酒好像一下子醒了一半似的,睁开眼睛看了看四周闪烁的灯光,脸上露出了孩子般的微笑。

借着酒劲,樊童放开嗓子连唱了三首,然后一屁股坐在沙发上直喘粗气。

安洪祥微微睁开眼睛问道:"怎么没声音了?唱嘛!"

姚桐用牙签叉了一块西瓜送到安洪祥的嘴边:"安主任,吃点水果。"

安洪祥一边打着酒嗝,一边往嘴里送着西瓜:"樊总,再唱,再唱。"

"我唱,那你们两个伴个舞怎么样?小姚在我们永泰公司可是跳舞皇后,舞跳得那是相当不错!"樊童说着,拿起话筒唱起了童安格的《其实你不懂我的心》。

安洪祥踉踉跄跄地站起来,朝姚桐做了个邀请的动作。

安洪祥握着姚桐的手越来越紧,身子靠得也越来越近。

有些醉意的姚桐挣扎了几次,就放弃了挣扎。

樊童跑进卫生间半天没有出来,听声音是在里面吐酒。

安洪祥趁机把姚桐拽进怀里,一只大手伸进了姚桐的衣服内,嘴里喃喃地说道:"我太喜欢你了!我太喜欢你了!以后信用社的业务都是你的了!"

听到卫生间门锁开启的声音,姚桐弹簧似的从安洪祥的大腿上弹了起来。

安洪祥十分不满地瞪了樊童一眼,多亏房间里的灯光昏暗,否则的话,樊童肯定会发现安洪祥那张被欲火焚烧得有些变形的脸。

第19章 姚桐"搞掂"安洪祥，永泰击败众对手

三个人一直唱到凌晨一点多钟才作罢。

回到家中的安洪祥躺在床上翻来覆去怎么也睡不着，姚桐的身影不停地在他眼前晃来晃去，直晃得他浑身痒痒，如百虫挠心。

"真是个尤物，真是个尤物啊！"安洪祥叹道。

"三十多岁还不结婚，是不是老天有意安排她在等我呢？对，一定是！"此时的安洪祥忽然想起前几年有位据传很灵的算命先生曾跟他说过，他命中注定交桃花运，在他人生的旅程上，有一位漂亮的女人在一直等着他……

安洪祥"嘿嘿嘿"地笑出了声音："当官真好！想怎么样就怎么样！喜欢谁就是谁！"

一连几天，安洪祥都在琢磨着用什么办法把信用社系统代理的业务全部或大部分转给永泰寿险公司，严格地说是转给姚桐，否则的话，自己的目的是达不到的，即使达到了，也不会长久。

安洪祥摸起办公桌上的电话把肖一和王昆叫了进来："昨天晚上你们两人喝得怎么样？没什么大事吧？"

"喝多了，从来没喝过那么多酒。"肖一和王昆感慨道。

"永泰寿险公司那帮人太热情了，跟他们做业务一样，有激情！"安洪祥称赞道。

"我看跟永泰寿险公司合作肯定没问题。永泰寿险公司比目前跟我们合作的永平公司要强百倍，办事大气！"肖一一边观察着安洪祥的表情，一边试探着说道。

"我也是这么认为的。以后全市信用社的银保业务应该好好梳理梳理，尽量集中集中，这样既好管理，也便于保险公司统一服务。"王昆附和道。

"抱着人家的'黄金狗'和'黄金猪'回家，不替人家说话能行吗？"肖一和王昆心里暗暗地想。

"这两天你们俩悄悄地把全市的银保业务仔细研究一下，看看去年各家公司的份额有多少，手续费是按什么比例支付的。抽时间咱们三个人再

碰个头商量商量。"安洪祥故意把"咱们"两个字说得语气很重。

第三天，肖一和王昆就把全市农村信用社代理业务的数量、品种、业务分布情况、手续费比例等信息汇总起来，报给了安洪祥。

安洪祥细细地看了看，吩咐道："你们俩再认真地商量一下，拿出一个切实可行的方案，逐步把全市的信用社代理业务尤其是滨城区的借贷险业务向永泰寿险公司倾斜一下，并且还不能让永平公司和那几家保险公司说出咱们的毛病来。"

又过了两天，安洪祥打电话给姚桐，让姚桐抽时间到他办公室一趟，他有事情要告诉她。

接到指令的姚桐，骑上木兰摩托车直奔市农村信用社。

姚桐到达市农村信用社时，办公室的刘洋告诉她，安主任刚出去，让她稍微等一会儿。

大约过了一个小时，安洪祥打电话告诉姚桐，说他家里临时有点急事，先回去了，如果姚桐方便的话，可以直接去宿舍找他，不方便的话，改天找他也行。

姚桐想了半天，最后推说她母亲过生日，晚上全家人要一起外出吃饭，拒绝了安洪祥的要求。

安洪祥悻悻地把电话挂断了，后悔自己不该耍小聪明。

考虑了半宿的姚桐，第二天一早就给安洪祥发短信，问他上午方便不方便，如果方便的话，她上午去办公室跟他汇报一下。

安洪祥只回了短短四个字："上午开会。"

下午三点多钟，姚桐直接去了市农村信用社，安洪祥刚睡完午觉起床。看样子，中午又喝了不少酒。

看到姚桐进来，安洪祥一阵窃喜，但他当着刘洋的面，极力装出一副不以为然的样子："啊，小姚来了？"

"我们樊总让我过来给您送份资料。"姚桐说着，从包里拿出了一摞永泰寿险公司的宣传资料和产品介绍。

第19章 姚桐"搞掂"安洪祥,永泰击败众对手

安洪祥瞅都没瞅把材料接过来,扔到了办公桌上。

刘洋给姚桐沏上茶水走出办公室后,安洪祥淡淡地说:"我初步打算下一步全市农村信用社的代理业务逐步向你们永泰寿险公司倾斜,但也不一定,因为市内那五六家保险公司都强烈要求跟信用社进行合作。我那个同学今天又给我打电话来了,请求我无论如何也得帮他一把。唉!"

姚桐撒娇地努了努嘴,说道:"啊哟,主任,不要那样嘛!您把业务多分给我们永泰寿险公司点,我们永泰寿险公司是不会忘记您的!一定会记住您的好的!"

安洪祥一语双关地问道:"怎么谢我?我可不缺钱!"

姚桐态度也有些暧昧地说:"您说怎么谢就怎么谢!"

像得到尚方宝剑的安洪祥猛地站起来,一把将姚桐揽了过来,一只散发着浓浓烟臭味的大嘴牢牢地贴上了姚桐那两片红红的嘴唇上,一只大手紧紧揽住姚桐的腰肢,另一只大手在姚桐的屁股上摸来摸去。

姚桐尽量躲闪着,既不能让安洪祥轻易得手,又不能不让他一点目的也达不到。

大汗淋漓的安洪祥终于用舌头撬开了姚桐的朱唇,吧嗒有声地吸吮着姚桐那散发着清新气息的、甜丝丝的朱舌。正在这时,楼道里传来了脚步的声音,由远而近。

气急败坏的安洪祥真想把门外的那位好像与自己结仇、来得不是时候的不速之客大骂一顿,可转念一想这是在办公室,而且是在上班时间,不是在自己家里。

敲门而进的是市农村信用社第二副主任牙松,说有急事要跟安洪祥进行汇报。

姚桐跟安洪祥和牙松打了声招呼,急急火火地告辞走了,走到半路上还感觉自己的嘴里臭烘烘的。

在安洪祥的授意下,永泰寿险公司如愿获得了与滨城区农村信用社独家合作的协议,保守估计一年也有八百至一千万元的代理业务,除支付信

用社百分之四十的代理手续费以外，永泰寿险公司一年最少从滨城区信用社获得五六百万元的代理业务。

签约仪式的当天，分管团体客户业务的东南永泰寿险公司副总经理战云开和省公司团体业务部经理何喜，行车三百多公里，专门到滨城参加了签字仪式，并设宴款待了滨城市及滨城区农村信用社的领导。

安洪祥推说身体不舒服，只喝了少量的干红葡萄酒。所以那天晚上，绝大多数参加晚宴的人都烂醉如泥，唯独安洪祥清醒如初。

宴会一结束，安洪祥借故晚上还要去见一位领导，没有参加永泰寿险公司特意安排的品茶活动，急匆匆地上车走了。

一回到家，安洪祥就进了浴室洗了一个热乎乎的澡，泡上一壶"龙井"茶，独自慢悠悠地喝了起来。

一壶茶未喝完，安洪祥就有些焦躁不安起来："说好了九点钟准时来，这都九点快一刻了怎么还不来？良宵一刻值千金，难道这点道理都不懂？"

"也难怪，人家还是一位姑娘，可能还没有过良宵一刻值千金的感受，所以不知道那事的美妙之处也就不足为奇了。怕就怕一旦体验上瘾了，整天纠缠着体验那可就麻烦了。俗话说，三十如狼，四十如虎嘛！"安洪祥想着想着，不知不觉地笑出了声音。

其实安洪祥约的人早已到了，她站在楼下远远地望着那扇亮着灯光的窗口，心里忐忑不安。

"上去还是不上去？一旦上去，安洪祥那个老流氓能放过我吗？如果自己再次爽约，安洪祥肯定会恼羞成怒的，双方刚刚签订的合作协议一定会成为一纸空文。难道自己还有其他选项吗？"

看到安洪祥走到窗前向下观望，姚桐又迅速地躲进了楼下的那棵雪松后面。

"五六百万元的代理业务，对于一个年保费收入只有四五千万元的滨城永泰寿险公司来说，那可是一个举足轻重的数字，否则的话，晚宴上战云开、樊童那些人也不会主动走到自己身边，又是敬酒又是表扬，那荣耀

第19章　姚桐"搞掂"安洪祥,永泰击败众对手

可是公司里绝大多数人一辈子也享受不到的。"

姚桐清楚地记得,晚宴进行到一半时,樊童把她叫到房间外面,当场承诺给她五万元的一次性奖励,业务入账后,百分之八的手续费公司也一分不少的兑付给她。

"五百万元的业务,仅手续费就四十多万元,跟过去在纺织公司做挡车工时一月二百元不到的工资相比,那可是个天文数字呀!一笔业务收入相当于一个挡车工二百年的工资总收入。"想着想着,姚桐激动得全身冒汗,酒好像也消了不少。

窗口上又出现了安洪祥的身影,看样子有些焦躁不安,又有些气急败坏。

"上去,干吗不上去呢?人生不就是那么回事吗?"姚桐义无反顾地按响了三楼的门铃。

门铃只响了一声,三楼的主人连问是谁都没问,就把楼道的防盗门打开了。

姚桐轻轻地往上走着,她实在不愿意让脚步声"惊醒"楼梯里的灯光,对她来说,此时一切光明都是多余的、令人生厌的。

姚桐门也没敲就快速闪进了那扇虚掩着的门里,身体还没有完全转过来,一双大手就紧紧地把她从后面揽住了,揽得她都有些窒息了。

"轻一点,让我换上拖鞋嘛!"姚桐用力说道。

后面的大手终于松开了。

"怎么才来?不是说好九点钟吗?你看这都几点了?"

"第一次到你家里来,我怎么也得收拾一下吧?"

"这还差不多!不过时间也有些太长了!"

"你坐车,我步行,两条腿能赶上汽车轮子?你以为我是解放军呀?"

"从酒店到我这里也不过二里地,再怎么着也用不着一个小时呀!这么长时间,我都等得有些受不了了!"

"你以为这院子那么好进呀?熟人那么多,怎么我也得观察观察吧?"

"想不到你还挺有经验的！在哪儿学的?"

"干我们这一行的，什么知识不得学?"

"想不到营销员还那么锻炼人！个个都学得猴精猴精的！"

"不都是让你们这些人训练出来的?"姚桐的话还没有说完，那两只粗壮的大手又紧紧地把她裹住了。

两只大手像两条粗大的蛇，穿过厚厚的衣服在姚桐的身上游离着，让她心神荡漾，又有些不能自拔。

一件，两件，三件……

安洪祥把最后那件紧裹在姚桐肥硕臀部上的红色小内裤撕扯了下来，有些粗暴，又有些急不可耐。

安洪祥仔细欣赏着近在咫尺的那个雪白、丰腴、滑润、凹凸有致的胴体，像观看一部充满悬疑的进口大片，又像是欣赏一件失而复得的艺术品，直感觉心神荡漾、热血上涌。

安洪祥"扑通"一声跪倒在床下，是激动、亢奋，还是羞愧、害怕？可能只有他自己才知道。

第 20 章

苏岚大闹信用社，姚桐如意嫁郎君

为了统一管理保险代理业务，滨城市农村信用社自上而下成立了保险业务代理部，肖一任保险代理部经理，全面负责市农村信用社系统保险代理业务的招投标、客户服务和资金管理。

保险代理部成立的当天，安洪祥在全市农村信用社保险代理业务工作会议上，对下一步信用社系统保险代理工作提出了五点要求：一是要加强管理，规范流程；二是要公开公平，充分竞争；三是要重点突出，有所侧重；四是要扩大合作，加强运作；五是要制定目标，提高效益。

对安洪祥提出的五点要求，肖一认真进行了记录，尤其对重点突出、有所侧重的一点，他感觉自己理解得十分透彻，那就是加强与滨城永泰寿险公司的合作，夯实永泰寿险公司在滨城市农村信用社业务代理中的主渠道地位。

按照全社保险代理工作会议精神，肖一立即制定出了保险代理工作三年规划，并向安洪祥等信用社领导进行了专题汇报。

听完肖一的汇报，安洪祥首先进行了发言，对肖一的规划方案特别是夯实合作主渠道的建议提出了表扬。

安洪祥一语定性，其他三位副主任也就不好再说什么了，但在如此重要的会议上，如果自己不说点什么，那既显得没有水平，也好像对新上任主任的工作不支持。于是三个副主任轻描淡写地讲了自己的一些看法，集中起来无非两点：一是拓宽合作渠道，不能在一棵树上吊死；二是代理资金不能全部入账，多少得留点"活钱"。

专题会议结束后，安洪祥单独把肖一留下进行了进一步的交代：一是在保证永泰寿险公司合作主渠道的同时，要尽量营造出公开、公平的竞争氛围；二是对业务代理费用要统筹安排，按照三个三分之一的原则进行规划使用。即三分之一作为代理收入入账；三分之一用于职工福利；三分之一纳入"预算外"管理，以备急需时使用。

经过认真考虑和平衡，安洪祥和肖一对辖属的五个县区信用社的代理重点进行了划分，滨城和滨西两个县区社，以代理永泰寿险公司的产品为主，偏远的三个县社以代理永平等其他两家公司的产品为主。

滨西虽是一个农业县，工业不够发达，但人口多，是除滨城区信用社以外业务规模最大的一个县级社，估计一年可代理保险业务三百多万元，其他三个县级信用社，估计全年保险代理业务收入五百万元左右。

滨城信用社保险代理业务议标工作会议一结束，杨松林立即召集总经理室成员及团险部、营销部等有关部门负责人开会，总结为什么在全市农村信用社系统项目招投标方面突然败给永泰寿险公司的原因。

杨松林说："跟市农村信用社系统合作关系最为密切的应该是我们永平公司，在滨西等其他四个县信用社未代理保险业务的时候，滨城区信用社每年就为我们永平公司代理三四百万元的业务了。可以说，在跟信用社系统业务合作方面我们占尽了天时、地利、人和的优势，可为什么在这么一个最有把握获胜的项目上，我们输给了永泰寿险公司？这不能不值得我们深思和检讨……"

杨松林满怀沮丧地讲了二十多分钟，汪江河、叶水仙、司号声、张扬等人顺着杨松林的话题展开了讨论。

有人说："永泰寿险公司付给信用社的代理手续费太高，业务估计没什么赚头。"

有人说："永泰寿险公司做通了市主要领导的工作，市领导给信用社施加了很大的压力。"

有人说:"在安洪祥职务升迁问题上,永泰寿险公司出了很大的力,在业务代理方面倾向于永泰公司,是安洪祥投桃报李。"

有人说:"永泰寿险公司某个营销员的亲戚在省农村信用社当副主任,那位副主任为业务合作的事还专门来过滨城一趟。"

还有人说:"永泰寿险公司给安洪祥及主管代理业务的部门负责人送了重金,钱是通过"阴阳单"的形式做出来的。"

大家七嘴八舌,不一而论。

杨松林眉头紧蹙着,不耐烦地摆了摆手:"捕风捉影的事情大家不要再说了,一旦传到信用社领导们的耳朵里,别说是提高业务代理份额了,就是现有的份额可能也保不住。"

最后杨松林对参加会议的人员尤其是团险部、营销部、续收部等部门的负责人提出了三点要求:一是维护好与信用社系统各业务代理网点的关系,树立永平公司良好的品牌形象;二是查清永泰寿险公司的竞争策略,有针对性地制定公关措施;三是进一步加大市场公关力度,在保持好与滨城区信用社有关人员良好个人关系的同时,加强与市农村信用社领导尤其是与安洪祥的沟通与联系。

在永平公司组织召开检讨会的同时,永泰寿险公司也在组织由公司全体部门经理参加的经验总结会,会上,樊童和吴思远等人喜形于色。

樊童说:"在滨城市农村信用社系统代理业务的公关拓展方面,我们永泰寿险公司可以说是大获全胜,经验值得总结,典型值得树立,姚经理本人值得表扬。"

吴思远立即接口说:"为了攻克这个项目,姚桐经理调动了一切可能调动的资源,全力以赴靠上做工作,真诚和敬业感动了市信用社领导,也为我们在业务竞争中争得了先机。"

"是啊!在信用社系统这个项目的公关和拓展方面,姚桐经理功不可没。为了奖励姚桐同志在信用社业务代理方面取得的成绩,总经理室研究决定，上报省公司，把姚桐经理转为公司的正式员工。同时，成立银行业务部，专门负责银行代理业务合作与维护工作，姚桐同志兼任经理。"

"最后，让我们以热烈的掌声，请银行业务部经理姚桐同志谈谈自己在信用社业务拓展方面的体会和经验。"樊童提议道。

姚桐坚持说没什么经验可介绍的，表情有些怪怪的。

"怎么介绍呢？说自己跟安洪祥睡觉了？业务是用自己的身体换来的？"姚桐暗暗地想。

"是不是姚经理嫌大家的掌声不够热烈呀？那大家再热烈一些！"田庄起哄道。

看看实在逃脱不过去了，姚桐只好厚着脸皮介绍了自己是如何搜集信息、如何调动自己现有的一些资源、如何锲而不舍地靠上做工作的。此时的姚桐心里明白，如果自己不讲得真实生动一些，公司上下谁也不会相信仅仅跟安洪祥是一个八竿子够不着的远房亲戚关系，就能把市信用社这么大的一个客户公关下来，更何况自己跟安洪祥之间压根就没有自己说的亲戚关系。

虽然姚桐说得头头是道，因为她把早已编织好的故事情节在心里不知复述了多少遍，但无论是参加当天总结会的还是没参加当天总结会的，都对姚桐的说辞持一种怀疑态度，梅花雪就是其中之一。

自从姚桐与梅花雪因为转正问题大打出手之后，两人就互不理睬，形同陌路。

梅花雪虽然有一定的社会资源，年保费收入在营销员当中一直排名前几位，但与公司内部人员沟通得不多，公司组织的各类活动也不积极参加，为争抢业务还相继跟七八个营销员发生过争执。身为营销团队长，梅花雪只顾着自己做业务，很少陪自己团队的营销员拜访客户、一起展业，甚至团队里的营销员把自己客户的信息告诉她后，她竟然背着营销员偷偷私会客户，争夺业务。因此，营销员们私下里送她了两个绰号——"老巫婆"、"老私"。

第20章 苏岚大闹信用社，姚桐如意嫁郎君

梅花雪还有一个比较明显的特点，就是爱打听事，听到街头巷尾的传闻就亢奋，所以梅花雪所带团队的营销员数量越来越少，但她对此并不介意。梅花雪认为，营销团队长是一个没什么"油水"的"芝麻粒子官"，付出得多，回报得少，当与不当没什么影响，只要自己有钱赚就行。自从转为公司的正式员工以后，团队的大事小事，梅花雪就更懒得打理了。

梅花雪坐在会议室的一角，与其说是用一种审视的眼光，不如说是用一种鄙视的眼神瞅着姚桐："你就在那里瞎掰吧，信用社那个项目天知道你是用什么办法做下来的，十有八九不是用脑子做下来的，而是用屁股攻下来的。"

自从有了滨城信用社那个客户后，姚桐基本上就不去拓展那些出力不少、收益很小的散单业务了。一是精力跟不上。既要做好信用社代理客户的维护工作，又要做好安洪祥的服务工作，确实没有时间和精力。二是没有必要。仅滨城区信用社代理的业务，手续费就超过了四十万元。滨西信用社代理的业务，她不需要去维护和服务，也要从中收取百分之三的业务提成，因为市信用社的肖一曾对樊童等人公开明示过。对于职工月平均工资只有区区五六百元的滨城市来说，年收入五十万元，对全市绝大多数人来讲，那绝对是一个想都不敢想的天文数字。

按照行业内不成文的规矩，营销员的业务提成自己是不能独享的，其中的百分之三十至四十甚至更高比例的钱，是需要拿出来付给那些帮助自己做工作或者具体分管保险业务主管部门负责人的，否则的话，业务很有可能被那些"会办事"或者是"办事大方"的人竞争了去的。但姚桐不需要，因为她是安洪祥的亲戚，跟肖一也七拐八转地攀上了亲戚，不仅安洪祥特别进行了交代，就是不交代，主任的要紧亲戚，她送的钱物谁敢要？

腰包里有钱了，姚桐花销也逐渐大方了起来：衣服买了一套又一套，背包换了一款又一款，化妆品试了一种又一种。

"只要安洪祥看着高兴，把他伺候舒服了，钱还愁不滚滚而来？"姚桐时常这样想。

姚桐与安洪祥约会的频率越来越高，几个月下来，姚桐感觉有些离不开他了。

安洪祥虽然年龄比姚桐大十五六岁，儿子也快大学毕业了，且比较好色，但姚桐感觉安洪祥对她很好，更重要的是他手中掌握大量的资源，只要把他伺候舒服了，或者两个人有一天能走在一起的话，一辈子可以说是荣华富贵、吃穿无忧。

姚桐也想过跟安洪祥交往可能会有暴露的那一天，事情一旦败露，身败名裂在所难免。但此时的姚桐认为，既然跟安洪祥已经迈出那一步了，自己已没有退路可走了。

姚桐不止一次地这样想过：即使以后跟安洪祥没有结果，但只要有一百万元甚至更多的积蓄，脱离营销员那个行业，去干一件自己喜欢干的事情，哪怕是开一家小型店铺，找个中意的人嫁出去，那么多年的付出和等待也就值了。每每想到这些，姚桐也就感到释然了。

永泰寿险东南省公司关于批准姚桐转为公司正式员工的批复到达滨城市公司后，樊童和田庄煞有介事地跟姚桐谈了一次话，内容无非是对姚桐前期的工作尤其是在滨城市农村信用社项目合作方面的贡献给予了充分肯定，对她由营销员转为公司的正式员工表示了祝贺，对下一步的工作尤其是在做好滨城市农村信用社系统项目拓展和客户服务方面提出了更严格的要求。两人一唱一合，像演双簧似的。

在省公司转正批复未正式下发之前，姚桐天天盼着有朝一日成为公司的正式员工，老有所养，病有所医，身份不再矮半截，福利不用分半份。可省公司的正式批复下来了以后，她心里反倒有一种无所谓的感觉，因为从营销员转为公司的正式员工，对她本人来讲那是理所当然的事情。

"要不是自己的付出和努力，永泰寿险公司凭什么能打败众多竞争对手而成为信用社业务代理主渠道公司呢？"姚桐越是这样想，越感觉公司给她的一切都是应该的。

从营销员办公室出来，正好遇上迎面走过来的梅花雪。

第20章 苏岚大闹信用社,姚桐如意嫁郎君

姚桐故意把头抬得高高的、跟一同走出办公室的朱含韵说:"朱姐,我怎么突然感觉不想转正了,当营销员多好,上班自由,提成还高。什么养老保险、医疗保险的,有没有的无所谓,只要有了钱,还愁没钱吃饭、没钱看病吗?"

梅花雪回头望了望有些得意的姚桐,暗暗骂道:"骚货,看把你浪的!你不就是仗着跟安洪祥相好把信用社那个业务做下来了才有资格转正吗?臭美什么?我看以后你别叫姚桐了,干脆改名叫'窑姐'算了!我呸!"

虽然知道姚桐那话是故意说给梅花雪听的,但朱含韵还是感觉心里酸溜溜的:想想自己在永泰寿险公司干了那么多年,业绩虽然不如姚桐、叶茂盛、梅花雪那些人,但自从来公司后一直从事营销员管理工作,工作兢兢业业,不计个人得失,公司营销队伍也由最初的几十人发展到现在的几百人,不敢说自己功劳有多大,但起码苦劳还是有的。看看跟自己一起来公司、年龄比自己小的营销员一个个都转成公司的正式员工了,自己还是一名营销员,朱含韵感觉有些心灰意冷了。

发现朱含韵脸色不太好看,姚桐意识到自己刚才说的话可能刺痛了朱含韵,马上笑嘻嘻地上前搂住了朱含韵的肩膀。

"刚才我是故意气梅花雪那个'自私鬼'的,你可别往心里头去呀!"

朱含韵淡淡地笑了笑:"说哪里话?我还能抬你的话?老梅那人是自私了点,但本质不坏,以后你们两个人就别你刚我强的了,都是干营销员出身的,没必要把关系搞得那么僵。"

姚桐说:"我不是因为转正那件事记她的仇,主要信用社那个客户公关下来以后,她老是嫉妒我,到处败坏我,有时见了她,真想上去给她一个大嘴巴子!"

朱含韵劝道:"嘴长在人家脸上,怎么说是人家的事情,只要人家不指名道姓地说,你就别自寻烦恼了。清者自清呀!"

姚桐嘴巴张了张,没有说出话来。

安洪祥与姚桐"有一腿"的消息三传两传就传到了安洪祥的妻子苏岚

· 235 ·

的耳朵里，苏岚每次追问安洪祥到底有没有那么回事时，安洪祥都是一口否认，并对天发誓：要是真有那回事，天打五雷轰！

苏岚有时候也想，丈夫被提拔为主持工作的市农村信用社副主任后，肯定有人嫉妒加记恨，造谣中伤往往是打击竞争对手的最有效办法。跟安洪祥结婚二十多年来，苏岚自知对丈夫还是比较了解的：有点好色，但不贪财，否则的话，当了那么多年的滨城区农村信用社主任，家里还住着过去单位分的房改房。

"男人没有钱，怎么去养女人？况且像丈夫那种要长相没长相、要年龄没年龄的男人。"苏岚不只一次地这样劝慰自己。

安洪祥知道有人把他跟姚桐相好的信息有意识或无意识地透露给了苏岚，也知道苏岚曾私下里把刘洋找去询问了半天，因为刘洋是苏岚的姨家表弟，劳动技校毕业后，还是苏岚硬逼着安洪祥把学历、条件都不符合的刘洋安排到了滨城区农村信用社工作。

起初安洪祥并不想把刘洋这么一颗"炸弹"留在自己身边，生怕自己的一举一动都在妻子的监控范围内，可时间一长他发现，刘洋并不是他起初想象的那种好事之人，年龄虽然不大，学历也不高，但性格比较内向，办事比较老成，对自己是言听计从，忠心耿耿，对公司的任何事情尤其是安洪祥的事情从不对苏岚多讲。

为了打消妻子的顾虑，安洪祥调任市农村信用社副主任后，就把刘洋一起借调到了市信用社办公室，一是为了讨好苏岚，让她对自己放心；二是为了在市信用社内部安插一个耳目，以便能够掌握更多的信息，他知道市信用社一向是一个不怎么安定的地方。

为了不给妻子留下一点蛛丝马迹，安洪祥一般是不会让姚桐到他住的宿舍里的：一是楼上住的都是市区信用社的人，很多人又与姚桐认识，把一个女人往老婆不在的家里带，无论如何也难免不被人怀疑说闲话；二是妻子经常进行"突击检查"，而苏岚又是那种嗅觉、视觉都很敏感的女人，一旦让她发现点什么，那可是很难安抚下来的。所以，安洪祥跟姚桐约会

第20章 苏岚大闹信用社，姚桐如意嫁郎君

的地点，要么是安排在宾馆里，要么是到外出开会的时候，偶尔也会在安洪祥的办公室里，因为办公室最里面的一间就是一个休息室，休息室里一应俱全。

那天安洪祥中午喝了点酒刚回办公室，正好在一楼遇上了来信用社取支票的姚桐。

姚桐跟着安洪祥一进办公室，就被安洪祥抱住亲个没完没了。

说来也巧，苏岚搭乘单位的一个便车来滨城办事，顺便想找安洪祥商量点事。那天中午刘洋请假陪外地来滨城办事的一个同学到海边玩去了，办公室的其他几个人正好也不在工作岗位上，苏岚就直接去了安洪祥的办公室，因为安洪祥调任市信用社副主任时，为了当着妻子的面显摆一下，就利用星期天妻子来滨城"拥军"的机会，带苏岚到办公室里转了一圈，所以苏岚知道安洪祥办公室的位置。

苏岚推了一下门，门是锁着的。

苏岚使劲敲了敲门，她感觉安洪祥就在办公室里面，因为在楼下她看到安洪祥的车就停放在办公楼最显眼的位置。

"谁啊？"安洪祥朝姚桐使了个眼色，非常不满地开了门。

打开房门的安洪祥脸色立即变了："你，你，你怎么来了？"

苏岚望着衣服有些凌乱、神情极不自然的姚桐："这位就是人们传说中的'窑姐'吧？"

姚桐一怔，立即明白了眼前这位个头虽矮、但极具威严的女人是谁了。

姚桐毕竟营销员干了多年，跟什么样的客户都打过交道，在突如其来的事故处理方面有一定的经验。

"这位是嫂子吧？我是永泰寿险公司的姚桐，今天专程来安主任这里取支票的。"姚桐说着，主动伸出手想跟苏岚握一下。

"是吗？不光是来取支票的吧？还取别的东西吧？"苏岚双手抱在胸前，冷冷地问道。

"你胡说些什么？"安洪祥装出一副严厉的样子呵斥道。

"你闭嘴！说什么你们不明白吗？"苏岚眼睛瞪得老大，语气中透着一股杀气。

"我有事先走了。"姚桐拿起包一路小跑地离开了安洪祥的办公室。

苏岚追到办公室门口，对着姚桐的背影骂道："小狐狸精，下次再遇到你，非劈死你不可！"

苏岚把门一关，厉声问道："安洪祥，现在你还有什么话可说？"

安洪祥装出一副无辜的样子："你让我说什么？人家保险公司的人来我办公室办事不很正常吗？你发什么疯？"

"办事还需要关门吗？你以为我眼瞎看不出来？"苏岚说着把安洪祥办公桌上的文件扔了一地，椅子踹得东倒西歪，安洪祥十分喜欢的一把宜兴紫砂壶也被摔了个稀巴烂……

"你疯了？这是办公室，不是在家里。"安洪祥上前制止道。

苏岚上前抓住安洪祥就连挠带咬，安洪祥左腮上立即现出了三条长长的红印子。

气愤至极的安洪祥恼怒地把苏岚推倒在地，苏岚顺势坐在地上撒起泼来。

安洪祥生怕隔壁办公室的人听见，"扑腾"一声跪倒在苏岚面前："姑奶奶，你是不是不想让我当这个主任了？你这么一闹腾，全滨城市都知道了，你脸上很有光是不是？"

"你说，你跟那个狐狸精到底有没有那回事？"苏岚一边抹着眼泪，一边质问道。

"我好不容易当上市信用社的主要负责人，就是有那个心我有那个胆吗？我不为别的着想，我还得为我的政治前途着想啊！"

"既然你们俩没什么事，那个小狐狸精吓得跑什么？"

"你一上来就发泼，谁见了不害怕？"

"你俩要是没关系，她老往你这里跑什么？"

"人家跟我们信用社有业务合作关系，人家不来怎么合作？况且人家

第20章 苏岚大闹信用社，姚桐如意嫁郎君

小姚来信用社也不是为了找我，而是找、找、找……"

"找谁？怎么结巴了？说不出来了？"苏岚不依不饶。

"她来主要是为了找刘洋，她跟刘洋正在谈对象。"安洪祥说出这话的时候，自己也吓了一跳，心想："我怎么收场呢？"

苏岚停止了哭泣，有些不相信地瞪着安洪祥。

"刘洋呢？你把他叫过来，我问问他是不是那么回事。"苏岚命令道。

"他今天请假了。今天你先回去，过两天我让他去见你。"

看到苏岚有赖着不走的意思，安洪祥立即装出十分为难的样子："我来市信用社当主任，很多人心里不服气，总想把我从这个位置整下来，唯恐找不到我的毛病。你这可好，来给他们帮忙来了！"

安洪祥停了停，接着说道："你今天回去的话，我让司机把你送回去。你要是不回去，晚上市领导请客我也不参加了，直接回家吃饭。"

苏岚从地上站起来，拍打着身上的尘土："喝喝喝，怎么不喝死你们？"说着，背起扔在沙发上的皮包，气呼呼地出了门。

苏岚一走，牙松笑哈哈地走了进来："弟妹来了？怎么马上又走了？啊呀，主任，你脸上怎么了？"

安洪祥装出若无其事的样子说道："她的一个农村亲戚的孩子今年高中毕业了，要来咱们信用社上班，找我七八次了，我都没答应，谁知他们又让苏岚直接来单位找我，我不答应，她就又哭又闹的。唉！女人呀，一点大局观念都没有。"

"主任你太讲原则了，我们以后得好好向你学习学习。"

牙松嘴上虽然这样讲，心里却想："哼，你他妈的把我当傻子了？你那点破事谁不知道？地球人都知道！"

牙松一走，安洪祥立即把驾驶员叫进办公室，让驾驶员尽快想办法把刘洋叫回来，说有急事要找他。

刘洋一回来，安洪祥就跟他进行了自到信用社上班以来的最长的一次谈话，最后拐弯抹角地谈到了姚桐身上。

安洪祥说："我之所以在业务发展方面帮助姚桐，主要是想帮助你刘洋，因为我感觉你跟姚桐是天生的一对。"

看着刘洋吃惊的样子，安洪祥又说道："姚桐虽然比你大四五岁，但人家单位不错，收入又高。你从小没了父亲，家里又很贫穷，二十六七岁了也还没找到一个十分合适的对象。如果你同意，并且公开恋情，我保证业务发展方面继续帮助姚桐，只要信用社这个大业务在，你们每年就有几十万元的固定收入。"安洪祥软硬兼施，硬逼着刘洋答应。

刘洋对安洪祥这种安排很不情愿：一是感觉两人年龄差距太大；二是自己也隐隐约约地听人们议论说，姚桐跟安洪祥的关系有些不清不楚；三是自己跟滨城区信用社的一个综合柜员正在谈着，虽恋情没有公开，但进展良好。

刘洋本来就是一个胆子较小的人，自己又是安洪祥安排进信用社的，他知道，以后要在事业上有所发展，如果离开了安洪祥的提携，那是万万不可能的。

刘洋虽然对姚桐不太满意，而且猜测姚桐很有可能早已是安洪祥的人了，但他害怕自己不服从安洪祥安排的话，以后很难在安洪祥那里得到支持和帮助。

对安洪祥来说，把姚桐让给刘洋他也心有不甘，但既然鬼使神差地说出姚桐跟刘洋谈恋爱的话，就必须让苏岚相信那是真的。另一方面，牙松那几个老市信用社的人对自己主持市信用社工作就心存不满，认为自己顶了他们的位置，暗地里收集他的黑材料，如果他在这件事情上不尽快摆平的话，那自己在这场你死我活的斗争中就被动了。如果刘洋真的与姚桐好上了，那肯定就会死死封住了单位里那些好事者的嘴：自己只不过在业务合作方面照顾了一下自己的亲戚而已，自己再浑，也不可能跟媳妇的表弟抢女人；刘洋再糊涂，也不可能要一个被上司兼表姐夫丢弃的东西；即使以后姚桐跟刘洋成家过日子了，只要他安洪祥需要，她敢不听从吗？

安洪祥想着想着，不禁被自己的智慧折服了，心里有说不出的痛快。

第20章　苏岚大闹信用社，姚桐如意嫁郎君

姚桐自从第一次见到刘洋后，心里就深深地被他吸引了，可自己做梦也没有想到，这门亲事竟然是自己的"相好"安洪祥亲自给自己介绍或者说是硬压着刘洋答应的。

起初姚桐感觉这样做对不起刘洋，可转念一想，如果错过这次机会的话，自己这一辈子可能再也找不到像刘洋这样令自己心仪的人了，而且如果不这样做的话，自己这辈子很难摆脱安洪祥的纠缠，与市信用社的业务合作关系也不可能稳固。

"虽然他没有得到女人最珍贵的东西，但他可以得到经济上的补偿，况且那珍贵的东西是被他的上司加亲戚夺去的，那责任为什么让我一个弱女子来承担呢？人活在世上，谁不自私？"姚桐想到这些，心里自然就坦然了许多。

虽然这样想，但姚桐还是或多或少地带有一定负疚感，所以在跟刘洋交往的过程中，她对刘洋就格外细心和体贴，在经济上也从不吝啬钱财，深得刘洋母亲的喜爱，很快就到了谈婚论嫁的地步。

刘洋跟姚桐的婚期一公布，很多想整安洪祥黑材料的人立即闭嘴败下阵来。

第21章

朱含韵错失牵手，叶茂盛受聘改行

看着姚桐与刘洋你欢我爱的样子，最难受的当数安洪祥了，时间一长，不免心中产生出了诸多怨恨：他恨苏岚去单位大吵大闹，恨牙松等人千方百计想置自己于死地，恨因达不到个人目的而到处散布自己负面言论的人，更恨自己鬼使神差地把自己心爱的女人拱手让与他人……

元旦之前，刘洋和姚桐挑选了一个好日子，在"再生缘"大酒店大摆四十桌，宴请亲朋好友、领导同事以及部分重要客户。安洪祥借故未出席当天的宴会，因为他实在不愿意看到姚桐挽着刘洋的手，站在他的面前。

婚宴结束后，喝了不少酒的马良驹坚持要到朱含韵的家里坐一坐，说有重要事情要跟朱含韵商量。朱含韵虽然不太情愿，但也不便拒绝。

朱含韵跟马良驹一边喝着茶，一边东一句西一句地聊着。

"毛毛高考后，你准备怎么办？"马良驹冷不丁地问了一句。

朱含韵有些诧异地看着马良驹，反问道："孩子高考咱又替代不了，还能怎么办？"

"我不是那个意思。我是说姚桐都已经结婚了，你对你个人问题是怎么考虑的？"

"那事我还真没怎么考虑过。等孩子高考完了以后再说吧。"

"亚南大哥去世都那么长时间了，你个人的事从来就没考虑过？"

"老毛临走的时候一再叮嘱我，一定要培养好毛毛，将来做一个对社

第21章 朱含韵错失牵手，叶茂盛受聘改行

会有用的人。个人问题，我想等毛毛考上大学以后再说，别因为大人的事情而影响孩子的学习。"

马良驹一听，有些着急了，情不自禁地抓住了朱含韵的手："含韵，我们都是四十多岁的人了，正是应该享受生活的时候，为什么非要等这等那呢？人这一辈子能有几个四十岁？"

朱含韵用力把手从马良驹紧握的手中抽回来，神情显然有些紧张："老马，今晚上你酒喝得不少，还是早点回家休息吧，这事咱们以后再说好吗？"

"既然话已经挑明了，我也不怕你笑话了。"借着酒力，马良驹滔滔不绝地说开了。

"这些年干保险，积累了不少客户，有几个关系不错的客户整天张罗着给我介绍对象，有结过婚的，也有没结过婚的，我连看都没去看，为什么？你心里应该明白。这两年你在业务发展方面没少帮我，我很感激你，总想帮帮你，可你是一个很要强的人，不轻易接受别人对你的帮助。前两天我跟石强大哥闲聊起你的时候，石强大哥一个劲地叹气，让我好好劝导劝导你，早日考虑一下个人问题，还让我多帮帮你。这么多年，咱俩在业务合作方面配合得不错，为什么不能在个人生活方面向前迈一步呢？如果你觉着我这个人不是你想找的那种人，你说出来，我也就死心了；如果你觉着我这个人还是一个可依托之人，你也给我一个痛快话，别让我一直生活在梦幻中……"

马良驹把憋了很久的话一股脑儿地倒了出来，顿感心里痛快了许多。

朱含韵主动握住马良驹的手，十分动情地说："我知道你对我好，这些年没少关照我们一家子，我从心里感激你。你知道，我是一个很保守的人，老毛虽然已经走了两年多了，但我感觉自己还没缓过劲来，我还没有为重新建立家庭做好准备。"

"还准备什么？你感觉我们还有很多时间准备吗？"马良驹无奈地摇着头。

"你容我再想想,容我再想想。"朱含韵躲闪着马良驹火辣辣的眼睛,喃喃地说道。

两个人呆呆地坐了很长时间,没有说话,只是一个劲地喝茶。

"唉!"马良驹长叹了一口气,起身走了。

看着马良驹出门的背影,朱含韵忽然又想起了毛亚南那略显驼背的背影。

朱含韵和马良驹跟往常一样,相互给对方代理业务,但两人的关系没有实质性的进展。

借去市车管所送保单的机会,马良驹去石强的办公室里坐了坐。

"大哥,含韵对我是不是不来电?为什么一提起那事,她就躲躲闪闪的?独守空房的日子,她能忍受,我可忍受不了了呀!"

石强笑着说:"哪儿能啊。她对你可是很有好感、十分信任的,否则的话,她也不会把从我这里做的业务全部放到你那里出单,多少人想找她合作业务代理的事情,她都没答应。你再容她一段时间考虑考虑,这事可急不得!"

"这两年多亏她给我代理业务,否则的话,像转正这样的好事怎么也轮不到我马良驹的头上,领导们有多少亲朋好友需要照顾。含韵是一个有主见、办事干练的人,可在个人问题上我感觉有些黏糊,真搞不懂!唉!"马良驹长长地叹了一口气。

石强劝道:"含韵那个人我了解,重感情,较固执,别看她中专毕业,在省城读过书,可思想传统得很,极有可能还没有从亚南去世的阴影里走出来,过两天我再劝劝她。"

石强借去看朱含韵父母的机会,简单地了解了一下朱含韵的想法。通过与朱含韵父母交谈,石强分析朱含韵之所以一直没答应马良驹,可能有几个方面的原因:一是与毛亚南感情较好,毛亚南三年坟还没上,就着急上火地嫁人,心理上感觉说不过去;二是毛毛很快就参加高考了,在这个节骨眼上急着组织家庭,怕影响孩子的情绪和学习;三是马良驹长得一表

第 21 章　朱含韵错失牵手，叶茂盛受聘改行

人才，年龄又比她小，可能心理有压力；四是马良驹还有一个十四五岁的女孩，正处于青春叛逆期，朱含韵可能怕自己后妈当不好，让马良驹左右为难。

一晃一个月又过去了，十多天没见朱含韵的马良驹拿起手机按上了朱含韵的电话号码，考虑了很久，又无奈地放回到了面前的茶几上。一天内那个熟悉的号码他不知按上过多少次，但每次不是不按接通键，就是拨通后又马上取消，越是刮风下雨无法外出展业的日子，他的心情越是烦躁。

"叮铃铃、叮铃铃"，茶几上的手机，不停地闪着光亮、响个不停。

马良驹拿起手机刚"喂"了一声，电话那头就传来了一个女人急促的声音。

"马经理，我是严晴晴，我们家老李刚才开车去滨西的路上，跟一辆大货车相撞了，你快通知你们公司的理赔人员去现场看看吧。"

严晴晴是马良驹的一个客户，她们家的财产保险、人寿保险都是马良驹帮助办理的，所以两人关系很熟。几个月以前，严晴晴还跟马良驹开玩笑说，要不要请她帮忙给介绍个对象。

马良驹简单地询问了一下事故基本情况后，就迅速替那位叫严晴晴的客户报了案，并开车直奔事故现场。

事故现场一片狼藉，公司的理赔查勘人员正配合公安交警大队的干警们测量事故现场。从严晴晴丈夫驾驶的帕萨特轿车损坏程度和现场人员的描述中，马良驹判断当事人伤势应该较为严重。

马良驹调转车头，直奔市人民医院。据现场人员介绍，伤者是被市人民医院的救护车拉走的。

马良驹的车直接开到了市人民医院急救中心，远远看见严晴晴站在急救室的门口焦急地走来走去。

大约又过了半个多小时，从急救室里走出一名医生，对着站在门口着的人群喊道："谁是李伦的家属？"

那名医生对走到自己面前的严晴晴说："对不起，没抢救过来，准备

后事吧！"严晴晴一听，立即瘫坐在了地上。

严晴晴和李伦都是甘肃人，六年前从甘肃一起来到滨城，两人在滨城基本上没什么亲戚。

马良驹帮助严晴晴料理完李伦的丧事后，又帮她完成了李伦保险的各项理赔工作，前前后后忙活了二三十天。当马良驹陪同刚刚升任永泰财险滨城中心支公司总经理的王唯利把二十万元现金支票送到严晴晴家中的时候，严晴晴禁不住号啕大哭起来。

李伦死后，出于对客户的关心，马良驹经常有事没事地打电话关心一下严晴晴，有时外出展业路过严晴晴家的时候，顺便也过去看一看。严晴晴知道马良驹一个人带着孩子，工作又很忙，所以没事的时候，也隔三岔五地帮马良驹料理一下家务、照料照料孩子，时间一长，就跟马良驹的女儿小红建立起了感情。

有一天，小红一本正经地对马良驹说，她很喜欢严阿姨，希望让严晴晴给她当后妈。

马良驹怔怔地看着女儿，一时不知所措。

马良驹感觉严晴晴对自己、对小红都不错，心里也确实有一种"同是天涯沦落人，相逢何必曾相识"的感觉，但对是否接受严晴晴，马良驹感觉自己一点心理准备也没有。

马良驹借去朱含韵家里送代理保险单的机会，又一次询问朱含韵什么时候给他一个明确的答复，朱含韵只笑不答，气得马良驹扔下保单和代理手续费，气呼呼地出了门。

在马良驹开车离开朱含韵回家的路上，又接到了严晴晴的电话。

严晴晴说李伦去世这些日子里，马良驹给予了她太多的支持和帮助，她想请马良驹一起吃顿饭，问马良驹晚上有没有时间。

马良驹问晚上一起吃饭的还有谁，定在什么地方。

严晴晴说还有她的一个朋友，地点就在她家附近一个名叫"今夜我在等你"的饭馆。

第 21 章　朱含韵错失牵手，叶茂盛受聘改行

马良驹知道那家饭馆，他曾在那里请李伦和严晴晴一起吃过饭。

马良驹到达那家名曰"今夜我在等你"饭馆的时候，严晴晴已经点好了菜在等他了。

马良驹问严晴晴她的那个朋友什么时候到，严晴晴说她那个朋友晚上突然有事来不了了。

马良驹迟疑了一下，还是跟严晴晴面对面地坐了下来。

两人开了一瓶青稞酒，边喝边聊着。

马良驹是东北人，严晴晴是西北人，都是北方人，性格差不多，喝酒的风格也极为相似。马良驹也知道严晴晴的酒量很大，一瓶酒一人喝一半，一点问题都没有，所以也就放开喝了。可一瓶酒没喝完，严晴晴就说自己喝醉了，头痛得厉害。没办法，马良驹只好陪着严晴晴回了家，好在"今夜我在等你"距严晴晴的家不远。

马良驹给严晴晴沏好了一杯茶放在床头上刚想离开，谁知严晴晴一下子揽住了马良驹的脖子。这是妻子去世以后，马良驹第一次这么近距离亲近一个女人：火辣辣的眼睛、柔软的手臂、起伏的胸脯，还有那扑面而来的气息，让马良驹心猿意马，不能自已。

马良驹结结实实地把严晴晴压在了身子底下。

马良驹要结婚了。

消息很快传到了朱含韵的耳朵里，她无力地瘫坐在椅子上，半天没有站起来。

领取结婚证后，严晴晴搬到了马良驹家里，并邀请双方父母和一些直系亲属一起吃了顿饭，算是完成了结婚仪式。

结婚之前，严晴晴跟马良驹商量，结婚那天是不是各自邀请一下自己的同学、领导、同事及亲朋好友聚一聚，虽然两人都是二婚，不可能像刚结婚的年轻人那样大摆几十桌甚至上百桌，但起码也应该摆个十桌八桌的。

对严晴晴的提议，马良驹没有同意，因为他心里清楚，自己虽然就要

跟严晴晴结婚了，但他放心不下的还是朱含韵。

如果请客，朱含韵是请呢还是不请？无论是从同事、朋友角度来讲，还是从业务合作伙伴角度来讲，马良驹都应该邀请朱含韵，如果不请，大家一定会说马良驹太小气；但如果请了，朱含韵能来吗？她会不会认为自己是在有意刺激她？或者是认为自己在向她示威呢？如果她那样想的话，那自己跟朱含韵以后可能连普通朋友也做不成了。考虑再三的马良驹，最终说服了严晴晴。

马良驹和严晴晴结婚旅行一回到滨城，朱大勇、伊凡两人就把电话打过来了。

"马哥，婚也结了，蜜月也度了，客什么时候请呀？怎么也得让我们见识见识新嫂子吧？"伊凡笑道。

"是啊！俗话说，久旱逢甘霖，他乡遇故知，洞房花烛夜，金榜题名时。四大幸事你占了两样，还不赶紧请请哥几个？让我们也沾沾你的喜气！"朱大勇一开口，油腔滑调的毛病就暴露无遗。

"我只能算是占了一大幸事，那一大幸事是什么？"马良驹不解地问。

"久旱逢甘霖啊？"朱大勇笑道。

马良驹想了想，也禁不住哈哈大笑："你这家伙，永远没有正经的时候！"

朱大勇和伊凡连讽带刺，非逼着马良驹请客不可。没办法，马良驹只好在一个名叫"万家灯火"的餐馆安排了一桌。

一杯酒未喝完，严晴晴趴在马良驹耳朵上嘀咕了几句，然后笑着说道："实在抱歉，今天感觉身体不太舒服，就先回去了。老马，你要好好地替我多敬几位小兄弟几杯啊！"严晴晴说完，捂着嘴离开了。

"嫂子是不是有了？你这家伙肯定是没买票就先上了车。交代！老实交代！"朱大勇装出一副十分严肃的神态命令道。

"那是肯定的。久旱逢甘霖嘛！"伊凡、叶茂盛等人也起哄道。

严晴晴一走，大家说话就更口无遮拦了，说着说着，就把话题转移到

第21章 朱含韵错失牵手，叶茂盛受聘改行

了朱含韵身上。

"本来大家都认为你跟朱含韵能成，没想到最后却换成了严晴晴，你可真把大家都骗了！"伊凡说道。

"明修栈道，暗度陈仓。马哥《三国》读得不错呀！"朱大勇说。

"老马，大家都感觉你跟朱含韵挺合适的，为什么最后没走到一起呢？当然了，我不是说你跟严晴晴就不合适。"叶茂盛说。

马良驹很不自然地笑了笑："可能人家感觉跟我不合适吧？"

"别瞎扯了，我感觉你们两个人最合适了。"叶茂盛纠正道。

"唉！问了很多次，人家就是不表态，老是说等等、等等，可等到什么时候才是尽头啊？"马良驹叹道。

"朱姐那人什么都好，就是在个人问题的处理上太优柔寡断了！毛工病了那么多年，去世也很长时间了，按道理讲，她应该考虑考虑自己的归宿了，可她，唉！"朱大勇显得有些惋惜。

"听说最近她身体不好，好几天没去单位上班了。抽时间咱们一起去看看她吧！"伊凡跟叶茂盛、朱大勇商量道。

"病了？什么病？"马良驹问道。

"不知道，听说是感冒了。"伊凡回答说。

"我看不是。我听姚桐说，她那病完全是精神方面的，可能与马哥结婚有关系吧？"朱大勇笑着说。

马良驹听了，一脸的严肃。

大家谈着谈着，话题又转移到了姚桐身上。

"前些日子，大家都疯传姚桐跟安洪祥怎么样怎么样的，那段时间，我真有点担心她。还好，结果不错。"叶茂盛说道。

伊凡一脸坏笑地说："安洪祥那家伙真有两下子，一着高棋，让所有人都闭了嘴，可就是苦了他老婆的表弟了！"

马良驹装作不知情的样子问道："他俩真有那事？永平公司的很多营销员都说姚桐跟安洪祥这样那样的，安洪祥过去的办公室主任也到处说安

洪祥跟姚桐关系不正常。"

"可能是真的。听说安洪祥的老婆还跑到市农村信用社大闹了一场，被逼无奈的安洪祥才想出了逼刘洋娶姚桐的损招。"叶茂盛说。

"虽然姚桐那样做不太光彩，但也是没办法的办法。不那么办，安洪祥那个老色鬼能把业务给她吗？唉！当营销员真是连人格、灵魂都没有了！"伊凡摇头叹息道。

"营销员不容易干，不能把营销工作当一辈子的事业，积累一定的客户后，该转行的还是要转行。我近期就有这种打算。"

大家都问叶茂盛不当营销员后准备去干什么。叶茂盛故弄玄虚地说，过两天就知道了。

叶茂盛端起一杯酒站了起来："一会儿我还要去见我将来的东家，把最后几件事情定一定。这杯酒我敬大家，一是祝贺老马喜结连理，二是感谢哥几个这么多年来的关照。"叶茂盛喝完就匆匆忙忙地走了。

叶茂盛所说的将来的东家，是滨城市东方船务运输公司，公司老板名叫何百川，绰号"何大拿"。

何百川原来是打鱼的，后来贷款买了一条货船跑运输，借着有一个在滨城市港务局当副局长的姐夫，承揽了不少货物运输生意，逐渐在滨城市发展成为具有相当规模的私营船务运输公司。

叶茂盛通过朋友的介绍跟何百川认识后，就把何百川发展成为永泰寿险公司的客户。

叶茂盛在滨城营销员队伍甚至在整个滨城保险行业都相当有人缘，是营销队伍中的一面旗帜，不仅业务做得好，客户服务也是众口一词，像何百川这样的大客户，叶茂盛更是悉心管理、热情服务，很快两人就发展成为无话不谈的朋友。

何百川对叶茂盛的敬业精神十分认可，对叶茂盛身上那种执著、韧劲十分佩服。在何百川看来，在中国，最难推销的产品是保险，最不容易做的职业是营销员，在社会对保险普遍不认可、对保险营销员敬而远之的情

第21章 朱含韵错失牵手，叶茂盛受聘改行

况下，叶茂盛能把营销业务做得那么出色，没有较高的综合素质和较强的拓展能力是不可能做到的。

"保险营销员都能干得那样出色，还有什么行业他干不好的呢？"何百川在不同的场合、跟不同的对象，不只一次地这样说过。

何百川经过反复考虑，并征得副局长姐夫的同意，最终决定聘请叶茂盛到东方船务运输公司担任副总经理，专门负责市场营销和客户管理工作。

在营销员队伍里摸爬滚打了多年之后，叶茂盛感觉自己身心疲惫，工作也越来越缺乏激情，时间一长，就产生了试试其他工作的想法。一次偶然的事件，彻底坚定了叶茂盛转行的决心。

有一次，叶茂盛跟几个同学一起吃饭，席间，一位同学把叶茂盛介绍给他的一位朋友，那位同学的朋友用警惕的眼光看了叶茂盛很大一会儿，临了来了一句："你是保险营销员？好人还有干那种活的？"气得叶茂盛真想站起来揍他个满脸开花。

社会上对营销员不理解还情有可愿，总归他们对保险行业、对保险营销员这种职业不了解，但行业内部人员对营销员存在着这样那样的偏见让叶茂盛难以忍受。

应该说，营销员对中国保险业的发展贡献巨大，是近三百万营销员托起了中国保险这艘巨轮，但他们得到的与付出的却不相匹配：在行业内部，很多人认为，保险行业之所以在社会上没地位、受歧视，主要原因是营销员队伍整体素质太差，要钱不要脸，把行业"做坏"了；从营销员个人利益保障来看，保险公司跟营销员完全是一种买卖关系，没人替营销员考虑个人保障问题，营销员普遍缺少归属感和安全感，都认为自己仅仅是保险公司的一杆枪，一种生产工具，当枪和工具还有使用价值的时候，保险公司还把他们当人看，但这杆枪或工具没有什么使用价值或使用价值较低的时候，他们会毫不犹豫地像扔垃圾一样扔掉，一点不会觉得可惜，也不可能有怜悯之情。因此，营销员作为保险公司的一个特殊群体和社会上

的一个较为特殊的职业，社会地位尴尬，生存环境恶劣。

叶茂盛是滨城永泰寿险公司由营销员转为公司正式员工的第一人，转正之后的叶茂盛感觉自己虽然身份变了，但工作性质跟营销员没任何差别，也是天天跑客户，做业务，工作中跟普通营销员一样，经常受到不解、误解、曲解甚至妖化，心理上感觉很憋屈。

有时候叶茂盛也感觉自己挺幸运的。他认为，要是自己没有从事过保险营销这个行业的话，就不可能了解那么多的社会百态，认识那么多的客户朋友，更不可能学到在其他行业里可能永远学不到的东西。

正式接受东方船务运输公司聘请的当天，叶茂盛就向樊童和吴思远递交了辞职申请。

"你是保险行业的一面旗帜，干得那么出色，为什么要辞职呢？是公司关心不够，还是政策不到位？"樊童黑着脸，十分不解地问道。

虽然公司里早有人传出叶茂盛准备转行的消息，但樊童、吴思远等人还以为是营销员之间开玩笑的话，从没把这种传闻当真。在樊童等人看来，叶茂盛从事保险多年，客户积累较多，在行业内获得的荣誉无数，是东南永泰寿险公司甚至东南保险行业的一位标志性人物，在事业如日中天的时候，他无论如何也不可能放弃多年积攒起来的资源去从事一个根本不了解的新领域，除非他大脑有毛病。

吴思远试探着问道："叶经理不会是转投其他保险公司吧？"

叶茂盛笑着说："领导想到哪里去了？自打从永平公司回到永泰寿险公司后，我就给自己定下了一个规矩，只要干保险，就不会选择其他保险公司了，除非永泰公司不要我了。我跟东方船务运输公司的何总既是客户关系，也是朋友关系，他一直想让我过去帮帮他，我也想试试自己除了能干保险，还能不能干得了其他工作，所以就接受了他的聘请。"

"何大拿出多少钱聘请你？五十万？一百万？"吴思远笑着问道。

"哪有领导说的那么多？基本薪酬二十万，完成任务后还有点提成。"叶茂盛笑着说。

第21章　朱含韵错失牵手，叶茂盛受聘改行

"那你去他那里干什么？你在咱们永泰寿险公司哪一年少了这个数？"樊童伸出右手比划着。

"不是钱的问题。我感觉自己在保险行业已没什么潜力了，只是想换换工作环境，涉足一下其他领域。请领导们谅解。"

吴思远说："你是咱们滨城永泰寿险公司最优秀的业务员，也是公司第一个由营销员转为正式员工的人，你天生就是一个干保险的材料，你不干保险，对行业是一个损失，对你个人也是一种损失，我跟樊总都希望你能再慎重考虑考虑。"

叶茂盛把在保险公司当营销员这些年的经历、想法、委屈、收获和希望开诚布公地跟樊童和吴思远谈了，并下定了离开保险行业的决心，否则的话，他也不会先接受了人家的聘书才向公司提出辞职的。

看到叶茂盛决心已定，知道再怎么做工作也没有回旋的余地了，樊童只好非常不情愿地在叶茂盛递交的辞职报告上写下了"同意"两个字。

叶茂盛正式去东方船务运输公司报到的前两天晚上，朱含韵召集其他营销部经理和叶茂盛所在部门的几名营销员一起给叶茂盛举行了一个送别仪式。梅花雪推说自己有事参加不了，姚桐说自己妊娠反应得厉害也不能参加。

朱含韵、叶茂盛、伊凡、朱大勇以及叶茂盛部门的四名营销员依次落座后，朱含韵首先表达了祝愿：

"在座的各位都是跟叶经理一起进公司从事营销工作的，生活上叶经理是我们的大哥，工作上是我们的表率。叶大哥就要离开保险行业、离开营销员队伍去一个新的行业了，虽然有些不舍，但感到十分欣慰。让我们一起预祝叶大哥在新的领域，取得比保险营销更大的成绩！"

伊凡说："叶大哥的选择是一个明智之举，你给我们在座的每一个都提了一个醒。过去有句话叫'学而优则仕'，我看我们这些人应该好好向叶大哥学习，销而优则跑！"

朱大勇一听，笑得把酒喷了一地。

"大忽悠就是大忽悠,什么销而优则跑?叶大哥那叫跑吗?那叫急流勇退,择木而栖。"

"啊呀,'大油',几天不见长见识了!到哪儿学来的?听说你现在正在读书,准备五年内完成小学全部课程,看来传说是真的了?"伊凡一脸严肃地开玩笑道。

"发奋学习是真的,但不是补小学课程,而是读MBA。MBA你懂吗?"朱大勇对伊凡装出一副瞧不上的神态。

"我发现你现在是越来越能侃了,自己的名字刚学会写,还读什么BA了?你还是老老实实地当你的营销员吧!"伊凡拍着朱大勇的肩膀,笑话道。

叶茂盛笑着说:"你们两个人使劲掐,以后去了东方公司,再看你们两个活宝掐就难了。"

朱含韵说:"保险营销是从国外学来的,在国外是一个很受人尊重的职业,可一到中国就变了味,变成了一个人见人烦的职业。叶大哥,我们都支持你的选择。"

朱大勇说:"是啊。保险这个行业如果没有我们这些人在前面冲锋陷阵,能发展成现在这个样子吗?可我们当营销员的,除了天天挨白眼、挣了个酒精肝,还得到了什么?什么也没得到!要不是为了挣那几个鸟钱养家糊口,鬼才当营销员呢!"

伊凡也附和道:"在营销员这个队伍里摔打几年,脸皮练厚了,就跟叶大哥一样选择一个体面的工作干干,钱多钱少无所谓,最起码有尊严、心情好。"

叶茂盛说:"你们两个说得都不对!虽然社会上对营销员有偏见,但这是暂时的,不可能永远这样。以我这些年从事营销工作的经验和体会来看,营销工作是一份十分锻炼人的工作,只要我们在拓展业务时讲诚信,在客户服务过程中讲究一点艺术,肯定能干出成绩来。"

"叶大哥说得对!社会上对营销员有偏见,除了不理解以外,更重要

第21章　朱含韵错失牵手，叶茂盛受聘改行

的还是营销员队伍素质良莠不齐，拓展客户时急功近利。刚才你们两个人说起学习的事，我看就很有必要，只有不断充实自己，才能把营销员这份工作干好。叶大哥不就是一个活生生的例子吗？"朱含韵说。

过了一会儿，叶茂盛似有顾虑地问道："含韵，有件事我一直想问问你，就是没有逮住一个合适的机会。今天没有外人，我想问问你，你跟马良驹为什么最终没走到一起呢？"

朱含韵不自然地笑了笑，幽幽地说："可能是前世就没修来那份缘分吧？"

"良驹那人不错，豪爽、义气、会体贴人，错过这次机会真有些可惜呀！"叶茂盛有些惋惜地说。

"我现在还是个营销员，毛毛一旦考上大学，家庭负担就更重了，我真不想拖累人家。"朱含韵说。

"朱姐从来就知道考虑别人，不考虑自己。在四分厂当领导的时候是这样，来保险公司当营销部经理了还是这样。"朱大勇叹道。

"他愿意，你又感觉合适，还有什么拖累不拖累的？难道当营销员就不能再结婚了？"叶茂盛批评道。

"我本来想老毛过了三年祭日，毛毛考上了大学，我今年努努力把个人的身份解决了以后再考虑我们两个人的事情，谁知……唉！"朱含韵拿起桌子上的餐巾纸，擦拭了一下眼睛。

"老马那人看着挺义气，实际上也就那么回事！这么多年都等了，一年半载就等不了了？"朱大勇有些不满地说。

"在婚姻问题上不是义气不义气的事。再说，责任不在人家，在我。主要还是我们两个没有缘分。这样也好，等毛毛考上大学走了，家里没什么牵挂了，我就可以一心一意当营销员了。"朱含韵自嘲道。

"我离开公司后，空出一个编制来，你找樊童、吴思远好好谈谈。这么多年了，怎么也得给你个说法了。"叶茂盛说。

"他们之前跟我承诺过，可每次都没有我，我都有点死心了。"朱含韵

有些伤感地说。

伊凡说:"听说营销员转正式员工的事,永泰总公司领导层意见就不一致,他们担心一旦放开,大批营销员蜂拥而进,加重了公司的负担。尤其是现在保险公司进入门槛很低,大批公司批筹后,竞争必然加剧,公司赢利能力肯定会下降,在这种情况下,保险公司怎么可能会降低营销员转入条件呢?我看以后营销员转为正式员工的机会更少喽!"

"那就当一辈子营销员好了。樊总在全体员工大会上不是说,营销员也是公司的宝贵财富吗?"朱含韵一边说着,一边不停地摇着头。

"我呸!樊童就是'饭桶',就他妈的能忽悠,大事办不了一件。我听说与咱们相邻的西北公司,前两个月一下子转了一二十个营销员,咱们滨城公司这么多年累积起来,也不过转了四五个人。不过我听说那家伙马上就要走了。"朱大勇骂骂咧咧地说。

那天晚上,叶茂盛有些高兴,喝多了。

朱含韵心情不好,平生第一次喝醉了。

第22章

韩冬枝病重去世，樊童临行表真情

转眼到了四月份，那年的春天，整个东南省出奇的干旱，滨城更是几个月没下过雨雪，各类流行性疾病大行其道，城区大医院小门诊，到处人满为患。

星期天一大早，朱含韵就把一直在学校寄宿的儿子送回了学校。

"很快就高考了，没事尽量别往家里跑了，需要什么东西打电话我给你送过去，在学校里复习比在家里复习效率高。"临走前，朱含韵一边帮儿子收拾着东西，一边叮嘱道。

送走儿子，朱含韵忽然想起应该去看看韩冬枝了，她病后，已经半个多月没上班了。

韩冬枝与朱含韵一起在永泰公司当营销员多年，但两人来往并不密切。朱含韵只知道韩冬枝有一个智障儿子，还有一个也在上中学的女儿。

看到朱含韵提着一个塑料袋进来，韩冬枝有些惶惶不安。

"屋里乱哄哄的，不知道你来，也没收拾收拾，真是不好意思！"韩冬枝说着就从那张凹凸不平，旁边还有一个洞的沙发上站了起来。

"你这病了半个多月了，我一直没顾上来看你，真是有点对不住了。怎么样了？好点了吗？"朱含韵一边说着，一边握着韩冬枝的手在那张有些破烂的沙发上坐了下来。

韩冬枝一边有意朝旁边挪了挪，一边歉意地笑笑："医生说我这病不是什么好病,可别传染上了你。"

"没事,我这个人身体好,抵抗力强,没事的。大哥和孩子都出去了?"朱含韵问。

"宝宝跟着他爸去医院取化验结果去了。闺女自我病了以后,我就没让她回来,这些日子一直住在她奶奶家里。"韩冬枝把身子又往后挪了挪。

宝宝是韩冬枝的智障儿子,朱含韵前几年曾见过他一次,一晃四五年就过去了。

"不行就去住院吧,在家里治疗总比不上在医院里治疗效果好。"朱含韵劝道。

"在医院里治疗,一天仅住院费就得四五十块钱。自从我病了以后,就没做过一张保单,住院又没人给报销,哪儿住得起呀?先挺一阵子看看再说吧!"

"没钱也得治病呀!只有身体好了,才能去做业务,没有保费,哪儿来的工资?"朱含韵说。

"过会儿他爷俩去医院把诊断结果取回来看看再说吧,不到万不得已,还是尽量别去住院了,住不起呀!"

"大哥单位不是还行吗?就是不行,也不能有病不住院呀!"

"港务局那单位是不错,但他不过是个烧锅炉的,没什么技术,也赚不了几个钱。我这一年满打满算拉了不到二十万元的保费,提成一大半返给了客户,辛辛苦苦一年下来,也剩不了几个钱。你也知道我这家庭,女儿上学花钱,傻儿子花钱又不会赚钱,还得想办法给他积蓄点钱,否则的话,我们两口子以后一蹬腿走了,后半辈子谁来照顾他?唉!"

两人聊了没多大会儿,韩冬枝的丈夫孙开山和儿子宝宝回来了。

"韩姐的病怎么样?没什么大碍吧?"双方寒暄几句后,朱含韵就迫不及待地问道。

"没、没、也没什么……"孙开山看了韩冬枝一眼,没有想说的意思。

"有什么事说就是了,吞吞吐吐干什么?"韩冬枝感觉情况不妙,但故

第22章 韩冬枝病重去世,樊童临行表真情

意装出无所谓的样子。

"医生说需要住院治疗,否则的话,就有些麻烦了。"孙开山说。

"什么病还得住院治疗?别听医生的,他们就会一惊一乍的!"韩冬枝说。

"韩姐,还是听医生的吧,病早治早好。"朱含韵也劝道。

"医生说我得了什么病?"

"肺上的毛病。"孙开山一边往暖瓶里倒着刚烧开的水,一边轻描淡写地说,尽量避开妻子的眼睛。

"肺结核?"没等孙开山回答,韩冬枝就自言自语地说,"怪不得最近咳嗽得那么厉害呢!"

韩冬枝害怕自己的病传染给朱含韵,就催促她抓紧回去,并说以后有什么事情会打电话麻烦她的。

孙开山把朱含韵送出门口的时候,神情黯然地小声对朱含韵说:"肺癌,晚期了!"

朱含韵吃惊地看着孙开山,惊得半天没说出话来。

第二天一上班,朱含韵就把韩冬枝的病情报告给了吴思远,因为樊童外出学习还没回来。

"住院了没有?"吴思远问。

"我听她们家老孙说,已经跟市人民医院联系好了,明天就去住院。"朱含韵答道。

"樊总去总公司学习后天才能回来,回来后,我跟他商量商量。按道理讲,像韩冬枝这种情况,公司应该给予一定的帮助,但咱只是一名副职,说了不算,最终怎么办,还得听一把手的。"吴思远说。

"韩冬枝虽然不是公司的正式员工,但在永泰公司当营销员也有五六年了,对公司做出了一定的贡献。她家情况比较特殊,个人又没有医疗保险,组织上还是应该酌情考虑一下。"朱含韵说。

"等樊总学习回来,我请示请示他是什么意思再说吧。老韩不是公司

的正式员工,像她那种情况,公司以前还没有遇到过。但我会尽量跟樊总说说,力所能及地给她一些帮助。"吴思远说。

樊童学习回来的第三天,吴思远以工会的名义到医院看望了韩冬枝,顺便带去了三千块钱。

在医院里治疗了二十多天后,韩冬枝就嚷嚷着要回家,谁劝也劝不住。

那天,朱含韵约了姚桐、朱大勇一起去看望韩冬枝,正赶上韩冬枝跟孙开山在发脾气。

"一天就花一两千块钱,像咱们这样的家庭能住得起吗?"韩冬枝嚷嚷道。

孙开山赔着笑脸说:"住不起也得治病呀!不治好病怎么去赚钱?"

"你老实告诉我,这病还能不能治?不能治的话,就别浪费钱了,怎么也得给两个孩子留下点。"

"怎么不能治?又不是什么大不了的病。"孙开山笑道。

看到朱含韵、姚桐等人走进来,韩冬枝立即热情地打着招呼:"你们工作那么忙,就别老往医院里跑了。我刚才正跟我们家老孙商量,问问医生这几天能不能出院。"

"你这才住了几天呀就急着出院!可别半途而废了!"朱含韵说。

"韩姐,你可比上次我们来的时候气色好多了,怎么也得治疗好了再出院呀!"姚桐也劝道。

"医疗费太贵了。今天我偷偷看了看药费单子,住院费、医疗费、医药费,一天就得一千多块钱。咱又不是公费医疗,花一个子儿都得从自己口袋里掏,每天花这么多钱,咱这穷家庭哪儿住得起?"

趁医生会诊的空隙,朱含韵把孙开山叫到走廊里了解了一下情况。

孙开山面露难色地说:"自打住进医院以后,已经花费了四五万块钱了,这还用的都是普通的药。这几天韩冬枝就吵吵着要出院,过会儿你们再帮我好好劝劝她。"

从医院里出来后,姚桐没有回公司,直接回家休息去了。

第22章 韩冬枝病重去世，樊童临行表真情

姚桐走远后，朱大勇问朱含韵姚桐结婚后生活得怎么样。朱含韵说应该挺好的吧。

朱大勇说他听市信用社的一个熟人讲，姚桐跟刘洋两人最近闹得挺厉害。

朱含韵说姚桐等了那么多年好不容易找到了刘洋，不好好过日子瞎闹腾什么？方便的时候一定要好好说说她。

朱大勇说刘洋跟姚桐闹矛盾，主要原因应该不在姚桐这边。

朱含韵问为什么。

朱大勇说很多人都说姚桐怀的孩子不是刘洋的，是安洪祥的。

朱含韵非常生气地说，有些人就知道胡猜测，孩子没生出来，他们怎么知道孩子不是刘洋的？

朱含韵和朱大勇到达公司的时候，正遇上樊童从外面回来，两人就直接跟着樊童去了总经理办公室。

朱含韵和朱大勇把韩冬枝的病情跟樊童详细地进行了汇报，樊童听后，面露难色。

对韩冬枝的病情及其他家里的情况，樊童基本上是了解的，但他说受市场不规范竞争的影响，公司所有能够挤出来的费用，全补贴到业务发展上去了，实在没有办法给她提供更多的帮助，尤其是在经济方面。樊童最后说他跟吴思远和田庄再商量商量，看看能不能从工会的角度再帮助她们想想办法。

从樊童办公室出来，朱大勇感叹道："想想我们这些营销员真可怜，像无娘的孩子，爹爹不痛、舅舅不爱。还是人家老叶有眼光，见好就收。"

随着韩冬枝病情的进一步恶化，所需的治疗费用也越来越高，被逼无奈的孙开山偷偷地跑到公司找过樊童和吴思远两次。

樊童等人都说公司目前经营状况不好，费用十分紧张，实在没有更多的办法帮助每位营销员解决工作生活中遇到的困难。

"当初总经理室要求每位营销员都要为自己和家人购买点商业保险，

这样的险种公司就有，可老韩心疼钱，说什么也不愿意买，真遇上困难了，后悔也来不及了。"樊童跟孙开山说。

孙开山第二次去公司找樊童和吴思远的当天下午，樊童安排田庄给韩冬枝又送去了两千块钱，但两千块钱实在解决不了多少问题。

在朱含韵、朱大勇、伊凡等人的倡议下，公司全体营销员自发组织了一场募捐活动，一天就募捐了三万多元。朱含韵、朱大勇、伊凡、姚桐等四个营销部经理每人捐了两千元。

当朱含韵、朱大勇、伊凡三人代表营销员把募捐到的钱送到韩冬枝和孙开山手上的时候，孙开山一家人感动得热泪盈眶。

从病房里出来，伊凡一边叹着气，一边自哀自怜地说："营销员就是卖保险的，可到头来自己连份重大疾病保险都没有，这可真应了那句老话了：卖盐的喝淡汤啊！"

"韩姐觉着自己身体不错，没什么大毛病，加上家庭困难，一直没舍得给自己买份保险，现在真遇上，再想买也已经晚了！"朱含韵有些痛心地说。

"如果公司真想帮助老韩的话，我看也不是一点办法没有。人是活的，微机是死的，怎么就没有办法把投保的时间往前提一提呢？"伊凡有些不服气地说。

"韩姐要是公司正式员工的话，兴许领导们能帮助想想办法，可她命不好，不是公司的正式员工。"朱大勇阴阳怪气地说。

十多万块钱花出去了，韩冬枝的命到底没有救过来，她默默地走完了四十九岁的人生旅程。

韩冬枝去世的那一天，东南省公司下发了《关于樊童等同志职务聘任的通知》，聘任樊童为永泰寿险东南省公司总经理助理。

樊童去省公司报到的前一天上午，办公室给各部门负责人挨个下达了通知，要求各部门负责人务必参加当晚为樊童安排的欢送晚宴，可伊凡、朱大勇、姚桐等营销部经理还是借故没有参加。

通知朱含韵的电话是吴思远亲自打来的，他说樊总下午想找她聊一聊，

第22章 韩冬枝病重去世，樊童临行表真情

顺便一起参加晚上的欢送晚宴。

朱含韵下午三点准时来到了总经理办公室，樊童笑容满面地迎了上来。

"马上就要离开滨城去省公司工作了，心里突然感觉有许多不舍和不甘。"樊童一边给朱含韵让着座，一边说道。

朱含韵说："滨城公司是您一手领导发展起来的，对公司肯定有感情。您去省公司当领导，以后更有条件关心支持滨城公司的工作了。"

"是啊。对公司、对公司的每一个人，我都是很有感情的，也包括你朱含韵。"

"感谢领导这么多年对我工作的支持和帮助。去省公司工作后，可别忘记了我们这些老部下啊！"朱含韵笑着说。

"怎么能忘记呢？在滨城工作的这些年里，值得回味的事情很多，但遗憾的事情也不少。对我来说，最大的遗憾就是没有把你个人的问题解决好，你可别埋怨我呀！"朱含韵有些吃惊地看着樊童，丝毫没有看出樊童有开玩笑的意思。

"领导说哪里去了。我哪儿有什么事情还劳领导您遗憾的？"朱含韵问道。

"公司的第一个营销员转正名额最初我想给你，因为你是营销部经理，虽然叶茂盛那些人对外也称作经理，但他们都是你这个大经理管辖下的经理，可开会研究的时候，班子成员意见不一致。"樊童笑着说。

"老叶保费最多，服务也最好，第一个转正名额给他，所有的营销员都心悦诚服，领导们当时的决策是完全正确的。要是当初总经理室把第一个转正名额给我朱含韵的话，营销员们非起来造反不可！"朱含韵哈哈笑着说。

"那是不可能的。你人缘那么好，又是营销部经理，当时把那个指标给你，相信大家也不会有什么意见。当然了，首先给叶茂盛转正，也是应该的。"

樊童一边说着，一边盯着朱含韵看了好大一阵子，此时他才发现，平

时很难看到开心大笑的朱含韵，笑起来其实挺迷人的。

"你有文化，在来永泰公司工作之前，又在滨城最大的纺织集团当过领导，有水平，讲原则，就是缺少一个平台。不要紧，以后还有机会。"樊童说。

"领导，您就别把那件事放在心上了。其实当营销员也有当营销员的好处，有时间，提成高。"

"我说的这个平台，可不是说由营销员转为正式员工这个平台。"

"那是什么平台？"

"其实你是一个很适合做管理的人才，如果在总经理室这个平台上，你可能发挥的作用更大。"

听了这话，朱含韵吓了一跳，连忙摆手说："领导，您可别抬举我了，我哪儿是那块料？当个营销部经理都感觉吃力，要是官再大一点，那还不把我愁死？我可没领导们那个水平！"

"营销部经理可不是一般人能干得了的，人多、事多、矛盾多，几百人的队伍，可不是说管好就能管好的，需要智慧，也需要耐心。放心吧，我会记着这件事的。"

过了一会儿，樊童又问道："老毛去世两年多了吧？我听说你儿子马上就要参加高考了，如果孩子上大学走了的话，你怎么办？你就没想想自己以后的生活怎么过？"

"该怎么过就怎么过呗！"朱含韵没想到樊童突然提出这个问题，一时不知怎么回答他。

"人的一生其实很短暂，可不能只为了工作而耽误了家庭生活啊！在这方面，我个人感觉很失败！"樊童神情幽幽地说。

"婚姻是一件可遇不可求的事情，走一步看一步吧。"朱含韵说。

"可不是那么回事。机会可是瞬息即逝，幸福全靠自己去创造。"樊童盯着朱含韵的眼睛说道。

"你可能也听说了，三年前我跟我前妻感情破裂后，就一直没再找，

第22章 韩冬枝病重去世，樊童临行表真情

一是感觉时机不成熟；二是近两年大批公司成立，骤然升级的竞争形势也不容许我这个总经理去考虑个人问题。"

樊童停了停，观察了一下朱含韵的表情后，继续说道："让你儿子考省城的学校吧，那样我就有机会帮你照顾照顾他。"

樊童越说，朱含韵越感觉云里雾里的："领导今天怎么了？忽然找我谈这些事情干什么？"

看到朱含韵不解的样子，樊童问道："你就不想听听我跟我前妻因为什么分手的？"

还没等朱含韵表态，樊童就说开了："她是个贪欲和权力欲都很强的女人，特别喜欢插手公司里的事情，愿意别人叫她总经理夫人。她家里有永远办不完的事情，办完一件又一件，永远乐此不疲，可只要为我们家办一件哪怕是针鼻大小的事情，她都会感觉心里不爽。跟她那种个性的人一起生活，太累了，真有坐地狱的感觉。这就是我当初为什么三番五次要求组织上派我来滨城工作的主要原因。"

樊童端起茶杯放到嘴边又放下了："可你就不同了，稳重、大度，讲原则、敬老人，所以我希望有机会你也能去省城工作。"

朱含韵好像有点听出樊童说话的弦外之音了，但她还是不能确定樊童为什么跟她谈这些对她来讲无关紧要的问题。

"领导，我可没有你想象的那么好。说实在的，女人就是女人，心眼小、好算计、易嫉妒，嫂子身上有的这些缺点，其实每个女人身上都存在，只是程度不同罢了。"朱含韵说。

"你说的这些每个女人身上都有可能存在的问题，在你身上就不存在。你在公司里当营销部经理这么多年，我自信对你还是比较了解的。"

朱含韵只是笑了笑，没有接樊童的话说下去。

"之前我在滨城当总经理，害怕别人对我说三道四，我现在马上要去省公司工作了，我希望你撇开工作上的关系，给我一个客观公正的评价，或者说给我一个明确的说法。"

这句话再明白不过了，即使朱含韵再愚笨，她也能听出樊童说话的意思了，但她还是只能装出听不懂的样子。

"晚上欢送领导的时候我多敬领导几杯酒，难得领导对我朱含韵有这么高的评价。"朱含韵说着，伸手去端茶杯，她心里紧张极了。

樊童猛然握住了朱含韵准备去端茶杯的手："含韵，对你，我很了解；对我，你也应该不陌生，在我离开滨城去省城工作之前，我希望你能给我一个明确的答复。"

朱含韵紧张得汗水都流出来了，触电似的把手从樊童紧握的手中抽了出来，她感觉樊童此时的表白太突然了，突然得让人猝不及防，又有些窒息。

"领导，别！别！别！不合适！不合适！"朱含韵嘴唇哆嗦得上言不搭下语。

"怎么不合适？你受了那么多年的苦头，也应该享受享受生活了，而这些，我都能给你。"樊童有些激动，说话的声音都变了。

正在这时，吴思远走了进来，跟樊童汇报说晚上有几位部门负责人有事参加不了，问还需不需要增加其他的人。

趁樊童和吴思远说话的机会，朱含韵装出若无其事的样子迅速逃离了樊童的办公室，紧张的心怦怦跳个不停。

那天晚上，朱含韵失眠了。

"虽然自己对樊童在有些事情的处理上有看法，谈不上对樊童有好感，但从心里也不能说自己反感他。他在滨城当总经理的这几年，没有乘人之危，利用职权强迫自己，说明他这个人还算得上是个正人君子，临离开滨城时才向自己表达内心的喜爱，说明他对自己的感情是真的。同意还是不同意？"朱含韵反复地问自己。

"如果答应他，那你后半辈子就衣食无忧了：要钱有钱，要地位有地位，前苦后甜，这辈子你也算是成功了，儿子将来也有了照应。你已经失去一次机会了，如果再失去这次机会的话，以后还会有机会吗？还等什

第22章 韩冬枝病重去世，樊童临行表真情

么？答应他呀！"朱含韵的耳边好像有人在说。

"人家是省公司的领导，你只不过是一名没有身份、没有保障的营销员。对你有好感，那么多年他都深藏不露，说明这个人很有城府，不像很多人说的那样，是个肚子里没有多少东西的'大草包'、'饭桶'，而你不过是一个一眼就能看到底的'简单人'，跟这样的人在一起生活，你感觉能长久吗？"耳边好像有人这样说。

"他既然对你有意思，为什么不及早帮你解决身份问题呢？他不会不明白当营销员的难处吧？你是营销部经理，即使个人名下的保费不如其他营销员多，给你争取一个转正的名额，对他来说应该不是件难办到的事情，对其他营销员来说也应该不会有太大的反响，这么多年，他为什么一直不给你一次机会呢？是真没有机会还是另有所图？他所说的在你转正问题上班子成员意见不一致，是不是指的就是他本人呢？如果是这样的话，难道你不认为樊童是一个可怕之人，一个十足的伪君子吗？"耳边好像也有人这样说。

"闺女，找这么个人家不容易，别犹豫了，快答应吧！"耳边好像母亲在说。

"这个人你可要再深入了解一下，别轻易上当啊！"耳边好像是毛亚南在提醒她。

"妈妈，爸爸去世都已经好几年了，我马上也要离开这个城市去外地读书了，你可要好好照顾好自己啊！"耳边好像儿子在哭求。

"怪不得一直不给个痛快话呢！原来你是脚踏两只船呀？像你朱含韵这样老实本分的人，也会玩弄别人的感情呀？"耳边又好像传来了马良驹的声音。

……

朱含韵翻来覆去折腾了一晚上，临近天亮的时候，才迷迷糊糊地睡着了。

第23章

营销竞争烽火连天，毛毛如愿考入"东南"

第二天一上班，吴思远、田庄陪着樊童到各部室转了一圈，算是辞行，转遍了所有的部室，也没有看到朱含韵的影子。

樊童心情十分惆怅地离开了滨城。

送走樊童，吴思远立即召集各部门负责人召开会议，重点安排半年业务发展工作。

吴思远认为，二季度以来，尤其是四月份以后，公司业务呈现出快速下滑的态势，除了近期主体增多、竞争加剧以外，还有一个重要原因，就是前任主要负责人没有把主要精力放在业务发展上，导致团体客户流失、个人客户大幅减少。

"会不会那家伙临走时故意给我下个套？他一走业务就下滑，不是为了证明滨城寿险公司离不开他，就是为了证明这些年滨城公司业务持续发展，都是他一个人的功劳。"吴思远暗暗琢磨。

滨城永泰公司财寿险分业经营以来，吴思远就一直给樊童当助手，对樊童的为人和能力，吴思远感觉自己是了解的。在吴思远看来，樊童虽然专业能力比较强，但业务拓展能力、经营管理能力不如自己，在处理外部关系上自己也是略胜一筹。因此，滨城公司的发展更多地凝聚了自己的心血。

在顺利接任滨城寿险公司总经理这个问题上，吴思远也有自己的看法。

第 23 章 营销竞争烽火连天，毛毛如愿考入"东南"

在他看来，自己之所以能够接任滨城公司总经理这个位置，樊童虽不具有主导权，但也起到了一定的作用，或者说最起码没有提出反对意见。他之所以这么做，可能是出于两个方面的考虑：一是财寿险一分家，自己就给樊童当助手，两人搭班子多年，不让副职接任，既显得他樊童在省公司领导面前说话没有分量，也显得他樊童个人品质有问题；二是来滨城寿险公司当总经理期间，经营方面有没有严重问题只有他樊童本人最清楚，让一个外人来滨城接任总经理，从维护自身利益出发，谁也不敢保证新任总经理会不会有一天把公司经营的底细全部抖搂出来，尽管他是省公司的总经理助理。而自己就不会，因为公司经营发展过程中存在着的任何问题，都与自己有关，自己都脱不了干系，因为自己本身就是决策的参与者、执行者，而且在一些重大问题上，自己还是主导者。

吴思远环顾了一周，发现朱含韵没参加会议。

"朱经理怎么没来？"吴思远问坐在一旁的田庄。

"办公室打了好几次电话了，一直打不通。"

"没派人去家里看看？"

"已经派人去了。"

吴思远眉头皱了一下，心想："樊童跟她谈什么了？昨天下午去他办公室的时候，好像感觉他们两个人神情怪怪的，会不会……"

不一会儿，派去的人回来报告说，朱含韵的父母家里有点急事，参加不了上午的会议了。

吴思远虽然表面上没表现出不悦，但心里头总是感觉有些不痛快，总归这是自己上任以来召集的第一次司务会议，作为统领几百名营销员的部门主要负责人不参加会议，他认为实在有些不太合适。

会议持续的时间不长，只有不到两个小时的时间，内容无非是强调下半年应如何加快业务发展步伐，确保完成省公司下达的全年任务指标，因为五、六两个月，公司在业务发展方面欠账较多，但吴思远谈得最多的还是他的经营理念和下一步的工作思路。

人在险途

　　为确保三季度业务快速发展，尽快弥补上半年业务发展的缺口，同时也为自己上任后营造一个良好的发展氛围，吴思远推出了上任后的一系列措施：一是能提前收取保费的业务提前续收保费；二是凡是新拓展的业务，手续费提成全部增加五个点；三是出台新的营销员招聘政策，凡是策反其他公司的营销员为永泰寿险公司代理业务的，不管当月业务量大小，每人都给予三百元的奖励；四是凡是七月份保费收入突破十万元的营销员，总经理室上报省公司，优先考虑解决转正问题；五是加大诸如滨城信用社等重大客户的挖潜，努力实现重大团体客户当月保费大幅提升。

　　会议一结束，吴思远又召集姚桐、伊凡等营销团队长个别进行了交流，对大家在营销业务发展方面做出的努力给予了充分肯定，对下一步尤其是七月份当月的营销业务发展目标提出了明确要求。

　　姚桐是第一个跟吴思远"一对一"谈话的人，两人谈完后，吴思远亲自安排驾驶员送姚桐回家，因为姚桐马上就要到预产期了，更重要的是他还指望姚桐七月份能为公司争取来更多的代理业务。

　　姚桐上车后没有直接回家，而是让驾驶员把她送到了滨城市农村信用社。

　　姚桐认为，自到永泰公司当营销员以来，吴思远一直对自己不错，人家刚当上总经理，对自己又寄予那么高的厚望，关键时刻不给人家出点力，心理上总感觉过意不去。另一方面，自从跟刘洋结婚以后，自己很少与安洪祥联系，只是刚结婚的那会儿，安洪祥找过自己几次，但从没再让他真正得到过自己，为此，安洪祥既十分恼火，又非常无奈。

　　虽然滨城市农村信用社为滨城永泰寿险公司代理的业务量每年都有所增加，但姚桐的业务提成却减少了，因为去年上半年之前曾未返还的手续费的很大一部分，让肖一以各种借口又索要了回去。姚桐明白那肯定是安洪祥暗中指使的，否则的话，肖一不可能有那个胆量。

　　"孩子马上就要出生了，一出生花销就大了，趁着自己还年轻、他安洪祥在信用社还说了算的机会，抓紧赚点钱、增加点积蓄，不管以后信用

第23章 营销竞争烽火连天，毛毛如愿考入"东南"

社的代理业务还有没有，或者发生了什么样的变化，自己和孩子都不至于冻着、饿着。"姚桐不止一次地这样想过。

姚桐挺着大肚子直接走进了安洪祥的办公室。安洪祥先是一愣，继而不阴不阳地说："啊呀，姚经理，什么风把你吹来了？稀客！稀客！"

姚桐知道安洪祥对自己有意见，有情绪，但她还是装出什么都没发生的样子，把她来找安洪祥的目的和要求跟安洪祥说了，请安洪祥一定给予支持和帮助。

安洪祥冷冷地笑了笑，说道："代理点年初就已经分配到你们几家保险公司了，让我把三季度其他公司代理点的业务都转到你们永泰寿险公司，其他公司肯定会有意见，信用社内部的人员也会有看法。你们还是想想其他办法吧。"

姚桐往前靠近了一步，央求道："我马上就要生产了，正常情况下四五个月上不了班，那期间你可以让永泰寿险公司的代理点为其他公司代理业务。再说这孩子……"

安洪祥眼睛瞪得大大的，神情十分紧张地问道："真的还是假的？"因为在姚桐跟刘洋结婚之后，他曾强迫姚桐跟自己又亲热过一次，他真担心肚子里的孩子就是他的。

姚桐从安洪祥办公室往外走的时候，安洪祥忍不住上前摸了两下姚桐隆起的大肚子，脸上的表情十分复杂。

姚桐住进医院待产的前一周，永平等两家公司代理业务的四个规模较大信用社代理点，全部转为了代理永泰寿险公司的产品。

永泰寿险公司的五项政策一出台，永平等其他寿险公司全部得到了信息，当天他们就开会研究反制措施。永平、强力等两家信用社合作公司还凑在一起召开了联席会议。

会议是在永平公司的五楼小会议室召开的，杨松林、贺光及两家公司的分管副总经理和团体业务部的主要负责人参加了会议。

会议也同样制定了五项措施：一是两家联合行动，坚决给吴思远一个

人在险途

下马威；二是发动两个公司的营销员广泛搜集永泰寿险公司的客户信息，并对永泰寿险公司的客户信息实行共享政策；三是全方位介入永泰寿险公司拟拓展的客户，千方百计增加永泰寿险公司项目拓展的难度；四是全面策反永泰寿险公司的营销员队伍，不管给永平、强力公司代理不代理业务，只要不给永泰寿险公司代理业务，都给予策反人员一定的奖励；五是对滨城市农村信用社等重大客户实行"业务保卫战"，全力做好信用社重点人物的工作，确保既得利益不受损失。

整个三季度，滨城市保险行业烽火连天：客户返还提了、业务手续费涨了、营销员招聘大会多了、媒体上的广告增了……

伴随上述现象的出现，营销员的收入高了、大部分客户笑了、公司的综合成本率涨了。滨城市所有的保险公司都不同程度地出现了成本上升、效益下降、队伍不稳和扰民事件飙升的问题，这些问题的出现，引起了社会的极大不满，甚至有一家企业还在企业门口竖起了一个写有"安国安民安社会，防火防贼防营销"的警示牌子。

针对全行业恶性竞争愈演愈烈的问题，滨城市行业协会连续召开了两次规范保险市场会议，出台了三个规范性文件，可收效甚微。

就在各保险公司竞争正酣之际，姚桐在市人民医院生下了一个体重七斤多的胖小子。

孩子生下后，刘洋虽然感觉孩子奇丑无比，不像自己，但还是拿起手机给亲朋好友以及部分领导同事发送了"爱人姚桐下午三点在市人民医院生下了体重七斤一两的男婴一名，母子平安"的短信。

收到短信的安洪祥，一下午神情恍惚、忐忑不安，不知刘洋那短信是报喜呢还是示威。

姚桐生产的第二天，安洪祥收到了一则短信：

"尊敬"的安洪祥主任，听说你和别人共同制造的"精品"——一个七斤多重的男婴顺利来到了人世间，在此谨表祝贺！作为"精品"的制造

第23章　营销竞争烽火连天，毛毛如愿考入"东南"

者，你应该充分利用好现有的权力和资源，为孩子谋取尽可能多的利益。在此，我们建议滨城市农村信用社与滨城永泰保险公司合并成立永泰农村保险信用社，以充分利用和挖掘现有的人力和业务资源。

落款人：滨城市民间纪律检查委员会

看完短信，安洪祥既恨又怕，不禁沁出了一身冷汗。

安洪祥悔恨当初不该与姚桐发生那不该发生的故事，不该在信用社业务代理方面太过倾向于永泰寿险公司，更不该三季度一开始强制要求为永平、强力等两家公司代理业务的网点转为永泰寿险公司代理业务，匿名短信很显然是因业务分配不公引起的。

安洪祥把短信连续看了五六遍，越看越后悔，越看越害怕。他害怕孩子真的长得像自己；害怕有人把这件事捅到市纪检委或省农村信用联合社纪检室，无事尚能变有事，何况自己真有事；害怕有人把这条短信广泛散发，三人为虎，有口难辩；更害怕这条短信最终传到老婆苏岚那里，果真如此，家庭不发生"世纪大战"才怪呢！

定下神来的安洪祥绞尽脑汁地在想那条短信是谁发出来的，分析来分析去，他最后确定短信肯定是保险公司的人发出来的，并且起因就是七月份开始暂停四个代理网点为永平等两家公司代理业务之事。

安洪祥摸起电话刚拨了两位数，又狠狠地扣下了。

"我现在就把为永泰寿险公司代理业务的四个网点重新改为为永平等公司代理业务，那不正说明短信的内容是正确的了？顶住，一定要顶过去，否则的话，肯定就陷入被动了！"

好不容易坚持到七月三十日，安洪祥把肖一叫进了自己的办公室，让他通知永平和强力公司，告诉他们从八月一日开始，七月份为永泰寿险公司代理业务的四个网点重新为永平等两家公司代理。同时，通知永泰寿险公司，从八月份开始，原来为永泰寿险公司代理业务的滨西农村信用社，主要为永平、强力公司代理业务，以弥补七月份永平、强力两家公司让出的四个网点的业务代理损失。

得到信息的吴思远又气又急,可他一时又想不出什么应对的办法。吴思远知道,杨松林是铁了心跟自己抗争到底了,并且还到处联合其他公司。

吴思远忽然想起了市行业协会刘厚泽的话:"吴总啊,业务暂时上不去不要紧,但千万不要跟其他公司把关系搞砸了,更不能带头把行业的和谐气氛搞坏了,否则的话,受损失最大的还是你们永泰寿险公司。无论从公司长远发展的角度,还是从行业持续发展的角度来讲,你们永泰寿险公司都有责任和义务带头维护行业的和谐。"

正在吴思远苦思冥想下一步如何竞争之际,伊凡笑嘻嘻地推门进来了。

"领导正在想什么呢?"伊凡嬉皮笑脸地说。

"业务发展遇到了瓶颈,正准备怎么向省公司做检讨呢!"吴思远一边说着,一边端着茶杯在沙发上坐了下来。

"七月份业务不是挺好的吗?我刚才还听财务部的滕经理讲,这个月的业务增幅肯定会超过百分之三十。"

"可上半年业务发展欠账太多,想迎头赶上,难呀!"

"以前的欠账是樊总欠的,与领导您有什么关系?只要你接任后业务发展比以前好就行了。这朝哪儿能管得了那朝的事?"

"省公司可不这么认为。别说是半年了,就是你接任一两个月,公司的全年经营成果你也得负全责。"

"那不是不讲理吗?"

"所以说哥们接了个烂摊子。作为公司的业务骨干,今后你可要更加努力,多帮帮你哥呀!"

伊凡笑笑,从上衣口袋里掏出一张纸递给了吴思远。

吴思远打开伊凡递过来的那张纸扫了一眼,就脸色大变:"兄弟,你这是什么意思?我这刚干上,你就想撂挑子,是不是想看你老哥的热闹啊?"

第23章 营销竞争烽火连天，毛毛如愿考入"东南"

"领导，您看您这话说的。离开公司的想法，我很早就有了，可以说自叶茂盛辞职那天起就有了。您想，我们在永泰寿险公司干了这么多年，到现在还是个什么保障都没有的营销员，韩冬枝的教训我们不能不记取啊！"伊凡一本正经地说。

"我这几天正想让办公室打报告给省公司，要求把营销业务骨干最起码你们这些部门经理全都转为公司的正式员工，你就给你老哥出这么大个难题。不行！坚决不行！"吴思远半认真半开玩笑地说。

"说句领导不愿意听的话，我们这些营销员跟公司只是一种业务代理关系，来去自由，跟领导您打声招呼纯粹是一种礼貌，要是樊童还当总经理的话，我可能连招呼也不会打的，直接不给公司代理业务就是了。"

吴思远想想也是这么回事，伊凡说得一点都没错。公司里除有一份营销员的代理资格证书以外，还有什么可束缚人家的？营销员代理资格考试市协会一个月组织一次，即使公司扣着人家的代理资格证书不还，人家再去考一张就是了。

"你准备去哪家公司？不会是永平公司吧？"吴思远问。

"滨城市最早成立的三家公司哪家我都不去。前些日子安达公司的老总找我，让我过去给他干助理。"伊凡说。

吴思远想了想，又问道："营销员有多少人想跟你去安达？你不会把你那个团队全带走了吧？"

伊凡说："老兄在永泰寿险公司当总经理，我好意思把他们全带走？再者说了，我想带他们走，人家能听我的吗？放心，我不会主动做他们的工作的，但如果他们主动联系我的话，那就不是我的问题了。"

"你估计我们公司的营销员去安达公司的话，安达公司会给他们什么样的待遇？"

"安达是一个新筹建起来的公司，为冲击规模，营销员代理业务的手续费最起码不会比永泰寿险公司低。更重要的是，业务骨干去了安达公司，转为公司在编职工的机会比咱们永泰寿险公司大得多。"

伊凡一离开，吴思远立即打电话把伊凡辞职的信息告诉了田庄，问田庄有什么有效的办法打消伊凡去安达公司的念头。

田庄想了想，说道："打消他跳槽的念头也不是一点办法没有，可以从两个方面给伊凡施加压力。"

吴思远问哪两个方面。

田庄说，"近两个月，营销员的业务提成兑现得不及时，如果伊凡果真跳槽去安达公司的话，这两个月的手续费提成一直拖着不兑付给他；二是把他忽悠欺骗客户购买公司新近推出的理财产品的事情报告给监管部门，让监管部门不批准他的任职资格。"

吴思远觉着田庄的建议有道理，就安排田庄以被伤害客户的名义给滨城市行业协会和东南省保监局写信，检举伊凡欺骗误导客户的问题，同时把这一事件披露给在媒体工作的朋友或同学，通过媒体吓唬吓唬伊凡。

两人商定后，田庄亲自写了三封语气不同的检举信，分别寄给了滨城市行业协会、东南省保监局和他的一个在《滨城晚报》当主任的同学。

田庄的同学一看是检举永泰寿险公司营销员的举报信，立即给田庄打了个电话。

田庄装出一副十分紧张的样子，约上伊凡立即驱车前往《滨城晚报》社"灭火"。

当着田庄和伊凡的面，田庄的记者同学把伊凡嘲弄了一顿，并表示要不是田庄是他最要好的同学，报社无论如何也要把这起恶性误导事件在社会上公开曝光。

伊凡递交辞职报告的第五天，市行业协会刘会长把滨城安达公司的主要负责人叫到市协会，明确告知，市协会和省监管部门都不同意安达公司将伊凡列入滨城安达保险公司总经理助理人选。经调查了解，伊凡在营销永泰寿险公司分红型产品过程中，确实存在着大量欺骗误导消费者的问题，性质十分恶劣，不符合高管人员的道德标准和准入条件。

滨城安达公司的主要负责人将市行业协会会长的意见立即通过电话告

第23章 营销竞争烽火连天，毛毛如愿考入"东南"

诉了伊凡，并表示一定想办法跟省保监局和市行业协会沟通，看看还有没有通融的余地。安达公司的主要负责人问伊凡是否有意愿先去安达公司干个部门经理，当"风头"一过，立即给他上报高管资格。

伊凡想想自己去安达公司也只能当部门经理，且安达公司无论是品牌形象、市场地位、公司实力都无法与永泰公司相提并论，之所以想跳槽去安达公司，完全是为了改变自己目前的身份和地位。既然去安达公司后自己没有希望进入领导班子，还不如暂时留在永泰寿险公司继续从事营销工作，最起码收入还能有保证。

市行业协会刘会长找滨城安达公司总经理谈话的第二天，吴思远亲自找伊凡谈了一次话，在将伊凡递交的辞职报告还给伊凡的同时，承诺年内一定给他解决身份问题。

伊凡想想暂时没有其他更好的去处，只好当着吴思远的面把辞职报告撕了个粉碎，并自找台阶地说道："你老兄刚当上总经理，我在这个时候辞职去安达公司，确实有点不太合适。"

虽然留住了伊凡，但没有留住梅花雪。

梅花雪去大千寿险公司当上总经理助理后，由于她在永泰寿险公司当营销团队长的时候为人比较自私，平时对手下的营销员关心支持不够，部门费用又把控得比较紧，所以随她去大千公司的营销员很少，但她所在部门的营销员，相当一部分去了其他几家新成立的保险公司。

七个营销部经理，叶茂盛转了，梅花雪跳了，韩冬枝走了，姚桐生了，公司里只剩下了朱含韵、朱大勇、伊凡三个人。着急上火的吴思远，一夜之间起了满满一嘴巴血泡。

七月底，滨城市教育局公布了当年的高考成绩，朱含韵儿子毛毛的分数进入了一本分数线。

高考成绩公布的当天，樊童就从省城打电话给朱含韵，询问毛毛考试成绩怎么样。

朱含韵说毛毛的成绩虽然超过一本分数线十三分，但报考一本学校有点悬，报考二本学校可以选择个好专业。

樊童承诺他可以帮忙找找他在东南大学担任系主任的同学，让他那个同学想办法操作一下，争取让孩子去东南大学读书。

朱含韵不愿意欠樊童的人情，就客气地说别麻烦了，让孩子读个二类大学也不错。

樊童说他晚上就去找他那个系主任同学，让朱含韵等他的消息。

学校组织学生填报志愿的前两天，樊童打来电话说已经做好工作了，让孩子务必填报东南大学。

东南大学应用化学管理学院录取通知书送达滨城的前一天，朱含韵、毛毛以及弟弟全家正守候在滨城市人民医院里，因为朱含韵的父亲突发脑出血，急送滨城市人民医院抢救。

在朱含韵的父亲急送医院抢救的两天两夜里，朱含韵未离左右。

望着昏迷不醒的父亲，看看愁容不展的母亲，瞅着拿着录取通知书、站在病床前眼泪汪汪的儿子，朱含韵禁不住黯然泪下，失声痛哭。

朱含韵的父亲虽然脱离了生命危险，但恢复自理能力的希望很小。

毛毛收到东南大学录取通知书的第三天，朱含韵带上毛毛回了一趟老家，到了毛亚南的坟头前烧了些纸钱，把儿子考上东南大学的消息跟丈夫说了说。

望着丈夫杂草丛生的坟头，看着跪在坟前默默落泪的儿子，想想自己辛酸坎坷的一生，朱含韵放声大哭，那哭声撕心裂肺，让路人飙泪，让天地动容。

东南大学开学的前两天，朱含韵跟弟弟朱含礼详细交代了交代，就跟儿子毛毛坐上开往省城的大客车，她要亲自把儿子送到学校，看看第一次离开滨城的儿子将来生活学习四年的学校，当面谢谢帮儿子也帮死去的丈夫圆了东南省最好的大学梦的樊童，那是丈夫年轻时梦寐以求想考而未能考入、生前多次鼓励儿子好好学习、将来考取的大学。

朱含韵和毛毛一到达省城汽车站，喷有永泰寿险公司标志的客户服务

第23章 营销竞争烽火连天,毛毛如愿考入"东南"

车就把朱含韵和毛毛接走了,那是樊童专门派到车站接朱含韵母子二人的。

朱含韵把儿子送到学校安排妥当,就到了下午两点多钟,司机陪着朱含韵和毛毛在学校附近的小饭馆简单吃了点东西,又陪着母子二人在东南大学校园里转了转。

晚上六点多钟,司机把朱含韵母子二人拉到了樊童早已安排好的东南飞大饭店,晚上他要在那里宴请朱含韵母子二人。

四个人围坐在一起,边吃边聊。说是四个人聊,实际上就是樊童和朱含韵两个人聊,聊得最多的还是樊童在滨城公司工作时发生的一些往事。

毛毛和司机去楼上房间休息后,樊童问朱含韵:"儿子已经来省城读书了,你就一点没有来省城陪儿子的意思?"

"儿子大了,能独立了,可老人老了,正是需要人照顾的时候。"朱含韵搪塞道。

"我知道我在滨城公司工作的几年里,很多事情没有处理好,员工们对我有意见,你对我不放心,可我那也是没有办法的办法。家庭变故,父母病逝,孩子发生了交通事故,我的境遇一点不比你朱含韵少。我还是希望你能认真地考虑一下我的意见。"

朱含韵抬头静静地看着眼前这位领导了自己多年,但交流不多、印象一般、对自己有过帮助的老领导一眼,眸子里闪出了一丝同情和爱怜。

"真没想到你也有那么多的难处!"

"我知道很多人私下里骂我是'饭桶'、'自私鬼',甚至有更难听的。在滨城工作的这些年,最大的遗憾就是营销员问题解决得不够好,像你这么优秀的营销部经理,在公司里干了那么多年,到头来连个编制都没能给你解决。"

"这几年保险公司多了,市场竞争激烈了,其他保险公司都在拼费用,我们不拼的话,丢掉市场是小,业务人员没有保费领不到工资事情可就大了。我离开滨城的时候,公司里还有五百多万元的债务,那一直是我的一块心病，虽然那是因为市场恶性竞争造成的，但我始终有一种负罪感。我在总经理办公会议上多次强调过，一切按制度办事，不该花钱的地方，谁也不准乱开口子。"

停顿了一会儿，樊童接着说道："韩冬枝病重住院期间，公司里没有给她提供多少帮助，现在想想感觉有点对不住她，但那也是没有办法的办法。滨城公司营销人员三四百人，家庭比韩冬枝困难的有很多，许多人还向公司提出了援助申请，公司实在照顾不过来。对公司的难处，绝大多数营销员不理解属于正常，但有些干部甚至是层级比较高的干部不理解，那就有问题了。在这方面，我感觉你分寸掌握得很好，许多人甚至包括个别总经理室成员做得都不如你到位，这是你的优点，也是我最欣赏的地方，更是我希望跟你走到一起的重要原因。"

朱含韵说："我其实没有你说的那么好。我只是一个普通的营销员，而你现在是省公司的领导，我想我们两个人之间差距太大，不太合适。"

"经历了那么多，我需要的是一个知书达理、善于理解别人的妻子，一个能给我温暖感、稳定感的家庭。而这一切，你都能做到。我相信我的判断，也相信你能充分地理解。"

"能容我再考虑一段时间吗？"

"没问题。多长时间都行。"

"我父亲患了脑出血，生命虽然暂时保住了，但生活肯定自理不了了。我母亲年纪大了，身体还不好，弟弟工作又很忙，现在家里确实很需要我。"

"即使有一天我们能够走到一起，你也不一定马上来省城，可以继续待在滨城，如果老人那里确实离不开你的话。"

"想不到你是一个十分善于理解别人的人。这么多年，我们都有些误解你了！"

"在个人品质方面，我们有共同点。所不同的是，经历和位置不同而已。"

第23章　营销竞争烽火连天，毛毛如愿考入"东南"

那天晚上，朱含韵和樊童谈了很多，自毛亚南去世以后，朱含韵从没跟任何一个男人那样长时间、发自内心地交谈过。不知怎地，朱含韵忽然怀念起学生时代，羡慕起校园里那一群群活蹦乱跳的大学生。

第二天一早，朱含韵就赶回了滨城，因为她实在放心不下卧病在床的父亲，是樊童开车送她去的车站。

朱含韵一回到公司，吴思远就把她喊进了总经理办公室，嘘寒问暖一番后，吴思远就把近期部分营销员思想不稳定的事情告诉了朱含韵，要求朱含韵帮助做做朱大勇等人的工作，因为他发现梅花雪去大千寿险公司当总经理助理后，朱大勇和公司内的许多营销员产生了"活思想"。在营销业务出现下滑、营销队伍出现问题的关键时刻，吴思远感觉在稳定队伍方面，最有可能给他提供帮助的，还是像朱含韵那些对永泰公司忠诚、无急功近利思想的员工。

朱含韵说虽然也有两家公司请她过去担任一定的职务，但她保证目前不会离开永泰寿险公司，因为她在永泰寿险公司当了多年的营销员，对永泰公司的险种结构、管理流程比较熟悉，对永泰公司比较有感情。朱含韵还说在她下岗生活最为困难的时候，永泰公司给了她一个平台，把她引进了保险业这个大门，让她懂得了保险，对永泰公司的培养和教育，她不能忘记。

吴思远承诺一定向上级公司反应，无论如何也要给像朱含韵这样对公司忠诚、对客户负责的优秀营销员提供更大的平台，给予更多的实惠。

"放心吧，我肯定不会像我的前任那样对像你这样的优秀营销员漠不关心的。别人我不敢说，你朱含韵我可以打包票，近期不但让你身份发生变化，而且地位也会发生变化，只要你把营销员队伍稳定住，让公司的营销业务止滑回升。这一点，我还是很自信的。"吴思远信心满满地说。

朱含韵露出一丝不易察觉的轻蔑，她突然对眼前的这位总经理有一种陌生的感觉。

"能不能稳定住营销员队伍我没有把握，让营销业务立即止滑回升，

人在险途

我感觉困难也很大，但我会尽我所能做好工作的。至于我个人的身份怎么样、职务如何，我不会太过于计较的。我现在忽然感觉到，当营销员其实也没什么不好的：有委屈，也有快乐；有困难，也有收获；有疑惑，也有感恩。"

　　朱含韵嘴上虽然不讲，但心里明境似的：不离开永泰寿险公司，是因为她现在心中又多了一份牵挂。

第24章

安洪祥锒铛入狱，姚桐含泪弃营销

五个月很快就过去了，休完产假的姚桐，重新回到了公司。

实际上，休假期间，姚桐没有也不可能完全脱离工作，因为信用社各代理网点经常出现这样那样的问题需要她去处理，虽然各代理网点都有专职营销人员负责单证派送、业务咨询、客户服务等方面的工作，但有些事情如服务纠纷、复杂业务的处理等问题，普通营销人员是处理不了的，需要姚桐亲自去处理，虽然大多数情况下，各区县信用社主任都会给她足够的面子，因为大家都知道她是安主任的"亲戚"，但例外的情况也是存在的。

近来姚桐是喜忧参半。喜的是孩子长得越来越像姚桐，眉毛、鼻子等个别部位长得还有些像刘洋，本来还有些疑虑的刘洋安心了许多，对孩子也越来越喜欢。忧的是，最近几个月，信用社各代理网点烦心事不断，尤其是滨城区信用社辖属的两个代理网点的负责人，经常是"没事找事"。

有一天，负责东城信用社客户服务的营销员小刘打电话告诉姚桐说她不想再为那个代理网点服务了，因为那个代理网点的负责人对永泰寿险公司非常不友好，说话冷嘲热讽，十分尖刻，经常为了一点小事对前去送单服务的营销员骂骂咧咧。说着说着，小刘就哭了起来。

姚桐问小刘怎么回事。小刘说上午她去东城信用社，一见面那个姓宋的主任就把她臭骂了一顿：一会儿说单证供应不及时，一会儿又说永泰寿险公司的工作效率太低、服务跟不上……

姚桐明白那位姓宋的主任为什么老是跟永泰寿险公司过不去：一是她跟滨城区信用社办公室主任宋青山是姐弟俩，跟永平公司营销员孙大学是亲戚，原来东城信用社代理的保险产品全部是永平公司的，自从安洪祥要求滨城区信用社各营业网点全部代理永泰寿险公司的保险产品后，就基本上没再为永平公司代理一分钱的保险业务，自然就影响了孙大学的业绩和收入，宋青山姐弟俩在经济上也受到了一定的损失；二是安洪祥在滨城区信用社当主任时，曾承诺有机会一定会提携宋青山姐弟俩，礼也收了，客也请了，可承诺一直不兑现。为此，宋青山姐弟俩怨言颇多。

姚桐安慰了小刘几句后，就直接把电话打到了肖一那里，请他在方便的时候帮助做做东城信用社的工作。

一波未平一波又起，负责老城区信用社客户日常维护与服务的小张也报告说，一连三四天老城区信用社没代理一分钱的永泰寿险公司的业务，前去询问原因，该信用社负责人冷冷地说，这么热的天，人都要中暑倒下了，"主业"都干不过来，谁还有心思代理保险这些"副业"？小张说，老城区信用社业务一直代理得不错，在滨城区各网点中，业务代理规模一直居信用社各网点前三位，如果具体经办人员个人得不到实惠的话，积极性肯定会受到影响，日常的沟通和维护也会很困难。

姚桐认为，滨城区信用社对各代理网点制订了严格的考核办法，业务代理得多、任务完成得好的网点，奖励自然就多。网点的工作人员虽然付出了，但不是一点实惠没有得到。

为了加深与各代理网点工作人员的关系，姚桐经常给各代理网点送这送那，费用全部从个人手续费中支付，因为公司支付给信用社代理手续费后，其他费用全部由营销员个人承担，公司不会再承担其他额外的费用了。

姚桐虽然对信用社各代理网点巧立名目吃拿卡要的做法非常生气，但她一点应对的办法也没有。她知道，如果不满足各业务代理网点工作人员

第24章 安洪祥锒铛入狱，姚桐含泪弃营销

的要求，网点工作人员一定会到处说永泰寿险公司的服务怎么怎么不好，客户经理的素质怎么怎么低下，到头来，吃亏的还是自己。

没办法，姚桐只好把孩子安顿好后，开上车到超市里买了两三千元钱的东西送了过去，才暂时把老城区信用社的经办人员的情绪安抚了下去。

在姚桐喜忧参半的时候，安洪祥也是喜事烦心事一齐找上门来。

喜的是近来刘洋心情很好，不像孩子刚出生那会儿，整天一副忧心忡忡的样子。每当看到刘洋闷闷不乐的时候，安洪祥就心跳不止，总有一种不祥的感觉：如果孩子长得真的像自己，即使刘洋不找自己拼命，苏岚不跟自己一哭二闹三上吊，信用社的人也会把自己搞倒、搞臭。看到刘洋心情一天比一天好，苏岚去姚桐家看了两次孩子回家说长得越来越像姚桐后，安洪祥心里的一块石头才算落了地。

让安洪祥忧的是，最近市纪律检查委员会的领导和省信用社的领导接连收到了举报他的信件，举报内容包括乱搞女人，收受贿赂，营私舞弊……

安洪祥心里十分清楚，举报信中列举的内容虽不十分具体，但自己样样都占着：

在乱搞女人方面，不仅跟姚桐、跟滨城区信用社内的一名员工有染，也跟夜店里多名"豪情女郎"发生过关系；虽然自己标榜不爱财，跟某些同自己职务、级别相同或相近的干部相比较，可能算是"清正廉洁"的了，但像"笑纳"永平公司的"金老鼠"、名人字画之类的事情，还是经常在自己身上发生的；在营私舞弊方面，本来跟永平公司业务合作得好好的，但为了照顾本不是自己亲戚的"亲戚"，硬是让辖属机构、网点转而跟手续费、服务水平都不比永平公司高的永泰寿险公司合作，其中的缘由自己心里十分清楚。

"只要姚桐和自己手下的那名员工不举报、自己打死也不承认的话，乱搞女人的罪名是无论如何也扣不到我安洪祥的头上的。姚桐跟刘洋结婚，虽然是自己强加给他们两人的，但姚桐对这段婚姻十分满意也十分在

意，尤其是生了孩子之后；滨城区信用社的那位女职工虽然因为自己至今未嫁，但她决不会冒着身败名裂的风险去告发自己的，因为那样做，最终伤害最大的还是她自己。"安洪祥点燃了一支烟，慢慢地吸了起来，思绪随着烟雾扩散开来。

安洪祥认为，在代理业务发展方面，跟谁合作、在哪些领域合作，那是信用社主任职权范围内的事情，别说是永泰寿险公司的手续费不低，就是手续费低于其他公司，那还有个公司品牌、服务能力的问题，不能说跟这家公司合作不跟那家公司合作就是营私舞弊，那是毫无道理的，况且自己从未参与过具体合作方案的拟订和合作谈判之类的事宜。

至于收受贿赂的问题，安洪祥认为，自己好像也没有太担心的必要，因为行贿跟受贿是同等罪责的，那些曾给自己"表示"过的公司和个人，应该不会傻到检举自己行贿的程度吧？

想着想着，安洪祥"嘿嘿"地发出了几声奸笑。

举报信出现后，安洪祥着实收敛了不少，做事也更加谨慎了，在跟市内各保险公司业务合作方面，很少再像以前那样替永泰寿险公司跟手下或辖属的部门打招呼：一是在有人检举的情况下，他不会傻到再为那些专门挑他毛病的人留下新的营私舞弊的证据；二是自从姚桐跟刘洋结婚，特别是两人有了孩子以后，两个人的感情好像越来越好，安洪祥感觉自己很难再有机会跟姚桐重温旧梦了。

安洪祥十分明白，虽然姚桐跟刘洋是自己情急之下乱点的"鸳鸯谱"，但年过三十的"剩女"姚桐，对这桩婚姻的满意程度超出了他的想象，对维护与刘洋的婚姻关系不遗余力，不可能为了业务而牺牲自己的婚姻家庭。既然安洪祥得不到自己所需要的东西，所以他感觉自己就没有义务再为姚桐在业务发展方面给予太多的支持，表现出明显的倾向性，甚至私下里还安排肖一把原来划分给永泰寿险公司的业务，尽量向其他公司倾斜。对此，姚桐心知肚明，不管吴思远对她怎么要求，她也不会不管不顾地去求安洪祥，一定要把家庭放在第一位。

第24章　安洪祥锒铛入狱，姚桐含泪弃营销

滨城区信用社各营业网点全部为永泰寿险公司代理业务后，宋青山对安洪祥颇有微词，甚至有些怀恨在心：一是安洪祥在未调入市信用社之前，自己鞍前马后地为他服务了多年，礼也送了不少，但自从安洪祥调任市信用社主任后，宋青山感觉他对自己是漠不关心，以前做出的承诺好像未曾做过一样，只字不提；二是滨城区信用社各营业网点全部为永泰寿险公司代理业务后，自己因此每年失去了四五万块钱的"好处费"或者说是"辛苦费"，在永平公司当营销员的亲戚孙大学也因此失去了转为公司正式员工的机会。

为了报复安洪祥，同时也为了保住自己的既得利益，宋青山以"一名共产党员的良心"的名义，偷偷给市纪委和省信用社纪检部门写了多封匿名信函，检举安洪祥的"三大罪状"。同时，授意孙大学靠上做滨城区信用社主任和肖一的工作。宋青山猜测，安洪祥对检举信不会置之不理、视而不见的，只要他不再坚持让市区所有的网点全部为永泰寿险公司代理业务，自己不仅可以重新获得发财的机会，而且安洪祥可能也因此会兑现提拔自己的承诺，因为安洪祥任滨城区农村信用社主任时做过的很多"见不得人"的事情，作为办公室主任的他是最清楚不过了。

看到安洪祥逐渐放松对代理合作公司的干预，同时，肖一通过宋青山和孙大学"牵线搭桥"，得到了许多永平公司的好处，所以他就找了个借口把宋青山姐姐担任负责人的网点转为为永平公司代理业务，不久又将另外一个城区网点，转为永平公司的业务代理网点。

刚开始，肖一还有些惴惴不安，生怕安洪祥怪罪下来，可两个城区信用社网点相继为永平公司代理业务以后，安洪祥一点怪罪的意思也没有，倒好像很赞成的样子。

第一个代理网点逐渐为永平公司代理业务以后，安洪祥认为姚桐一定会找上门求他，可等了一个多月也没有见到她人的影子。第二个信用社网点又转为永平公司代理业务以后，姚桐还是没有主动上门找他的意思，气得安洪祥牙咬得嘎嘣嘎嘣响。

人在险途

年底前,滨城市税务部门在全市范围内组织开展了一次税务大检查,检查的重点就是金融行业,两个检查组检查的第一站分别就是滨城区信用社和滨城永平公司。

在滨城区信用社检查的一组,除发现少数代理业务收入未及时入账以外,其他经营活动都比较规范正常。

可在永平公司检查的一组却发现了四大问题:一是"小金库"问题;二是大量的假发票流入问题;三是费用不真实列支问题;四是通过发票报销形式逃避个人所得税问题。

检查组通过调查取证发现,通过假发票报销的二百多万元资金中,有二十万元与安洪祥有着直接关系。

在取得大量证据之后,公检法部门约谈了安洪祥。

在强大的攻势面前,安洪祥交代了自己因业务合作而被动收受永平等公司送给自己的现金及黄金、字画等事实。安洪祥、汪江河、孙大学等人很快都被"请进"公安局协助调查。

税务大检查一开始,永泰寿险公司就立即安排财务部门进行了一次自查自纠活动,并将营销业务作为自查自纠的重点,对不规范的账目和存在着安全隐患的科目,该调整的调整,能补齐材料的千方百计补齐了材料。

当安洪祥被"请进"公安局的消息传来时,吴思远吓得一上午没敢走出他那间宽大的办公室,因为在业务合作方面,永泰寿险公司也存在着与永平公司同样的问题。

忐忑不安的吴思远打电话把姚桐叫了进来。

"安洪祥进去了,你知道吗?"姚桐前脚一踏进总经理办公室,吴思远就神情紧张地询问姚桐。

"进去了?进哪儿?"姚桐显然还不知道安洪祥出事了。

"进公安局了!"

"为什么?"

"行贿受贿,被市反贪局逮住了!"

第24章 安洪祥锒铛入狱，姚桐含泪弃营销

"判了多少年？"

"刚进去，还不到判的时候。"

"咱们跟信用社合作了多年，我担心有些事情咱们扯不清楚。可别把咱们这些人都扯进去呀！"吴思远十分担心地说。

"那、那、那可怎么办？"姚桐一听，神情也立即紧张起来。

"其他事情我倒不担心，我担心的是那六万块钱。要是追究起来，咱们这些人都得进去待两年。"吴思远神情沮丧地说。

"什么六万块钱？"姚桐问。

"安洪祥调任市信用社副主任后，让原来为永平公司代理业务的城区所有网点都为永泰寿险公司代理业务，为了感谢他，咱俩代表公司给他送去了六万块钱，当时还送他了十条中华烟。你忘了？"吴思远说。

听了这话，姚桐倒不紧张了。

跟信用社正式签订业务代理协议后，为了表示对安洪祥的感谢，吴思远跟姚桐给安洪祥送去了六万块钱的现金。

安洪祥从事金融工作多年，对金融行业的规章制度、行为规范及记账方式十分清楚。他虽然知道六万块钱不会在公司账目上清晰列支，肯定是通过发票报销或其他变通的方式变现出来的，但变通方式本身就是违法或者是违规的。既然是通过变通方式变现的，那公司不会只有吴思远和姚桐两人知道，财务部门以及负责购置发票部门的负责人甚至具体经办人员肯定也会知道，知情面越广，风险越大。

吴思远把钱送到安洪祥办公室的当天晚上，安洪祥就把姚桐叫到自己家里，两人完事后，安洪祥把那六万块钱塞给了姚桐：

"吃点喝点无所谓，钱还是不收的好。走的时候一定把那六万块钱带回去，上交、花掉你自己看着办，只要不放在我这里就行。"

"钱是给你的，我花掉能行吗？"姚桐嘟着嘴说道。

安洪祥一把又把姚桐搂过来，在脸上亲出了响声。

"钱送给我的就是我的了。拿回去吧，算是今天晚上的奖赏。"

人在险途

对安洪祥来说，虽然他说六万块钱是自己给姚桐的奖赏，但万一有一天自己真的出事了，公检法部门查到这笔钱的话，那自己肯定会说钱已通过姚桐退回永泰寿险公司了，至于姚桐退没退回那六万块钱，那就与自己没有任何关系了，只要自己没花，也不承认那钱是自己送给姚桐的就行了。如果六万块钱姚桐退回了公司，公检法部门又查到了那钱已经退回永泰寿险公司了，那正说明自己清正廉洁，跟永泰寿险公司的合作绝对不存在"暗箱操作"、"权钱交易"的问题；如果姚桐没有把那六万块钱退回公司，而是自己花了，那是姚桐自己贪污，与自己没有任何关系。

"只要你敢把这六万块钱花掉，我就可以对你招之即来挥之即去。真是一桩划得来的买卖啊！"当时的安洪祥想着想着，脸上露出不易察觉的奸笑。

看着上午自己跟吴思远送到安洪祥办公室的那六万块钱，姚桐心里简直是五味杂陈：

"为了信用社的业务，自己把女人最值得珍惜的东西给了他。不，是被眼前这个禽兽不如的东西抢了去的！既然你说钱给了你就是你的了，如果我还故作矜持，那我姚桐岂不就是'傻帽'一个？难道女人的贞操还不值六万块钱？要！为什么不要？"

姚桐当时之所以打算带走摆在面前的那六万块钱，主要有三个方面的原因：一是六万块钱是通过手续费的形式从姚桐的银行储蓄卡里取出来的，一定程度上来说，钱本来就应该是自己的，因为营销员的手续费比例不是一成不变的，公司完全可以根据业务量多少、贡献量大小来调整；二是当时姚桐认为，即使以后公司知道自己把那六万块钱花掉了，也不会把自己怎么样，因为信用社几百万元的代理业务就是凭自己的一己之力争取来的，如果公司因为区区六万块钱而对自己不依不饶的话，把钱还上一走了之，到头来受影响的还是永泰寿险公司。吴思远等总经理室成员不会因为区区六万元钱，而丢失几百万甚至上千万元业务的。三是安洪祥已经被自己搞得神魂颠倒了，他肯定既不想落下一个受贿的名义，又想用这笔钱

第24章　安洪祥锒铛入狱，姚桐含泪弃营销

笼络住自己。

"既然他说钱给了他就是他的了，那说明钱是安洪祥送给自己的，自己不是私吞贪污的。况且安洪祥未必会跟吴思远等人说那六万块钱已经让自己替他退回公司了。即使以后发生什么事情，安洪祥没收那六万块钱，他肯定不会傻到说自己收了永泰寿险公司的六万块钱，又把这六万块钱给了自己的'相好'的了。"姚桐心里盘算道。

安洪祥主动把钱放进了姚桐随身背的包里，用手轻轻地拍了拍姚桐的脸颊："就算是今晚上陪我的奖励吧。"

姚桐趁势坐到安洪祥的大腿上，一边前后摇晃着，一边娇声娇气地说："不会今天我把钱花了，明天全公司的人都知道吧？你不会想让我背上一个贪污犯的罪名吧？"

安洪祥轻轻地刮了一下姚桐的鼻子："我傻啊？我能出卖我自己？"

"是啊，如果你敢跟别人说六万块钱给了我姚桐的话，那等于承认你安洪祥借职务之便玩弄女性，道德败坏的名声不比贪污犯好到哪里去！你安洪祥应该不会傻到那种程度吧？"

"想什么呢？怎么不说话了？"吴思远皱着眉头问道。

姚桐知道自己走神了，有些不好意思地笑了笑。

"应该没事，安主任不会傻到什么都交代吧？"姚桐说。

"没事最好。你知道，行贿和受贿可是同等罪责的！"

吴思远想了想，又叮嘱道："这事只有你我两个人知道，万一有一天公安局找上门质问起此事来，咱俩死活都不能承认，一旦承认了，咱俩有问题事小，安主任受牵连事可就大了。越是在这个关键的时刻，我们越应该替安主任担当一点。落井下石不是我吴思远的性格。"

吴思远嘴上这样讲，心里却想："只要我没事，你安洪祥死活与我有什么关系？在这个节骨眼上，谁还顾得上谁呀！"

"只要吴总不说，我肯定不会说的。不管怎么讲，安主任跟我和我们家刘洋都是亲戚，以前在业务发展方面也给我们帮过不少忙，现在人家遇

上事了，不要说是亲戚了，就是不是亲戚，咱们也不能火上浇油。您说对吧？"姚桐说这话的时候，表情十分坦然，令闯荡江湖多年的吴思远也不得不佩服。

看到吴思远有些愕然的样子，姚桐禁不住偷偷地笑了："傻瓜，六万块钱本小姐替他花了。他压根没收那六万块钱，怎么会交代自己收了永泰寿险公司的钱呢？"

安洪祥出事后，公检法部门的人员虽然也到滨城永泰寿险公司调查取证过，但从未涉及六万块钱的事情。压在吴思远心头的一块大石头，结结实实地落了地。

三个月后，滨城市委组织部以"道德败坏、有严重的经济问题为由"，一纸红头文件，把安洪祥"开除党籍、开除公职"。不久，滨城市人民法院以"贪污受贿"等罪名，将安洪祥判处有期徒刑六年，没收不法所得三十万元。

安洪祥一出事，永平公司就立即聘请当地有名的律师收集了大量的有利证据，证明永平公司送给安洪祥的钱物是安洪祥主动索取的，属于被告索贿，不是永平公司主动行贿的。同时杨松林、汪江河等人调动一切能够调动的资源，全力靠上做公检法等有关部门的工作，才使有关人员免予了刑事处罚，只对永平公司进行了警告和经济处罚。

永平公司受到处罚，而与安洪祥来往密切、在滨城市信用社代理业务中占主导地位的永泰寿险公司，竟然未发现有行贿受贿的问题，这让永平公司上下十分费解。

"安洪祥既爱财又好色，永泰寿险公司既然不是通过行贿获取保费的，那一定是通过美色打动安洪祥的！"宋青山分析道。

"可安洪祥进去以后，只承认跟信用社的一个女柜员有点暧昧关系，可那人并不是永泰寿险公司的营销员或正式员工，怎么能证明永泰寿险公司就是用了美人计了呢？"孙大学也十分不解。

"永泰寿险公司负责滨城农村信用社业务维护的营销员是个女的，可

第24章 安洪祥锒铛入狱，姚桐含泪弃营销

那人是安洪祥老婆表弟的老婆，安洪祥可能就是因为这层关系在业务代理方面向永泰寿险公司倾斜的。"杨松林说。

"我呸！他俩什么关系我还不清楚？一开始永泰寿险公司那个叫姚桐的压根就不认识安洪祥。我记得永泰寿险公司刚开始去区信用社联系业务的时候，好像还是打着市里一个什么领导的旗号去的。如果姚桐跟安洪祥一开始就有亲戚关系的话，直接去找他不就完了？还需要拐那么大个弯吗？"宋青山显然不同意杨松林的观点。

"肯定是姚桐那个骚娘们给安洪祥灌了什么迷魂汤，否则的话，安洪祥不会把本来我们永平公司的业务硬生生地挪给永泰寿险公司的。姚桐那个女人我见过，说话酸溜溜的，绝对是个浪货。"孙大学咬牙切齿地说。

"永泰寿险公司的那个女营销员肯定跟安洪祥的关系不一般，可人家安洪祥死活不交代，谁都没辙。不管他安洪祥交代不交代，有一点是肯定的，那么大的一个业务，她一个营销员不用送礼就能搞定，背后肯定有故事。"汪江河附和道。

"业务全让永泰寿险公司抢去了，到头来永泰公司却没事，我们永平公司倒受到了重罚。我们不能就这么便宜永泰寿险公司了，尤其是那个女营销员。"孙大学发狠道。

"这件事肯定没那么简单，一定有人帮助做工作了，否则的话，永泰寿险公司不会一点事情也没有。"宋青山说。

"我看这事就算了吧，大不了信用社的业务咱们不做了。"汪江河嘴上这样讲，心里却想："你们使劲搞，搞得越大越好！"

……

安洪祥一进去，社会上各种传言就来了：

有人说："安洪祥的家被公安局抄了，现金不说，仅金银珠宝、名人字画就值上千万元。"

有人说："安洪祥的案子涉及了很多人，包括市里的一些重要领导，听说市里很多领导对安洪祥的问题进行了强力干预，安洪祥的案子很有可

能最终不了了之。"

有人说:"安洪祥不仅经济上有问题,生活作风上更是存在着问题。他不仅跟他手下一个叫刘洋的搞'同志'关系,而且还跟刘洋的老婆生了一个孩子,是一个不折不扣的变色狂。"

还有人说:"安洪洋不仅跟永泰寿险公司一个女营销员相好,而且跟永平公司的一个女营销员也有一腿,是一个多情的种子……"

社会上的风言风语很快传到了苏岚的耳朵里,气得她号啕大哭了一场。

哭过之后,苏岚又像泼妇一样大骂不止。她骂安洪祥是负心汉,骂保险公司是骗子公司,骂所有的保险营销员都是害人精。

声嘶力竭的哭喊、捶胸顿足的沮丧之后,安洪祥慢慢恢复了平静,开始后悔当初不该开展保险代理业务。

安洪祥认为,自己之所以从一个人人敬慕的信用社主任、处级干部,一下子跌落为人人鄙视、敬而远之的囚犯、贪污犯,原因就是因为开展了那项该死的保险代理业务,自己的前程都毁在了那些能说会道、毫无人格、不知廉耻的营销员手里了。他恨永泰公司、恨永平公司、恨姚桐、恨苏岚、恨所有的保险营销人员。

"臭娘们,我在位的时候,你们像苍蝇一样围着我转来转去,我一出事,连个照面都没人跟我打了!真她妈的忘恩负义……"

"别人不来看我也就罢了,苏岚怎么也不来看看我了呢?即使我有许多不是,有许多对不起你的地方,但也不至于连个面也不露一下呀!俗话说,一日夫妻百日恩,何况我们共同生活了那么多年!"想着想着,安洪祥禁不住又嘤嘤地哭了起来。

苏岚终于来到了关押安洪祥的四三六监狱,虽然面无表情、冷若冰霜、说话尖刻,但安洪祥还是感到莫大的欣慰,心里产生出从未有过的暖意。他突然明白了,自己一出事,受害最大的不是自己,而是面前的这位他曾经十分厌恶、做梦都想摔掉的"黄脸婆"。

滨城市农村信用社的许多人包括牙松都到四三六监狱看望过安洪祥,

第24章 安洪祥锒铛入狱，姚桐含泪弃营销

而安洪祥认为最应该经常来监狱看望自己的刘洋却从未露过面。安洪祥压根儿不会想到，刘洋和姚桐正面临着人生的一次真正考验。

安洪祥被正式判刑没多久，整个滨城市关于安洪祥与刘洋、姚桐的短信满天飞，很多人最起码滨城市农村信用社系统和滨城市保险行业的大多数人收到了不知来自何方的短信，刘洋和姚桐的父母及亲朋好友几乎无一例外。

羞愧、屈辱、不安，深深地笼罩着姚桐，笼罩着刘洋，笼罩着姚桐和刘洋的父母和亲戚朋友。

极度羞愧的姚桐想到了死，可当她看到咿呀学语孩子的时候，她又坚定了活下去的勇气。

极度屈辱的刘洋想到了逃，他想逃离给他戴上足以压垮任何一个男人大大绿帽子的姚桐，逃离那个让他百般无奈、十分纠结的家，逃离那些有色或无色、轻蔑或善意的眼神，可当他看到年迈的父母和童趣横生的儿子的时候，他的心又软了下来。

几次大的家庭战争之后，姚桐不得不同意跟刘洋一起做亲子鉴定，虽然鉴定结果与短信内容不相符合，但夫妻之间的隔阂却没有消失。

亲子鉴定结果出来的当天，姚桐去了一趟公司，递交了辞职报告，然后抱着孩子直接回了娘家。

对姚桐来说，自从去保险公司从事营销工作以来，为了业务，为了钱，也为了早日摘掉头上那顶营销员的帽子，她得到了许多人没有得到的荣誉、赞扬和羡慕的眼神，也付出了许多人没有付出的东西，经受了许多人从未经受过的责难、屈辱和谩骂。

面对伙伴们的劝慰和挽留，她哭了，哭得那样伤心、那样动容、那样心有不甘。

"即使贫困潦倒、即使再失业两次，我也不会再重复营销员那段不堪回首的历程了！"姚桐义无反顾地走出永泰寿险公司大门的时候，心中不免产生出对保险公司、对营销员无比的怨恨。

人在险途

　　当姚桐抱着孩子即将离开她那个让她感觉温馨无比、自己愿意为此付出一切的家的时候，她多么希望刘洋追出来把她和孩子拉回去，哪怕是表面上敷衍一下也好，那样的话，她就可以顺水推舟地回去。虽然她抱着孩子好像受了很大委屈似的冲出了家门，但她心里清楚，自己那样做，无非是证明短信所说的内容不实；告诉刘洋是有人在中伤自己、玷污自己，同时借题报复安洪祥、打压安洪祥，让安洪祥永无翻身的可能。

　　姚桐爱刘洋，也爱那个家。她知道，即使刘洋与自己没有感情了，只要孩子在自己手里，刘洋和他的父母、爷爷、奶奶肯定不会舍得孩子，肯定会让刘洋把自己叫回来。姚桐认为，只有这样，才能表达自己的愤慨和清白，才能保住辛辛苦苦建立起来的家庭，虽然那是自欺欺人的，但多年营销的经验告诉她，她必须那么做，也应该那样做，否则的话，自己可能永远失去了足以让自己珍惜一生的东西。

　　经历了三天的煎熬，刘洋终于打电话告诉姚桐说，孩子的爷爷奶奶想孙子了，让她抓紧抱着孩子回家让老人看看。

　　接到电话的姚桐，极力控制住自己内心的喜悦。她说，孩子感冒了，自己无法带孩子坐车回去。

　　刘洋一听孩子病了，快步下楼，开车直奔姚桐的父母家。

　　看到刘洋走进来，姚桐眼泪禁不住哗哗地流了下来，好像自己受了多大委屈似的。

　　刘洋说："别哭了，咱们回家吧，为了孩子，为了老人，你还是原谅我吧。"

　　姚桐说："最应该求你和老人们原谅的人是我，要不是因为我，你们也不会承受那么大的压力。"

　　"请你原谅我吧！为了孩子，为了老人，也为了我！"话没说完，姚桐呜呜地哭了起来。

　　刘洋说姚桐回娘家住的这几天，许多事情他好像一下子想通了：人活一世，担当最重要，有些事情，是不能逃避的。

第24章 安洪祥锒铛入狱，姚桐含泪弃营销

姚桐说她这辈子最大的失误就是当了营销员，得到了许多，失去得更多。

刘洋说："你不干营销员我们怎么会认识呢？比较遗憾的是，这两年你刚干出点成绩来，客户也有了，收益也多了，可我那个表姐夫却出事了。可话又说回来了，谁让媳妇你长得那么漂亮呢？"

姚桐说："女人漂亮有时候是资本，但有时候也是一种包袱。"

接着她又说："永泰寿险公司那份工作无论如何她是不会再干了，再干下去，还不知又惹出什么新闻来。只要孩子健康、家庭和睦，给座金山银山她也不换。"

刘洋说："等孩子长大一些，你还得出去找份工作，老憋在家里，也不是个办法。"

姚桐说，这些年，从事保险营销工作，有得也有失，但总体上是得大于失。对她来讲，目前最大的愿望是把孩子拉扯大、培养好，这既是为人妻、为人母的职责，也是对刘洋一家人最大的报答。

刘洋说，作为男人，最大的职责就是保护好妻子、照顾好孩子，让一家人衣食无忧，生活美满。这方面，他感觉自己以前做得很不够。

姚桐看着刘洋，眼睛红红的，眼泪在眼眶里不停地打着转。

姚桐和刘洋情不自禁地紧紧地拥抱在了一起。

第 25 章

大火无情人有情，灾难面前有大爱

连日来，朱大勇心情特别的好：一是两笔规模较大的营销业务进展顺利，如不出现意外的话，仅两笔业务就可实现保费收入三十多万元；二是准岳父母终于同意将他们的独生女儿嫁给自己了，结婚的日子就订在国庆节那天。

人逢喜事精神爽，朱大勇不知多少次从睡梦中笑醒。

俗话说男人不坏，女人不爱。从各方面讲，朱大勇都可以称得上是一个不折不扣的"坏男人"：说话不着调，喜欢开玩笑，经常捉弄人，偶尔还发飙，所以三十多岁了还是"单身贵族"，"两人世界"的生活一度成为奢望。

朱大勇来永泰保险公司当营销员后，也交过几个女朋友，但真正算得上正儿八经谈过的只有三个。

朱大勇谈的第一个女朋友是他团队里的一名营销员，名字叫荣誉。荣誉刚到永泰寿险公司当营销员的时候，经常得到朱大勇的关心和帮助，一来二往，两人就好上了。谈了半年之后，荣誉感觉当营销员不易：一是在社会上没地位，二是工作上不稳定，三是以后生活没保障。如果夫妻两人都干营销员的话，风险太大。一天，朱大勇跟荣誉因为一点小误会发生了激烈的争执，盛气之下，荣誉毅然决然地跟朱大勇分了手，并很快离开了永泰寿险公司。

第25章 大火无情人有情，灾难面前有大爱

朱大勇谈的第二个女朋友叫山丹丹，是滨城市百货大楼财务部的一名会计。因为业务关系，朱大勇经常跟山丹丹打交道，时间一长，两人就产生了感情。

山丹丹的父母都是滨城区职工子弟学校的教师，循规蹈矩，思想保守。在他们看来，女孩子找对象不图男孩子有多少钱，地位有多高，只要老实本分就行。山丹丹在省商贸学校读书时，曾跟班里的一个男同学谈了一年多恋爱，两人同时在滨城参加工作后，又谈了接近两年。正当两人商量结婚组织家庭的时候，山丹丹的男朋友趁随团去美国商务考察的机会，私自滞留美国不归。山丹丹跟她的那位男朋友通了一段时间的书信后，突然失去了联系。有人说山丹丹的男朋友跟一名黑人在美国结了婚，还有人说是被美国移民局抓去坐牢了。不管什么原因，两人从此再没有联系过，山丹丹因此也由一名不谙事理的青涩小姑娘，变成了二十六七岁的大姑娘。

山丹丹与朱大勇交往的事情很快让山丹丹的父母知道了，两人坚决反对女儿与当保险营销员的朱大勇来往。

在山丹丹的父母看来，营销员个个能说会道，别人兜里的钱都能骗出来，谁敢保证他们不骗女孩子的感情？

山丹丹的父母认为，山丹丹在找男朋友方面已经吃过一次亏了，如果再上当受骗一次，那女儿可就彻底毁了。

"你父母都是当教师的，诚诚实实做人，老老实实办事，从没骗过谁害过谁，你将来找对象也应该找一个老实本分、工作稳定的人。像营销员那种走东家转西家、工作飘忽不定的人，谁也不敢保证他们以后会不会出事。找一个跟骗子没多大区别的人当女婿，你觉着适合咱们这样的知识分子家庭吗？"山丹丹的父亲批评道。

"我办公室王老师的一个远房侄女就在保险公司干营销员，经常去我们办公室找王老师，一聊起来就没完没了，也不管影响不影响其他老师们工作。"山丹丹的母亲头摇得像个拨浪鼓。

山丹丹的父母坚决反对女儿跟朱大勇谈恋爱，并且很快请人帮忙给女

儿介绍了一位在市教委当驾驶员的朋友，气得朱大勇差点没昏过去。

一晃一年又过去了，朱大勇终于又找到了一个感觉年龄、地位跟自己比较般配的女朋友。

朱大勇新找到的女朋友叫王二丫，是市地毯厂的一名仓库管理员，跟央视著名主持人王小丫的名字只有一字之别。所以，一向喜欢热闹的朱大勇经常在众人面前吹嘘说，他的女朋友王二丫是央视著名主持人王小丫的姐姐，所以将来他就是王小丫的姐夫。

跟朱大勇刚开始交往的时候，王二丫感觉朱大勇说话忽忽悠悠的，有时候听起来还有些不太靠谱。但两人交往一段时间后，王二丫感觉朱大勇为人还不错，年龄虽比自己大五六岁，但为人义气，办事认真，收入也挺好。想想自己年龄也老大不小了，看看小时候的玩伴个个结婚的结婚，生子的生子，自己再也没有拖下去的本钱了，也就答应了朱大勇的请求。

两人的恋爱关系很快得到了双方家长的认可，因为双方父母早已被两位大男剩女"折磨"得寝食不安，巴不得两人马上就结婚成家。

结婚前的各项准备工作基本就绪，就等国庆节那天到来了。

两人正式结婚的前三天晚上，朱大勇和王二丫又一起忙活到九点多钟，看看婚房里实在没什么可收拾的了，两个人相拥着上了床。

"再好好想一想，看看还有没有没有想到的地方？千万别在结婚那天在亲戚朋友面前出了洋相！"王二丫不无担心地说。

朱大勇一边抚摸着王二丫，一边说："放心吧，我老朱是干服务行业的，心细着呢，不会出什么问题的，你就等着好好做你的新娘吧！"

"不知道那二百多份请柬全部送到客人手里了没有？我放心不下的还有婚宴上的事情是不是都安排好了？"王二丫还是有些不放心。

"婚宴上的事情由朱姐、伊哥他们帮着张罗，他们办事你还不放心？咱俩结完婚请完客接着就出国旅行，一去就是半个月，还有两个客户的事情我还没处理完，明天我抓紧跑一趟，顺便把请柬给他们送过去。"朱大勇说。

第25章 大火无情人有情，灾难面前有大爱

"咱俩刚接触那会儿，我看你说话油腔滑调的，心想你为人处世不会好到哪里去，但接触时间一长，才发现原来你干工作还是蛮认真的。"王二丫说。

"社会上普遍对保险营销员印象不好，认为保险营销员都是骗子，只认钱不认人，为了赚提成，什么话都敢说，什么人都敢骗，实际上不是那么回事。应该说，营销员队伍整体素质确实应该提高，但绝大多数营销员还是敬业诚信的，对社会、对事业、对客户是负责任的。比如说我朱大勇就是这样的人。"

王二丫咯咯笑着说："是吗？跟你这么长时间了，我怎么没看出来？"

朱大勇一只手揽住王二丫，一只手不停地咯吱王二丫，痒得王二丫在朱大勇的怀里翻来覆去笑个不停。

王二丫停止笑声，一本正经地问道："前两天听说你们保险公司的一名营销员跟媳妇外出办事，路上正好遇上了过去的一名仇人，你们那位营销员大哥一看对方手里拿着一把水果刀，吓得扔下媳妇撒腿就跑。伤心透顶的营销员媳妇一气之下跟她那位当营销员的老公离了婚。这事应该是真的吧？"

朱大勇有些气愤地说："操！什么坏事烂事都赖到我们营销员身上！那位大哥哪是什么营销员，是市政府一名姓夏的科长。那位夏大科长跟人家媳妇有一腿，这事谁遇上，谁都会拿刀子捅他。"

"我还听说你们营销员做业务专挑亲戚朋友骗，很多人尤其是熟人对你们营销员是敬而远之。"

"中国人对保险不认识，认为保险没用处，靠不住。在人们对保险认知程度很低、对营销员有抵触情绪的情况下，营销员拓展业务只能先从自己熟悉的人开始，通过熟悉的人影响他们周围的人。所以，有时候营销员盼望自己的客户出现风险，只有客户出现风险得到保险公司的赔偿了，他们才有可能真正认识到保险还是有用处的，是必不可少的。营销员中有骗子，但并不能说明营销员都是骗子，绝大多数营销员是应该值得信赖的。"

……

那天晚上,朱大勇跟王二丫谈论了很久,也争辩了很久。越谈论,王二丫越感觉社会上对营销员的评价确实不公;越争辩,王二丫越感觉营销员也包括自己身边的这位营销部经理是可以信赖和托付的人。

天一亮,朱大勇就起了床,亲了一口还在熟睡中的王二丫,开上他那辆大众轿车出了门,他想尽快处理完客户的事情后,及早把第二天婚礼上的一些事情再落实一遍。

车子经过了三条比较宽大的马路,转入了一条有些弯弯曲曲、相对狭窄、名叫荷花路的街道,朱大勇准备去的温馨办公家具有限公司就坐落在荷花路的尽头。

温馨办公家具有限公司是朱大勇服务了近五年的一个重要客户,保费虽不多,只有五六万块钱,但保费每年递增、客户关系稳定,公司老板葛南与朱大勇因保险而成为了比较要好的朋友。

车子一拐入荷花路,朱大勇就远远发现温馨办公家具有限公司所在的区域浓烟滚滚,没多会儿就看到有火苗升起。

朱大勇的心咯噔了一下:"坏了!工厂起火了!"

朱大勇一边拼命地踩着油门,一边掏出电话拨打葛南的电话,因为他知道,工厂里的工人师傅们晚上有打扑克下象棋的习惯,早晨六点多钟,正是工人师傅们睡得正香的时候。

葛南的电话一直无人接听。

朱大勇又迅速翻找着温馨办公家具有限公司财务部经理的电话。

"砰"的一声,朱大勇的车子撞上了马路旁边的路沿石上动弹不了了。

朱大勇从车里冲出来,一边拼命地往起火方向跑着,一边拨打着火灾报警电话,一边大声地喊叫着。

朱大勇冲进温馨办公家具有限公司大门的时候,看到工人师傅们尖叫着从房间里冲了出来。

"房间里还有没有人?"朱大勇大声问道。

第25章 大火无情人有情,灾难面前有大爱

从房间里逃出来的工人有的赤着脚,有的只穿着内裤,还有一个人用一条已经烧出了三个窟窿的床单裹着身子,大家显然被眼前的景象吓呆了。

朱大勇端起水龙头旁边的一盆凉水"哗"的一声从头上浇下来,迎着火苗冲进了房间。其他几个刚逃出来的工人,也学着朱大勇的样子冲进了火海。

一个,两个,当朱大勇背着第三个被浓烟熏晕的工人冲到房间门口的时候,"扑腾"一声倒下了。

门外的工人们一拥而上,把朱大勇从燃烧着的大火中拖了出来。

朱大勇救人烧伤的消息很快传到了永泰寿险公司,传到了朱含韵等许许多多营销员的耳朵里。

九点多钟,温馨办公家具有限公司的工人和四五十名永泰寿险公司的干部员工把滨城市中医院一楼急救中心的大门围了个水泄不通,大家焦急地张望着。

"我说忙完了这一阵子再去,你偏不听,有什么要紧的事情非得今天去办呀?你这样,让我怎么办呢?"王二丫一把鼻涕一把眼泪地说着。

"是啊,明天就是大喜的日子了,有什么事情不能结完婚再去办吗?"旁边有人说。

"他说客户交办的一件事情还没有办完,今天一大早就开车出了门,谁知就出了这么档子事。呜呜呜……"王二丫哭诉着。

"唉!咱们当营销员的都是属狗的,对客户再忠诚、服务再周到,人家认为也是应该的,也不会说咱们好。"人群中传来一个有些苍凉的女人的声音。

"不指望他们说咱们好,不骂咱们贱就不错了!"一个男人附和道。

"等我女儿长大了,就是沿街当叫花子,也不会再让她去当营销员了!"苍凉的女人的声音。

"要是还有别的好干的工作,谁愿意去干净拿着热脸贴冷屁股的营销

员?"另外一个女人叹道。

"咱们当营销员的,早起晚睡跑客户,一个月下来,剩不了几个鸟钱,还整天挨这挨那的,搞不好,可能连命都搭上了!"一个瓮声瓮气的男人的声音。

四五十个营销员你一言我一句正在议论着,一个四十多岁的男子气喘吁吁地跑了过来:"工人们伤得怎么样了?没什么大碍吧?"

"除了最后抢救出来的四五个人伤得有些厉害以外,其他人都没什么大事,但保险公司的朱经理可能伤得比较严重。葛总。"温馨办公家具有限公司的四个工人围着刚跑过来的那位年龄大约四十多岁的男子说道。

"都怪我,我一早就跟老婆一起办事去了,手机都忘记了带。"

那位被称为葛总的人走向坐在椅子上正在哭泣的王二丫:"我是葛南。朱经理伤得怎么样?医生是怎么说的?"

王二丫只是哭,不说话。

"都怪我,要是我一早不出去办事就好了!"葛南自责道。

葛南转身问旁边一位个头挺高的小伙子:"火是怎么烧起来的?"

那位高个小伙子说他也不清楚到底是怎么回事,估计是烘木房那边先着的火,也可能是烟头之类的暗火引发的。

一名护士从急救室里走出来,众人急忙迎上去:"医生,伤者怎么样?有危险吗?"

"重度烧伤,是否有危险需要观察。"护士一边急促地走着,一边说道。

"大夫,需要输血吗?我是O型血。"营销员赵宝灯说。

"需要的时候自然会告诉你们的,现在还不需要。"护士说。

没多大会儿,朱大勇的父母和王二丫的母亲一前一后来到了市中医院的急救中心。

"明天就是两个孩子大喜的日子,谁知大勇今天又出了这么个事情!唉!"朱大勇的父亲叹息道。

第25章 大火无情人有情,灾难面前有大爱

"亲家母,你看两个孩子的事情怎么办?"朱大勇的母亲怯怯地问道。

"还能怎么办?只能看看再说了。"王二丫的母亲冷冷地答道。

"按照咱们滨城人的说法,孩子大喜的日子是不能随便改来改去的。你跟亲家爸再商量商量,看看两个孩子的事情应该怎么办最好?"朱大勇的母亲还是有些不死心地问道。

"二丫的爸爸一早就去接她姥姥去了,回来后我跟他商量商量再说吧。大勇现在还躺在里面,怎么样还不敢说,两个孩子结婚的事,我看还是等等再说吧。"王二丫的母亲说。

王二丫的父亲半道上接到王二丫母亲的电话,就直接调转车头回到了滨城。

"大勇伤得怎么样?不会有什么危险吧?"王二丫的父亲一回到家,就问刚从医院里回家的妻子和女儿。

"烧伤面积很大,医生说恢复到什么程度现在还不能断定。"王二丫抹着眼泪说。

"明天结婚的事情怎么办?亲戚朋友们都已经通知了。"王二丫的父亲有些着急地问道。

"还能怎么办?抓紧通知大家明天都不要来了。"王二丫的母亲用不容置疑的口吻命令道。

"真他妈的吃饱了撑的!一大早跑到那地方干什么?不知道明天就结婚了吗?"王二丫的父亲气得把手中的杯子摔到了地上。

王二丫的母亲瞪了一眼还在嘤嘤哭泣的王二丫:"他朱大勇是傻了还是怎么的?那么大的火,他逞什么能?"

"房间里有人没跑出来,如果让你遇上,你会无动于衷吗?别净说些没用的了!"王二丫的父亲瞪了王二丫的母亲一眼。

"人是救出来了,可他自己是死是活还不知道。都到了这个份上了,你说怎么办?这不是坑咱们家二丫吗?"王二丫的母亲气得眼泪都出来了。

王二丫哭着跑进了自己的房间。

王二丫的母亲小声呵斥王二丫的父亲说："当着孩子的面，你不跟我站在一个立场上也就罢了，跟我抬什么杠？"

"都这个时候了，不好好劝劝二丫，净说那些屁话干什么？"

"救火是消防队的事情，与他朱大勇有什么关系？这下可好，不死不活的，这不是坑我们家闺女吗？"

"他就是烧伤了，不至于有生命危险吧？"王二丫父亲的语气稍微缓和了一些。

"有没有生命危险现在还不好说。即使没有生命危险，我听医生说面容毁了是肯定的了，你总不能让咱们家二丫嫁给一个门都不敢出的人吧？"王二丫的母亲一边说着，一边努着嘴，做出一副面容被毁吓人的样子。

"那你说怎么办？他俩结婚证早就领出来了，是合法夫妻了，总不能让他俩离婚吧？"

"如果治疗效果不好的话，只能离婚。他俩又没有举行仪式，咱们家二丫还是姑娘身子，虽然年龄大了些，但还没到嫁不出去的地步。"

"她俩离了，朱大勇怎么办？街坊邻居们不戳着咱一家人的脊梁骨骂才怪呢！"

"骂就骂吧，总比跟一个残疾人过一辈子好吧？"

两个人正争吵着，王二丫打开房门走了出来。

"明天的仪式可以取消，但结婚这件事照常进行。"听了这话，王二丫的父母都有些惊住了。

"你疯了？朱大勇还躺在医院里，你一个人怎么结婚？"回过神来的王二丫母亲吼道。

"是啊，二丫，这可是关系到你一辈子幸福的事情。你可要想好了，千万不要感情用事啊！"王二丫的父亲劝道。

"爸爸，我没感情用事，你们还是该怎么准备就怎么准备吧！"

"不行，他朱大勇只不过是一个小小的营销员，又不是什么富家子弟，值得你把一辈子的青春都赌上吗？"王二丫的母亲态度十分坚决。

第25章 大火无情人有情,灾难面前有大爱

"妈,朱大勇虽然只是一个可能不讨人喜欢的保险营销员,但他为人正直,有责任心,对我也很好,咱不能在人家最困难的时候做出伤天害理的事情啊!"

"你看你那话说的!这怎么叫伤天害理呢?跟朱大勇处对象,一开始我就反对,可你就是不听。不行,这事说什么你也得听妈的,妈不能把你往火坑里推!"

"领了结婚证,我们就是合法夫妻了,只要大勇还有一口气,我们就不能抛弃人家。"

"二丫说得对!你个死老婆子现在怎么变得这么世故?"王二丫的父亲一下子又站到了王二丫的一边。

"你个死老东西,我怎么世故了?不会说话就闭死你那张臭嘴!你愿意守着一个半死不活的人过一辈子我也没办法,以后别怪当妈的没提醒你。"王二丫的母亲说完,气呼呼地摔门进了卧室。

在医院里待了一天的朱含韵刚回到家,就听见门外有人在敲门。

朱含韵开门看到两只眼睛肿得像铃铛似的王二丫怔怔地站在门口,赶紧把她拉了进来。

朱含韵劝了半天,王二丫终于停止了哭泣,声音有些沙哑地说:"明天的结婚仪式我想正常进行,朱姐你得帮帮我。"

朱含韵一边帮王二丫擦着眼泪,一边问道:"你说,姐应该怎么帮你?"

王二丫把自己的想法和自己父母的态度跟朱含韵一说,朱含韵立即表示了支持。

十月一日,朱含韵、姚桐、伊凡、赵宝灯等人一大早就来到了医院,在征得院方同意的情况下,大家一齐动手把病房布置了一新:

天棚上挂满了彩球、彩带;朱大勇躺着的床头的正上方悬挂着他跟王二丫的巨幅婚纱照,那是出事前一周两人在滨城最大的婚纱影楼——"千里姻缘一线牵"拍摄的;婚纱照正上方"朱大勇先生与王二丫小姐结婚庆

人在险途

典"格外引人注目……

结婚仪式在上午十点五十八分正式开始，滨城市好姻缘婚庆公司负责为朱大勇和王二丫操办了整个婚礼。

喜庆的音乐中，一男一女两个司仪从病房门外步入了病房，面对着躺在病床上的朱大勇和身着雪白婚纱的王二丫以及在场的几十名营销员、公司员工、医生护士和病人家属，深情地主持道：

"各位来宾、各位亲朋好友，今天是一个特殊的日子，是一个让在场的每一个人可能铭记一生的日子，也是我跟丽丽小姐搭档从事婚礼主持以来主持的第一百对新人结婚仪式。在此，让我们以一种特殊的方式祝福两位新人百年好合、一生平安！"男司仪说。

在场的每个人都双手合十，为朱大勇祈祷，为王二丫祈福。

"一位诗人曾经说过，人世间最美好的东西莫过于爱情。爱情是美好的，她是人世间最纯洁、最真挚的感情；爱情又是伟大的，她可以催人泪下、融冰化雪。真情像草原广阔，层层风雨不能阻隔，在爱情力量的感召下，朱大勇先生一定会慢慢好起来、重新站起来的……"两位司仪继续主持道。

两个司仪动情地解说着，虽然应医生的要求不能跟主持正常的婚礼那样充分地演绎，但此情此景，足以让在场的每一个人动容落泪。

病房走廊里的人越挤越多，当看到王二丫走到朱大勇身边，俯身轻轻地亲吻满脸伤痕的朱大勇时，在场的每一个人再也控制不住自己的感情。

"这是一场伟大的婚礼，也是我们两位司仪主持的最有纪念意义的一场婚礼，更是好姻缘婚庆公司成立三年来主办的最值得荣耀的一场婚礼。为了表达对两位新人的敬意，对这场特殊婚姻的祝福，对王二丫小姐、朱大勇先生惊天地、泣鬼神爱情的讴歌，好姻缘婚庆公司决定，除免除本次婚礼的全部费用以外，公司二十多名员工决定再集体捐助五千元。这五千元既是一份贺礼，也是一份祝福，虽然不多，但足以表达好姻缘婚庆公司全体员工对英雄的敬意，对人性的颂扬，对爱情的讴歌……"

第25章 大火无情人有情,灾难面前有大爱

当两位司仪把装有五千元的大红信封共同递到王二丫手里的时候,王二丫再也无法控制自己的感情,任凭两行热泪尽情地流着。

当第一张一百元人民币放到朱大勇旁边的另一张床上的时候,房间里、走廊里的人争先恐后地走向床边,把面额不等的钱轻轻地放到了病床上:一百元、五十元、十元、伍元、壹元……

面对相识的和不相识的人,王二丫"扑腾"一声跪下了。

"大勇,今天是咱俩大喜的日子,这么多人都来为咱们祝福,你快睁开眼睛看看呀!"

"大勇,你一定要挺住,一定要好起来!你睁开眼睛看一看,你床上的这些钱,都是在场的大爷大娘大哥大姐们为你治伤捐的,为了他们,为了所有关心、爱护、帮助咱们的人,你一定要挺过来呀!"

"大勇,你不是说你热爱营销员这个职业吗?你不是说等将来咱们有了孩子,也让他继续从事营销工作吗?那你睁开眼睛看看我呀!我是二丫,你的新娘啊!你不能不兑现你的诺言呀!"

……

王二丫一边哭诉着,一边情不自禁地俯身一次又一次地深情地亲吻着朱大勇。

医生们迅速赶了过来,把围观的人劝离后,认真地对朱大勇进行了一次检查和会诊,然后嘱咐王二丫、朱含韵等人:注意观察病人的情况变化,加强与病人交流,一有异常,立即报告。

正在这时,两位扛着摄像机的人急匆匆地闯了进来,其中那位手拿话筒的女主持人问:"英雄朱大勇的婚礼结束了没有?"

看到大家有些异样的眼神,方才问话的那位女主持人解释说,她俩是滨城都市电视台《寻常百姓家》栏目的记者,听说英雄朱大勇与他的妻子要在医院里举行一场别开生面的婚礼,就急匆匆地赶了过来,紧赶慢赶,还是没赶上。

两位记者一边往病房外面走着,一边掏出电话跟什么人联系着。听话

音,好像是跟刚刚离去的好姻缘婚庆公司的两位司仪联系。

十月二日,《滨城晚报》在头版以《大火无情人有情,灾难面前有大爱》为标题进行了报道;滨城都市电视台也以《一场伟大的婚礼》为标题,对朱大勇、王二丫两人催人泪下的婚礼进行了报道。

滨城晚报和滨城都市电视台报道后,滨城市委宣传部向全市各行各业发出了"向朱大勇同志学习"的号召,并组织宣传班子深入滨城市永泰寿险公司挖掘朱大勇的先进事迹,以《一个普通营销员的成长足迹》为标题,连续三天在《滨城日报》进行了系列报道。

响应市委市政府的号召,滨城市保险行业协会迅速行动起来,组织全市二十多家财寿险保险公司上街宣传朱大勇的先进事迹,宣传全市营销业务的发展,并在全行业开展了"捐一份爱心,助英雄康复"的大型募捐活动。

营销员,一个曾经让人纠结的职业,一时间,在滨城市大街小巷传颂。

有人质疑,朱大勇是营销员吗?

有人惊呼,营销队伍里也有那么高觉悟的人?

有人赞叹,要不是永泰寿险公司那名营销员,那场大火可能会吞噬数十条鲜活的生命!

有人倡议,应该组成英模宣讲团,深入全市农村工厂学校街道进行轮番宣讲,让滨城市四百多万人民牢记朱大勇的名字。

还有人大声疾呼,加快滨城保险营销业务发展势在必行,充分尊重保险营销员的权利应该成为全市人民的共识。

一场大火,把保险公司、把全市近五千名保险营销员又一次推向了人们的视野,引发了一场保险营销员到底是一群什么样的人的大讨论。

第26章

二丫接过大勇的"枪",含韵含泪离滨城

朱大勇在重症室观察了几天后,主治医生娄春光把王二丫和朱含韵等人叫到主任办公室交代说:重度烧伤,已严重危及伤者中枢神经、内分泌系统功能,伤者的"内环境"系统遭受到很大程度的破坏。由于灼伤面积太大,伤者周围血液和骨髓发生了变化,烧伤创面不断渗血,胃和十二指肠溃疡出血,已经引起并发贫血。

娄春光医生还交代,烧伤面积较大的伤者,常因循环障碍、缺氧和中毒而引起肝脏发生病理改变,所以危险性很大,随时有可能出现死亡的危险。

王二丫不停地哭,无助的眼睛一直望着朱含韵、伊凡等人。

朱含韵紧紧握着王二丫的手,安慰道:"坚强些,二丫。大勇一定会挺过来的。"

朱含韵问娄春光目前应该如何为朱大勇进行有效治疗,病人家属需要配合医院做些什么样的工作。

娄春光说伤者已经出现贫血,供氧出现严重不足,经专家组研究讨论,认为应该立即给伤者输血。

娄春光说刚才医院里派去市血液中心调血的医生回来说,目前市血液中心的血液库存枯竭,供应严重不足,无法给伤者手术提供所需要的血液,需要病人家属自己想办法。

"抽我的，我是O型血。"肖冰说。

"我也是O型血。"赵宝灯紧接着也说。

在场的营销员都表态说，只要血型跟朱大勇能够匹配，自己愿意给朱大勇输血。

炎春光说给烧伤者输血应以红细胞为主，即使同一血型的血也未必完全符合手术的需要，必须重新进行化验才能最终确定。

现场的七八个人跟着一名护士去了二楼的血液化验中心，化验结果是只有朱含韵的血象跟朱大勇的血象相同，且红细胞单位也符合手术要求。

朱含韵一边往手术室里走着，一边故作轻松地跟肖冰、赵宝灯等人开着玩笑："看来我们老朱家的血都是相同的，要不怎么这么多人，只有我一个人的血液最符合呢？"

朱含韵输完血从医院里回到家，头一着枕头，就呼呼地睡着了。当朱含韵醒过来的时候，已是第二天的下午了。

"啊呀，朱姐，你可吓死我们了！你这一觉睡过去，整整一天一夜，叫你你也不答应，还净说梦话。"看到朱含韵醒过来，姚桐急忙上前握住了朱含韵的手。

"你什么时候来的？"朱含韵说着，吃力地坐了起来。

"我昨天下午就来过，可你一直深睡不醒，我跟白梅聊了一会儿，就回去了。今天一大早我就把鸡汤炖好了，提过来想让你趁热喝点，可你就是酣睡不醒。你看看这都几点了？都下午一点多钟了！"姚桐把手腕上的表朝向朱含韵。

白梅是朱含韵部门里的一名营销员，公司害怕朱含韵输血后有不良反应，就安排白梅临时照顾朱含韵几天。

白梅把姚桐带过来的鸡汤重新热好后，就出门办事去了。

朱含韵一边喝着鸡汤，一边跟姚桐亲热地聊着。

两个人聊到了家庭，聊到了孩子，又聊到了营销员这个行业。

朱含韵说姚桐一不当营销员，皮肤也白了，气色也好了，人也漂亮了。

第26章 二丫接过大勇的"枪",含韵含泪离滨城

姚桐说她从内心深处还有些舍不得营销员那份工作,只是刘洋死活不让她干了,否则的话,她还真想一直干下去。

朱含韵笑着说:"想当营销员还不容易?像你姚桐那么能干那么会干的人,多少保险公司还求之不得呢!"

"孩子很快就上托儿所了,总不能一辈子在家坐吃山空吧?再说了,女人一旦脱离了社会,危机感马上就来了,心里老不踏实了!"

"不缺吃不愁穿的,刘洋又那么疼爱你,你能有什么危机感?"

"疼爱什么?我们俩差点离了,多亏当营销员时练就了一副厚脸皮,否则的话,我们家宝宝现在可能就见不上他爹了!"姚桐自嘲道。

朱含韵问姚桐为什么。

"还不是社会上对营销员有偏见。上次我们家刘洋喝醉了酒回家闹事,说干保险营销员的都不是什么好东西,都是……"话到嘴边,姚桐突然打住了。

"算了算了,不提那些不开心的事了。"姚桐说道。

"听伊凡、肖冰那些人讲,你一下子给朱大勇输了四百毫升血,身体能行吗?"姚桐问道。

"医院里血液紧张,大勇的亲戚朋友里面只一个人适合他的血型,当时的情况又比较紧急,我只能多给大勇输点了。还好,没便宜外人,反正是输给老朱家的人。"朱含韵开玩笑道。

"大勇应该没什么问题吧?可别有什么危险!"姚桐担心道。

"伤成那样,真不好说。但愿大勇能挺过来,没什么事。"朱含韵说。

"我昨天下午来看你的时候,看到你脸色很难看,还听到你直喊毛大哥和毛毛的名字,真担心你的身体。"

"昨天我梦见你大哥了,他站在我面前,一句话也不说,只是呆呆地看着我。"

"你可能想我大哥了。"

"过两天我回老家去看看他。很长时间没去他坟头前跟他说说话了,

他可能有些责怪我了!"

"毛大哥肯定不是在责怪你,而是看到你一个人生活得那么孤独,在那边也不安生。朱姐,毛大哥已经去世好几年了,毛毛又不在你身边,有合适的你还是快定下吧,女人拖不起啊!"姚桐劝道。

"前两天,毛毛也打电话回来说起这件事。孩子一上大学,好像一夜之间就长大了,关心起他妈来了。可咱这种情况,哪儿有那么合适的?"朱含韵叹道。

"你刚四十出头,还能没有慧眼识珠的?这方面你可真得跟我学学,看好了就不撒手,管它是凤求凰还是凰求凤呢。干了这么多年的营销员,这点本事还没练好?"姚桐咯咯笑着说。

两个人正说笑着,白梅回来了,后面还跟了一个男人。

"樊总,您怎么来了?"姚桐吃惊地问道。

"我今天去其他地市公司督导,路过滨城,听说大勇出事了,就顺便过来了。来滨城是一个临时决定,还没有通知你们吴总,你俩暂时先替我保密。"樊童笑着说。

姚桐对站在一边有些发愣的白梅说:"小白,你不认识吧?这是咱们滨城公司的前任老总,樊总。"

白梅连连点头,说她来公司前,樊总就去省公司当领导了,虽没见过,但听说过。

朱含韵问樊童怎么找到她家的。

樊童说他在小区门口正好遇上白梅,就跟着白梅一起进来了。

"听小白说你为大勇输了不少血,没什么反应吧?"樊童关切地问道。

"还好。我还是给吴总打个电话吧,领导回来了,不报告一声,感觉不太好。"朱含韵说着,打开了手机。

"怎么?怕晚上请我吃饭?放心吧,晚上我约了几个朋友,一会儿我给思远打个电话,让他晚上跟我一起参加。"樊童开玩笑道。

"领导这次回滨城住几天?好不容易回来一趟,怎么也得住上几天。"

第26章 二丫接过大勇的"枪",含韵含泪离滨城

姚桐说。

"咱们滨城有个下午不看病人的风俗,否则的话,我下午去医院看看大勇就直接走了。"

樊童跟朱含韵、姚桐和白梅聊了一会儿,就坐上停在门外的车子走了。

樊童走后五六分钟,短信就来了:"晚上我给你打电话,别关机啊!"

朱含韵握着手机,心怦怦直跳。

姚桐一走,朱含韵就催促白梅赶紧回家,说睡了一整天后,感觉身体完全恢复过来了,晚上不用她陪了。

朱含韵一边看着电视机,一边不停地一遍又一遍地盯着墙上的钟表看。

朱含韵有些无奈地站起身来,心中感觉无比的惆怅和烦躁。

"怎么还不来电话?难道宴会还没结束?"这一想法一闪现,朱含韵自己都感觉有些好笑。

"八点钟还不到,哪儿能那么早就结束了呢!"

朱含韵知道,保险公司的人有两大特点:一是什么样的人都得交往,二是什么样的酒都得喝,而且喝起来就没完没了,不醉不休。

"晚上一起吃饭的人不知道多不多?要是人多的话,樊童会不会喝醉了呢?酒要是喝多了伤了肝胃,那可是一辈子的事。"朱含韵禁不住又挂念起樊童来。

"朱含韵啊朱含韵,你怎么老了越发没出息了?人家是领导,你跟人家仅仅是上下级关系,虽然在人家手下干了好多年,但对人家并不十分了解,仅仅因为人家跟你多说了几句贴心的话,你就想入非非不知所以了?"朱含韵用力拍了拍自己的前脑门,感觉自己有些可笑。

"不敢说他是真心关心我、爱护我,但最起码是时时关注我,否则的话,一次很平常的输血,远在七八百里路外的他怎么这么快就知道了,并且肯屈尊来家里看望自己。"

"按道理说人家在社会上也算得上是个人物了,要钱有钱,要社会地位有社会地位,公司里年轻漂亮的下属多得是,社会上愿意投怀送抱的女

孩子肯定也不会少，可他为什么偏偏看上自己了呢？"

"人们都说当领导的都希望自己的官越大越好，老婆越小越好。他樊童为什么放着那么多年轻漂亮的女孩子不找，非得找一个人老珠黄、后面还拖着个酱油瓶子的人呢？他不会是在耍自己或者是身体、心理有什么毛病吧？"朱含韵越想越感觉不得其解。

"叮铃铃、叮铃铃"，茶几上的手机随着铃声跳动着。

朱含韵十分紧张地拿起手机，一看，立即泄了气。

电话是白梅打过来的，她放心不下朱含韵，特意打过电话来问问。

朱含韵心不在焉地跟白梅聊了几句，道了谢，就把电话挂断了。

"他不打电话过来，我何不打电话过去问问呢？"朱含韵拨上樊童的号码，犹豫了好大一会儿，还是没有勇气拨出去。

朱含韵心神不宁地胡思乱想着，门外"砰砰砰"地响起了敲门声。

"谁啊？"朱含韵站起身来，习惯性地抬头望了一眼墙上的钟表，已是晚上九点多了。

"难道白梅那丫头又回来了？"朱含韵一边想着，一边又问了一句，"谁呀？"

"我！"门外传来的是一个男人的声音。

朱含韵打开房门一看，门外站着的是樊童，脸红红的，看样子酒喝了不少。

"结束了？"朱含韵一边把樊童往房间里让，一面有些忐忑不安地朝樊童的身后张望了一眼。

"不用看了，我是自己打出租车过来的。"

樊童一边往房间里走，一边言不由衷地问道："没什么不方便吧？"

朱含韵静静地看着樊童，心想："这家伙怎么不打声招呼就过来了？要是家里有人怎么办？深更半夜地跑到自己的下属且是一个寡妇的家里，这件事情一旦传出去，无论如何也是好说不好听啊！"

看着朱含韵呆呆的样子，樊童忽然感觉有一种说不出的快感和惬意。

第26章 二丫接过大勇的"枪",含韵含泪离滨城

樊童好像猜出朱含韵在想什么,于是笑嘻嘻地说:"我可是早打过招呼了,对你的智商和理解能力,我还是比较了解的。"

虽然在滨城公司工作期间,樊童与朱含韵单独交往的机会并不多,但樊童感觉自己对朱含韵的个性、为人、能力和处事风格还是比较了解的。

"只要她看到了下午发给她的短信,她一定会想方设法把公司派来陪护的人打发走的,无论如何她不会让别人知道晚上我来家里找她的。"樊童想。

朱含韵一边给樊童往杯子里沏着蜂蜜水,一边笑着问道:"今晚上怎么结束得这么早?领导们个个不都是'酒仙'吗?"

"我跟他们撒了谎,说晚上还要去看一位老领导,就趁机胜利大逃亡了。"

樊童毫不客气地端起杯子连喝了几口,吧嗒着嘴说:"好甜,好甜呀!"

"那事考虑好了?准备什么时候给我答复?总不会让我千年等一回吧?"樊童问道。

"你是领导,条件又那么好,我还是感觉我们俩不太合适。"朱含韵低着头说。

"你说得对。凭我现在的条件,找一个年轻漂亮点的姑娘一点问题都没有。虽说窈窕淑女,君子好逑,可现在的姑娘太市侩了,很多人之所以愿意找像我这种离过婚、年龄快五十岁的人结婚,肯定不是为了相伴终生,而是为了其他目的。"

"那也不一定。领导可不要总戴着有色眼镜看人。相信世界上还是好女孩多,还是有真情的人多。"朱含韵纠正道。

"现在就我们两个人,能不能别领导领导的?听着怎么那么别扭!"樊童有些不高兴地说。

朱含韵笑了笑,没有说话。

"对我来说,年不年轻、漂不漂亮已经不重要了,重要的是能否相互

理解，能否真有感情。"樊童说。

"含韵，像我们这样年龄、阅历的人，已经过了蛮打莽撞的年龄了，做出的每一个决定，我不敢说都是经过深思熟虑的，但起码是经过认真考虑的。给我一个机会，也给自己一个机会吧！"樊童说着，拉过朱含韵的手，紧紧地贴在了自己的脸颊上。

朱含韵羞涩得像一名少女，虽想矜持，却又不能自已。

他们相吻了，像年轻人一样热烈，许久没有松开。

"感觉真好！那感觉好像以前从没有过的！"朱含韵想。

"虽然她已四十多岁了，但她并不缺少年轻姑娘的热情！"樊童想。

"我在省城刚买了一处房子，四室的，一百八十多平方，抽时间过去看看？"樊童问。

"那么大的房子，能住得过来吗？我觉着七八十平方米就够了。"朱含韵说。

"春节两个孩子放假回来后，你就觉出大房子的好处了。"樊童说。

"那也用不着四室呀！三室的房子就可以了。"朱含韵说。

"干到年底就别再干了，跟我去省城吧！"樊童像是自言自语，又像是跟朱含韵商量，更像是下命令。

"你不会让我当家庭主妇吧？女人要是长期脱离了社会，那可真傻了。"朱含韵像是在开玩笑，又像是在告诉樊童自己不同意。

"干了那么多年营销员，还没干够？等咱俩结了婚，我在省公司营业部给你安排一份比如档案管理员之类的工作，不会让你脱离社会的。苦了累了那么多年，也该轻松轻松了。"

"我这个人就是个苦累的命，一旦闲下来，能不能适应得了还真难说。当了那么多年的营销员，跟客户都有感情了，一旦离开滨城，心里还真有些割舍不下。"

"你这人优点是认真，缺点是太认真。你离开滨城后，公司会安排人为你的那些客户搞好服务的，不会有事的。再说了，省公司副总的老婆还

第26章 二丫接过大勇的"枪",含韵含泪离滨城

当营销员,传出去不让人笑话才怪呢!"樊童半开玩笑半认真地说。

朱含韵神情怪怪地看着樊童,心想:"原来你们这些当领导的,也瞧不起营销员啊?你们天天在主席台上口若悬河地讲营销员多么多么的重要,为行业的发展做了多少多少的贡献,原来都是骗人的呀?"

樊童可能注意到了朱含韵的表情变化,他紧紧握住朱含韵的手说:"含韵,虽然我不敢保证我所讲的每一句话都是发自内心的,但我敢摸着心口说,对你说的每一句话都是真的。相信我,辞掉营销员那份工作跟我去省城吧,我的年薪足以养活你。"

"这件事咱们以后再商量行吧?对了,省公司对朱大勇舍身救人这件事是怎么研究的?人都伤成那样了,省公司不会不管吧?"朱含韵问道。

"朱大勇虽然不是公司的正式员工,但在公司里工作了多年,有功劳也有苦劳。为这事,省公司总经理室专门开会研究过一次,对他住院期间产生的一些费用,公司应该会帮助解决的。"

"那以后怎么办?即使他命大挺过来了,但想恢复到原来的样子,可能性不能说没有,但比较渺茫,对他以后的生活,省公司总经理室应该酌情考虑考虑。"

"对朱大勇以后的工作生活怎么安排,上次总经理办公会议没有研究,但我估计公司不可能一直养他一辈子,总归他是营销员,跟公司没有劳动合同关系,不是公司的正式员工。"

"永泰公司在保险行业也算是大公司了,养活一两个人,还能有困难?"朱含韵说。

"对朱大勇的事情,我会尽力向领导们反映的,至于结果如何,我现在也不好说。"樊童说。

第二天,樊童在吴思远等人的陪同下,代表省公司总经理室去医院看望了朱大勇,并表示回省公司后,一定跟总经理战云开做好汇报。

转眼春节又来临了,已在医院里躺了四个月的朱大勇,赶在春节前办理了出院手续,因为中国人向来有回家过年的习惯,况且性格外向的朱大

勇实在不适应医院里那种沉闷、到处散发着来苏水味的坏境。

出院的当天，朱含韵、伊凡、姚桐等五六个人相约一起来到了朱大勇和王二丫还从未真正居住过的新房，虽然他俩已经结婚四个月了。

"大勇，对今后的生活，你是如何打算的？"伊凡问道。

"还能怎样？别说是腿脚不便了，就是腿脚方便，像我这样人不像人、鬼不像鬼的模样，还能出去见人？唉！"朱大勇神情黯然地说。

"别泄气，现代医学这么发达，等身体恢复恢复，到北京或上海的大医院里看看，说不定能恢复到原来的样子。"姚桐安慰道。

"科技再发达，恢复到跟原来完全一样是不可能的了。再说了，做整容手术不是十万八万元就能办得了的。这几年辛辛苦苦赚的那点辛苦钱全贡献给医院里了，哪儿还有那么多钱去干那个呀？就这样吧，混一天是一天吧！"朱大勇两手把弄着拐杖，声音低低地说。

朱含韵望着默默落泪的王二丫，轻轻地拍了拍朱大勇。

"这可不是你大勇的性格，你可不能自暴自弃，一定要配合医生做好后期的恢复治疗工作。你不为你自己着想，你还得为二丫想想啊！在你最困难、最需要支持的时候，二丫顶住了各种压力嫁给了你，你可不能对不起人家呀！只要你有信心，没钱，大家一起想办法。有一线希望，我们就一定要尽百分之百的努力。这才是一个真正男人的性格，也应该是我们营销员的特质。"朱含韵说。

"上次吴思远去医院看望你的时候，当着很多人的面说过，尽管治疗，钱不是问题。现在大勇治疗需要钱了，他怎么屁也不放一个了呢？"赵宝灯十分不满地说。

"当官的话你也信？他们那些人说话什么时候兑现过了？跟放屁差不多！我们这些人拼死拼活地为公司拉保费，他们吃的喝的抽的坐的，哪样不是我们这些人保费赚来的？现在我们中有人遇到困难需要公司支持帮助了，他们一个个都成了哑巴，谁都不敢伸头说话了。大勇救人也算是工伤，治病的钱公司不承担到哪里也说不过去。要是对大勇这件事处理不好

第26章 二丫接过大勇的"枪",含韵含泪离滨城

的话,我们就一起去找吴思远那些人理论理论,一定要让他们讲出个一二三来。"伊凡说。

"温馨办公家具有限公司没再出点钱?为救他们的人大勇才被大火烧伤的,他们理应把大勇住院的费用全包了才对。"姚桐看着王二丫,问道。

"刚住院的那会儿,温馨办公家具公司的葛总帮着预付了三万块钱的住院费,以后就没再往医院里交纳一分钱。家具公司的人说,当前家具外贸形势不好,货物出不去,货款回收又不及时,公司的财务状况比较困难。那场大火,家具公司损失很大,烧掉了上百万元的财产;为烧伤的工人治疗,公司又花费了一二十万元。他们家具公司现在实在是拿不出更多的钱为大勇治病。"王二丫说。

"放他娘的狗臭屁!为救他们的人受的伤,他们说财务困难拿不出钱就没事了?要是那三四个人大勇不救都烧死了的话,他们得赔人家多少钱?还能温馨得了吗?总不能用财务状况不好这样的鬼话搪塞糊弄咱们吧?前两天,我去找我一位当律师的同学咨询了一下,他说家具公司有帮助大勇治疗的义务,他们要是敢不履行义务的话,我们就去法院起诉他们。"赵宝灯说。

"不到万不得已,咱们还是不要跟家具公司把关系搞僵了,要是把关系搞僵了,以后的事情就更难办了。你们看这样行不行?咱们分头去做做工作,多方面想想办法,一定要帮助大勇渡过眼前的这个难关。我负责去协调公司领导,看看公司近期能不能再资助点。伊经理、赵宝灯你们两个人跟王二丫一起再去温馨办公家具公司协商一下,问问他们眼下还能帮多少钱。同时,发动公司的营销员再搞一次捐助活动,无论如何也要把大勇外出治疗的费用凑足。"朱含韵征求意见道。

从朱大勇家里一出来,朱含韵就给樊童打了个电话,把朱大勇的治疗情况和他目前的家庭状况跟樊童叙述了一遍,让樊童一定再帮助朱大勇想想办法。

给樊童挂完电话,朱含韵直接去了公司,正好吴思远、田庄、财务部

经理滕谣都在公司。

　　吴思远说:"十分钟前,樊总刚打过电话来,要求我们想办法帮助一下朱大勇。刚才我们几个人简单地商量出了一个意见,准备春节前先救济大勇一万块钱,春节后再帮助他向省公司申请专项资金。大勇虽不是公司的正式员工,但公司一定把他当正式员工对待,这点请你放心,也请公司所有的营销员放心。只要把业务发展起来了,对公司的每位员工包括曾为公司做出贡献的营销员,公司都会一视同仁的。"

　　当天下午,伊凡、赵宝灯和王二丫一起去了温馨办公家具有限公司找到了经理葛南。

　　葛南哭丧着脸说,大勇是他的朋友,又是为救他公司的工人受的伤,他住院花费的治疗费、医药费公司理应承担,但公司刚刚恢复生产,加上目前的家具市场形势不好,经营十分困难。葛南说他今天刚把十多名上门讨工资的工人打发走了,要是公司财务不困难的话,他不可能春节前不把工人的工资兑现下去的。

　　葛南最后承诺,春节后银行贷款一下来,他就把钱给朱大勇送过去,伤不能不治,但公司的生产也不能停。

　　元宵节一过,朱含韵借去省城送毛毛上学的机会,跟樊童见了个面。

　　吃过晚饭,樊童和朱含韵来到了位于城东他那栋四室两厅两卫的大房子里,挨个房间看完之后,樊童笑着问朱含韵准备什么时候入住成为房子的主人。朱含韵只笑不答。

　　樊童和朱含韵坐在沙发上没聊几句,朱含韵就迫不及待地把话题转到了朱大勇的身上。

　　樊童说省公司党委近期准备开会,其中一项议题就是研究朱大勇的事情,开会的时候他会极力帮朱大勇做做工作的,让朱含韵不要着急。

　　"刚才的话你还没有回答呢?"樊童问道。

　　朱含韵装出一副没听明白的样子,笑着问道:"什么事?"

　　"跟我装傻是不是?我问你准备什么时候入住这栋大房子?它可是虚

第26章 二丫接过大勇的"枪",含韵含泪离滨城

位以待已经一年多了!"樊童笑呵呵地说。

"来省城后,我那边的工作怎么办?你不会只让我管理这套房子吧?工作量太小了!"朱含韵开玩笑说。

"你是舍不得那点手续费呢,还是放心不下你那帮营销员姐们?你对营销员那工作就那么热爱?"樊童显然有些不高兴了。

"干了那么多年,都习惯了,再换一份工作,我害怕不适应。"

"能干得了保险营销员的人,还有什么工作适应不了的?别固执了!"

"如果将来咱俩真的有那么一天,我能不能继续留在滨城当我的营销员?总归我的客户都在滨城,我舍不得他们。"朱含韵偷偷地瞥了樊童一眼。

"孤单的日子你还没过够?你是不是特喜欢那种生活?反正我是过够了,也不想再继续过下去了。"樊童情绪显然有些激动。

"那也不能不干工作呀!一个人脱离了社会,活着还有什么意义?"

"我也没说让你脱离社会啊,也从来没想让你在家当一名家庭主妇啊!我们俩结婚后,我会在省公司营业部给你安排一份相对轻松的工作,为什么非得要当营销员呢?"

看到樊童越说越激动的样子,朱含韵的态度明显软化了下来。

两个人东一句西一句地又聊了一会儿,看看天色已晚,朱含韵起身说要回宾馆。

"这么晚了你还回去干什么?四个房间还容不下你?"樊童坐在沙发上没有动,看来也没有站起来送朱含韵走的意思。

"那合适吗?"

"有什么不合适的?"

朱含韵看了看手表,已是晚上十点半多了。她知道如果自己坚持回宾馆住的话,樊童肯定会开车送她,来回路上就得折腾四五十分钟。

朱含韵想了想,同意在樊童的家里暂住一晚上。

朱含韵躺在床上翻来覆去怎么也睡不着,以前的许多事情不时在脑海

里浮现。

"因为自己的固执,已经失去了马良驹,如果自己再坚持下去的话,可能还将失去樊童。别再固执了,再固执下去的话,这段感情很有可能也会无疾而终的。"朱含韵暗暗地劝说自己。

"咳咳咳",对面房间里传来了樊童咳嗽的声音,朱含韵知道樊童也没有睡着。

过了一会儿,朱含韵听到樊童下床去了洗手间。

樊童从洗手间里出来经过朱含韵房间门口的时候,有意识地停下脚步听了听,轻轻地问了一句:"睡着了?"

朱含韵说:"还没呢!"

"那我进去了?"还没等朱含韵说行还是不行,樊童径直推门进了朱含韵的房间。

"快回去睡觉吧,都十一点半多了。"朱含韵坐了起来,说话的语气明显有些紧张。

"反正也睡不着,不如一起说说话。"樊童说着,脱掉拖鞋上了床。

朱含韵不自觉地朝旁边挪了挪身子,樊童掀开朱含韵的被子钻了进去。

"穿秋衣秋裤睡多累啊!"樊童说。

"我平时都这样,习惯了。"朱含韵答。

"橱柜里有睡衣,我给你拿套换上?"樊童问。

"穿睡衣不习惯,还是穿秋衣秋裤方便。"朱含韵说。

"脱了吧。"

"呃?"

没等朱含韵反应过来,樊童就把朱含韵紧紧地搂进了自己的怀里。

朱含韵挣扎了几下,胳膊不自觉地搂住了樊童的脖子。

一出正月,王二丫就陪朱大勇去了北京一家烧伤专科医院做了皮肤移植手术,前后手术五次,各种费用合计五十多万元。虽然东南永泰寿险公司支付了二十万元,温馨办公家具有限公司支付了八万元,公司发动干部

第26章 二丫接过大勇的"枪",含韵含泪离滨城

员工、营销员捐助了六万多元,但朱大勇和王二丫两人还是背上了十五六万元的债务。

"二十万元可能是公司支持的最高限额了,公司发动员工已经捐过一次款了,有的员工已经捐过两次了,再发动一次募捐活动可能也不合适了,现在唯一的办法就是找葛南再问一问,看看他还能不能再出点费用。"朱含韵、伊凡等人凑在一起商量道。

朱含韵把大家商量的意见跟朱大勇、王二丫一说,朱大勇首先表示了反对。

"我虽然是为抢救家具公司的人受的伤,但不能把所有的费用都摊给人家葛南。如果人家有能力、主动帮助咱渡过眼前这个难关,咱不拒绝,感激人家;如果人家有困难,没有能力帮助咱解决眼下的困难,咱也不能强求人家。"

大家都劝朱大勇别死心眼了,都说他是因为抢救温馨办公家具公司的工人烧伤的,不找他们提要求,温馨家具公司肯定不会主动管的。

朱大勇说虽然手术还算成功,但残疾还是落下了,营销员那份工作不适合再继续干下去了,他想恢复一段时间后,出去找一份适合他干的工作,不知道有没有人愿意雇用他。

朱大勇说,不能当营销员了,唯一的遗憾就是不能天天跟大家一起打打闹闹的了,也不能经常跟过去的客户们见面说笑了,一想到这些,他心里就感觉十分郁闷。他说他对营销员那份工作还是很有感情的。

大家都说身体恢复好了比什么都重要,营销员那份工作连鸡肋都称不上,放弃也没什么可惜的。

朱大勇说没发生意外的时候,唯一的心愿就是成家后找一份相对安定的工作,轻轻松松地过一辈子。朱大勇说受伤后他想了很多,思考了很多。他说营销员虽然是一份不稳定的工作,没有社会地位,没有生活保障,但却是一份非常有挑战性的工作,干好了,个人有收入,对社会有贡献,能力还能有提升。社会上对营销员有偏见,主要责任还应该在营销员

身上。想想以前做过的一些傻事蠢事,他感觉很对不起有些客户,对不起营销员这个职业。

伊凡笑着说:"想不到一场大火让'大油'大彻大悟了,你不当营销员,对滨城保险营销事业来说是一大损失。"

众人都说朱大勇住院治疗的这段时间,大家都很寂寞,感觉生活变得无聊没意思了,尤其是伊凡。

朱大勇一本正经地说:"我虽然不能再回公司当营销员了,但我可以推荐一个营销员,你们一定要好好帮助她,就像以前帮助我一样。"

大家都问朱大勇推荐的人是谁。

一直跑前跑后忙活着烧水倒茶的王二丫有些不好意思地说:"他说的人就是我呀!"

大家吃惊地看看朱大勇,又看看王二丫,一起鼓起掌来。

"大勇虽然不能当营销员了,但他可以把拓展维护客户的经验传授给我,把他的客户资源转交给我。我们两个人想通过自己的努力,把大勇治病欠下的债务尽快还清。我们已经欠大家够多的了,不能再让大家为我们操心了。"王二丫充满感情地说。

伊凡笑着说:"你这叫妇承夫业。当营销员其实说难也不难,只要做好两件事就OK了:一是脸皮要厚,二是心理素质要强。只要脸皮厚得像大勇,嘴巴滑得像'大油',你肯定就成功了!"

大家哄堂大笑。

"五一"节那天,樊童回到了滨城,邀请滨城公司的部门经理和营销团队长一起吃了一顿饭,算是跟朱含韵结婚的喜宴。

樊童和朱含韵结婚之前,吴思远多次电话请示樊童,想在"五一"那天邀请市政府和市部委办局的部分领导及个别大客户一起吃顿饭,祝贺他和朱含韵喜结连理,但樊童一口回绝了。

樊童说公司以外的人就别邀请了,召集公司的部门负责人以及个别老营销员一起吃顿饭就行了,两个"二锅头",动静搞大了,大家非笑话

第26章 二丫接过大勇的"枪",含韵含泪离滨城

不可。

吴思远笑着说:"俗话说得好,儿女满堂,不如半路夫妻。你是滨城公司的老领导,朱经理又是滨城公司营销业务的开拓者,你们两个人的结合可以说是珠联璧合、相得益彰。如果你们二位不给滨城公司总经理室一个表现的机会,公司里的干部员工一定会骂我吴思远无情无义的!"

樊童说:"相得益彰还靠点谱,珠联璧合就有些瞎忽悠了!有人给二婚的人写过一副对联:一对新夫妻,两套旧家什。全体员工一起吃饭就免了,跟过去的老搭档一起聚聚还是有必要的,但人不能太多,凑足一桌即可。"

"五一"假期结束后,朱含韵辞掉了滨城公司营销部经理的职务,准备跟樊童去省城。

去省城之前,朱含韵约请了曾经的老板、跟自己一直姐弟相称、经营规模在滨城市排名前三位的明星纺织有限公司总经理华山吃了一顿饭,算是结婚宴请,也算是辞别,更重要的是对华山安排朱大勇去他的公司担任销售策划部经理表示感谢。

朱大勇在从事了七八年营销员工作之后,又回到了他曾经十分熟悉的纺织行业。

王二丫接过朱大勇的"枪",正式加入了保险营销大军。

载着樊童和朱含韵的车经过市区,即将到达滨城高速公路入口处的时候,伊凡打电话对朱含韵说:"朱姐,你回头看看,我们就在你和樊总的车后面。"

朱含韵回头一看,吃了一惊:长长的车队,如一条长龙,足足绵延五六百米远,最前面几辆车上的横幅,分别写着:"送战友,踏征程!"、"常回家看看,大家想念您!"、"我快乐,我是营销员!"……

车辆缓慢地通过了收费站,驶进入高速公路。

朱含韵又一次回头望了望那长长的车龙和站在路两边挥手道别的战友,眼泪又一次流了下来。